司馬遷

（童年到壯年）

功[illegible]震主，宮刑屈辱，
紀傳體撰史之首創的起伏人生！

「秉筆直書，史官天職，請陛下恕罪！」

真相和正義的堅守將他推向了囹圄，
但也讓他贏得了人們的尊敬！

柯文輝 著

目錄

目錄

序一

任何歷史劇、歷史小說都只能是「故事新編」，有如魯迅給自己採取古代題材所作的小說集的定名。莎士比亞歷史劇裡的李爾王、亨利王、查理王，這個那個的人物難道是他們的實際情況嗎？倘若要認真對比，那麼連堂而皇之的官修正史，和當時的現實一對照也是面目全非的。事情發生時就有傳聞失實，記載走樣，事件經過因果處理，抽象化的過程又必然和具體情況分離，臧否人物和評價是非也逃不脫功利的、不同價值觀等等之類的多種制約，偏見的羼入乃至夾帶私貨都不可免。歷史都為現實直到為寫史人自己的目的服務，為歷史而歷史的事情是沒有的，做也做不到。

就說這部小說的主角司馬遷，迄今無法超越的史家的頂峰，他的《史記》難道不是有意或無意地以自己的價值觀和感情態度解釋歷史，有歸善歸惡的誇張嗎？尤以寫武帝一朝的史事，主觀色彩更濃，慷慨激憤，情見乎辭，雖然不像班固所評的「其是非頗謬於聖人」（《漢書．司馬遷傳》），但對史料的別裁和評價的抑揚中，對歷史的實際情況定然疏離，當然，這種主觀精神的投入恰又成了《史記》中的華彩音符。

只有把歷史寫成或曰解釋成《史記》模樣的司馬遷，才是真正的司馬遷。否則他就成了果戈理所說的「不是這，不是那，不是魚，不是肉，不是城裡的薄葛蛋，也不是鄉下的綏里方」那樣的什麼也不是的人了。司馬遷可說是中國千古文人命運的象徵，歷來文人倘有向權利說「不」的，都不能倖免於閹割。中古以前略寬鬆些，唐宋以後，被科舉閹割了大半；明清以後，八股使大批大批的文人成了「無性人」；世易時遷了，又為意識形態和輿論一律所閹割。司馬遷這樣以閹割之身依然演出了人生悲壯劇的英雄，不是不僅能賺得讀者的幾滴眼淚，而且還更能攪動觀眾心頭的血，並激使人面對世界有所選擇嗎？

回到歷史小說都是故事新編的題目上來。兩千多年前的古人古事，無論誰怎麼解讀，都解讀不出原模原樣來。最大的可能，或者還可以說是肯定點，唯一能顯示的只是投入者的作家自己。我沒有讀過小說《司馬遷》的全文，只讀到了柯文輝君給我寄來的一個情節節略，連梗概也不能了然。

但我知道，作者是善於寫荒誕劇的，私心以為，這部《司馬遷》怕也會寫成荒誕小說。這也無所謂，而且也許更好。世界按正常的理性、正常的道德來說，原本就是荒誕的——當然，這「荒誕」和西方的 Absurdism 不是同一意義。荒誕才有悲壯，才能出英雄。平平常常的世界裡則只有什麼也不是的人，哪來的司馬遷？

何滿子

序二

柯文輝的《司馬遷》將於近期版行面世[01]，送來書稿，命我作序。我們相識多年，彼此有些了解。出了書，相互贈送，讀後交換意見，如切如磋，如琢如磨，以獲得對方的批評和鼓勵。他的不少作品的初稿，也曾拿給我看過，我亦以先睹為快；在他，則是聽取反映，作為進一步修改的根據。他的第一部文學作品集《愛之弦》出版後曾以一冊贈我，他還出過幾本畫家傳記，出過散文詩集，與劉海粟合作過幾本論畫談藝的著作。讀了這些著作之後，我專門寫過一篇關於他的為人和為文的評論，收在我一九九五年出的那本論文集《文學的理性和良知》裡。也許正因為如此，他引我為同調，這部《司馬遷》的序才交給我來寫。

「文章西漢兩司馬」。這「兩司馬」，一指司馬相如，漢賦的主要代表，另一個，則是《太史公書》（即《史記》）的作者司馬遷。司馬遷既是史學家，又是偉大的文學家。他讀萬卷書，行萬里路，「究天人之際，通古今之變，成一家之言」，是那個時代最淵博的學者。他稱頌屈原「志潔行廉」，可「與日月爭光」，他自己也是如此。《史記》乃發憤抒情之作。作為劃時代的歷史著作，它第一次系統地梳理與保留了漢武帝以前的傳說和有文獻可徵的歷史，開紀傳體史書的先河，示後來史家以軌轍；作為文學作品，它在謀篇布局、語言運用、人物描寫上，都達到了空前的高度，許多文學樣式，包括小說、傳記、報告文學等，都可以溯源到這裡。不僅如此，《史記》既是發憤抒情之作，它在忠實記敘信史的同時，也就必然會把作者的品格性氣，以及他的歷史認知與人生感悟，物化進去。清代的章學誠，很看重史家的史德

[01] 指人民文學出版社二〇一六年四月版。此次出版仍保留原序。

和文士的文德，《史記》正是這樣一部可以從中見出司馬遷人格、襟懷和見識的書。我想，當章學誠在提出和論證史德與文德的時候，司馬遷肯定作為楷模，呈現於他的眼前。

司馬遷的道德文章，作為一種風範和傳統，不僅澤被後世的史家和文人，而且在一般知識者的心目中，也是高山仰止，共揖清芬，視之為立身行事的典則。毛澤東就曾引用他「人固有一死，或重於泰山，或輕於鴻毛」的名言，來論證了革命者的生死觀和榮辱觀。我以為，柯文輝傾畢生的學養、閱歷、體驗和識見，鑄為長篇小說《司馬遷》一書，也多半是出於對司馬遷的偉大人格風範的景仰。

在柯文輝的《司馬遷》裡，許多人物都能給人留下深刻的印象，如司馬談、上官清、書兒、楊敞、郭穰、東方樸、牛大眼、任安、邴吉、韓仲子、霍光、李福、杜周等，但作者用力最勤的還是太史公司馬遷和漢武帝劉徹這兩個人物。在柯文輝的筆底，司馬遷和劉徹，是並峙的雙峰，是對照著落墨的，如果不說司馬遷在智力上高出一籌，至少是等值的，不相上下的。

柯文輝並沒有單純地把劉徹寫成暴君，也並不僅僅著眼於他的雄才大略，而是力圖突入這位君王的內心世界，寫出他複雜多面的性格來。劉徹犀利、鷹鷙，有很強的穿透人心的政治眼光。作為君臨萬邦的帝王，他的確是雄才大略，所見者大，所謀者遠，深諳權力控馭之道；然而，他又是有慾望的人，以天下的財富，滿足其無盡的私慾，窮兵黷武，貪財好色，聚斂無度，殺戮大臣，任用酷吏，殘忍暴戾之極。在柯文輝看來，漢武帝是真正認識了司馬遷的能量、價值和才能的人。他愛司馬遷之才，說他的文章無與倫比，讀其《太史公書》感到大氣磅礴、蕩氣迴腸，讚賞有加，然而卻毫不留情地下令焚燬，不使片言隻語傳世。他自認為寬容、大度，肯於納諫，並從善如流，但卻在李陵一案把司馬遷送進蠶室。小說還寫了他的迷信、追求長生，引方士入內廷，以致釀成巫蠱之禍，父子相殘，國祚垂危，幾乎絕祀。

就這樣，一個較為豐滿，且有一定力度的漢武帝的形象，在作者的筆下，栩栩如生地站起來了。

儘管在當時的歷史現實中，漢武帝以帝王之尊，處於權力的頂峰，掌握著臣民們的生死禍福，甚至給那段長達五十餘年的歷史蓋上他個人性格的印記，然而在柯文輝營造的藝術世界裡，他卻是司馬遷性格的陪襯：司馬遷的人格魅力、才情、品德等，相當大的部分，都是在與他的思想、性格和舉措的或關連、或衝突中而被突顯出來的。比如他的屈尊夜訪中書令司馬遷家，固然可以見出他不拘常禮的帝王氣度，也有乘其不備就近窺知這位他很不放心的臣下的隱私的意思，但實際上卻為司馬遷性格的展示提供了另一種類型的空間。再如立幼子弗陵為儲君，而將其母鉤弋夫人先是封后，隨即賜死的那段描寫、那段告白，既有力地表現出漢武帝的深謀遠慮，防患於未然的眼光與果斷，表現出他為劉漢江山的長治久安而預先採取措施的權衡與殘忍，同時也流露出對司馬遷史筆的疑慮與顧忌。總之，沒有漢武帝性格描寫的力度作為陪襯，作為烘托與參照，司馬遷的形象是很難見光彩的。

司馬遷由於其傳世的《史記》，由於其在中華文化史上的巨大貢獻，由於其悲劇性的人生遭際，以及從這遭際中巍然聳立起來的道德人格，而給後來者以啟悟、以力量，激發過無數文人墨客的創作靈感。但是，由於有關司馬遷本人的數據有限，除了《太史公自序》、《報任少卿書》、《悲士不遇賦》、《漢書．司馬遷傳》，就是星散在《史記》中的那些「太史公曰」一類的論贊了，當然，還有他在選擇、組織史料、敘述事件、評價人物中流露出的觀念和識斷。僅靠這些，是很難創造出鴻篇巨製的文學作品來的。柯文輝深知此中可能遇到的艱辛，但還是知難而上，寫出了這部《司馬遷》。這是我所見、所知的第一部以司馬遷的生平事跡、道德文章為題材的長篇小說，這無疑是經歷了一個漫長的藝術創造的艱難過程，一個嘔心瀝血的靈魂搏鬥的過程。

像《史記》是司馬遷的發憤抒情之作一樣，我把長篇小說《司馬遷》當作柯文輝的發憤抒情之作來讀。他塑造了司馬遷的歷史形象，不是孤立地寫這個人物，而是在大量地閱讀和占有有關人物生存的那個時代的歷史數據之後，把人物放在具體的社會關係中進行描寫。包括漢武帝在內的那些環繞司馬遷的重要歷史人物，大都有史料可稽。儘管展開描寫他們與司馬遷的具體關係時的那些細節與心曲，多出於想像。歷史環境和文化氛圍，對於塑造真實可信的司馬遷的形象，是非常重要的。但這環境與氛圍卻主要是透過主角與其周圍的人物的愛恨親仇的不同關係，細緻地營造和展現出來的。除漢武帝外，任安的形象是塑造得相當不錯的，它在形成氛圍和展示司馬遷的性格上，都達到了不可低估的作用。此外，郭穰的隱忍與忠心，楊敞的懦性與平庸，杜周的狼性和狗性的兼而有之，李福的奴相與圓通，霍光的持重、韜晦與機變等，都無不從不同的側面烘托著司馬遷的性格，使其得以表現其內在的豐富性、複雜性，從而顯得立體、多面，有實感。

柯文輝本人的生活經歷是相當曲折而又坎坷的，在近幾十年間我們這一代知識分子所能經歷的苦難，他都深味過。做過「右派分子」，養過豬，餵過牛。他好學覃思，博聞強記，機敏穎悟，為人有勁節，見風骨。這當然是他的優長，但也是他的致禍之由。如今雖已年逾花甲，身體也不十分好，卻仍筆耕不輟。他的才情和人生經歷，不僅在現代中國知識分子的命運中有共同性和代表性，也與數千年來的知識分子命運相通。我以為，他是從自己非常現實的人生感悟出發而理解文化巨人司馬遷的命運的。他從司馬遷的為人和身世中找到了共振的契機，從而把自己對歷史和人生的理解與感應，化為奔湧的情思，物化在作品的建構中、敘述中。因此，在他筆下的司馬遷的形象，包括人物的思慮和心曲，還有那些雄辯的宏論，與其說是那個特定歷史時期曾經有過的，不如說是作者心目中的司馬遷會有的，或者簡直就是作者自己的。人物在一定程度上變成了他的精神的傳聲筒。因此，在我看來，與其把柯文輝的《司馬遷》作為嚴格的現實主義歷史小說，不如把它視為類似雨果《九三年》式的浪漫主義歷史小說，也許更接近作品的實際。

我就是這樣把《司馬遷》作為柯文輝的發憤抒情之作來讀的。在作品中，我既讀出了司馬遷的巨大天才和偉岸人格，更讀出了作者的寄託。儘管從藝術上看，這部小說還存在著不少可以挑剔之處，如寫得太實、太滿、太露，筆無藏鋒，抒情、議論都缺乏必要的控制等，但它卻是充滿激情的，有著脈息的搏動和生命的蒸騰。

這就是這部柯文輝用他的情思和感悟，澆鑄而成的長篇小說《司馬遷》的價值所在。

何西來

序三

病中將《司馬遷》翻閱一遍，並查閱《史記》、《漢書》，又經過多次咀嚼消化，我認為此書堪稱當代長篇歷史小說一大奇蹟。特別是最後寫漢武帝劉徹的那些章節最為精彩絕倫。它是中國文學藝術史上第一部英雄悲劇史詩。有了這個人物，司馬遷的歷史也就可能成為「典型環境中的典型性格」。我的老鄉蘇淵雷教授稱作者為司馬遷的「蕭條異代真知己」，誠哉斯言，而作者終於寫出了這部奇書。

蓋自班固以後，司馬遷其實已不為人們所理解；其歷史性原因在於最初建立封建王朝的第一代集體英雄很快地走向下坡路，從「真老虎」變成了「紙老虎」，失卻了當初那種沛然的生氣。相對於劉徹，李世民不過是比較有氣派的繼承者而已，遑論其他人？只有在兩千多年後的今天，經歷了百餘年反封建鬥爭的曲折艱難，最終有望徹底走出「天道循環」的怪圈，有望建立一個偉大的「人國」時，人們才有可能走上更高一層的平臺，以新的眼光和胸襟，去重新發掘古老的英雄事業，寫出一部或幾部英雄悲劇史詩來。作者的機遇和嘗試的可貴可喜可議之處就在於此。這是許多當代知識分子大可發發議論的場合，在下不敏，也引起極大興趣。可惜醫生因我頭暈禁再讀書執筆，奈何奈何？

張禹

序四

讀罷柯文輝先生的長篇歷史小說《司馬遷》之後，掩卷沉思，感觸頗多……想寫點什麼，似乎想說的話很多很多，又不知從何說起。人說「狗咬刺蝟」，大概就是這種情形吧。

柯先生文筆精彩，敘事詳明，而且思想清晰，對歷史，對歷史人物有深刻的認識和生動的表現。柯先生厭惡權力，認為它是萬惡的淵藪。柯先生熱愛英雄，認為英雄是歷史和社會生活的生命力所在。他筆下的司馬遷和當時的社會生活充滿了傳奇色彩，傳奇式的英雄，傳奇式的愛情。他歌頌堅貞美好的愛情，認為它是生活中最神聖最值得珍視的東西。他藐視皇帝，認為它是人類歷史上最荒誕最醜惡的事物。他藐視皇權，踐踏皇權，控訴皇權，這一點，正是柯先生卓然的地方，正是他獨特的人格，獨特的視角，獨特的藝術風格造成的。

寫司馬遷自然要寫到漢武帝。漢武帝是一個著名的皇帝，而且那個時代相對來說也是比較輝煌的時代。他寫道：「這是一個近乎神話的盛世，外強中乾，危機四伏，雄略的總導演劉徹，才華沒有用到國計民生上去。他的自我崇拜，好大喜功，縱橫捭闔和玩弄權術，都達到了極致。他本人就上承楚文化的浪漫精神，能寫出皇帝行列中第一流的好辭賦，好色，好貨，好擴張疆土，好神仙的皇帝職業病，守法與殘忍，糾纏在一起，委屈了不拘常法的一代風流人物，在半個世紀中演出了冗長、重複、乏味的第八流的劇本。

既推動著時代又辜負了時代。左手走出一著屎棋，右手下出高招。可憐費盡千辛萬苦，把大量社會財富與百姓一點可憐的積極性，全部投入皇帝個人慾望的血盆大口，老爺子是不把自己徹底弄臭就絕不罷休。國庫越空虛，粉飾昇平的歌舞就越是狂熱。留給後代浩嘆的內容是何等的神奇而又黯淡。」

柯先生在這裡提出了一個全新的概念：「皇帝職業病」。天下的工作，最好幹的就是當皇帝了。貴為天子，富有天下，百官護擁，金口玉言，抬手動腳，四海震恐……他只要想把事情辦好就沒有辦不好的事情，結果好戲唱砸了鍋，總是演出第八流的戲劇，最後把自己徹底搞臭，把天下搞得一團糟，土崩瓦解，魚爛而亡。中國古代史就是這樣一上一下，一高一低，長江後浪推前浪，一浪高過一浪，洶湧澎湃，浩浩蕩蕩，人民的血，人民的淚，血流成河，淚流成河……子在川上曰：「逝者如斯夫！」屈原「長太息以掩涕兮哀民生之多艱」。有什麼辦法？沒有辦法。孟子嘆道：「然而無有乎爾，則亦無有乎爾！」完了。

孟子嘆息的是沒有真正繼續孔子春秋大義的人。這就使我們想起了偉大的司馬遷，他提出了「貶天子」的偉大批判精神和偉大史學原則。

我喜歡《史記》。最初是喜歡它的文字飛騰，後來是喜歡它的思想博大。司馬遷首次明確提出「貶天子，退諸侯，討大夫」的偉大原則。司馬遷說：「吾聞之董生曰，周道衰微……孔子是非二百四十二年之中，以為天下儀表，貶天子，退諸侯，討大夫，以達王事而已。」（《史記．自序》）班固在《漢書．司馬遷傳》中卻刪掉「天子退」三字，變成了「貶諸侯，討大夫」。這就變成了替聖人立言的一套。班固和司馬遷相比，果然是差多了。他不只不懂司馬遷，甚而也不懂孔子。孔子雖然沒有明確說過這樣的話，很明顯這是董仲舒在講解《春秋》時引申出來的。這確實是《春秋》的偉大精神。

武王伐紂成功，開始了周家的新王朝，而周公制禮作樂，卻從來不稱頌武王的成功，只稱頌文王的文德。《尚書．周書》可以為證。周文王就是「天下儀表」。孔子繼承周公，作《春秋》，「以為天下儀表，貶天子，退諸侯，討大夫以達王事而已」。王事就是王道，也就是文德、文治、仁政的總合，所以說「春秋王道之大者也」。這就是人民本位主義。貶即貶損譏刺，退即讓位，討即討伐。因為誰也沒有辦法保證天子一定是德高望重如周文王一樣的人。如果天下不幸遇到一個缺德的天子，怎麼辦？這就需要有人敢貶損譏刺他。這不僅是庶人的權利，而且是大臣們的責任。貶天子，退諸侯，討大夫的原則就是根據人民的利益，這就是孟子說的「民為貴，社稷次之，君為輕」的原則。《尚書．周書》「天視自我民視，天聽自我民聽。百姓有過，在予一人……」中國古代只有民本主義而無君本主義，三千年來誰也不敢把這個「民」字改為「君」字。這是西歐所沒有的。

《史記．太史公自序》中說「……春秋以道義。撥亂世反之正，莫近於《春秋》」「故《春秋》者，禮義之大宗也」。中國古代史學中最偉大的精神遺產就是「貶天子」的精神。它是由孔子筆削《春秋》發展起來而由司馬遷繼承和倡導的。這種偉大的批判精神，不僅是史學家的崇高品德，而且是史學的偉大使命。

柯先生以絢麗的色彩，史詩的語言，獨特的構思，在廣闊的歷史背景上，完成了古代偉大史學家司馬遷的悲劇。他說：「這種大中見大，黃河，山陵闊野，大文豪，大膽質疑的凡人，向星花小草的眷戀低迴，對獨夫民賊的諷刺，奔騰不息如大江的浪漫主義激情，天人合一的東方睿智，做了大手筆的發揮。」柯先生在書中一再表「對皇權惡性膨脹的隱憂」。說明柯先生對中國古代史，對中國人的社會存在，牢牢地抓住了根蒂。這也進一步證明瞭長篇史詩小說《司馬遷》與一九九〇年代的「皇帝熱」不沾邊，它唱出了一個強大的不諧合音，令人感到清新的獨特。

關於司馬遷的死，許多人做過研究。柯先生做了大膽而獨特的處理，他讓司馬遷跳黃河自殺了。一個偉大的思想家，一個敢貶天子的偉大史學家，他看到了一切，經受了一切，他並且寫出了這一切，他怎麼能活下去？誰能允許他活下去？所以我感到柯先生如此處理頗有深意，頗值得我們後世人思考。在中國歷史上，在中國社會生活中，自殺的文人還少嗎？

不過，我依然有所疑惑。據郭沫若考證，司馬遷曾經第二次入獄，從此再無下落。這很明顯是被害了。我想，他既然已經寫出了一切，常言道：筆寫的斧子都砍不掉。他怕什麼？怕沒有人來殺他嗎？怕死不了嗎？忽然我又想到王國維，他曾經考證太史公生卒年月，王國維就是自殺的。他並不發愁沒有人來殺他，可是他還是自殺了。我想，柯先生這麼處理司馬遷的死，自有道理。也許只有如此處理，悲劇的氣氛才更濃些。

林鵬

二〇〇〇年十二月二十六日太原東花園

題詞

靈魂：您在幹什麼？

肉體：我為自身的弱點和無德的他人所驅使，為比我更愚者所愚弄。

用現實餵養幻想，以幻夢逃避現實。否定自己的追求，追求自己的否定。抽象醒悟，具體糊塗。害怕沉淪，留戀庸俗。自愧無知，拒絕苦學。一行動就聽到內心自私、愚昧、妒忌、冷漠四塊大結石撞擊出的喪鐘，坐下來又聽到公正、聰明、大度、勢情的仙樂。明知死後天上照有繁星，大地照有糧木花草，人照有悲歡善惡恩仇成敗，偏偏愛誇大與吾土吾民關聯的痛苦，以背夢中十字架填補空虛。天下幾人識我面，更有幾人知我心？我在痛苦憂患中嚮往歡樂，在歡樂中厭倦，在厭倦中又回到憂患。聽不到新思想呱呱墜地的哭聲，打不破精神棺材日夜增厚的木板。利人利己，闖新守舊，時時衝突。經過苦思冥想，我發現靈魂已死，要找個新的！

靈魂：愚昧！眼能觀萬物卻看不見瞳孔中的須彌世界。渺小靈魂藏於汗毛肚皮的一角，你看不到；浩大的靈魂連宇宙也填不滿她腦袋裡的半條褶皺，那智慧之光千萬層裹住你，和你狹路相逢也不會認識。至多找個靈魂的皮殼，而不是她的詩之核。她在你身上過幾天就死去，或者塗上脂粉來跟你開開玩笑。再說真靈魂每天都蛻去舊皮，在徬徨中前行，在矛盾中壯大，你到哪裡去找她？

肉體：也許過程即是目的。每個人都在建築只有他可以勝任而別人無法替代的小小領域，讓靈魂的潛力與客觀允許達到的高度相對和諧。來世上一遭，總要劃幾道印子在土地上再走。畫得粗大固然很好，細小也必不可少；即或用顯微鏡也看不見，那一丁點與自己較量的願望並不渺小。聽您說話頗有玄機，萍水相逢總算有緣，能給我當嚮導去找靈魂嗎？

靈魂：（欲言又止）……

［於是，開始了靈魂帶著肉體去找靈魂的故事……］

夜空黑得像一方無邊的硯底，陰慘的西北風攪動裂成魚鱗的彤雲塊，迅速翻騰著墨潮，精瘦的殘月即將落山，偶爾從雲縫裡瀉出一束灰藍色的幽光，窺探著西元前八八年（即後元元年）的國都長安。

太初元年（西元前一〇四年）的一場大火燒燬了十四丈多高的柏梁臺。一名粵巫叫做「勇者」向漢武帝[02]劉徹進行蠱惑：「再蓋的新宮要比柏梁臺高才能壓住火神！」武帝聽了他的鬼話，修起了千門萬戶的建章宮，多種建築用飛閣相連，有輦道可以上上下下，樓臺亭榭，殿宇宮闕，裝飾得金碧輝煌，張衡在《西京賦》中稱之為「木衣綈錦，土被朱紫」。窮奢極欲，耗盡生民膏血。今夜，雕梁畫棟在寒冷中有點縮瑟，大量露水由闊大的梧桐葉流到房脊，從刻得神采飛揚的龍眼珠上滴落，彷彿淚雨。

在這一群摩雲的建築當中，專為皇帝收集凌霄露水和上玉屑以供飲服的金銅仙人高達二十丈，大七圍，加上底座與銅柱，合起來三十丈出頭，比紐約的自由女神還高。這位「舒掌捧銅盤玉杯」的青銅像與太液池彼岸井榦（讀寒）樓遙遙對望，樓比仙人還高，二十個世紀以來在世界上掛著頭牌。直到西元一九〇〇年初紐約的摩天大樓蓋到五十七層才打破它的紀錄。中國國內要到一九八〇年代才被中央彩電中心超越。古代建築師的氣魄也了不得！仙人像被曹丕下詔拆掉時「聲聞數十里」，還流下清淚；只活了二十七歲的大詩人李賀曾吟詠此事，留下傳誦至今的名句：「送客咸陽道，天若有情天亦老。」

[02] 「世宗孝武皇帝」是劉徹（字通）死後其子昭帝加封廟號，生前無此稱呼。因舉世聞名，為方便讀者，全書用此稱謂。

就像螞蟻爬大樹一樣，小謁者順著仙人的巨臂爬上高空，兩腿微微顫抖，他小心翼翼地將銅盤中的露水倒進掛在自己脖子上的葫蘆裡，塞好蓋子，慎重地往臺下爬，盡量減少葫蘆的搖晃，免得潑灑掉一星半滴。等到下了高臺，如釋重負地騎上拴在臺下的白馬，立即向皇帝寢宮奔去。

甘泉宮坐落在長安之西二百五十里，原先是秦始皇的林光宮舊址。那裡有依山勢修起的通天臺，高為八十丈，可以俯瞰上林苑裡三十四所離宮別院與三十多丈高的飛簾觀。相比之下，民居矮得猶如雞籠。重病的武帝就住在這裡就醫。院子裡黃葉彷彿是褪了色的火焰，向晚風嘆息著夏日的蓊鬱、新秋的繁茂和冬的淒清。建築物的剪影在大夜中很清晰。

更鼓聲聲，轟不走通天臺四周的幾對貓頭鷹，牠們的鷙眼中閃著冷火，時而翔舞，時而發出哀鳴，使空氣變得詭異、不祥。

後院一角，方士邵伴仙帶著一批女巫男覡，還有從絲綢之路來的胡巫，圍著篝火，輕聲念咒作法。武帝近年不大相信這一套，他們已經失去依靠，顯得沒精打采。

寢宮裡燈火如晝，杏黃帷幔罩著四壁，反射著橘紅的光焰。

九龍鼎裡，栗炭吐出藍色的火舌，上面繚繞著縷縷松煙，帶著淡淡的清香嗆人喉鼻。粗大的梁柱，典雅凝重的青銅燭臺，峨冠博帶的大臣們身影都在搖曳，就像最高統治者的思緒一樣。

自十七歲登基，主宰大漢天下五十三年的武帝，半躺在龍榻上，積之有年的酒、色、病、氣，使得他曾經是豐腴的兩腮漸漸蠟黃，嘴唇蒼白中夾著青灰，隆準、廣頤也更加突出，那微鎖的粗眉顯得兀傲、鎮定，深眼窩中的雙睛半閉著，一團陰幽的思慮在他的魚尾紋四周和唇邊飄忽，瞬息百變，難以預測。幾聲梟鳴，使武帝挺煩厭。他想：假如飛將軍李廣健在，金口一開，說不定只用一支箭就把兩隻夜遊鳥射落塵埃。可惜那位身經百戰、不善辭令，深受部下愛戴的老英雄，在很多年前率領兩千殘兵，受到四萬敵兵的包圍，箭斷糧絕，日暮黃昏，竟然從容不迫地自刎而死，這樣的名將眼前是不會再有了。

「啊——啊——」視窗傳來尖細的似女而男的吆喝聲。

「誰在喧譁？」武帝的眼瞼全合上了。

「是奴輩叫小謁者們在趕……」貼身的老太監李福躬下那臃腫不堪的身子，下巴底和後頸項上贅肉連連顫動著。只有那雙獵狗般的眼珠，顯示出此人極其善於察言觀色，仰承鼻息，圓熟得爐火純青，一點也看不出技巧。

「趕什麼？嗯？」

「是……」李福更木訥了，那藏在錦衣裡的一口袋肉向前挪動一步，拂塵垂下了它的長「頭髮」。

「痛快說，是鬼車，忌諱什麼？」武帝的嗓音溫和得近於平板。

李福打了個寒顫。長期累積的經驗警告他：近年以來，在大多數場合，皇帝怒沖沖地登上龍位，殺人關人也屢見不鮮，等到退朝時，氣已出完，比較和藹。反之以謙和開始，必多以盛怒結局。也就是老年人的乖戾，反覆無常。今天，他預計一場風暴就要降臨。

「上天有好生之德，鬼車也是霄壤間生靈，何必跟鳥兒們為難？算了！」武帝的語氣慈和，李福心裡更犯嘀咕，伴君如伴虎，連他這樣老手也覺得吃力。

「遵旨！陛下德及鳥獸，古今罕見！」李福一撣拂塵，一名小謁者悄悄走出宮去執行聖諭。

「不許說逢迎的話！」皇帝嘴角露出一絲嘲諷的笑影。

「奴輩由衷之言，哪敢亂說？陛下恕罪！」李福說長安話帶點方言土音尾子，很是中聽，堪稱標準的太監腔，對主子有妓女的柔媚，職業病一般的「多情」；對奴僕則能擺出衙役對死囚的威嚴，奴才越害怕，主子越賞識，在同僚中被提拔的機會越多。

武帝青筋隆起的右手一搖，李福虔敬地退後兩步，挺直了脊柱。

「子孟愛卿！」

「臣在！」公卿將軍行列中走出大司馬、大將軍霍光，他面皮白皙，眉目疏朗，三綹長鬚，飄逸中見穩重。

史書記載此公身高七尺三寸（漢制每尺合市尺六寸多），當時要八尺才夠標準。他的衣冠整潔，身材勻稱秀健，頗具威儀。

「郭穰把《太史公書》稿取來了嗎？」

「殿外候旨！」霍光的語調謹慎、恭謙。

「宣他上殿！」武帝的口氣近於慈和。

「宣中謁者令郭穰上殿！」李福接過皇帝的口諭，一個個接力地傳至門外。

郭穰領先，四名小謁者用木盤託著書稿，上面覆蓋著青色緞子，魚貫上了金階，行禮如儀。

「呈！」武帝話一落音，小謁者們膝行上前，將托盤放在龍几上，皇帝一揮廣袖，小謁者們叩頭下殿而去。

皇帝隨手抽出一卷攤開一看，大殿裡寂然，像是針落到地毯上的聲音都可以聽見。

皇帝的顎下神經突突地跳了兩下，他將散開的卷子往書稿堆上一扔，又抽出一卷審視著。大概有一股無形的涼氣侵入他的肌膚，他下意識地將蓋在腹下的狐皮褥子拉到前心，挺起上身，幽鷙的雙目驀然一瞬，兩道和他那衰病之身不相稱的冷光向朝官們掃了一眼。於是文武兩班一齊垂手肅立，噤若寒蟬。

「哼！」武帝鼻孔裡冷漠地笑了一聲，李福伸著裹滿肉塊的脖子，猜想風暴就要來臨，他希望多殺幾位大臣，這樣才能過幾天安生的日子。不覺在臉上呈現出了幸災樂禍的殘忍表情。

「郭穰，司馬遷的文章寫得如何？」聽口氣，皇帝似乎還平靜。

「萬歲明斷！」郭穰躬身作答。

「這話說得太滑頭，挺漂亮的書生，為什麼要學得像琉璃珠子一樣世故圓通？」話很重，說來不算咄咄逼人。

「臣才疏學淺，見聞未廣，怎敢妄議。」

「子孟愛卿，還有田千秋丞相、桑弘羊等列位卿家，都看過這部書稿嗎？」

「臣奉旨細讀一過，可惜年老昏聵願聆聽萬歲聖教！」田千秋特別膽小，在摸不透皇帝想法的時候，只能沉默，何況還有霍光、上官桀、金日磾[03]等大臣在場。

「嗬，你們也跟郭穰一樣，要來個『聖上明斷』嗎？哈哈哈哈！告訴你們，這是古往今來人世間第一流好文章。可是，你們誰能說出司馬遷的文章為什麼寫得好的道理嗎？」自我崇拜使得武帝的病容大為減弱。

「萬歲明斷！」郭穰重彈官場老調，感到一陣對老官僚們報復般的短暫愉悅。這一閃念迅速為對書稿和太史公命運的憂慮所代替。

[03] 日磾（音覓抵）（西元前一三十四年至西元前八六年），字翁叔，本匈奴休屠王太子，霍去病北徵得休屠王祭天用的金人。日磾由渾邪王拘送長安，武帝賜姓金，貌英俊，封馬監，遷官侍中，因擒造反的馬何羅有功，封秺侯，升駙馬都尉。其子為武帝弄兒，調戲宮女，日磾親自偵知後打死。武帝又選其女為妃，金不肯，備受信任。作為託孤重臣之一，輔昭帝有大功。

「告訴你們，司馬遷文章之所以好，是靠我一手折磨出來的。史書上皇帝很多，做到這一點，敢輕鬆講出來，是朕與眾不同之處。司馬遷筆帶蒼莽渾涵之氣，是崑崙黃河之精魂。敘事生動，上承左丘明《左傳》與《國語》，吞吐百家，驅使諸子，已是前無古人；而議論是老吏斷獄，嚴而不苛，論外有識，不讓本朝賈誼。何況還有日月星辰，花樹蕭森。一往真情，狂肆淵穆，玄奥靈動，直追三閭大夫屈原。朕一唱三歎，驚為奇絕。豈是凡俗之眼所能識？」武帝左手拈動銀鬚，爆出一串爽朗的大笑，不可一世的銳氣回照在他骨骼粗大、多少有些鬆散的身架上。

「萬歲！萬萬歲！」除去郭穰和田千秋，大部朝臣發出了不全是裝出來的歡呼，羅拜在龍榻之下。

「眾卿請起！」武帝的笑聲被這陣歡呼突然切斷，兩眉凝成一片雪山，雙腮上病態的殘紅迅速化作一片秋霜，那低音依舊很寬潤，只是略顯底氣不旺，像談論月亮上的故事一樣平靜，與眉飛眼動的外形，全然不似一個整體：「《太史公書》就其識、才、情而言，可以傳誦萬載而長新。但一個朝代只能有一個人垂之不朽，那就是囊括山河勛業彪炳又有許多疏狂之處的當今漢家天子，輪不上大文豪大史學家司馬遷。遺憾哪，讓恪守常規的人流淚頓足長太息吧！朕最不喜常規，只愛非常！跟你們這批書呆子不一樣，大不一樣；跟朕同樣好奇，同樣包羅古今的，只有令人歡喜又討厭的司馬遷！歷史有時候便是一連串遺憾的總和，畏首畏尾不是偉丈夫！故而《太史公書》必須立即焚燬，只因為此書太博大，博大到地不能載，天不能容。只有我如日之升似月之恆的大漢朝才能出這位太史公，他是史學王國執牛耳的霸主。不，簡直是一位皇帝。你們不必再費神給他羅織一千條大罪，沒有用處。只有朕這樣比他更高的天子，才能把他從史冊和國土上除掉！」

武帝拾起膝上卷子扔在托盤上。

李福的拂塵一揮，四名小謁者貓著腰，悄悄地上殿叩過頭，便將《太史公書》托起奔下金階，一卷卷地投入火中。

被鑄在銅鼎上的九龍氣得七竅生煙，紅火、黃火、白火、藍火、青煙，騰空跳躍、飄閃。一代巨匠的心血，正在化為飛塵。啪的一聲，小小的火團裡跳出一條火苗，如同羽化的蝴蝶，被巨鼎噴出，落到白玉石鋪成的小平臺上，小謁者將它拾起，再次投向火堆。

郭穰側目一看，一層層的字跡，在火焰裡顯得特別蒼勁，它們在收縮、在滾成灰團、在重疊。他只好低頭看著自己的靴尖，光虹在上面抽搐，一條條躍起襲向他的心頭。

「自盤古迄今尚不足萬年，朕何德何能，敢期與天地同壽？眼看即將見高祖於太廟，留下司馬遷，於心難安。郭穰起草詔書，將朕意告知司馬遷。」

繼興奮而來的疲憊使得武帝趨於沉默。

「臣遵旨！」郭穰走近書案。

「哎！」武帝長嘆一聲，轉身背著群臣躺下了。小謁者將起草的黃綾攤開在席上。郭穰握筆，蘸飽濃墨，抬起頭，乞援地望著霍光和桑弘羊，大將軍轉過身去，桑弘羊避開他的視線，至於田千秋，郭穰從無幻想。過了片刻，墨水滴到綾上，筆還懸在空中。

「啊！」久久凝望著大銅鏡的武帝矯健地翻身坐起。

「聖上保重！」霍光有意提醒郭穰。

「朕不如司馬遷多矣！」

「陛下……」田千秋有些不知所措。

「當年李陵一案，司馬遷下天牢，郭穰上書呈訴司馬遷五大罪狀，滿朝震動，四民沸騰。朕素厭不忠不孝之人，為何獨獨升他為中謁者令？箇中苦心，唯有列祖列宗可以明鑑。」武帝連連搖頭，被自己的做法感動得近於陶醉：「其實，郭穰告密的內容可謂平淡無奇。朕讓他整理《太史公書》，每天有人伏在樓板上，看著他的一舉一動，他為書稿流過二百一十三次淚水，有記載可查。現今一一為眾卿說出，使爾等知道天子不可欺！設若朕身為司馬遷，處於刑戮之境，爾等誰肯冒天下之大不韙假裝出首，不顧朝野譏笑來整理朕的書稿？沒有，一個也沒有。」武帝咻咻氣喘，李福奉上參湯，被他那瘦長的手推開。

「陛下洞察若神，臣不敢掩飾，情願含笑伴隨陛下，見高祖於上天。起草詔書，鞍前馬後，尚可稍盡微力。新君登極，雖有諸位賢臣輔佐，臣師司馬遷通天人之際，古今之變，熟知典章制度，能盡股肱之責。臣萬死無怨！」

郭穰以頭叩地，額上流出一行熱血。

「哈哈哈哈！小子真不俗，到底認輸了！」武帝欠身接過金盃，呷了兩口參湯。

「萬歲！郭穗有欺君之罪，要不要……」桑弘羊出班啟奏。

「郭穰義士，正好留給皇兒聽用。不過，玉不琢，不成器。把他送到當年管教司馬遷的地方，讓他嘗嘗滋味，不失為一劑大補湯。」

武帝的臉上古井無波。

郭穰長長的瓜子臉變得煞白，俊秀的下巴顫動一陣，不無惶恐地下拜了：「謝恩！」當他抬起頎長的身子轉下金階時，又憂鬱地仰視灰白色的天空深深地吐出一口氣。

兩名謁者各自抓住他的一隻腕子押出了甘泉宮。

「萬歲為天下生靈珍重，不必過勞！」霍光想早些結束眼前的活劇。

「慢！大將軍勤政愛民，為人方正。每次入宮，自宮門至金殿都走兩千步，一步不多，一步不少。朕令內侍暗中數過，實為當朝一奇；當年逆賊馬何羅、馬通、馬志成造反，卿與金日磾、上官桀平定有功，至今未加封賞，非朕刻薄寡恩。今歲以來，累染沉痾，眼看不起，特降旨命黃門畫師繪圖一幀，賜予愛卿！」武帝話一落音，李福已將絹畫遞與霍光。

霍光白玉般的雙頰泛出了紫紅，兩行熱淚奪眶而出，滴在袍襟上：「謝主隆恩！為臣愧領了！」他撩袍欲跪，武帝擺手示意，李福一把將他攙住。

「細細觀賞此圖方知朕有厚望。其中玄妙之處，有煩大將軍去太史府第詢問司馬遷，便有精當解答。」

「司馬遷……」霍光難免有點猶疑。

「哈哈哈哈！剛才我是試試郭穰，想不到他挺有幾塊硬棒真骨頭，可以重用。司馬遷，朕愛之猶恐不及，怎忍心置賢者於死地呢？」武帝是笑自己還是笑大臣們，誰也估摸不透。

「陛下聖德，司馬遷肝腦塗地，不足報答於萬一，臣代太史公……」霍光是真糊塗，還是裝糊塗給玄奧的武帝看，同樣使大臣們茫然。

「不用謝恩，大將軍可以坐輜車去看看他，解完此圖，請把郭穰拒絕草詔下獄一事如實相告。朕以為司馬遷絕頂聰明，他會知道該怎麼辦！」結語涼若冰鐵，威凌四射的眼神使大臣們記起了皇帝壯歲的風采。他侃侃而談，「再說一遍：殺司馬遷者必遺臭萬年，此類蠢事，朕豈屑一顧？」

「臣遵旨！」霍光辭駕下殿。李福拂塵一抖，「退班！」冠蓋楚楚的大人先生們宛如囚徒遇赦，無聲無息地退了出去。

「給大將軍備車，喚太子來一下。」武帝閉目養神，似乎什麼事也沒有發生過一樣。

八歲的太子弗陵長著很富態的銀盆臉，骨骼身板與頭不太協調，可以看出聰明早熟，先天不足的孱弱。

「兒臣叩問父皇聖安！」

「起來，坐上來。」武帝挺直鎖骨隆起的頸項，右腕抱著他的上腹部，將銀髯偎在他的鬢角。

大殿裡空蕩蕩的，只剩下爺兒倆，能占據的空間太少。

此刻，普通人的父子之情取代了權術與嚴酷。關山，歲月，武功，辭賦，通西域，戰匈奴，封禪，塞河，許多重大的歷史畫面掠過記憶螢幕，被一股熱流衝向遠方，那熱來自撫弄武帝銀鬚的小手，還有似乎是吹彈得破的紅腮。

武帝二十九歲生下長子劉據，元朔四年（西元前一二三年）剛滿七歲便立為太子，請了幾位宿儒教他讀書，賜給他栽滿琪花瑤草的大花園——情望苑，後來劉據被逼死，留下了「戾太子」的惡謚。徵和三年（西元前九〇年）皇帝終於認識到自己的失誤，到了安定（今中國寧夏回族自治區固原）、北地（今中國甘肅省東北角的環縣），蓋了思子宮，在太子自縊處興建「歸來望思之臺」。這些並不能換得內心的安寧，又有何用？

此刻，懷抱中的弗陵，怎能不引起武帝對劉據幼年的追思？

「據兒，你還怪老父嗎？」武帝下意識地喚著戾太子的名字，但很快回到現實。

「弗陵，好兒子！」武帝的鼻孔發酸了。

「父皇好！」

「嗯，兒以後要做一個治國安民名垂史冊的好皇帝。父皇遲了，失去許多良機……」

「父皇好嘛！父皇做皇上，兒臣不做……」

「你看大將軍其人如何？」

「兒臣遵父皇旨意，問過許多內侍和宮人，各家勛戚，都說他是個挺好的老頭。」

「對大將軍的話要聽，不能隨便懷疑他，不然忠良寒心，天下要大亂。」

「兒臣記下了。」

「兒看大將軍之子霍禹，侄孫霍山、霍雲如何？」

「都說這叔侄三人沒本事，專橫霸道，對下屬和百姓很凶殘。」

「治國，一成仁慈就夠了，做出來的事要像寬厚，心裡算計什麼要嚴密，甚至苛刻，才能辦成實在事情。」武帝突然壓低嗓音對弗陵說，「到兒親政的那一天，身邊有一幫治世之臣，羽毛豐滿，天下太平。等霍光一死，就把他的子子孫孫斬盡殺絕，不這樣做，我們劉家的江山就要姓霍，記住了嗎？」

「兒臣永記不忘。」

「嗯！千方百計要辦到。去玩吧，父皇困了……」

弗陵匆匆辭別武帝，在後宮，金日磾的兩個兒子金賞、金建正等著他去捉迷藏。他們年齡差不多，玩起來很相投。

武帝打了個盹，幾個模糊不清的夢交疊出現，使他感到窒息，翻過身一合上眼，舊夢又續上了。

「萬歲！萬歲！」李福見他嘴角掛著血沫，內心很厭惡，甚至暗暗詛咒皇帝早些死掉。但怕皇帝魔住，事後受到責難，為了表白忠心，輕聲將他喚醒。

一個可怕的景象刻在武帝的心幕上，眼前是一片荒墳地，被淡忘已久的父親景帝，還有六位丞相、太子、皇孫，紛紛從墳中伸出頭來朝著他流淚，冷汗從他的背脊、腋下、胯溝流出，心頭也隨之悸動。

「你過來。」皇帝雙手一伸，李福將他扶住，用繡花絲巾為他拭去汗水。

恐懼，昏昏沉沉中，那普通人的良知又被鬼神代替。現在，他唯一可以信賴的人似乎就是太監頭兒。「李福，你召見了方士邵伴仙嗎？」

「奴輩昨夜四更，請了善於望氣的邵翁仰觀天象，他託奴輩轉奏陛下。」

李福以老狗的溫馴之態跪倒在龍榻前的踏板上，樣子詭祕。

「說吧。」

「先生說，長安監獄中有天子之氣。奴輩認為上天示警，寧可信其有，不宜信其無。」

「昨夜四更，郭穰還沒有入獄吧！」

「是，陛下。」

「用不著，此人閹了也寫不出《太史公書》，留著生些小郭穰也不錯。你先賞望氣者百金，暗中派人守望，如果朕病轉重，讓郭穰出來草詔，再叫邴吉將京中系獄囚犯全部格殺，杜絕隱患！」

「奴輩記下了。」

「不能留下望氣者來煽動是非。」

「是，陛下。」李福一招手，捧著金葫蘆的小謁者膝行上前，遞上「仙人露水」。

李福用一支杯子倒了一點，親自嘗了一口，再換只滾龍玉杯倒進露水呈給武帝。

「哈哈哈！枉費心機。」杯子被皇帝龍袍的大袖一掃，落在羊氈上摔碎，白粉水珠四濺。見到奴才們瞠目結舌的呆相，便連連揮手。

「還不滾出去嗎？」李福踢了小謁者一腳。

小謁者無聲地拾起碎片，輕手輕腳地退出。

「你也歇會吧。」

「侍候聖駕！」

「不用了。」武帝想清靜一會，他這戲劇性的一生太熱鬧了。

剛剛瞇上眼，荒誕無稽的奇夢又來騷擾：一位身高八尺有餘的壯士，臉膛紫黑，虬髯戟張，環眼裡長著「重瞳子」，玄色盔甲，騎著粗大的烏騅馬，揮動丈八長矛，發出瀑布飛流似的笑聲，以叱吒風雲的氣概，向他馳來。塵土落處，壯士威喝一聲：「孤，西楚霸王項羽！劉徹，還不敬酒嗎？」回聲山鳴谷應，震耳欲聾。

「大王！……」向來八面威風的漢天子，在壯士的氣勢面前自愧不如，不知所對。獻酒之類事情，他確實沒有做過。

「爾祖宗劉邦是流氓，以陰謀取天下。孤自刎烏江，非戰之罪也。」

「酒有，有，沒有杯……」

「頭顱便是巨杯，孤送與你這刻薄暴戾的乳臭小兒！」

「素不相識，初次幸會，『刻薄』二字，大王言重了……」

「劉徹，你自己做的事還不明白嗎？」項羽跳下名馬，那馬昂頭長嘶一聲，馳向遠方。所經之處，樹倒草枯，現出大片沙漠，吐出的熱風，帶著苦澀的氣息。

皇帝對這天翻地覆的壯觀驚愕不已。

烏騅馬迅速消失於煙塵裡。

皇帝將視線收攏到身邊，項羽把長矛往當中擠縮，立即變成一把寒氣凜冽的青龍劍，項羽又高叫一聲：「陛下對將士若何？」

奇蹟發生了，項羽一轉身盔甲鬚眉頓時變得雪白，袍袖上打著補丁，靴子綻裂，露出了腳後跟，個子也矮下一截，臉色枯黃，深眼窩，目光乍看很自尊，細細打量，也有怨憤，但比較含蓄。高顴骨，肥唇，獅口，猿臂長而靈活，一身鄉土氣、行伍氣、邊塞氣。

「老愛卿不是飛將軍李廣？朕與先帝俱賜卿俸祿兩千石，前後四十餘載，為何一寒至此乎？」見了老臣比見項羽膽子壯得多。他為自己極其富於同情心而自豪，把內在的刻薄貪慾全忘了。

「臣……」飛將軍有點口吃，很木訥。

「但講無妨！」

「臣從未治過家產。所得除飲食之需，全贈傷亡士卒親人……」

「請將軍上馬回長安，朕要封你為侯。萬軍易得，一將難求！」

「陛下想臣入京，好交於刀筆吏治罪耳。大丈夫可殺不可辱！廣老矣，數十年寬舒不苛，殺敵在前，遷賞在後。故士卒效死。廣百戰無功，亦無大過。以逆孫李陵降匈奴，全家被株連斬首，廣何忍獨存，貽羞天下？」只見老將軍左手捋起銀髯，右手引劍一揮，血如泉湧，倒在沙場上。

「老愛卿！老將軍……」武帝俯下身軀，搖撼著老將軍遺體，泫然欲哭，只是對眼前的畫面不全信以為真。

忽然，老將軍一躍而起，鬚髮又變得漆黑，他右手握住劍柄，左手伸出兩指捏住劍脊，用力往當中一擠，立刻變成一支斗筆，刃上鮮血化作墨水，流個不停。白盔白甲變成了青袍烏巾，連同腰上橘黃色絲絳，齊被朔風吹得飄起。他全然不把武帝放在視線之內，斗筆在沙場上疾揮不歇，地上全是蝌蚪文字，武帝鎖眉凝視，大部無法辨認。

「司馬遷！」武帝有點惶惑，突然的變幻和太史公的少禮都真實得和假的一般。

「看不懂嗎？都是你親自所做的蠢事，求仙，求天馬，修宮苑陵墓，開邊，將賣酒鑄鐵收歸官辦，信任酷吏，十名丞相，六人死於刀劍之下……」

「司馬遷，大膽！你敢造反嗎？」皇帝勃然大怒，「把這卷本紀[04]替我燒掉！」可惜喊破喉嚨也無人應命。

「哈哈哈哈！歷史事實，你抹不掉。不信請再試試，臣雖受重刑，並無私怨。秉筆直書，史官天職，請陛下恕罪！」太史公擲筆於地，拱手而立。

皇帝氣急敗壞，先用手捧起沙去蓋字，說也奇怪，剛剛蓋上之處，字跡又頑強地長出來，老人一急，便用靴子劃動沙漠，總是徒勞無功。他不禁仰天大哭，為不可改變的史筆，為自己的孤單……又怎知是讀《項羽本紀》、《李將軍列傳》受到了感染而陷入夢中？

梧桐樹的殘枝敗葉上，滾動著濛濛煙雨，西風蕭颯，寢殿裡加倍曠冷，集英主與暴君於一身的武帝像一隻大毛毛蟲蜷縮成一團，繼續承受夢的折磨，無處可以躲藏。當權力和慾望居於主流，就昏迷、殘

[04] 皇帝的傳記在《史記》中叫〈本紀〉。

忍、果敢；當頭腦清晰的時候，又是個孤獨衰朽的普通老人，悔恨、悲哀、溫和占了上風。偌大的世界就被這樣一個聰明的笨蛋主持著，他一方面是封建制度的強化者；同時，在一定程度上又是封建思想的殉葬者。如果他當史官未必遜於司馬遷，做辭賦家或可追蹤司馬相如……一做帝王，所有長處都無處發揮。春秋戰國百家爭鳴的餘風，他的生命，還有他一手締造的大時代，行將墜入地平線。在幾縷最後的殘霞中，還會發生些什麼不似人世間可以演出來的慘劇呢？

時光、大地、人，都在戰戰兢兢地等待著。

晨帆

穿過霧海遠去的孤帆，本來是由一些平平常常的碎布補綴而成，藉助朝暉，才點染上炫目的金焰，卻沒有一個乘客能看到帆上的異彩，正如人在童年並不知道自己很幸福一樣。等到時間的距離拉得很遠，八面碰壁，親人已逝，歲月如飛，事業渺茫，用理想化的眼光回顧平庸無奇的幼年，鍍上一層朦朧的金漆，往事流入被遺忘的深海之後，在記憶的沙灘上拾得幾個貝殼，也特別珍惜。誰體會到這種惆悵情緒，肯定已經不再年輕。

司馬遷站在中年的高峰，面對昏昏燈火，或是披著耿耿星河，也曾想向愛女書兒傾吐自己記憶的序曲，遺憾的是只能找出幾個零星單調的音符，構不成樂章。

司馬遷世居龍門寨，占地五十來畝。西去三里是徐村，北枕梁山，東邊是高門原，那是一座更大的村莊，居民很多，原頭上有老墳三座[05]。原北華池，是遠祖司馬靳葬地。那裡的古井是先秦所開，水特別甘美。

幼年不能記事，一些印象來源於母親的敘述。司馬談夫人家住夏陽西北角的一個小村，人口上千，多半沒到過縣城，非常閉塞。她的父親曾應司馬喜之請來到龍門寨為司馬談啟蒙，同時兼授幾個頑童餬口。這群孩子當中，只有司馬談隨後來的老泰山獲得淵博的學問和去長安老方士唐都那裡學習天文的機

[05] 西元一九五八年平毀，近年恢復。一九八八年立碑，葬著司馬昌、司馬無澤、司馬喜。

會。女孩子再聰明，也要忙著採桑、打牧草、繡花、做飯，所以老塾師在臨終前還哀嘆：「惜乎你不是個男子，否則也和女婿一樣可以淹通經史呢！」

這天，夫人坐在院子裡向陽的一角織絹，五歲的司馬遷手裡拿著一柄木劍，輕輕敲著石板，用尖細的童聲頌揚著母親——他是跟牧童們一道放牲口時坐在牛背上學會的：

寒月皎皎，燈影搖搖。哀哀吾母，夜織劬勞。
秋蟲唧唧，銀漢迢迢。哀哀慈母，夜績忘勞……

夫人轉身下機，走近兒子，一拍雙掌，兒子扔開木劍，依依地抱著孃的雙膝，紫紅色的腮，貼著她的長裙紋絲不動，又大又亮的眼睛好奇地探問著什麼。

歌聲牽動了父親的慈懷，他放下帛書手卷，拈著稀疏的鬍子踱出草堂。

院子裡一片寂然。

「遷兒伶牙俐齒，好生讀書，沒準能實現夫子的夙願，成為良史！」

「夫人，說句煞風景的話：為史官者必須大智若愚，不動聲色，讓皇上把他忘記，爾後可以悄悄秉筆直書。既存信史，又能全身避禍。可惜我不是史才，也幸而未當史官。這幾年每遇機會，總想出語驚人，事過常常深自悔恨，下回遇到類似時刻，還是故態復萌。唐都先生幾番推薦，都因我直言而落空。孺子尚小，唱起民謠，鸚鵡學舌，何曾解意？然情真氣旺，又太聰明，好表露愛憎，未必能立足於朝廷！當今萬歲，喜聞頌辭，行屍走肉，靠唯唯諾諾可以束帶立於朝，祿享公卿。我平生最恨八面玲瓏的人，有時希望遷兒長大能圓融保身，有時又為這類念頭而羞赧。做人難哪，不讀書則不明事理；讀了書又無用武之地，反換得一串串煩惱，是無路之路呀！」

「遷兒長大，歷經甜酸苦辣，總會識些時務，不必過早憂心……」母親特地緩和一下氣氛。

「碌碌無為而生，不若頂天立地而死，作興遷兒得遇明時。」司馬談踱回草堂，頃刻間傳來琅琅書聲……

有一回，端秀健朗的母親帶兒子在村寨南邊的沇水漂紗，一時興至，扭過頭來望著愛子問道：「小遷兒，你可知道黃河上段直到我們夏陽縣一帶的泥巴為什麼是黃顏色？」

孩子上牙咬著下唇，連連搖頭，這個提問太高深了。他最遠只到過東面十來里的地方，沇水與陶渠水匯合處的小鎮。幾年之後，渠邊發現了靈芝草，進貢給皇帝，皇帝降旨改陶渠水為芝水，以紀國之祥瑞，小鎮也就借坡騎驢，改叫芝川鎮。鎮南門外半里之遙，有一片高丘，是漢武帝掀荔宮故址。地傍芝水與黃河，東西長二百公尺，南北長三百公尺，夯土四段，高約一公尺六十，至今下面還挖到過陶質圓形水管與板瓦；「宮」字瓦當，刻有「與天無極」，「居室」等字形的空心磚，磚頭有繩紋。不難想像漢初此宮的富麗垣赫。隋初，夏陽更名韓城縣，北移二十里，修復了周代韓侯國古城作為縣治，這些宮室都頹敗了。

砧杵聲聲，母親搓著紗，看到孩子張口結舌急於知道下文的模樣挺可愛，忍不住撲哧一笑：「聽世世代代老輩們傳下來的說法就有三種。」

「娘快說哪三種？」

「有的老爺爺說，成湯登基，連著旱七年，禾苗枯焦，顆粒無收，百姓餓死多半，年紀輕點的逃往南邊。千千萬萬條火舌舔乾了雲、燒紅了天。太陽被烤裂，一個勁兒往天河裡滴血，銀河灌滿，漫到地上，大半個天下都染得血紅。成湯爺齋戒幾年，寫下詔書向蒼天請罪，向百姓告罪，情願一死謝天，不要降災給黎民。果然感動上蒼，降下救命甘霖，人畜莊稼又活過來了。先前紅彤彤的田野高山被喜雨一沖變為黃色，黃河清凌凌的水成了泥漿滔滔，千秋萬代也難澄清啊，除非出聖人才清一回……

「什麼叫聖人？」

「就是什麼都知道的萬事通。」

「我能當聖人嗎？」

「不知道，黃河沒有清，怕當不上。」

「挺難當吧？」

「可不是，幾百年才出一個。」

「當不上就不當。娘，還有故事呀！」

「當然有囉！」母親擰乾紗束放進籃子，左腕挎著，右手牽著兒子回家，「老輩還說……」

「老輩有多老？」

「爺爺的爺爺，幾十代以前，都是老輩……」

「老輩還有老輩嗎？」

「有，數不清說不完。」

「那，有開頭嗎？」

「不知道。當初，黃河上半段沒人煙。」

「娘快說說當初有多久呀？」

「我也講不清楚，大概兩千多年以前吧，洪水泛濫，大禹的父親鯀治水七年無效，被虞舜爺處死，降旨要子繼父業，接著治水。」

「什麼叫子繼父業呀？」

「爹沒做完的事，兒子接著做呀！」

「那我也子繼父業……」

「你爹想做史官。史官要懂天文、古書、歷史，要有學問。你好好念書，可以接著去做。」

「說呀，那個大禹……」

「黃河滾滾，拍天蓋地而來，被龍門山擋住，化成兩股，南北橫流，淹沒村莊城池，淹死人畜無數。大禹率領民工幾萬人，決計劈開一條大豁口，讓黃河聽話。經過幾年，龍門山被劈開，鄉親們不忘大禹的功勞，把龍門稱為『禹門』。長大一點，請爹爹帶你去看，不遠。」

「禹門和黃土有什麼關聯哪？」

「有呀！龍門山沒開啟，黃河漫過大高原，水裡有的是黃土，把田野全都染沒了。」

「還有一種說法呢？」

「說的是黃龍性子火暴，噴雲吐浪，危害黎民，老百姓怨氣沖天，天帝知道之後，讓巨人夸父來到關西，將黃龍打五千神鞭，然後斬首，多虧黃帝軒轅氏講情，給牠留下一命，戴罪立功，灌溉禾苗。天帝以為死罪可免，鞭笞不可免，這條黃龍被夸父抽打得滿身流血——黃龍的血當然也是黃的——痛得滿地亂滾，牠挺悔恨，血淚把田地泥土都染沒了。天帝還不放心，怕牠烈性不改，又命令大禹劈開龍門山，給黃龍戴上行枷，水漲山高。這樣，黃河就老實了。有時候牠不耐煩，龍爪一抓，缺口的地方又有水災。可是牠再也掙不脫龍門山這座石枷。」

「大禹怎樣劈開的呢？」

「沒聽說，長大你自個去查問吧。」

「一定去查問清楚！」

「弄清了別忘記告訴娘！」

「哎！」孩子的回答是那樣堅定，似乎很有把握，惹得母親開顏淺笑了。

「娘，我要看看禹門！」

「容易得很，我們住的村子到龍門山才三四十里，都在一個縣境內。你小時候去姥姥家，來回都見過龍門，只是沒記住。」

兩年之後，司馬談趕著馬車載著娘兒倆去看岳母，天亮動身，不到一個時辰，就來到了河西沃原上。源遠流長的黃河湧起無數的浪花，自巴顏喀拉山向大海飛馳途中，消耗了巨大、原始的生命力，來到陝西山西之間疲倦地放慢了腳步，由北朝南捲去，想躍過龍門，到廣闊的豫西平原去喘一口氣。

孩子伏在車軾上遙望大河，彷彿是一條金龍，渾身噴射出浪焰，不是由河道之中，而是自地平線上挾著風雲雷電澎湃而來，滋潤了高爽俏健的北國風景，灌溉出豐饒的穀物，編織著瑰麗的神話傳說，為許多威武纏綿的歷史悲劇提供詩境背景。從靈到肉，沁出華夏靈乳，哺育出一代代平凡兒女。只要你見過母親河獷悍慈惠的面影，那滿天黃水穿透你的思維，澎湃的濤聲便會控制著你的脈息，直到心臟不再躍動！

孩子的視線與黃河越接近，呼吸越酣暢。大河浩瀚的氣勢，搖撼著他每一條敏感的神經。河與人勢必要合為一體，要麼撕開他的胸脯，使他無限擴張，河流就鑽進他的腑臟；要麼就把他吞進寒濤，吐出一朵銀花。

這種感受在孩子來說是朦朧的，難以會意，更不可言傳！生養出偉大兒子的父親，應該和兒子同樣不朽。但河流與大地之子對語的時刻，卻不能分享兒童的狂喜。他抖動韁繩說：「遷兒你看，壁立千仞的龍門山不像一對巨闕緊緊夾在黃河的頸項上嗎？」

「什麼叫巨闕？」兒子有點茫然。

「難怪，遷兒沒見過啊！」母親似乎有些遺憾，「他才開始念書呀！」

「哈哈哈哈！」父親笑得很豪邁，「巨闕是宮殿祠廟門口用石塊砌成的，很高很高，上邊再蓋樓觀，地基不大，非常壯麗。建章宮大門口就有那麼一對。」

「我要去看看！」孩子的好奇心是無限的。

「好好跟爹念書，有了學問，名聲傳到皇帝耳朵裡，會聘你去做官，自然看到巨闕。」母親鼓勵兒子。

車停在曠野。時當仲夏，碧原上麥苗波湧，有幾對蝴蝶上下追逐。山坡朝南逐步平緩舒展，有老羊倌、小牧童在趕著羊群。再向西遠眺，梁山隆起，雲塊縈繞，天朗氣清，正是出遊的好日子。

孩子蹦蹦跳跳地走近河邊，小手拍個不停。

「浪大，遷兒站遠點！」母親跟在後面招呼著。

前行幾十步，孩子突然站住，雙手舉在空中，忘了鼓掌，呆呆地望著黃濤，水珠從笑口般的漩渦裡噴出，濺落到孩子身上。他才看到近岸的地方，水勢稍平，龍門當中的浪掌互相撞擊、扭打、消漲，擰起水柱，又被丟擲河面，在陽光下灑出串串銀輝，多層交織。大風將一根樹枝吹落水面，轉眼之間就送出百丈之遙。一股寒氣，沁人股骨。前邊浪山尚沒有平復，後面跳過龍門的洪峰又從前者身上壓過去，彼此抱住，一同往怒海奔突。

母親從身後摟住兒子，拖著他倒退了好多步。父親雙手抄在腰後，頭朝後仰，眉峰微蹙，神馳遠方，風擺動他的頭巾和衣裾，額角上反射著陽光，臉上五官輪廓分明。此後，這畫面又常常反芻到司馬遷的意識中來。

「娘，這為什麼叫龍門山呢？」

「我也不太清楚，沒準和鯉魚跳龍門有關係。」

「這麼高的龍門能跳過去嗎？」

「難哪！跳過去的就成了龍。哪有不想成龍的鯉魚呢？牠們從大湖大海動身，一批接一批，頂著浪遊過很多江河，來到龍門口，一百條魚也只剩下兩三條了。其餘的叫網撈掉，大魚吃掉，被惡浪衝回大海。有的魚還被拋上懸崖，摔死在山頂河堤上，成了老鷹們的美餐。」

「有跳過的魚嗎？」

「當然有，老輩人說，那會，滿天烏雲像烏毛一樣密密匝匝，排得風都吹不透，閃電在雲塊中間亂鑽，把守在龍門之上，單等鯉魚從浪尖上跳過去，電火團團就追趕著牠，燒掉牠肚下的幾塊皮，讓龍爪生出來，燎掉牠下巴的兩條魚鬍子，長出幾丈長的龍鬚。雷霆從牠左右兩肋拚命地轟呀、擠呀，龍的身子越擠越長，等到牠能吐出滂沱大雨，天上的雲片就閃開一條縫，龍才能甩頭擺尾扶搖直上，穿過天門，從此就和魚沒有關係了。」

「一條魚一輩子只能跳一回嗎？」

「不！只要有志氣，可以退回去再練，年年跳，月月跳，一直跳到死而無悔。做任何事情都應該這樣。」

「有多少條魚跳過去呢？」

「鬧不清楚。有的說三十六，有的說七十二，就算七十二吧。」

「媽，我們別走，待在這裡等著看第七十三條魚變龍多有意思！」

「那要等到驢年馬月，人老幾輩子！」

「要有志氣，總能等到的！」

「姥姥等著遷兒去吃粽子做生日呢，要是今晚不到，老人家就睡不著，會急出病來。」

「人不是魚，有志氣要做成大事業。走吧！」父親走過來，撫著兒子的秀髮說出了結論。「沒有百折不回的精神，不能得到真學問、真見識。大漢江山很大，光念書還不行，要親身去看、去問、去領悟。多一點知識就給自己添了一片鱗甲，鱗甲夠了十萬八千，就是真『龍』。那種境地是何等的令我嚮往，我們姓司馬的世代為史官，後來又出了許多人，將來祭祖的時候再詳詳細細告訴你。每隔五百年，必有大人物出現。孔夫子去世五百年了，將來的大人物或許就是你！也許不是，好兒子，努力啊！」

「當不上大人物，黃河還沒有清呢！」兒子指著萬里濁流。

「兒當上之後，河水才會清呀！」母親向司馬談使個眼色。

「專心致志，金石能開！能當上，聖人都從孩子開始的！」司馬談笑聲寬朗。

「我要試一試！」孩子的右拳在空中一擊。馬車啟動。

小司馬遷兩眼滴溜溜地盯著龍門，好像馬上就會有魚跳過去變成金龍似的。

夜間，他躺在母親的懷中，夢見一位身高十丈以上的偉丈夫，穿著青色龍袍，頭戴冕旒，雙手遞給他一把小斧頭，向他拈鬚微笑。

「這斧頭太小，劈不開山，我不要！」司馬遷一跳就長得和偉丈夫一般高，斧頭放在手上輕如鵝毛。

「哈哈！你吹上一口氣它就變大了，想多大就成多大，用完再吹口氣就變小，能挎在腰帶上。」

「您是哪位大王？」

「夏禹便是。」

他連忙拜謝，捧起斧頭一吹，迅速變成一丈多寬的斧口，柄有三丈出頭。他高舉過頭，試著朝小山一劈，頓時山被砍成兩半，一股黃水從山肚裡冒出，向兩頭延伸，成了大河，當中被劈開的山峰夾住，成了第二座龍門。

他把斧頭還給夏禹王，從山坡滾下河水，立即變做一條大魚，譁笑著，騰躍著，破浪直前，沉到河底，尾巴頂住石塊，憑空一跳，飛過龍門，變成巨龍，下半身被雷霆追逐，閃電烤燒，痛如刀割。

「哎喲我的娘！」他驚醒了母親。

「你魘住了吧，遷兒，怎麼尿炕了？」母親將他喚醒。

「過去了，過去了！」他還在囈語。

「說什麼？」

「劈了龍門，我也是聖人，黃河清了……」

母親脫下兒子的襯褲，扔到地上，將他摟得更緊，自兩歲以來，尿炕這是第一回。

他發願要做飛騰九天吞吐滄海的龍！

當這些空中樓閣遠不可及時，念書便味同嚼蠟，不讀又別無選擇。父親要他端端正正跪在炕頭，屁股坐在腳後跟上，嘴裡反覆念念有詞，門口一隊小牧童趕著羊群和老牛走過柳蔭奔赴高門原北邊，他羨慕之極，真想投身其中，連禹也不做。這時父親乾咳兩聲，他感到羞愧，耳根漾出一片輕紅。

※　※　※

兩年後他在姥姥家做過八週生日回來，同車的多了一位六歲的小女孩上官清，她的母親與司馬談夫人是嫡親姐妹，死於產後風，當時是不治之症。父親是串鄉大夫，騎著駑馬，走南闖北，治病餬口。每年靠近除夕，才帶點銀子回家，與妻兒岳母團聚。過了二月二龍抬頭，他又告別親友浪跡天涯。中間音信全無。大夫除去看病，最愛下圍棋，在江湖熬煉多年，逐漸成為國手，人們送他個綽號：棋大夫。意思是他不光會治病，還能解救危局。上官清是獨生女兒，四歲就能下棋，到了六歲，別說是孩子，大人想贏她也得費一番心思。

司馬談有點古板，曾經多次教誨姨侄女說：「女孩家做針線之外可以讀點書，光擺這黑白子，長不了見識，白費大好時光。」

孩子姥姥一聽，就來個借油鍋炸豆：「大姑爺，你不是說清丫頭聰明嗎？可這裡沒先生教，依我之見，把她帶回去跟遷兒一起認幾個字，免得在這裡慣壞了。」

「娘能捨得她？」司馬談夫人反問道。

「走了清靜一陣，想她就接回來，我也能騎驢去看看你們。人還能動彎兒，什麼都好說。我的好遷兒，表妹去跟你一塊放羊念書，你打她嗎？」

姥姥用右手抬起男孩的下巴，有點明知故問。

「大孩子不欺侮小孩子。」

「你不就大兩歲嗎？誰小？誰？」清兒好勝，有點男孩脾氣。

「不服氣？好樣的！」姥姥抿著門牙脫落的嘴。

「你就是小，小一天也小呀！」小表哥昂著頭，故作老成，逗得老太太樂不可支地與他們話別。

車過龍門，司馬遷把從母親那裡聽來的故事給清兒條理分明地敘說一遍。

司馬談隱隱約約地感覺到兒子才氣的幼芽。

女孩的表情不似兩年前的司馬遷那樣外露，她咬著牙，捏著拳頭，如同暗暗地為一心化龍的鯉魚出一把力。

司馬談也動了說故事的念頭，他講到大禹划著一隻獨木舟，走遍江河，查清水的流向，跨過塗山三次，過門不入家，面容黧黑，神色憔悴，獻身救民，忘卻得失安危。他紀律嚴明，大會諸侯之日，防風氏後到，當眾判了斬刑，從此威震華夏。後來分天下為九州，鑄了九鼎……清兒眼珠滴溜溜轉，倚在姨媽懷裡，聽出了神。

「爹，您還講漏了一丁點。」

「什麼？」母親的聲音帶著威嚴。

「遷兒，說吧，當史官的就該把每件事的起因經過結果完整記載下來，是非善惡，不做隱諱。前輩錯了也要勇於更正。莫打斷兒子的興致！」

「夏禹當了國王，有位臣子，名叫儀狄，造了酒來獻給大禹嘗一嘗，大禹一下喝醉了，挺高興。第二日醒來後說：『後代必然會有沉迷美酒而亡國的人。』夏朝傳了第十七代，夏桀造酒池肉林，終於亡國。」兒子複述完畢，清兒眼中流出羨慕的神色。

「別看哥哥講得很順暢，你不用多久，準能追上他。」父親怕兒子驕傲。姨父鼓勵的話沒錯，清兒記性特別好，只要司馬談將古書念兩遍，她就能背得出來，雖然不懂得是什麼意思，也不肯多問。起初司馬談認為她是礙於情面，後來發現是個性使之然，就不以為怪。

司馬遷讀書沒有小妹會背，他念得慢，想得多，肯問。

積習的驅使，清兒用泥捏了方圓兩種棋子，陰乾之後，又放在柴火裡燒過，雖然五色，也不會互相混淆。偶然，她與鄰兒擺一局，所向無敵。司馬遷先是由衷興奮，像是自己贏了一樣。過了一會，他又覺得不大自在，因為走上風的是表妹。

「哥，你會嗎？」

男孩搖搖頭。

「我教你。」

「不用教，我試著走吧。」男孩不知道世上有難事。

她擺一粒，他跟著放上一粒。

一氣輸了三盤，司馬遷似乎懂得一點「奧妙」，他覺得會下了，有點躊躇滿志地說：「再下呀！」

「跟你來沒勁，你不懂！」

「再來我準不會輸！」

「跟哥下和我跟自己下有什麼兩樣？」

「你太看不起人，來！」

「來就來，你不行就是不行！」一盤下來，男孩又輸了。

「嘿嘿！」女孩笑了。

「孩子們別下棋了，你父親為這樁嗜好，把什麼都耽誤了。遷兒，你說該怎麼辦？」司馬談手握書卷出現在視窗，嘴角掛著笑容，溫和中有嚴厲。

「我不下了。」男孩將棋子裝進小木盒，走到院子，一把一把扔到了屋頂上，像下過一陣冰雹。

小女孩的臉紅了，她竭力忍著不哭出聲來。小哥哥心中感到一種快樂，這是原始的妒火在閃動。

「等你們長大之後，有了學識再下。除去求學，任何東西，迷戀過深，自苦苦人，何必乃爾？遷兒，你練過劍嗎？」

「練過了，我舞給爹看。」這一招是小阿妹不會的。他提起短劍，劈刺掏削，縱跳騰挪，舉止靈活。和往常不同，小女孩不肯出來觀看，她手上拿起竹簡，眼睛看著地上發愣。

男孩收劍站定，鼻尖上冒出了熱汗。

「遷兒，我們老祖宗司馬蒯聵在趙國是出名的劍客，依據傳聞：狂舞起來箭也射不到他的身上，尤其在月光之下，一團白雪，冠絕一代。朱家、郭解這些大俠提到老祖宗還肅然起敬呢！練劍難，練心更難。劍是身外之心，心是身內之劍。動靜相生，進退相成，無方不圓，形圓意方……」說到這裡，司馬談才注意到女孩不在旁側，便脫下長袍，送到屋裡，拉著她的手說：

「停會再看書，先看姨父舞劍。」

「嗯。」女孩很被動。

「遷兒取劍來。」

「是。」男孩一路竄著彈跳而去。

院內小池裡，亭亭出水的荷葉，給魚兒們撐著小傘，蓮花如碗，一朵玉白，微塵不染，傲岸地秀出於頂端；另一朵身穿粉紅衫子，嫩苞乍放，因為害羞，又收縮成一團。水面掩映著浮萍，岸上的垂柳，給水池罩上一層淡淡的碧影，在陽光中顫動。幾隻蜜蜂，奏著嗡嗡的曲子，有勞動的喜悅。

長劍在握，司馬談敦厚之外，平添了一股英武之氣。他的腳跟毫不費力就從後面倒踢頭頂的髮髻，一躍高於人肩。劍花團團，一化三，三生無限，達於太極。劍鋒上的陽光，旋成一道半透明狀態的巨環，把司馬談罩在其中，鬚髯模糊。

耳邊聽著劍風呼嘯，女孩驚詫地定著神，方才翹起的嘴角綻出一縷笑影，不大容易看得出來。

男孩頓足、拊掌、狂呼，他看到了父親的另一面，覺得人應該這樣活：讀書、擊劍、著述，為人排解紛爭。

父親也許是為了造就孩子才到世間流盡汗水，後代將會銘記著培植出人的人。這絕不比負薪塞黃河缺口、領一支勁旅抗擊侵略者容易。

長年的耕讀著述生涯，消耗了司馬談很多體力，收劍之後，面色泛出醉後的棗紅，喘息也粗重了。

夫人在另一間屋裡打好一盆熱水，招呼丈夫去沐浴。她看著兩個孩子，覺得興奮。箇中有什麼味，她還說不清。為了準備午餐，她到小園中摘菜去了。

院子裡只剩下小兄妹倆。清兒從地上拾起一枚棋子，那是屋瓦上滾下來的。看舞劍的興趣頓時為惱怒所代替，下唇又朝外一撇。

「清妹，你也來玩劍好嗎？」

清兒推掉哥哥沒有開口的銅劍，狠狠地瞪了他一眼，把棋子朝他頭上一摜，哇的一聲哭了。

「清妹，你……」

「……」小女孩揉著眼，回到屋裡，重重地關上了門。兩天之後，風波過去，孩子們又說話了。

「哥，為什麼衰弱的『衰』又念『摧』，說話的『說』，念『悅』和『稅』？我光認得，分不清。姨父問我怎麼回答？」

「人名念『衰』（摧）。趙盾之父趙衰如冬日之可親，其子如夏日之可畏。孔子又說：『及其老也，血氣已衰，戒之在得。』大概念兩個音都可以……」說到此處，想起前天她不理自己，還有父親誇獎她的神氣，他忽然改變了主意，「說話的『說』念三個音，我記不得了。」他留了一手。

「哥，你別像夏日之可畏喲！」

「不會，不會，我一定做到像冬日之可親！」

司馬談教書不貪多，他先要求孩子們識字，懂得一個字的幾種意義。當時離春秋戰國不遠，語言的變化不大，讀古書不像後來那麼費力。他教清兒「說」字三音三義的時候，小女孩太貪玩，正在努力數著姨父下巴上有幾莖長鬍子，它們生得稀朗，說話的時候又老是抖動，沒有聽清字義，只背熟了字音，大人一問，孩子本來就像熟石榴的雙頰更紅了。她斜著眼睛，頑強抗拒承認自己的不足，迫使自己的意志，再集中到鬍鬚的統計上，是不是七十八莖？

「子長，你說說看。」喊子長時嚴肅中有點開玩笑。

「我……」想到拒絕回答清妹的事，只好裝作囁嚅。

「真不長進！我不是跟你講過兩遍嗎？清妹小，你大兩歲，要艱苦卓絕地努力！立德、立功、立言，古稱三不朽，你選擇什麼？」

看到父親憂慮的表情，司馬遷感到一陣炙痛。便把喜悅、遊說、說話三音三義複述了一遍。

「剛才為什麼不講呢？」父親很奇怪。

「……」司馬遷看了清兒一眼。

清兒的頭猛朝下一低，眉毛聚到一起，臉色由紅泛紫。

司馬遷的心中忐忑不安地擂著大鼓。

這次課講得時間特別長，兩位學生都沒聽清司馬談後來說了些什麼。

「清妹，」父親一走，司馬遷主動來緩和氣氛。

「夏日可畏！」她的胸膛急遽地起伏。

「聽我說……」

「別說，我不聽，算了！」她拒絕解釋。

「清妹，你恨我，不跟我玩？」

沒有回答。

「我明天去放羊，你去嗎？」

她眼睛一亮，顯然很想前往，但馬上又咬著下唇不肯開腔。

「清妹，我錯了，爹老講你好，我不服，知道不講……我再也不使壞了，去吧！……」他的臉龐發白，眼睫毛潮乎乎的。

清兒說不清是委屈還是原諒，小手揉著眼睛，鼻孔裡不停地抽著氣。母親捧小筐，剛剛餵過雞回來，筐裡放著十多個紅殼雞蛋。看到侄女要哭，不由分說就扭住司馬遷的耳朵說：「你為什麼欺侮她？」

司馬遷抱著頭，不吭聲。

「姨，哥沒有打我。我念書笨，剛才姨父問字義，沒好好回話，不怪他。哥教過我，我忘了……」

「不！娘，我不好！」司馬遷羞愧地哭了，「打我吧，我該挨罰！」講出內心的隱祕，他覺得輕鬆。

「兒子，男子漢，沒有氣量，可恥！一個相信自己能力的人，不會妒忌別人。我也曾妒忌妹妹的花比我繡得好，現在她過世了……這種病不改掉，一輩子沒有出息。來，我煮蛋給你們吃，一人仨，明天一塊去放羊。」母親把蛋筐交給司馬遷，抱起清兒，沉浸在回憶中。

「姨，我沉，您抱不動！」

「抱得動！多水靈的孩子，太像我的小妹！」

「我送飯給哥吃，到梁山腳下去玩。」

「姨疼清兒！」母親的腮貼近女孩的額頭。她給孩子們煮好六個雞蛋，每碗三個，清兒吃下一雙，夾了一個給男孩。他要還給清兒，腕子被女孩按住，相持俄頃，女孩伸手抓起蛋清填進他的嘴中。他一笑，蛋黃噎住喉管，女孩學著大人的模樣，在他背上拍了幾下，做得挺老練。

從此，他警惕妒忌種種惡德的襲擊，至少對清兒是這樣。

人世大哀，比如父母伴侶親友之喪；山崩海嘯的震驚，行船馳馬的危險，貧賤受到的白眼，都可讓流光沖滌為甘美的回憶；唯有許多輕微的拂逆，烙上良心譴責的細事，剛發生的時候，並未震撼你的意識，事隔多年，卻不時來叩問心扉。

司馬遷欠下清兒的正是這種微妙的債，永遠還不完。

自從暮春時節，到菊英飛落，只要天氣晴和，牧場都是樂園。

牧羊兒童們愛戴的司馬遷也喜歡沆水梁山，他在豐衣足食之餘，不時被父親派來客串些農家工作，他怎能忘記那些場面？

他雙手交叉，放於腦後，躺在地上，看著白雲忽而連成長龍，忽而變做破旗，忽而化為波濤，忽而飄成長巾。當天風送走雲塊之後，兀鷹雙翅不動，像鐵打的一般，在澄空往來翱翔，忽然俯衝下來，在半空中翻了幾個筋斗，一個斜刺，抖抖翅膀，又盤旋在九霄……

司馬遷分配小夥伴們做韓信、蕭何、漢王、樊噲，而自己總是做霸王項羽，拿著一根蘆葦做長矛，騎在冒牌烏騅馬——極不聽話的老公羊背上，胡跑亂竄。「長矛」刺到誰，連「漢王」在內，都要打個滾躺在地上裝死，然後「號角」（用蘆葉捲成，聲音僵直刺耳）長鳴，圍攻「項羽」，打到不可開交的時刻，夥伴們都後退了，他才拔出沒有開口的玩具劍自刎。一遍又一遍，從來不厭煩。遊戲也有一條「紀律」，蘆葦只能扎屁股，不許打頭，免得回家再挨大人揍一頓。

他們有時在地上扒一個洞，堆上柴草，用火鐮擊石，引出火種，點上柴，大家一邊唱著楚歌，一邊續著谷根葦葉，等到土地燒燙，再從地裡偷來幾穗高粱，用手巾包上，放在河裡泡發脹，把柴灰扒開，撒上一層灰泥，擺進手巾，用些乾土蓋嚴實，孩子們用上衣在水塘裡蘸潮，把水擰在火塘上，熱氣上升，燻烤小半個時辰，重新玩上兩回楚漢相爭，將土掘開，手巾中的高粱米熟了，每人兩把，又香又甜，非常可口。這樣燒法，牧童們稱之為「燒窯」。

司馬遷初學犁地，每打一鞭，那牛快走上兩步，轉過頭來看看他，又回到了慢吞吞的老模樣。和藹的農夫跟在後面哈哈大笑。孩子的自尊心受到傷害，想炸兩個鞭花，誰知力不從心，第二次鞭梢打在自己頸子上，留下一條青紫色長痕，也顧不上護痛。第三鞭一打，牛好像服服帖帖地加快了速度，誰知走不到半壟地，也還是欺生。

耙地伊始，農夫拿來一大筐土放在耙上，地是整平了，可孩子的願望沒有得到滿足。經過幾百次上下，也摔了幾十跤，司馬遷終於可以站在耙上唱起順口溜了：

揮吾長鞭兮，鞭爾牛肩。禾苗鮮健兮，接彼長天。

飼爾嫩草兮，飲爾清泉。皇天后土兮，賜我豐年……

仲春長晝，清兒提著竹籃，給哥哥送來三張麥餅，一塊鹹肉，一碗菜湯。司馬遷坐在樹蔭下，給牧童們講夏禹治水的故事。選了三個孩子守住羊群，讓羊群低頭啃著新鮮的草芽，這工作是輪流換班，司馬遷和大家一樣，沒有特權。在北方，春天的腳步異常緩慢，羊群東遊西逛是吃不飽肚皮的。

和往常一樣，午餐送到，司馬遷先要分出一半犒賞「三軍」，分享者的樂趣不在乎吃得多少，在於熱鬧和象徵性的「同甘共苦」。

老一套玩膩了，一個稍大點的牧童提出要給西楚霸王娶親，霸王當然還是司馬遷，虞姬是女的，最好由清兒裝扮。孩子們鼓譟一陣，表示贊同。

「轎夫」被指定了，兩個男孩把四隻手搭在一起，彼此交替握著對方一隻手腕，另外的孩子們用嘴放炮，奏樂，好不熱鬧。公羊被一名「馬夫」牽著，馱上「霸王」去迎娶。

「不！我不當新娘！」女孩一點不馴服地搖著雙手。

「你不當誰當？誰叫你是女孩？」義務「導演」似乎很有理由。

「哈哈！做哥哥的太無能了，當什麼霸王，連屁也不是。倘若是我的小妹，早都揍扁了！」這類話有煽動性，附和的孩子又多。

「清妹，就玩一回，我讓你騎大公羊好嗎？」

「我不！」清兒的個性很擰勁，誰來干預，絕不就範。

孩子們繼續亂叫，給司馬遷上勁。

「你長大也要當人妻子，為什麼這會不當，掃我們的興？」義務「導演」在質問。

「長大也不當！」

「不當妻子還能當丈夫娶女人嗎？」

「為什麼不？我偏要當丈夫，娶女人，你們管得著嗎？」

「清妹別倔，求求你……」

「小丫頭電影，不管怎麼著，抬！」

孩子頭兒也有權威，尤其當命令與夥伴的好奇心一致的時候就造成風助火勢，火借風威的效果：搶親更夠派頭！

不由女孩分說，有人抱腰，有人抬腿，一哄而上。

「大王請上馬呀！」有人提示一句。

司馬遷半推半就地上了「烏騅」，繞了兩個圓圈，走到一座墳臺上，新娘被抬到，接著是拜天地，拜祖宗，夫妻交拜。按著大人的模式，鬧騰了一遍，牧童們皆大歡喜。

唯一缺陷是玩到烏江大戰之前，虞姬該拔劍自刎，清兒特倔強，她把「劍」扔在地上，跺腳大叫道：「我偏不死！就是不死！你怎麼著？」司馬遷無奈，只得把她往草坪上一推，女孩雙腳亂蹬，大聲嚷個不停，「我還活著，偏不死！不死！」

女孩怏怏不樂地回到家中，見到姨母就絮絮叨叨地告了一通狀。「哥哥不好，回來我打他，妹妹為什麼不能娶妻子呢？長大以後，姨媽幫你娶。乖，別生氣，好好玩去！」

童言的點化，給母親心空亂飛的遊思找到了縮系的長梭，她決計要娶清兒來做媳婦，更恰當地說是做女兒，她太想得到一個女孩了。

第二天，龍門寨發生了一件多年罕遇的大喜事，縣掾（音「院」，掌刑訟官吏）陪伴長安來的京官，由八名公差護送，來到司馬談家。

京官宣讀了蓋著大紅印璽的詔書，皇帝接受了方士唐都的推薦，任命司馬談為太史令，帛書一到，即日登程。

司馬談叩拜之後，接過詔書，供奉在祭祀祖宗的牆龕裡，然後請客人們就座。

司馬遷立在簾後，他平時十分討厭差官，今天看到他們稱父親為「大人」，垂手侍立，心中湧出驕陽下喝到涼井水般的快樂。

京官說：「太史公，而今京師達官眷屬雲集長安，將來最好把家遷到那邊，免得兩地奔走，諸多不便。」

「多謝指點！唐老先生玉體尚健吧？」

「他老人家還挺硬朗，不像宿儒臨淮太守孔安國大人多病。」

司馬談說：「犬子還想得到二位老先生的指教！」司馬遷聽到這話樂得美滋滋的，咧嘴一笑。正在得意，肩頭被捅了一拳，回頭一看，清兒立在身後，用食指擋著嘴唇，怕他笑出聲來。

縣掾三十出頭，服飾考究，他呈上縣令的書信說：「大人身染貴恙，臥床多日，託門下小吏李壽奉上手書，聊表敬意，望太史公入京之後不忘鄉邦父老！」

「多謝兄臺，請向大人致意！」

「太史公，小弟屬羊，比尊庚小五歲，應該是弟，以兄相呼，折煞學生！」

縣掾挺謙和，只有兩眼朝上看時，那幾乎全白的眼珠露出一絲專橫的傻相。

「哥，是你那群羊裡頭跑掉的一隻？」清兒伏在司馬遷肩頭耳語。他搖手示意她莫吭聲。她把雙拳舉到頭上，伸出一雙食指當作羊角，轉身走到甬道口，學了一聲羊叫：「咩——」聲音很低，還做了個鬼臉。

鄉親們聞訊，紛紛趕來道賀。母親吩咐長工佃戶殺豬宰羊，準備酒飯，司馬談拱手含笑，請客人們入席，毫無驕矜之態。自頭午熱鬧到天黑，才陸續散去。鄉情夾雜著羨慕與妒恨，趨炎附勢地故意拉近乎，都裝進菜碗、酒杯、湯匙，凝聚在筷頭上，沁透在談笑聲中，被嚼出不同的滋味。

司馬遷為父親的名聲和學識而感到歡悅，印堂發亮，就像是他自己用苦讀勤思去博得這種雅譽一樣。有幾個大孩子，一向不大理睬他，今天為了看看聖旨、欽差與縣掾（後者在鄉村是大人物），特地找上門來與他攀談。母親怕司馬遷入京之前受到欺凌，懇切地留大孩子們進餐，由司馬遷做主人，看著兒子應對的持重，儼然是司馬談的「縮印本」，有些飄飄然。

貴賓們被送進了客房，縣掾的話特別多，只剩下司馬遷父子的時候，他自負地說：「以小弟之才，漫說百里之內，就是一郡，也能垂拱而治。可惜未遇到識才之人啊！仁兄到了京師，請不要忘了提攜小弟，當有厚報……」他的舌頭有些發硬，說罷連連作揖。

司馬談扶他睡下，沒有鄙夷之色，為他蓋上被縟，燈一吹滅，縣掾就立即響起了鼾聲。

銅燈不夠用，粗碗裡放著油，絲捻子兩頭都點著火，書房裡從來沒有這樣明亮，連十月初歡慶一歲之首，也不能與之比擬。

老兩口兒坐在炕上，孩子們立於兩旁。

「遷兒，你爺爺想當史官，遠承祖業，細讀大內藏書，結果抱恨終天。問舍求田，畢竟非丈夫所冀求。為父今日名聞帝都，受詔徵聘，足慰先人。」司馬談莊穆地告誡後代。

「爹有學問，皇上才來徵聘！」

「這不全靠學識。你爺爺讀的書比我多，卻無此良機。凡幸事得之不喜，失之不憂。禍福相倚，過分得意，必招怨尤，禍便不遠。人不可忘本。我們司馬家在周朝做過史官的有幾代人，掌管帝王有關占卜、星曆、天文、歷史方面的專責，知道有關學派的異同與是非。後來分散到各國從軍從政，不復再當史官。這個傳統由我繼承，你要世世代代再傳下去！」

「兒永遠銘記父親的教誨！」司馬遷表情肅然。

「當史官光長於文辭修養還不夠，首先要有不為賢者、尊者、親者諱的高尚史德，敢左手提著自己的頭顱，右手寫史書，隨時準備以身殉職。是非善惡，各如其分。周成王在小時候用桐葉刻成圭狀，送給弟弟虞叔做玩具，說：『拿這個封你！』史佚得知這件事，就請成王擇日封虞叔。成王說：『我是講著玩的。』史佚說：『天子無戲言，言則史書之，禮成之，樂歌之。』結果虞叔便被封為晉國的頭一位諸侯。後來晉國丞相趙盾之弟趙穿弒晉靈公，太史董狐記道：『趙盾弒其君。』趙盾不服，找董狐來辯解：『弒君者趙穿，我無罪！』董狐說：『子為正卿，而亡不出境，反不誅國亂，非子而誰？』孔夫子很佩服董狐，說他是『古之良史也，書法不隱』。」

「如夏日一般可畏的趙盾殺了董狐嗎？」小女孩擔心地提問。

「沒有，他也不敢，殺人改變不了事實。早在春秋時代，齊國有位驕奢淫逸的大臣，名叫崔杼，為了跟國君爭奪女人，膽大包天，把齊莊公弒了，然後扶持了一位他自認為很聽話的新君。齊國的太史令秉筆直書事實：『崔杼弒其君。』崔杼一看竹簡上的記載，勃然大怒，立即將齊太史處死，史冊焚燒，然後命史官的弟弟接替哥哥修史。弟弟明知寫真話要殺身，寫法竟和哥哥無異。老二被害。老三領回兩位兄長屍體，一點不怕。崔杼揮動寶劍，百般威脅，老三一字不改，又寫了老大老二的原話。這件事傳遍齊國，三位史官受到朝野一致崇敬。崔杼暴跳如雷。正要殺死老三，另一位史官南史氏早已持筆拿簡站在宮門外等著準備再寫再殺。崔杼還接到部下稟報，有好幾位不怕死的史官正在往齊國都城趕來。崔杼嚇壞了，只好不殺老三。眾怒難犯，壞人在歷史面前屈從了。齊太史才是當之無愧的傑出史官！」

一陣沉默，空氣的分量變重了，壓在每個人心上，好像太史們是剛剛死在他們面前一樣。

「爹，您敢做齊太史嗎？」兒子含著熱淚，聲音哽咽。

「敢！如果我遭到不測，你怎麼辦？」

「我也跟齊太史一樣寫真話。」

「姨父，女孩長大能做史官嗎？」

「不能。」哥哥答得肯定。

「女子的事情不多，要有也是史官記下來。」司馬談拉著女孩的小手。

「可惜，我不能像姨父、哥哥那樣去修史書，在你們遭難之後接著往下寫！」

「不要氣餒！當今沒有，也許日後會有！」司馬遷說得一本正經。

「哈哈！有道理！」兒子的話石破天驚，引起司馬談的震動。

「我對你們都寄予厚望，事在人為！我單身先去上任，等安頓下來，再把你們都接去，找最好的老師來教，再高的束脩也在所不惜！」

「去當史官風險太多，我想還是在家吃碗安穩飯是福！」齊太史故事給久不作聲的女主人帶來不祥的預感。

「哈哈！這就是婦人之見。都顧一身一家安危，朝廷的事誰去做？求好死有何難，想活得有作為，怎能放棄畢生一次機會？」無論怎樣寬慰，夫人仍舊六神無主。她知道說也無用，就不再囉唆。

第二天，村民們浩浩蕩蕩把司馬談和貴賓們送出高門原，大家不盡依依。

「明年我回來看望諸位芳鄰！」司馬談向大家躬身施禮，「賤內和犬子託付了！餘情後感！」

他向兒子耳語兩句，兒子跳下馬車，母親拉著清兒，故作平淡地笑著。

直到車輪揚起黴塵，她把兩個孩子抱到橋頭柱上，讓他們再目送一段。

司馬談向貴賓們指指點點，談笑風生。車子轉了個彎，被柳林遮住，大家才若有所失地回村。

一年容易又春風。司馬談不斷寫信回家要兒子白天放牧，夜晚讀書。

他還乘休假回家查問功課，覺得挺滿意。孩子肯思索，認識許多隸書和少量的金文。司馬談賣掉土地房屋，決計遷到茂陵顯武裡，讓兒子去見見世面。這些想法，夫人從來不阻撓。

放牧是呆板工作，老是扮項羽也沒勁，不如讀書有味。做到這一點，得靠和頭羊達到默契。每當清兒送來午餐，他總是省下一碗菜湯，端給老公羊喝，自己舀一碗清清的沆水止渴。為時一久，只要他的鞭一炸，老公羊就帶領大小羊低下頭來啃草，不至於跑散。

他珍惜零碎時光，坐在樹下溫書，優哉遊哉，趕羊飲水和回村途中，他都邊走邊背誦，按著父親的模樣來造就自己。有時貪看書，羊群跑到鄰兒們放牧的羊一起，小朋友們也能幫助他照看，從沒丟過羊。

中秋前兩天，清兒和往常一樣給哥哥送飯，只見他一個人躺在草坪，裝竹簡的藍包袱沒有解開，掛在樹枝上，金風徐來，不住地搖晃。羊群已經走過了一個山坡，離他不下半里之遙。她放下籃子，匆匆跑去，吆喝一陣，又捅了頭羊幾拳，才把這群「散兵」攆回原上。

「哥，吃呀！」

男孩凝望蒼穹，寂然無所動。

女孩走到他的身邊跪下，伸出雙手扯扯他的耳朵，再次喊他，稚氣的大眼睛帶點惶惑，因為哥哥從來沒有像今天這樣沉默。

他抓住她的雙腕一推，女孩一氣滾到四尺開外，他還是皺眉看天。

「哥想什麼呀？」她有些害怕，便不停地追問。

「我想不清楚……」

「想不清楚等姨父回來一問不就了結？」

「問過，爹也說不清白。」

「什麼事呢，那樣纏繞著你的魂？」

「我不知道我們從哪裡來的，上輩還有上輩，幾十代，幾百代，沒完沒了；下面又是幾百代，幾千代，沒了沒完。可誰也說不好從幾時才有人，當初的人是個啥模樣，跟我們見到的活人有啥不同，為啥不一樣……幾天幾夜，越想越玄，頭痛得像刀劈，快兩半啦……」他拍拍腦門，想趕走這些魔影。

「我怎麼從不想這些？」女孩對表兄和自己的思維現狀都有些驚疑。

「我咋知道？這會想也不晚，光吃不想，活什麼勁？」

「這……」女孩有些茫然，「姨媽怎麼講呢？」

「娘說是上蒼造出來的人，接著世代相傳到現今。可上蒼又是誰造出來的呢？」

「真離譜，怪極了。」

「我告訴你，可別告訴人，免得被嘲為愣瓜！想得時光太久，全身起雞皮疙瘩……」

「嗯，聽你的。」

俄頃，迎面官道上馳來一騎，驢背老者年約花甲，頭髮與長鬍鬚白了小半，垂在鬢邊和胸前，全身白衣裳，高高的白帽子，腰繫橘紅長絲絳，深眼窩，高顴骨，稜角鼓出。那條關東大驢，除去蹄上一小撮白毛之外，渾身墨黑如漆，走起路來，肌膚外有一層烏金般的嫩光在閃動。

從他衣上的黃塵和鞍上耀眼的亮色來看，已走過漫長的旅程。

「小夥子，有吃的東西嗎？我餓極了。」洪亮的胸音與他的年齡行程不相稱。馬鞍後的粗皮帶上，掛著一支皮囊，插滿了錘和刀鑿。他翻身下驢，扁長的手指和虎口上盡是老繭。

「怎麼不開口，捨不得招待老漢一頓嗎？」老人的眼角和唇邊漾出笑意，顯得祥和。

男孩拿出兩塊饅頭，連同菜湯端給了老者。

他跳上墳臺，看看石刻，接過飯菜皺眉而笑：「這手藝太差，可以坐在墳頂上吃東西。對高手刻出的絕品，應該下拜。小夥子還慷慨，不過氣度還小點，為什麼還留下一塊饅頭？」

「他還沒吃飯哪！」清兒為哥哥解釋。

「關我什麼事，啊？」不知老漢哪來的權利，竟然說得這樣不近人情。

「不！爺爺，這塊是留給『烏騅馬』吃的，我每天都餵牠一回……」

「關我什麼事，啊？人不如畜牲嗎？拿來給我吃掉！」

男孩捧起饅頭，女孩拉拉他的袖子。

「啊，他捨得，你這小妞還捨不得，嗯？」

司馬遷推開妹妹的手，把食物貢獻給過客。回頭低聲告訴清兒：「人家不餓會找我們要嗎？」

「可你自己……」

「不妨事。」男孩捂著清妹的嘴。

老人一口氣喝完湯，吃完了兩塊饅頭，將第三塊差不多送到唇邊的時刻，故意轉過身子，裝作大嚼的架勢，猛地回過頭來一看，小牧童叉手恭立於墳臺下面，小女孩沒有多嘴。

「好孩子！爺爺不能都吃光，你墊一墊吧！」老人把那塊饅頭原封不動地遞還牧童。

「請爺爺吃，我不餓。」

「別說假話，我知道你餓了。孺子可教，可惜我不是黃石公，沒有《太公兵法》傳給你。你又生當不太平的太平年月，用不著張良。給我吃了一頓白食，這怎麼了結呢？小ㄚ頭能回去給哥哥再拿點來嗎？」

「不用，等會回家再吃吧，您把這塊吃掉好趕路，何必兩個人都半飢不飽呢？」男孩說得很沉穩。

「我還不能走，要在這裡等個人。」

「那，您的朋友也沒吃飯吧？一道上我們家吃！」

「對，一塊去！」女孩也很懇切。

「這位朋友怕到人家吃飯，有些怪性情，等來到再講吧！」

老人將大黑驢的肚帶鬆開，牠有點倦了，噴了個響鼻，跪下再躺倒，四蹄朝天打了兩個滾，一躍而起，抖抖烏短的粗毛，仰著長頸脖，大叫一聲，女孩嚇得兩手將耳朵一捂，連連退後幾步。等牠停止長鳴，又忍不住躡手躡腳地走到牠身邊，要摸摸牠的腰，只是膽太小，還沒碰到驢毛，手便像遭到火燙似的一縮，動作很誇張。

「小心彈傷你！」男孩故意裝作老和牲口打交道的好手，將她朝後一拉。

老人將驢牽到沆水邊上，飲足之後，主人一撒韁繩，讓牠在碧原上吃草。再從皮囊裡找出一支細篾絲刷子，順著驢毛的長勢，有條不紊地刷上一遍。

「老爺爺，我從來沒見過這樣大的驢，個頭平人的肩頭，像是鐵鑄的，真壯實！」罕見的東西都能引起司馬遷的興趣。

「說到這頭大牲口可有點來歷，生在遼東衍水，跟我走南闖北十多年，沒鬧過閃腰岔氣，日行二百五十里，兩頭見太陽，不跑不停，快步不顛。又能解人意，早晨放到山上吃草，傍晚自個回來，不傷莊稼。路走一趟就會記住，我坐在驢背打盹，到地方準會停蹄，兩眼一睜，沒錯。就是不會說話，非常夠朋友！」

「這大驢挺貴吧？」

「一兩二錢金子，起早摸黑忙乎一年，除去吃的，就剩下阿黑。回到長安的盤纏也還是向朋友們借的，來家不敢識閒，鑿了些石人石馬賣掉，淌過幾瓢汗水才還清。」

老人將竹刷插進皮囊，說起愛物話就多。

「哥，等你長大後去遼東買一頭驢子回來，給我騎著玩。」

「遼東在哪？」男孩虛懷就教。

「遠！」老人摸摸尺把長的花白鬍子。

「三天能到？」清兒按最遠來設想。

「騎上阿黑也得走上十好幾天，順著官道出了長城，遇上風雪還得住客棧。當年秦始皇帝殺了荊軻，命大將王翦領兵伐燕，派荊軻刺秦王的太子丹逃到衍水，死在他父之手。燕國滅亡，燕王喜被俘，白自殺了一位愛國愛民愛養士的好太子。太子丹的英名尚在，當地百姓聚資給他建了祠堂，春秋祭祀，我給他們刻了荊軻、高漸離、樊於期、田光四位壯士的故事，每人四塊石頭，周圍幾百里的人都跑去觀看。可惜，石頭有壞的時候，能使這些義士們不朽的，只有左丘明那樣的大文豪。而今誰是左丘明？」

「爺爺，您不能都刻在石頭上嗎？」

「傻丫頭！」老人粗糙得像松樹皮一樣的大手摸摸清兒的酒窩，哈哈長笑，「故事太多，我活上五百歲也刻不完。再說石頭不會說話，未必人人都能看明細！我們華夏炎黃子孫從何而來，一個包羅天地的大故事從何處開始，大故事裡又套著數不清的小故事，都有根有苗梢有花有果有種子，它們全有腿，往各處走。應該讓子孫知道的事太多！」

「爺爺，讓史官全都記下來！」

「一個人有五隻手也記不完哪。孩子們，這事挺難，評定是非功過要有見識！」

「爹寫不完還有我！」

「哥寫不完還有我！」小女孩也當仁不讓。

老人皺眉而笑，不知道該如何向孩子們解釋清楚。

大道上從另一端走來一位漢子，中下身材，窄前額，廣頤，方下巴，一張絳色蟹殼臉，看不出年齡，步履急促穩重，靴上沒有塵土。他的目光陰悍，除此而外，沒有特徵。如果混進流浪漢群中，迅速就會消失。

老人一躍而起，疾步奔下墳臺，走到大道左側，拱手而立，顯示出心悅誠服的襟懷，不是客套：「翁伯公，老朽恭候多時了！」

「樸老恕罪，小弟在途中遇到了六名公差，押解沿途搜捕到的逃兵十七人，要送長安交廷尉治罪。我想一到酷吏張湯手中是羊入虎口。這些囚徒有父兄相隨，哀哀痛哭，聽來腸子裡咕嚕嚕轉動如車輪，小弟於心不忍，在前邊赤楊林中，用巾蒙面，將六名公差捆到樹上，放了這群可憐蟲。所帶黃金十兩全部送給了他們做逃命川資。託樸老所借的銀子，賙濟家母同村失火八十一戶人家，就不夠用，蓋屋、口糧、種子，急若燃眉！」

「十年之前，老朽遠去和田，採得璧玉四塊，朝夕摩挲生光。接到翁伯公書信，已換得四十金，稍表微忱，還請笑納！」

「樸老，和田美玉，名貴非凡，千山萬水，得之不易，豈忍讓長者割愛？」

「急人之難，何足道哉？翁伯公一諾千金，既然應允為鄰人籌金重建家園，老朽豈能作壁上觀？」老人把一只小包袱雙手遞與來人。

「晚輩拜領，不說多謝之類空言，受賑救各家，皆感樸老盛德！」

來人端端正正拜了兩拜。

老人忙不迭地還禮：「翁伯公行俠，老朽無能，望塵莫及。這點微金若不夠用，前面龍門村中有故友司馬喜老先生莊院，其子司馬談，慷慨好義，現在長安，官居太史令，夫人在家，老朽登門告貸十金，當不犯難。」

司馬遷聽到此處，心中一動，對於懷裡揣著黃金，連飯錢都沒有，全部解囊的壯舉，尤其敬佩。他向小女孩耳語幾句，女孩也驚奇之至。

「哥，他們多像姨父說過的游俠啊！」

「嘿！什麼像不像？我看他們準是一類人！」

兩位長者低語一陣，司馬遷看到黑驢已經走遠，就一陣小跑過去，從地上拾起轡繩就拉，誰知那畜牲認生，昂起頭來，四蹄像釘住一樣。

老人一看，大叫一聲：「阿黑過來！」

「哥，別彈著你！」女孩也急了。

大黑驢連連擺頭，轡繩「嘩嘩」抖動，哪知男孩牢牢攥住不放。

「鬆手，牠會回來的。」老人和朋友抵掌談笑間招呼了一句。

「爺爺，讓我試一試！」男孩爬到墳頂上，一步騎上了驢背。

「哥，下來！別摔壞！」

「怕什麼，給他嘗嘗味道嘛！」矮小的來客瞇起雙眼，含笑看著少年騎士的時候，銳鷙的目光變得柔和。

大黑驢並不馴服，肚帶鬆開之後，鞍未放穩，牠後腳立定，前蹄騰空豎起，旋成半個圓圈，也沒有把死死攥著鬃毛的男孩撩下來。牠一怒之下換了方式：前腳固定，後腿揚起，連跳三下，男孩嚇得臉色煞白，他的左腿被掀到右邊，眼看失掉重心，要墜驢背，甚至被驢蹄踐踏，想不到他是那樣頑強，以右手抓著驢鬃，騰出左手抱著牠的脖子，左腿連蹺幾下，也不能上跨驢背，小丫頭一急，頓時尖聲大哭。

「阿黑，吁——！」老人長嘯一聲，大驢兀立不動。

僵臥在驢背上的男孩又有了活氣，騰身騎好，彷彿做了驚天動地的業績一樣來神。

被稱翁伯的來客兩個箭步，非常麻利，跳到阿黑左側，伸出右手抓住男孩的左腿輕輕一悠，男孩全身騰雲一樣，離開驢背二尺多高，在空中一轉，不知怎回事，竟然騎到來客的頸脖上，雙腳垂在他的胸前，穩如泰山。然後，他抓住籠頭用力一頓，阿黑一個趔趄，幾乎跌倒，非常馴服地跟著他，走到老人身邊。

「哈哈哈！原來啞巴牲口也服硬漢子啊！」老人抓起轡繩，在阿黑敦實的前腿上打了一拳，出手很輕，牠沒有反應。

「還怕什麼？」來客把男孩托起。放在驢背上。

「小丫頭也上去試試嗎？有大爺保護你們，你們怕阿黑，阿黑怕牠的主人——鼎鼎大名的老石工——東方樸！」來人抱起女孩放在哥哥的身後，她扶著司馬遷的雙肩，沒有抗拒。

「老爺爺是東方太公嗎？」男孩呼吸平靜地問道，「剛才您還提到過我的爺爺和家父司馬談！父親可沒少提到您！媽媽說我四歲的時候，您來給爺爺祝過壽，可惜我記不得。我爺爺過世三年了……」

「哎呀，原來是子長！真長高了，當年是子短，才到我肚臍下邊呢！這位是你父親的故交，天南海北無人不知的大俠郭解！快來見過！」

「爺爺，我下去拜見！」

「我也下去！」

「不必多禮，你膽量不小，司馬談何幸乃有此兒！」郭解拍拍司馬遷的腿。

「哥膽小，怕鬼，晚上不敢出來。」表妹揭了乃兄的老底，說不定是妒忌。

「真的？」郭解很認真地問。

「嘴說不怕，夜裡出來心老是犯嘀咕，不大實在……」男孩有點不好意思。

「太公會捉鬼，今晚請他帶你出來捉一個給你看看。捉不到就是沒有鬼；捉到了，雖有也不嚇唬人。好嗎？」郭解向太公使個眼色。

「好，極好了！哈哈哈哈！」太公一笑把心肺都向人坦現出來。

「走，上咱家吃酒去！羊也吃飽肚皮，該趕回去了。」

「翁伯公，去吧。」

「多謝！郭某適才私放逃兵，傷了公差小吏，萬一被親人認出，株連司馬談先生，於心不安。借金一事，拜託樸老，這便告辭！」

「翁伯公請便，明日卯辰之交，將送到令親府上！」

「有勞樸老，多多珍重！累次相煩，真不過意！」郭解躬腰施禮，大步流星奔親戚家而去。

爺爺牽著阿黑，上面馱著女孩。

男孩揮動羊鞭，把羊群集合起來，跟在阿黑後面，不緊不慢地走著。

「太公，您給人那麼多金子，怎麼捨得？」

「生不帶來，死不帶去。做人以扶危解厄為天職，連頭都可以借人。餓上一頓，算不了什麼。」

「郭大伯的武藝真好，怎麼出門連馬也不騎？」外貌語言平常的大俠，修潔、高大、風度清越的太公，都很神祕，與以往見過的人物不屬於一類。

「這正是他出眾的地方。從前有個朱家，出門只坐小牛車，郭公自愧不如，發誓畢生步行。他所到之處，無論相識的和不相識的都伸著脖子願意跟他親近。郭公的資財都用於行俠仗義，千辛萬苦，苦中有樂。做點好事又不鶩聲華，才不算白活一世。比起四海同欽的游俠，王侯們居於深宮，美女妖童，酷吏健僕，高車大馬，山珍海味又算了什麼？」沒有閱歷的男孩聽了太公的高見，只能佩服。等到經過躬行和挫折，平面的東西才能產生立體感。

司馬談夫人非常尊敬東方樸，寒暄之後，賓主落座，子長取出果餅獻給太公，老人並不客套，一面飲茶，一邊說明來意：「郭翁伯同鄉楊季主，仗著兒子當縣掾，橫行鄉里，霸占人田地，被翁伯所殺。楊季主之子，被翁伯侄兒砍頭。楊家人告到長安，又為翁伯友人斬首。皇上震怒，要抓翁伯。翁伯逃到臨晉，當地義士籍少公和他素不相識，見他膽大，公然稱名道姓，請求放他過關去太原，少公慷慨許諾。

翁伯過關不久，吏人捕快追蹤來到少公家。為了不賣朋友，少公拔劍自刎，這樣斷了線索。去年皇帝大赦天下，翁伯得到赦免，不再受到鷹犬追捕。最近，他把母親妻子兒女送到了夏陽城郊，想不到天雷失火。託我來府上借十金，請夫人玉成此事，以解受災者倒懸之苦。」

夫人久慕郭解威名，面無難色，立刻取金交與太公說：「太公來得真巧，拙夫最近賣掉一片田地，準備到茂陵顯武裡安家。救人事急，不還也可以。請向翁伯先生致意說：『我們全家都很景仰他，遇到危難，可以住到我們家來』。」

太公拱拱手，沒有道謝等俗套。

傍晚，夫人做菜溫酒，送到書房，兩個孩子不停地將麥仁、麩皮撒在穀草上，黑驢吃得搖頭晃腦，撒著歡直繞尾巴。有時麥子從牙縫漏到槽外，清兒不厭其煩地掃起，倒入石槽。

夫人把哥妹倆叫到書房，她向太公敬過三杯酒，便帶著小女孩退到後院。

司馬遷不停地給太公斟酒，太公乘著酒興說起劇孟、郭解等人的故事，司馬遷越聽越興奮。

「爺爺，聽說還有一位大俠朱家呢！」

「早就死了。」

「傳說朱家比郭解還有本領，救過上百條人命，其中有項王舊部季布將軍，被洛陽朋友剃掉頭髮，戴上鐵頸圈，當作奴僕賣給朱家，那時朱家才二十來歲，認出了季布，並不說穿，然後坐著軺（音遙，駕一匹馬的輕便旅行車）車去見滕公夏侯嬰，稱季將軍是賢者，往日幾次圍困高皇帝也是各為其主，殺這樣的豪傑會遭天下人責罵，不如赦他的罪，給他機會報效朝廷。滕公猜想季布在朱家那裡，等到機會見到高皇帝，轉奏了朱家的說法，皇上召見季布，拜為郎中將。孝文皇帝即位之後，擢升為河東太守。朱家再也不肯去見季將軍。這樣風骨，只有春秋戰國時的義士才可以相比，給他當兒子也甘心！」

「喃，小小年紀知道得不少！還用我講嗎？」太公叫孩子上炕，自己則和衣而坐，開始雲天霧地，說起各種鬼怪如何猙獰、殘忍、變化多端，吃人肉，喝人血，熬人骨髓點鬼火……就像他親自所見似的。

「你不是怕鬼嗎？」

司馬遷聽得毛骨悚然，太公故意打瞌睡，他就催促說：「爺爺，快講呀！」

「越怕越愛聽。」

快交四更，司馬遷全無睡意。

太公又講了一段厲鬼的傳聞，突然決定要遷兒穿好衣服出去捉鬼：「你不是想當力能拔山舉鼎的大英雄嗎？哪有好漢膽怯之理？」

「爺爺，你困得很，改日再找鬼吧！」

「不困，逮鬼挺有趣，說做就做，明天太多，其實不多，靠不住！」他給司馬遷戴上父親的舊帽子，繫好腰帶，悄悄溜出龍門寨，漫山遍野去轉悠。

「怕山腳下的黑影是鬼吧？好大的頭，挺長的頭髮！」

「爺爺，回去！」

「哪能見鬼不捉，讓他去害人？」

「那……」司馬遷囁嚅著，手卻被老人牢牢牽住。

「鬼頭髮可以做拂塵，冬天還能墊氈靴，包管很暖和！」

「我……」司馬遷左手掩著胸口。

「不要怕，只要為人剛正，什麼鬼都會怕你！」

「爺爺，回去吧……」

「哈哈哈！」老人抱起他向山岡上猛衝，一會到了「鬼」的旁邊，一看是一株小樹。「還怕嗎？」他將司馬遷在樹邊放下。

司馬遷搖搖頭：「心還在播鼓……」

「無事莫惹事，有事莫怕事，鬼還是有的！」

「在哪裡？」司馬遷驟然抱住老人的腿。

「瞧你嚇的，太沒出息！鬼，我走的夜路多得記不清，一回沒見過，日後也遇不到。其實，人在做好事的時刻是神，損人利己的時刻就是鬼。神和鬼都在我們心中。做不成神就做問心無愧的人，上劍樹，下油鼎，都莫做鬼。」

司馬遷的膽量大了些，他快步在前，太公有意放慢步伐，等到距離拉開，他又有些膽怯，直著嗓子亂嚷嚷，給自己添些勇氣。步伐還沒有減速，每步之間的跨度卻小得多，存心在等著太公。

天將五鼓，老人安頓司馬遷睡好，蓋上毛氈，反掩房門，走入院子，東方現出灰白，四野岑寂，星光已稀，他拉出阿黑，上好肚帶，悄悄出門，飛上雕鞍，直奔夏陽城郊去找郭解。

從此，司馬遷黎明即起，漱洗之前就到院子裡舞劍，累得氣喘吁吁才肯收勢。在放牧場上，他常常借老牧民的小川馬奔馳一回，練習騎術，摔砸多了，慢慢找出門道。中午，小妹送來飯食，替他看著羊群，他躺在厚厚的草地上，稍稍打個盹，總是夢見自己左手拿劍，右手執筆，白天是史官，夜裡是游俠，酣睡醒來，頭一回清楚地感受到腳後跟有血脈在搏動。

有騎赤膊馬的根底，再去騎牛就不過癮。女孩膽小得多，看到牛也害怕。那權且退位的妒忌，化作虛榮心滿足後的自傲，又光臨到他的心頭。

秦川黃牛毛色棕紅中透出微黃，前蹄特別高，放軛的地方，經過世世代代的磨壓和遺傳，長出一顆陶盆般的梭疙瘩。他學著大人的模樣，喊一聲「吁——！」將牛鼻繩拉得緊緊的，女孩上了墳頂，又害怕又嚮往地爬到牛背，乞求表兄不要鬆開繩子，牽著牛走上幾圈。過了幾天，她才敢接過韁繩讓牛吃草。

新花樣很多，他要不停地向清兒炫耀，不許她用石墩做階梯，要她學會大叫一聲：「低——角——！」老牛垂下頭來，他扶著清兒，要她左腳搭在牛角尖，雙手抓住牛脊上長毛，再後退幾大步吼一聲：「抬——角！」老牛順從地將女孩送上牛背。

「自個試試！」他鼓勵著。

「心快從嘴裡蹦出來！」

「怕摔就一輩子學不會！」

「抬角！」清兒很擔心命令會落空，沒想到老牛馴良地將她送到背上。她尖聲叫道：「牽到石墩跟前，讓我好下來。」

司馬遷連抽幾個響鞭，笑著說：「能上就能下，誰見過騎牛還找個幫手？不丟臉嗎？」他將鞭子綰在腰上，攥住牛尾巴，雙腳蹦起，蹬在老牛後胯骨上。為了擺脫重荷，老牛來火了，一顛一顛，雙掌同起同落，一氣跑了十丈遠，清兒嚇得伏在牛背上，抓住牛毛，哇哇大哭。司馬遷不愧為騎牛把式，像在牛身後生了根，那龐然大物也無法將他甩到地上。

「哭什麼？不練到這火候就別騎大牲口！」他雙手鬆開，跳落在草坪上，呼吸自如。

清兒回家向姨媽「告狀」，母親抓住候補「游俠」的耳朵就扭，他想起郭解與太公的氣度，牙齒咬得咯咯吱吱地響就是不吭聲。

「姨，下回哥哥不敢啦，別扭他耳根子！」心軟的小女孩又來求情。

等不到母親鬆手，他就斜過眼睛憎恨地睨著表妹。

清兒垂下頭去。母親看不到孩子之間的衝突，光從他倆身上尋找著暢想。

※　※　※

一個多月之後，司馬談從帝都回家度假，第一回沒有問兒子的學業，不時發出喟然長嘆。早餐桌上，夫人惴惴不安地問起丈夫戚戚於懷的緣故。

「夫人放心，皇上對我恩禮有加，茂陵顯武裡的宅子也造好了，這趟回來就打算搬家。長安公務不多，有空讀書，馳馬郊原，訪問熟知掌故的耆宿。我是怕大俠郭解要吃些苦頭！」

河內軹城有一名儒生，當眾諷刺郭解累次犯奸作科，雖經赦免，終非賢者。次日儒生被殺，舌頭也割去。縣令派出差人明察暗訪，連蛛絲馬跡也找不出，當然要懷疑到郭解。便派縣掾來到夏陽查問，郭解一直住在岳母家，足未出過村莊，忙著救濟失火的鄰人，眾鄉親紛紛作證，查問者也尊敬郭公，不想為難，回到任所，行文稟報河內太守結案，本已無事。不想訊息傳到長安，御史大夫公孫弘視布衣行俠為大逆不道，上奏天子，苦追此案。郭解自信無罪，又怕連累親屬鄰里，便去縣衙投案。前三日廷尉張湯派吏人下文書，說不定今天就要押解郭公去京。張湯為人外似嚴清，內藏狡詐，辦案迎合皇上，善於羅織罪名，執法又能玩法、避法，加上公孫弘從中作梗，受刑坐牢，在所難免。

聽到這裡，司馬遷胸腔裡像火燎一樣，正要發問，一陣蹄聲闖進院落，少頃，東方樸神色焦灼地闖進來。

全家離席相迎，司馬談問道：「老叔可用過早飯？」

「連昨晚也沒顧上吃東西，添上杯筷，邊用邊說！」太公也不客套，坐在上位。「太史公，很抱歉！郭公所欠十金要推遲幾個月由老朽來還了。」

司馬談為太公斟上酒說：「茂陵寒舍齊工，用不著銀兩。老叔有何謀劃？」

「實不相瞞，想劫囚車，郭公故舊及江湖好漢一個頂十個八個，幾名差官不在話下。太史公有何高見？」

「小侄以為郭公入京，無人證實他殺人割舌，性命可保無虞。一劫囚車，他反而有家難歸，拔劍相助的游俠們也要受株連而為飢鷹餓犬追逐。浪跡天涯，終非長久之計。不如花些財物買通詔獄小吏差人，關照郭公。老叔以為然否？」

東方樸舉杯欲飲，聽到此處，右手一顫，酒潑出了幾滴，灑在袍襟上，遲疑片刻，還是將杯放回案上。他怕御史大夫一心要殺害郭翁伯。

「他是一代大儒，巧偽有之，無故殺人，自毀聲名，總不至於那樣蠢笨。疏通此案需要金銀，晚生願盡蟻力，奉贈金一兩。」

「營救郭翁伯，需要財帛再多也能籌齊。」

「樸翁不收，便是輕視晚生。」司馬談義形於色。

「好！老朽收下，京中之事，請袖長善舞者去打點。老朽即將翁伯幼子遠送遼東，交與徒兒撫養，萬一翁伯遭到不測，留下根苗。」

「但願此舉是蛇足！遷兒，你看看前輩一言一行，要終身奉為圭臬！」

「兒記下了。」

「翁伯日夜操勞，甚為消瘦，坐在囚車上動彈不得，風吹日晒，怕氣惱生病，經不起折磨，怎生得了？」

「夏陽縣掾與晚生有數面之交，可以送些酒肉，供翁伯公沿途之用。」

「夏陽修補縣城，此人從中貪贓，臭名遠揚。太史公和他相見，勢必請求提攜，節外生枝。」太公的話值得思索。

「哥，是他？」在一旁久不出聲的女孩將拳頭舉上後頂，伸出中指學了一聲羊叫。

司馬遷點點頭。

「這隻羊吃葷不吐骨頭！」東方樸苦笑連聲，「誰能把一隻肥羊送給翁伯下酒？」

「爹，太公，叫妹去放牧，讓兒把羊和兩罈美酒送給大俠。」

「顯才露智，必生大禍；知恥知足，終生不辱。乳臭未乾，怎能隨便造次？多口！」司馬談正色厲聲斥責兒子。

「夫子，依妾身之見……」

「婦人之見！」司馬談有些煩躁。

「太史公，童言婦語，不必忌諱，有理何妨從善如流。孩子熱腸可嘉，未若一試，成事有利翁伯，不成可以磨磨稜角，體會人世艱辛。氣可鼓而不可洩，一味求平穩，只怕他人不許子長平穩，又當奈何？

唯唯諾諾，太史公又要厭其俗矣！」

「老叔妙語，開小侄茅塞！」司馬談口氣緩和下來。

「一意求藏，時而未及以露為藏；因露而露，時或不若以藏為露，妙在量體裁衣，知難而進。太史公精研史冊，何用老朽百敗劣手來局外談棋？」東方樸，一雙眼睛便是藏露兩重世界的縮影；左邊一隻，炯炯眈眈，熱極生寒；右邊一隻黯然五色，唯有眼白上迴旋往復的血絲，是歲月開掘出的河網，寒極生熱，渺渺難測。當中是神祕的空白，供我們思量。

司馬談避席向東方樸深深一揖：「老叔大教，擲地出金石聲。此事讓遷兒去做，晚生入京要拜會公孫大夫，為營救翁伯助一臂之力。晚生自命讀書不少，在老叔面前如拳石見華山。」

「不必過謙！席間所談，子長和清兒勿洩露，否則人頭落地。」

孩子們點頭稱是。

「請樸翁小住兩日再走，也好聽個確切信。」主人殷殷挽留。

「我對官府，一向不信賴。後會有期。」老人端起酒壺仰著脖，咕咕嚕嚕喝了個底朝天。

夫人捧出金錠，東方樸鄭重接過揣在懷中，他匆匆為禮，出了庭院，縱身跨鞍，猛抽兩鞭。

大路通天，兩旁碧樹蓊鬱，人影很快飛進綠天深處。

司馬遷把一肥羊趕到陶渠鎮，已到巳時光景，西城門口站著兩名小卒，對來去行人盤問不止。他便亮出父親的名諱與官職，倒不曾難為他。

街上行人稀少，孩子轉到南關，看見乾坤酒家門口有佩刀的公差在守衛，酒店東面有一排女兒牆，大約有一百來人，有的用磚墊腳，有的立在梯子上、板凳上，向酒店後院張望。

「大叔，這些人在看什麼呀？」司馬遷走近短梯詢問瞭望者。

「看大俠郭解在院子裡吃飯呀！」

「大叔，能讓我上去看一眼嗎？」

「你？」

「我認識大俠伯伯！」

「嗬！」那人雙手扶牆，一腳立在扶梯橫檔上。

司馬遷稱謝，爬上女兒牆一望，院子裡有四名持長矛的大兵，矛尖指著囚車。坐在車上的郭翁伯尤其矮小似乎被什麼神奇的爐子燒煉得縮小了四分之一，腳上釘著大鐐，頸項與雙手都被鐵鏈鎖住，正在嚼著粗麵餅。

「喂，爺兒們！勞駕交給郭大爺。」牆頭上喊聲一停，一隻紫紅色的烤狗腿向囚車扔過去，只見大兵用長矛朝天上一紮，正好接住，牆頭上的看客異口同聲地叫一聲「好」！大兵是那樣得意，笑得憨直、麻木，周亞夫陪同孝文皇帝檢閱細柳營，也不過如此來精氣神。大兵把矛向下一垂，再朝天上一挑，狗腿再次騰空而起，筆直地落下來，被他一口咬住，右手抓住狗爪，牙齒撕下一塊瘦肉，幾口一嚼就嚥下喉管，牆頭上第二回喝彩聲一煞住，狗肉已經送到了郭解之手。

司馬遷的胸口像壓著一堆磚，鼻腔發酸，一股怒氣從肚臍上升到後腦勺，全靠毅力，才忍住哭泣和呼喊。他跳下扶梯，走到酒樓門口，把羊拴在樹腰，出於自尊，用袖口拂去身上塵土，昂著頭朝酒樓就闖。

「啪噠」一聲，兩把刀十字交叉擋住他的去路，一股冷風鑽進他的口腔與鼻孔，他不由打了個寒顫後退半步。那領頭的差人吆喝道：「孩子往哪闖？」

為剛才的膽怯而羞愧的司馬遷突然仰著頭說：「我是來見縣掾的。」說畢前進一大步，那雙刀鋒向後移動了，使孩子惋惜的是這種大剌剌的架勢沒有讓表妹或牧童們看到，將來談起，誰能作證呢？

「閃開！」

「少爺是……」公差頭領口氣軟化了。

「太史令司馬大老爺是我爹，他老人家要我來的！」

「哦，請！」頭領連連哈腰。

「公子請！」另外三個收了兵器慌忙施禮。

司馬遷入了頭進店，穿過天井，從後廳屏風右邊安步登樓。

「休得再飲，失了官威，成何體統？」

「卑職只乾此杯，大長精神，不會醉倒……體統乃性命攸關，焉能失去……」

司馬遷從門縫朝裡一看，才知道對話者是李壽一個人，看模樣有四分醉意，便輕叩銅環。

「好菜只管上……」

司馬遷破門而入，躬身行禮：「李大人，奉家父太史公之命給縣掾問安！」

「什麼風把你吹來了？快坐下喝幾杯，我還當是跑堂的小廝呢！令尊大人……」

「家父偶受風寒，不便前來，大人恕罪！」

「好說好說，請坐！」縣掾給司馬遷遞過一雙筷子。

「多謝大人，小侄在寒舍用過飯了。」

「公子遠道而來，有何見教？該不是為朝廷欽犯講情吧？」

「大人，家父與要犯素不相識，身為欽命史官，不做違律之事。小侄一來是問安，二來是鄰鄉幾位老者來訪家父，要家父寫狀向朝廷上告，請求河內太守來夏陽查詢修城的開支一事。家父知道是小人捕風捉影之說而已，告知大人，狀可以不寫，人不可不防！」

說到修城錢糧，縣掾李壽的杯子滾到了樓板上摔成兩半，酒也醒了一半。

「幾位老者憤憤而去，家父仍很不安，一面修書兩封給京城朋友為大人辯理，又焚香沐浴，為大人占一卦。大人屬羊，今年不利於東南之行。要做些禳補之法，不能坐視不救啊！」

「愚叔不才，也知為史官者皆善占卜，尊翁連愚叔屬羊也知道，真是名不虛傳！」

「那也是卜算出來的。他還占出大人今天要經過這裡。」司馬遷見他忘記自己一年前自稱屬羊一說，就更加弄起玄虛。

「請問小世兄如何禳補？愚叔一一依從。也是蒼天垂憐，否則尊大人不會回家，愚叔大禍臨頭還蒙在鼓裡呢！」李壽是在縣城中作威作福的混混，一向擅長從各種見不得天日的勾當中牟取一杯羹，就怕隱私敗露，六神無主，便斟滿一大杯酒，放在桌邊，自己走下位去，拜上三拜，然後酹酒窗外，以謝蒼天。

一個丁點大的孩子說出大人也講不清的話，足以證實天的啟示。

司馬遷心中暗笑，原來大人竟這樣不堪一擊，使命逼得他板著臉孔說：

「天理、國法、人情，時也，命也。家父要大人順天理，合人情。郭解是硬漢，視死如歸，沿途對他多加照拂，免得他供出一些不好了結之事。再者大人屬羊，小侄趕來一隻羊，全部給郭解吃掉，可替大人免血之災，讓羊吃一刀，兩全其美。」

「絕！想得太周到！愚叔一定照辦。羊按三隻給犯人吃，到了長安買點好肉煮熟送入詔獄，請尊翁放心，京中親友，多多方便，容當厚報！小世兄務請轉達，請乾此杯！」

司馬遷心癢難搔，想到郭解的前程，快樂不起來。他端起杯子，提著酒壺說：「剝羊來不及，何不讓小侄代大人先去敬郭某幾杯！」

「好！好！愚叔酒足飯飽，一道下樓，灌他幾杯，正好趕路。」

司馬遷和李壽來到院子裡，四位大兵頓時變得凶神惡煞一般，長矛向牆上人縫當中扎去，嗷嗷亂叫一氣，閒人立即驅散。

「郭大伯請乾幾杯！」

「你是……」

「小侄不是您的熟人，縣掾大人恩典，往後每頓飯都有酒菜。請！」

郭解兩眼澄如秋水，帶著意外和期許的暖光，投射在男孩潮潤的睫毛上。

「大伯多多珍重！」

「多謝小友，愧領了！你不要忘記郭某和今天！」大俠臉上失去了堅毅的風度，一顆又大又亮的眼淚滴入杯中，他解嘲地一笑，飲畢伸手接過陶壺牛飲，反手將壺朝牆摔得粉碎，吐出幾句誓言：「郭解若負鄉邦父老，有如此壺！」

園門洞開，清道的差人們大喝幾聲，司馬遷乘著混亂中人們不大在意，順著女兒牆而行，在路邊拾起了一個壺嘴，悄悄地裝在口袋裡，隨著被推上街的囚車，垂頭走出酒家後園，從門口小樹上解下肥羊，拴在囚車後面。

公差頭領將縣掾扶上馬，李壽太興奮，眼光顯得遲鈍、貪婪，一再囑咐司馬遷，向太史公致意。

司馬遷壓低嗓音湊在郭解身邊喊了一聲：「大伯！」而後故意轉身向著縣掾誇張地喊道：「大人——！」把天真無邪的欽慕之情注入語外，「小侄拜送！」孩子閃到道旁恭敬地跪倒匍匐於塵埃，肩膀忍不住陣陣抖動。

「公子請起，如此多禮，折煞愚叔了。」縣掾叫公差扶起男孩，在這片刻，他深為司馬談父子的關注所感動。

孩子把差人一推，不肯起身，直等囚車從眼前過去，才抬起頭，正也碰上郭解回過頭來，眼中射出固有的英氣，頗含深意地一笑，似乎是告之子長：「你的盛意我領了，多謝你，好孩子……」

孩子揉著眼睛，一躍而起。他爬到路邊一株楊樹上，眼睛直勾勾地目送著囚車，等到塵土落定，人馬車輛都已不見，他索性坐在樹杈上，取出酒壺嘴仔細地凝視良久，然後掃去灰土，把壺嘴放在自己嘴中，吸到似有而無的酒味，哭得非常傷心。他還不曾意識到送走的不僅僅是大俠，從此也告別了童年在山河之陽的牧耕生涯、故土的樹舍籬笆、井臺山坡、草地與河流。

又過了半個月，司馬談和夫人帶著兩個孩子去探望外祖母。老太太很悲戚，她感到女兒一家離她日益遙遠，死亡又在這漫長的大道上橫隔一條無底的河，使後輩一切勸慰都黯然無色。男孩戲耍縣掾的喜悅，像一隻小舟，沉沒在對大俠命運憂慮的闊海中。小表妹捨不得姨母，從她那裡獲得了母愛的補償，對小哥哥的離去並沒有占據多大的位置。

猜想到近年不得回鄉，司馬談叫長工殺豬宰羊，抬到高門原上祭奠列祖列宗。三座墳墓鼎足而立，一座是司馬昌，在秦始皇手下協助治粟內史管過全國的鐵礦；另一座是司馬遷的曾祖父司馬無澤，任過人口不足萬戶的漢市長；南邊一座是祖父司馬喜，父親常常談到他，這位五大夫是九等爵位，他多麼嚮往能晉升十一等，到可以朝見漢天子的徹侯之位，末了是抱憾而去。

禮成，太史公把胙肉分給鄰人和長工們，選個吉日，一大早就率領三輛馬車，把家遷入人慾橫流、茶樓酒肆林立的新都會，起初孩子很驚異，沒有多久，就覺得遠遠不如當牧童好玩。

這是一個近乎神話的盛世，外強中乾，危機四伏。雄略的總導演劉徹，才華沒有用到國計民生上去，他的自我崇拜，好大喜功，縱橫捭闔地玩弄權術都達到極致。他本人就上承楚文化的浪漫主義精神，能寫出皇帝行列中第一流的好辭賦。好色、好貨、好擴張疆土、好神仙的皇帝職業病，守法與殘忍，糾纏在一起。委屈了不拘常調的一代風流人物[06]，在半個世紀中演出了冗長重複乏味的第八流劇本。既推動著時代，又辜負了時代。左手走出屎棋，右手下出高招。可憐費盡千辛萬苦，把大量社會財富與百姓一點可憐的生產積極性，全部投入皇帝慾望的血盆大口。劉徹是不把自己徹底弄臭就絕不罷休，國庫越空，粉飾昇平的歌舞越狂熱。留給後代浩嘆的內容是神奇而又黯淡！

使孩子震驚的訊息是郭解全族被斬，父親扼腕長嘆，悔恨沒有讓太公等游俠去劫囚車。孩子一連幾天失魂落魄，痛哭不止，母親給他果餅也不嘗。對於太公是更加欽佩，可惜沒有信捎來。

十歲開始，父親送他到春秋公羊傳權威，廣川（今中國河北冀州市附近）人董仲舒那裡去讀書。董仲舒為了反映封建大統一的需要，在西元前一四〇年上了《賢良對策》，漢武帝非常重視，從此罷黜百家，獨尊儒術，結束了戰國以來活躍的學術思想，建立官學，州郡推舉秀才孝廉，為一批文學志士找到進身

[06] 《漢書》的作者由衷地讚道：「漢之得人，於茲為盛：儒雅則公孫弘、董仲舒、兒（讀倪）寬，篤行則石建、石慶，質直則汲黯、卜式，推賢則韓安國、鄭當時，定令則趙禹、張湯，文章則司馬遷、相如（也還應該包括班固自己），滑稽則東方朔、枚皋，應對則嚴助、朱買臣，曆數則唐都、洛下閎，協律則李延年，運籌則桑弘羊，奉使則張騫、蘇武，將帥則衛青、霍去病（漏了大軍事家李廣），受遺則霍光。」

的階梯。子長久聞董老先生是孝景帝時的博士，為了研究學問，三年不進花園，非常佩服。老師用春秋災異之變推斷陰陽晴雨的玄學，司馬遷未得其傳，隨師習誦古書的時間很短。狡詐的公孫弘將董仲舒排擠到膠西王手下為相，表面上還受器重，先生知道處於奸臣驕王暗影之下沒有好下場，乃稱病還鄉，著書避讒，未幾鬱鬱而死。司馬遷傷心幾天，也就淡忘。

司馬談怕愛子荒廢學業，將其送到前臨淮太守孔安國老夫子那裡攻讀金文、篆書，成為《尚書》專家入室高足，弄懂了古代的史料叢編，還有許多有關孔子的知識。這樣，做游俠的念頭被沖淡，當史官的志向則日益堅定。

郎中

上篇

一

元鼎元年，司馬遷二十歲，開始了一次壯遊，在淮陰弔過韓信的墳；上廬山觀看禹疏導九江的遺蹟，至會稽拜謁禹王陵，親身探訪傳說中禹進入過的洞穴，由浙而湘，登九嶷山訪虞舜最後歸宿；經長沙，悼念大詩人屈原，短命的天才賈誼；返棹姑蘇，尋吳王夫差和伍員大夫舊地；巡禮齊魯古邦，遊孔林，拜孔廟，到孟子故里習御射禮，體會儒家遺風。在孟嘗君所封的薛，西楚霸王的國都彭城，他飽嘗貧困，面有菜色；在沛縣一帶，對劉邦及功臣們的舊居做了訪問，聽得很多史料，感受到一群流氓刀筆吏屠狗輩的真實形象。他還到大梁（開封）夷門踏查過信陵君與侯生交往的故址；自洛陽攀登封山祭許由墓而歸。與山川形勝的交流，人和文的奇氣都得到發展。

元朔五年（西元前一二四年）武帝採納公孫弘建議，選用二千石以上大員子弟為郎中，並招考年滿十八歲品學兼優的官宦子弟為博士弟子員，司馬談僅六百石，兒子不得直接為郎，只好考後者，首次選用五十名，其中便有司馬遷。

司馬談讓兒子在端午迎娶，既做了生日，也勉勵孩子師法屈原。

前此半月，司馬談將倦遊歸京的長者東方樸請到長安太史第，說明上官清孤女可憫，自己抱孫心切，要太公作伐。將來是兒媳婦，又是女兒，較為貼心。

老石匠拈動大把銀鬚加以阻止說：「早慧之兒多早衰，聰明人更經不起磨難，心胸不寬者難享永年。子長任俠使氣，好直言，將來風險不會少。當聘喜怒不形於色的大戶人家之女為妻，既襄助丈夫完成所學，遇到厄難，也有利於排解。」

司馬談固執己見，老人未便相強。婚事辦得很體面，來客多至四十餘桌。大詩人司馬長卿已去世兩年，飛將軍李廣早在三載前自刎，婚禮上最傑出的人物當推抱病而來的博望侯張騫，他帶來西域伎人表演了吞刀和幻術，樂師們還奏了李延年改編的《出塞》、《入塞》，沒有一點纏綿的江南風味，而是高亢激越的胡樂旋律。

司馬談領著兒子給博望侯敬酒。

這位舉世聞名的外交家站起來說：「子長先讀書萬卷，再行路萬里，溝通古今。老夫行路數萬里，未讀萬卷書，往來東西而已。想白首窮經，寸光已過。沉痾在身，勉力飲半杯以謝盛意。老朽身後，還望賢喬梓秉筆直書，以告後世，於願足矣！」歷盡艱險的鐵漢說畢，一飲而盡。

司馬談看著兒子，司馬遷被貴賓的信賴與真摯震撼了，眉宇間發亮，多少建功絕域垂名史冊的鴻猷在心海中騰波。

唐都太老師瘦削矮小，牙齒也掉了，身板卻很結實，二十年前奉旨測定二十八宿的角度與距離，名揚天下。老夫子舉杯為賀：「新人真稱得上是一對璧人，太史公，有福啊！連老夫也託福，多了一處可以小飲幾杯的地方！子長，吾齒亡而舌存，柔可克剛，真英雄是大凡夫，動聲色者小勇而已，勉哉！」司馬談前後張羅，直到車去人散，笑得嘴都合不上。

司馬遷隨父送走了長輩們，又到後廳和任安、田仁、蘇建、東方朔、兒寬等知友喝了幾盅。蘇建年最長，是蘇武父親，兒寬後來是修訂太初曆的同事，又先後在孔安國那裡同窗，比司馬遷大十多歲。賓主盡歡，觥籌交錯，大家都以學問氣節相砥礪，不愧為當代俊彥。

任安說：「客去主人安，子長正惦記著要見新弟妹，不許大家再灌他美酒，我等五人各敬子長一杯，酒由我代飲，然後各自打馬回府，不做煞風景的事可好？」

「快人快語！依少卿所言。」蘇建把杯子推到司馬遷面前。

「才過二更，酒還有幾壇，何必早散？」司馬遷不以為然。

「子長聽我的。」爽朗的任安把桌上杯子裡的酒一氣喝完，「我代新郎送客，太史公伯父那邊就不去告辭了。」

子長堅持把朋友們送到大門外，向父親問過安，再走入洞房。

紅燭高燒，喜氣撲人。

司馬遷斟好交杯酒，關上房門，再揭去新娘的繡花紅蓋頭，上官清嬌豔娟秀，豐彩非凡。

「清妹請！」

「且慢，久聞子長哥哥文采過人，妾不敢領教。幸先父在日，嗜棋如命，茶餘酒後，教了幾著，請！」新娘很大方，在幾上放置好棋盤，將一盒白子推到新郎面前。

「清妹，鄙人對棋素無研究……」司馬遷有些著急。

「不必過謙，請先下子。」

「明日再向清妹學上幾步吧……」

「子長兄不是俗人，花燭下對弈，古今所無。我等開一先河，有何不可？」

「那一定要下？」

「嗯。」她羞澀地紅了臉，並不改變初衷。

「那……還是鄙人執黑吧！」

「哪有委屈子長兄之理？」

司馬遷無奈，只得硬著頭皮動著。

「請子長兄慎重些出子，輸了嘛……」

「怎樣？」

「喏，要罰酒的……」

「早知今日，深悔往昔未下功夫，只好痛飲罰酒了。」司馬遷的白子落盤時，看不出路數，新娘子很沉著，把他逼得汗流浹背，連輸兩局。

「甘拜下風！」新郎在困窘中感到欣慰，新娘稱得起是國手。

幾天之後，任安將這宗閨房祕聞轉告了諸位好友，司馬遷一點也不後悔將自己的慘敗公開。憑他的穎悟，經過清妹指點，五年之後，連頗有名氣的任安也不是他的對手。

過了一年半，清妹生下一個漂亮的女孩，集中兩大家族之長，五官不能挪動一絲。

上官清要照顧孩子，還得掌廚，高人幾著的棋藝再也沒有拓展的機會，只給司馬遷鋪墊出一些浮名。

二

幽雅的甘泉宮，沒有那麼多官宦子弟和商人形成的鬧市區。西部二百里方圓，有虎圈、熊山，由木柵欄隔成為幾區，養著多種獸類，供皇帝狩獵。

狗監在二十天前便得到訊息，專業武士給幾百條獵犬加餐練跑。等牠們隨駕進入圍區，三百六十條鏈子放開，身高五尺的巨獒，腿長善嗅、粗胸細腹的黑毛匐狗，後腿比前腿略高、身子瘦長的西域靈緹、寬嘴小耳毛白似玉的鷹狗、毛長三寸雙耳下垂的黃犬、聲同狼嗥的無毛狗、一身綿羊捲毛耳似香蕉的哈巴狗、專門誘熊出洞，陪同這龐然大物在森林裡團團轉的送客狗……不同音階音量，大吠小叫，聲震天野，一條條威嚴矯捷，擺出皇家派頭。其實，十之七八皆是貨真價實的銀樣鑞槍頭。

訓練有素的郎官們充當儀仗隊，旌旗招展，服裝鮮麗，相貌超群。短劍長戈，映著日光，氣吞獅虎。

三千人馬由後來的貳師將軍李廣利揚旗指揮，來到叢林，雜湊成陣勢，人街人巷，好不壯觀。陪萬歲爺出獵，比北指浚稽山與匈奴騎兵較量，要安全得多。

劉徹策馬來到丘陵起伏的腹地，勒住韁繩，上下四方巡視一遍。他的左眉揚起，睜開的左眼很慈藹，右眉緊皺，半瞇的右眼幽鷙，殺氣騰騰。他的聰明和愚蠢，都是世界史上獨特的標本。

「這麼多人狂呼亂叫什麼？」武帝語氣沉緩。

「陛下的天威！」李廣利三十六七歲，身高膀闊腰圓，虎頭獅鼻，三角眼凜凜有光，鬢髭茂密。此人粗讀過兵書，弓馬嫻熟，以盛氣自負，偶爾才露出一絲狡黠。

「什麼獅子老虎也被兒郎們嚇跑，還打什麼鳥獸？」

「陛下所諭甚是！傳旨下去：眾位郎官遠遠護駕，不許喧譁。請聖上開獵！」

山林寂靜下來。

武帝連發兩矢，一雙大雁落在草地，被靈獒銜進網圈。

「陛下箭無虛發，古之養由基，今之李廣皆難比擬！高！」李廣利豎起拇指，景仰的模樣恰到好處，再過點火候便現諂容，讓天子鄙視。

「朕一人去射熊，不帶郎官隨行。」

「微臣放心不下！」

「當年朕去天柱山朝拜南嶽，曾在長江射殺一條蛟龍，區區熊羆，何足道哉，退下！」

「遵旨！」

武帝單騎北行兩里，到了大片赤松林外，忽聽樹下有人咳嗽。

「誰？」武帝問得冷峻。

「微臣廣利抄小路前來護駕！」

「哦！」武帝顴骨上泛出淺絳色，略含賞識地大笑之後，說：「不用。」

「是！」李廣利目送天子馳入林間山路。他輕輕一擊掌，郎官們從荊莽間鑽出來。「緊隨聖駕，不得聲張，以免陛下覺察……」

郎官們點頭，列為扇形去執行軍令。

李廣利手捻短髭，笑意泛上唇邊。

※　※　※

司馬遷揚鞭催馬疾行在小道上。他被選為郎中之後，繼續隨碩儒們廣覽天文星象及歷算輿地之說，憧憬著明天的大事業。地位低微的父親反覆曉諭以「滿招損，謙受益」的古訓，要他喜慍趨於深涵，處人冷熱保持相同距離，免得為他人的沉浮而受株連。連兒子穿的衣著也不許過新、過舊，保持自尊，避免譏讒。

突然，司馬遷的坐騎似有所見，驚得前蹄離地，豎耳長嘶，肌肉波動，頻頻後退。

司馬遷警覺地伏在鞍上，輪廓分明的臉上狐疑成團……風送來郎官們趕獸的喊聲。熊的側影在前一閃，接著是沉悶急促的哼叫。

「啊！熊！」他的後背與兩腕上的毛孔鼓成雞皮疙瘩，不覺抽了一口涼氣，扭轉馬頭，迅速南遁。他左顧右盼，幸喜路兩側無人，否則要傳為笑柄。直至半里路外才鬆開韁繩。

「子長兄弟，見到大熊嗎？」迎面來的烏騅馬上坐著半截鐵塔般的任安，豹頭圓眼，短髭捲曲，綠袍皂巾，腰纏褐黃絲絳，足登薄底快靴，胸口四肢間長著黑毛，動作迅疾，氣魄大，重然諾，脆爽過人，一向敬重司馬談，又年長司馬遷幾歲，遇事暗暗照拂，如兄之待弟。

「是……在那邊……」

「你怎麼跟熊背道而馳？」

「小弟……」司馬遷面紅耳赤。

「膽小鬼，害怕？」

「不，不怕，是馬一個勁拖後腿，差點沒打滾，所以把牠牽到這邊拴好，再獨自去射熊。看看是誰膽小？」

「噢……」任安加了一鞭，朝熊吼聲奔去。

司馬遷把轠繩盤在馬頭，將弓箭袋掛在腰上，從側面小路迂迴到熊的身後。路在土丘半腰，讓巨石攔斷，上邊榛莽叢生，不便攀登。他坐在石的一角喘息片時，拔出一支箭來下意識地在石上磨著。

熊吼聲聲。

司馬遷躍到石上，兩腿半馬半步式叉開，挽帶在懷，彎弓瞄準慌張的熊，鏗然扣弦……猛然對面山溝裡射出一支箭，正好與司馬遷的箭鋒尖相碰，一齊落地。

「誰攔我射熊？」司馬遷橫弓打算再發一矢。

「子長兄弟不要任性胡來！」聲到人至，任安一竄彈跳衝出山溝，舉臂連連搖晃。

司馬遷垂下猿臂，箭落在足邊。

「子長兄弟，這熊哪輪著你來射？」任安一臉怨氣，走來拍拍他的肩膀，「我怕你惹事才跟在附近不敢大意。不然剛才射出的那一箭，要捅大馬蜂窩！」

「兄臺言重了，子長不是三尺之童。」

「李廣利從他妹妹李夫人那裡知道陛下要出獵，命小卒們把熊關在籠子裡餓了十天，剛放出來又灌上一肚子水，牠路都走不動，挖空心思想讓皇上一箭射倒牠，讓萬歲爺開心。你一箭把人家的謀劃射死，李廣利等不整治你才怪呢！奴才們就靠哄主子吃飯，除了這一絕工作再加上誣告殺人，哪有高招使出來讓天下人服氣？你得罪俺任少卿，再恨你也不會進讒言中傷人，可那幫小人吃起正派漢子，『鬼王』都不嫌鬼瘦哇……」

「這……」

「兄弟太想不開，死要面皮活受罪，區區任安說你比項羽力氣大，能敵萬夫；或者比韓信勁小，逮不住一隻雞，沒啥差異。你叫蛤蟆墊柱子，靠氣頂著。說句掏心窩子大實話，碰上熊瞎子的那會可怕死？」

司馬遷羞愧地點頭：「是怕……」

「這才是漢子，俺頭回跟大將軍衛青打匈奴，聽到胡笳聲四起，冒著箭雨去拚命，兩腿發軟，脊梁冒冷汗。後來仗打多了，箭都躲著俺飛，哈哈哈哈！」

「少卿兄快看！」司馬遷指著山下。

「嗬！嗬！嗬！……」郎官們在助威。

武帝縱馬追著大熊，熊立在樹下驀地回首正想反撲，被他一箭射中喉頭，熊大叫一聲，第二箭恰好命中舌顎之間，倒在草間，血流不止。他躍下雕鞍，抽出長劍，疾步如風，非常得意地扎向熊頸。

「陛下小心，請退一步！」李廣利鑽出叢林。

武帝擲劍大笑。

「萬歲！萬歲！萬萬歲！」郎官士卒齊聲高呼。

武帝捋起袖子，左手撫摸著右臂說：「老了，老了！」這是自我恭維的反話。

「陛下松柏常青，與金石齊壽！」李廣利一掄右臂，郎官們推出車子，七手八腳地把熊抬到車斗裡，沿途滴著紫色熊血。

郎官霍光中上身材，不苟言笑，其實是以端凝來加重自己的分量，在誰也不曾注目的時候將大宛馬牽到武帝面前，跪在地上，雙手遞上轡繩（他的故事留到後文再詳細敘述）。

武帝欣欣然地拍拍霍光的肩膀，跨上金鞍，被李廣利等一行擁到西圍場射虎去了。

「兄弟，對俺剛才說的話服帖嗎？」

司馬遷頻頻點頭。

「我們的馬都在林子裡啃草，追上大隊去。」

「不，小弟的白馬在南頭。」

「早讓俺牽過來了。」

司馬遷跟著任安穿過松林，各自上馬，同奔西獵場。

「少卿兄，晚間請到舍下小飲，家父說兩月沒見兄臺，幾番念叨你。」

「這回輪著俺承認自個是膽小鬼！」

「百杯不倒的任少卿怕酒？」

「不！怕伯父讓俺背古書，天生心裡少兩竅啊！」這黑大漢笑得忸怩。

「書就是不肯到俺肚裡住家，誰像你一背大半車……」

「家父賞識兄臺爽利！」

「粗人一個唄！還是俺這膽小鬼請你這小膽鬼，老地方——不醉不歸小酒家。」

薄暮，李廣利再次請求，武帝才罷手。網圈裡堆放著各種野物，腥風拂過大路，旗幟嘩嘩抖動。

郎官們列為方隊，垂首肅立。

武帝餘興未盡地說過一番勉勵的話，然後叫了一聲：「李陵！」

「臣在！」名將李廣之孫，李敢之子李陵，年甫三旬，生得白淨，眉目如畫，海下無鬚，靠家學深厚，熟知兵法武藝，盔甲袍服一身縞素，只有盔纓和腰帶猩紅似血，持重的書卷氣令人信賴，加上敬老愛幼的美德，博得了國士的聲譽。

「打了多少野物？」武帝語調舒緩，興奮期已過，覺得有些累。

「陛下射虎一隻、熊一頭。眾郎官獵得走獸三百七十頭，飛禽五百〇三隻。」李陵出語雍容。

「和前回一樣，再讓司馬遷分給眾郎官。」

「遵旨！」司馬遷拱手欠身。

李廣利略一遲疑，侃侃奏道：「啟奏萬歲，上次司馬遷分獵物先得者多，後得者少，郎官們都說不公。人人口服心服，還是任安！」

「哈哈哈哈！一朝同僚，理當親若兄弟，誰在私下囉哩囉唆，莫非嫌朝廷俸祿過少，買不起幾斤肉？朕不信有這樣小人！像司馬遷一介書生，不挨人痛罵幾回，怎知背書練劍之外還有人情世事？你們都在青春年少，受點氣才長志氣！沒有度量，朕怎敢託以重任？讓他分，錯了由朕擔待！」

「是，陛下愛護郎官如慈父之待幼子。臣當勉力仿效，重用新才！」李廣利給自己圓場。

「謝陛下！」司馬遷膝間的絲絳微微抖動。

「免！當初陳平分肉公平，後來協助高祖皇帝宰割天下，同樣公平。兩者不是一回事，小處見大，又相關連！太會算計的人只能做中小商人，賺些錢成不了大事，寫不成好文章！朕一向愛年輕的大才，霍去病任大將軍才十九歲，二十一歲就去世，是你們典範！李陵要珍惜飛將軍的威名，任安勇武機敏，光這些不夠，要懂韜略，獨當一面，萬里建功，名載史冊，莫負朕厚望！司馬遷！」

「小臣在！」

「朕多次廣招文學之臣，而今司馬相如等老臣凋謝，後繼者無多。你父老成博學，但體衰多病。你要步武前賢，承襲家學，為朝廷效力！」武帝被自己的宏論所感動。

「多謝陛下教誨！」司馬遷熱淚盈眶。

三

司馬談俸銀有限，懶得花氣力去營造豪宅深院。他珍惜清靜，親近自然，把大部時光都用於蒐集編訂史料。和朝臣相處，事事退讓，追求無功無過。偶然有些懷才不遇的憤慨，不能真像老子莊周那樣蕭然物外。來長安第七年，將顯武裡宅院賣給了同僚，遷居帝都，選擇遠離鬧市地價便宜的處所，買下一座小院子。房屋建在南北兩頭，兒子住前進，父親居後院，鄰近柴屋和廚房，便於沐浴用餐。院子中的小塘占地七分，與護城河相通，用簸箕攔死暗溝，養了些魚。塘邊開了幾畦菜地，灌水方便。除了冬季，地裡一片烏綠。靠近圍牆有舊屋兩間，做了馬廄。澆園、剪果樹、餵馬、鋤草，在老太史公看來都是活動四體的快事，又能讓兒子、兒媳體驗到衣食來之不易。家裡未蓄僕婢，勤儉養廉，日子過得還算和諧。

「皇上對兒慈惠，說舉國懂得封禪大典掌故的僅有爹爹一人。這是何等英明！怎麼會相信那些方士點石成金，從蓬萊仙島能求得不死之藥等等，大小事都要這些人占卜，真怪！」司馬遷揮動大口木舀子給菜苗潑水。

「皇家的事真真假假摸不透，愛才忌才，仁慈殘忍，喜怒無常。在朝為官，如在春冰上行走，隨時有滅頂之災……」父親在給魚苗餵些小米殼子和切碎的老菜葉。

「這仕途真像爹爹說的那麼伸手看不見五指？」

「懷疑這些事實難免要流血，甚至碰到滅族的大災難！高皇帝時封的功臣幾百家，到今朝仍享爵位者五家。其餘盡被帝王家算計。爹就你一個男兒，盼望你留下千古傳誦的歷史著述，又想你躬耕自食，老於村野，吃碗安安穩穩的隱士飯。兒功名心切，不會守拙……」

「兒謹記爹爹金玉良言！」

「閱歷不到，說不定拿明珠當魚眼扔掉。兒可還記得十幾年前為兒講過的齊太史故事？如果為父因說真話，像這乾草被皇帝鍘成幾段，你呢？」

司馬談把小草掐成八截。

「跟齊太史兄弟一樣前仆後繼！」

「好！然而……」司馬談搖搖頭長嘆一聲，「真不願有那天……」

「爹爹想存信史，又怕兒子掉頭……」

「嘿嘿！」父親用笑揶揄自己。

「回書房去吧！」

「不如上茅亭坐坐更好！」

亭子九尺對方，毛氈上鋪著細竹蓆，四面軒敞，種了些藥材，不同季節開出多色小花，點綴著草坪，有點野趣。

「遷兒拿點酒來！」

家釀味淺而淳，父子對酌。

「除去不怕死，敢質疑，還要有眼光，方是良史。如周幽王二年，太史伯陽預言周朝將滅亡；周太史伯能為鄭桓公覓建國地點，對諸侯的興衰更替做出準確推測；周太史儋更奇特：測定周秦之間五百年的分合關係無不吻合。這些均是史官楷模。為父有心治學，起始過遲，虛耗許多時光，愧對先人。而今初通六家要略，道家為骨，儒學為用，然體魄漸衰，昔日宏願，力不從心。兒當以大器自勉，知事之當然和所以然，守恆通變，淹貫古今，他年勝過前輩，哪怕忍辱負重，不計一時利害，成為第二部《春秋》作者，歷百世千秋而常新……」老太史公酒酣耳熱，意在言外。

司馬遷聽到了自己的心跳聲。他頭回發覺父親的哲思包覆著智野靈天，竭力替兒子鋪好宏偉建築物的基石。過去，跟父親交談太少，理解太淺。他應該自豪！人皆有父，幾人父親能比老史官？他企盼父親多活幾年，但那灰白的鬍鬚，深廣交錯的額紋令他怵然。父親老得太快！

「爹爹，這杯酒兒代您喝掉，您多多保重！」普通話語表達複雜的情緒。

父親對兒子眼角的淚光不覺得意外，有一股相知的喜悅。

「遷兒，還記得故鄉的龍門嗎？其實它無所不在，人生就是跳龍門。有志者事必成。舉世舀滔，魚多龍少，要自強不息，做一天活小魚，就該跳一天，父親真想化為一朵祥雲，託著兒跳過龍門，耕雲種雨，廣育禾苗……」

有人在叩門。

司馬遷將門開啟，來客是多年沒見的石匠東方樸，手裡提著一籃葡萄，歲月在此老身上移逝得異常緩慢，與初見之時幾乎沒有差異。寬得有稜角的前額隆起，壽眉盈寸，蓋住上半邊眼窩，陷在凹處的兩眼開合閃著熱流，往往一隻全閉，另一隻半睜。用老人開玩笑的話說：「用半隻眼睛橫看世間，少見虛假醜惡之事，免得跟自己過不去。留下一隻眼，一半看得見自個內心，一半看著古人。記著此身的無能，心平氣和。」他膚色黑裡透紅，天庭及顴骨周圍清朗，稍矮的鼻根和外翻的鼻孔，破壞了面部的雕塑美。個子高出司馬遷一頭，手離膝頭三寸，筋絡突起，藕花重疊，步履舉動輕快，五綹鬚長及肚臍，每穿白袍必戴白色高冠，據聞昔日擊築大師高漸離就是這身裝扮。若心情不快，雪天也免冠只梳椎髻，衣裾鞋襪全是玄黑，從不繫腰帶，不佩玉器兵器。

「爺爺一向安泰！」司馬遷行大禮。

「賢喬梓好啊？」東方樸扶起後生。

「老叔老而彌健，飄然如神仙中人，想壞小侄！」司馬談聞聲拜迎，臉堆笑容。

「免禮免禮！」

「請到茅亭小酌洗塵！」司馬談接過竹籃交給兒子，央求石匠上坐，「快叫你表妹出來拜見，還有剛剛會走路的小女孩，等著老太公取名呢！」

「此是前年韓仲子栽在我那小院裡的葡萄，他是行家——上過西域，還常去修枝，今年大熟，特地摘給你們嘗嘗。剪了些條子讓子長壓上，再請仲子來說些要領，第二年就結葡萄。」

「仲子還常到府上討教武藝嗎？」

「老朽多年不在家，虧他打掃、種菜，收了送些給鄰人，都誇他是義士。」

「仲子教過子長射箭、使刀，小侄對他很器重。飛將軍手下就他是英雄。可惜皇上不肯重用，一些膿包將軍都封了侯，他對功名不聞不問，聽說一心教李陵讀《孫子》，好賡繼先人遺志，掃滅匈奴，消除心腹之患。」

「李陵少打敗仗，還不穩固，就怕操之過急，我勸仲子要從長計議……」太公心懷慼慼。

「爺爺過慮，李少卿十年習武，十年養氣，可以蕩平煙塵！衛青、霍去病邊塞建功時都還年輕！」司馬遷殷勤地斟酒。

「他們是皇親國戚，糧秣援兵充足，加上那會匈奴新主子不會打仗，又缺戰將，時機對漢軍太有利，僥倖成功，皇帝藉此來嚇唬老百姓，大吹大擂，就不說死人五萬，傷馬牛十萬匹。老朽這一陣在茂陵霍去病墓砸石頭，西北方來的能工巧匠不少，碰到過一些老兵，摸到底細，官話只當官話聽，句句都信鬼迷心。修史的人更怕相通道聽途說，遠古的事沒法考訂，秦始皇帝以來的史實還不難查訪。」

左手舉著托盤，內放四色菜餚，右腕抱著小女兒的上官清來到茅亭，司馬遷上好菜，把孩子接過來放到地上。

「叩見太公！」上官清施禮。

「家無常禮，免。你做的菜有味，老朽要多飲幾盅！」

「爺爺！」女孩口齒脆朗，有點認生，躲到司馬談背後。

「過來見見太公！」司馬談將孩子拉到面前，她急得漲紅了小臉。

「怕羞就不看嘛——哈哈哈哈！」東方樸用指頭彈彈孩子下巴。

司馬遷再次請東方太公賜名。

「你父親滿腹經綸，老朽是流落江湖的工匠，哪能胡謅！」

「老叔見過小侄家四代人，天南海北都有口碑的大老，為嬰兒取名，當仁不讓！」

「老朽謹遵吩咐。賢喬梓一家愛書如命，處心積慮多年，要著史書，孩子小名『書』，日後及笄，知書識禮，自己再取大名好嗎？」

「書兒，好！咱父子見到女孩就想到史書，莫大鞭策！謝謝！」

「叩謝爺爺！」子長夫婦欣然行禮。

「添菜溫酒！」司馬談酒興正濃。

「子長，籃子底下有一隻硯臺，是老朽給你刻的新婚禮品，裝進布袋掛在馬鞍上多年。它顏色不好看，高出的地方是石，正好磨墨，低窪的小坑裡是玉，滲水慢，天生一體。在楚國故地無意拾到的，不知道三閭大夫使的可是此種硯石。」古拙的硯形似小石盤，下有三足，粗實平穩，四周沒有裝飾紋樣，樸素大方。

「子長承受不起啊！」司馬談有些不安。

「硯不負人，人當不負此石！」東方樸肅然起立，捧著硯石說，「戰國出了七雄，上千小國的史冊被毀。嬴政當國，六國史料燒盡。賢父子任重道遠！老朽不知文墨。區區此心，天地共鑑！」

「小侄與遷兒拜領厚賜！」

「孫兒肝腦塗地，不忘爺爺慈愛！身在硯存，此志不渝！」

「換大斗！」東方樸掀髯長笑。

「爺爺能說說南行如何為人解危，殺貪官的義舉嗎？」

老人連連搖手。

「你爺爺從不說到自己如何如何，所以朱家、郭解都死在官家之手，唯獨他老人家儲存墨子的一派正氣，悄悄做了許多實事。連不可一世的當今天子，一輩子沒受過半點委屈，神差鬼使竟讓你爺爺捆綁一回，差點還灌上一壺尿呢。」

「真的？」司馬遷二目圓睜。

「是真，不能告訴任何人，否則要把爺爺坑苦了。」司馬談警告兒子。

「求爺爺快說說那是怎麼回事？」

「有啥好講？」東方樸停杯。

「讓子長知道，不寫入史書。攪得一絲奇氣，開拓萬古心胸！」

四

皇帝二十歲，登位才四年，還不敢違背文景二帝儉樸治國遺訓，少興土木。西出長安三十里就很荒涼，東方樸打石頭為生的小村，不時丟掉良馬，從來沒逮著過盜馬賊。

這日傍晚，日落鴉噪，蝙蝠橫飛，村裡炊煙裊裊。

武帝穿著半舊的郎官服，騎著駿馬從林中官道上馳來。一見老石匠在門口鑿制畫像石，滾鞍下馬，把坐騎拴在樹上，昂頭挺胸地打招呼：「老石匠師傅請了！」

「請了！客官有何見教？」那時東方樸鬚髮烏黑。

「有好酒嗎？」

「我還喝不上呢！」

「可有狗肉？」

「我還想吃，哪裡來的？」

「吃了給錢。」

「不開飯店，不稀罕銅錢。」
「老人家有很多錢？」
「沒。」
「那……」
「窮，才不對銀錢害單相思。要是皇帝大官大財主，就越富越愛財。」
「怎麼，皇帝也愛錢？」
「總是農夫百工養活高位者，從沒有帝王將相種地養活老百姓。」
「天色將晚，要是在下身上未帶銅錢呢？」
「有酒有飯菜。」
「喃，有意思。在下腹中飢餓，錢沒有，保管不白吃。」
「吹牛的車載斗量小米，見過太多。飯在鍋裡，酒在罐裡，自己去找，平生不喜歡侍候人！」
武帝洗了一隻盤子，倒下一碗酒，取了狗肉和青菜饅頭，端到石匠跟前的大石條上，狼吞虎嚥：「在下不做缺德事，給老人家留下一半吃的。」
「見財一半，使得。窮不可笑，說大話欺世就可笑。」老人摸出一串銅錢扔到客人腳下，「瞧客官吃得多賣力氣，算老漢僱你吃喝的工錢。長安城內就找不著老朽這樣僱主！」
「好差事！」武帝將錢踢到老頭腳下，「有乾淨草料嗎？在下還得餵牲口。當然，僱馬吃一頓可以免付工錢，哈哈哈哈！」
「嘿嘿嘿嘿！」石匠笑得很冷漠。

「這饅頭真香，皇宮裡的御廚房都做不到這火候，真好吃，吃得我兩手不得閒哪！」

「聽客官之意要老漢替你去餵馬？」

「嗨嗨，謝謝！」

「謝謝值幾文銅錢一斤？如若老夫的兒子是懶蟲，準會吊在樹上抽掉懶筋，身子骨就變輕！」

「您有在下這麼大的兒子嗎？」

「沒娶過親，孫子都耽誤了！」老人矯捷地跳起，抖掉皮圍裙上的石粉，把裝著谷稈草的木板大槽放到馬的頸項下面，馬餓急了，顧不得草乾料少，大口嚼，大口吞。老石匠摸摸牠的鬃毛說：「好一匹寶馬，一日夜能跑一千里，不餵豆子上不了膘。這窮小子憑什麼騎牠？莫不是……」他欲言又止，坐下去接著砸石頭。

「在下的馬如何？」

「老漢的鑿子怎樣？」

「鑿子個頭都累矬了，跟您也太苦！」

「馬跟你太苦！吃完了？」

「可不。」武帝擦擦光溜溜的下巴。

「連盤子也不替老漢洗洗？」

「嘿嘿，會吃不會洗。」

「好，不用你洗，莫忙著走。」

「幹麼？」武帝剔著牙齒，「可惜酒差點，要在……」

「要在你們家，酒就天下一流？」

「可不。」武帝得意地點頭。

「小夥兒，說真的，你這匹馬哪來的？」

「這……沒想過這碼事。」

「天上掉下來的，地下冒出來的，樹杈上結的？」石匠臉色一沉，「年紀不大學啥手藝都是上等坯子，為什麼不上進？咱村丟了七匹馬，兩匹頂呱呱，五匹過得去，可是你『借』走的？」

「這從何說起？老人家真滑稽！」

「誰跟你滑稽，老石匠不是優孟、優施！」

「老丈，在下說的全是實話。宮裡……」

「公的，還母的哪！解下腰帶捆上老漢一隻手，兩條腿拴在一塊，陪你走上幾個回合，看看你好大能耐，免得說老漢賣老欺生。」

「不會，捆人有武士郎官……」

「那你是——」

「平陽侯劉大。」

「光桿一人出門的侯爺天下難找，老漢開了眼界，你這身衣衫能餵價值千金的駿馬？盜馬犯法，冒充侯爺罪加一等。」

「真是侯爺。」

「老漢不是嚇大的，是五穀餵大的。光吹不能服人，有看家工夫使出來！」

「招打！」皇帝一拳打在石匠肩頭，老人沒動窩。痛得他連聲怪叫：「是個石頭老漢，我真沒偷過馬！」

「你腕子脫臼，老漢替你治，要虛心改過。」石匠給皇帝捏捏摸摸。

「不痛了！老人家冤枉了我，停會手下人要來找，我嫌帶一大批人不自在，放掉我，免你們村十年賦稅！」

「就算你是侯爵，平常不知冤枉過多少人，你幾時想到人家怎麼過？今天吃點苦頭，治治你的狂妄，瀉瀉虛火，才知道鍋是鐵做的！」

「謝老丈教誨！您可以打我、殺我，不能辱沒我，我再申明不是賊！」皇帝處於困境還有幾分尊嚴。

「我不侮辱好人，這匹馬只有皇上才配騎，盜御馬要滅族，快送回宮裡，免得你父母兄弟一齊犯官司！」

「好老漢，大忠臣！」皇帝走進屋倒出一碗酒遞給東方樸，「馬送你，算我僱你喝酒的工錢。」

「小兄弟像條漢子！酒乾了，馬，老漢餵不起，陪你送到左馮翊衙門，減罪一等。」

「要不去呢？」

「灌你一夜壺尿！坐這裡等著你的下人，下人不來莫怪鄉里人辦事狠！」

皇帝很從容，他提起石匠的大錘掂掂分量，沒一絲逃竄的神色。

遠遠的有一隊人馬打著火把進村，高呼著：「平——陽——侯——爺——」

「老師傅，我的下人們來了。」

「看來你不是冒充侯爺的真公子哥，將來當了權莫忘了百姓的苦處。若無容人之量，找岔子報仇就拿老漢開刀，十年的稅免不免就看你的良心如何。難為農夫們就沒好下場！老漢在這裡住了三年半，剛把一個家經營就緒，只能扔掉它！」

「劉大絕不與好百姓為難。」

「老漢不信官話！」東方樸一矮身跳上屋頂。呼喊平陽侯的聲音更近。

「朕在這裡！」皇帝高叫一聲。

「要愛護黎民，陛下！」火鐮叮噹幾下，屋裡的草堆已被點著。

「老師傅，請下來！朕知道你沒有惡意，憑您的武藝，傷害朕不費吹灰之力。」

「陛下保重！」大樹頂上傳來太公的笑聲。

東方樸在茅亭裡敞懷大笑，給自己斟上一大觥。

「爺爺，後來呢？」

「村裡確實免去十年賦稅，父老們少不了三呼萬歲，感激涕零。老朽幾次回村，鄰人殷勤相待，誠心邀請我回去落戶，可惜吊打皇帝之事被傳得神乎其神，虛名太大，不得安生。皇帝或許把那晚的事忘個一乾二淨，但手下的鷹犬們時刻想找獻功機會，不能掉以輕心。老朽在西郊已有住處，還算寬敞。」

「爺爺怎麼肯到茂陵去刻石頭呢？」

「子長，你父知道，往昔皇帝公侯修陵墓一竣工，能將一批石匠藥死殺掉，甚至活埋在石穴中殉葬。而今霍去病墓已齊工，皇上陵墓也快完，為首的工師們怕徒子徒孫遇到意外，來寒舍十多回，要老朽出來照應一下。手藝人跟丞相一樣是娘親十月懷胎所生，家有父母妻兒。老朽無家室之累，有個朝晴暮雨，可以挺身頂著千斤閘，放後輩們一條活路。不想監工的老爺詭計多端，當眾宣告：若老石匠逃離茂陵，七位工師下獄治罪。這麼一來老朽一時無計脫身，就在那裡掌眼，酒有得喝，活有得累。遲早還是要一走了之。」

話越說越多，司馬遷心中休眠幾載的游俠意識又甦醒過來。

雞啼二遍，月亮沉入雲海，茅亭裡寒氣襲人。

太公半醉了：「子長，這觥酒替爺爺乾掉！」說畢退到蓆子一角，彎過手臂為枕，倒在地上立即扯呼嚕。

「請爺爺回書房去安歇！」

「老人家一輩子就這麼過慣了。不必驚擾，我們走開。」司馬談脫下長袍蓋在太公身上。

兒子解衣裹著父親，送回後屋。

「遷兒，將來你為游俠立傳，太公所講史實最詳實，朱家嫡傳的弟子，太公是碩果僅存，兒當事以叔伯祖父之禮。」

司馬遷侍奉父親盥洗畢安寢，抱著一張老羊皮褥子來到茅亭。東方樸鼾聲雷動，睡得十分安詳，司馬遷坐在他身邊，有無限的感慨。

五

西元前一三九年（建元二年），離咸陽西北約四十里的茂陵，經重臣主父偃建議：逐步將六國王侯后裔，家資百萬以上的富商巨室，天下豪傑兼併之家，亂眾的豪紳等頭面人物，皆強行遷到此居住。「內實京都，外消奸猾，此所謂不誅而害除。」割斷這些人與故鄉土地親屬聯絡，嚴加控制，又賞以田地房屋僕婢，起過「強本幹弱枝葉」的作用。但所有烈馬都拴在一條槽，國庫為此開支浩繁，幾代後對「不得族居」的聖旨當作具文。未遷者百般抵制；已遷者眷戀原有權勢，時有逃歸，難以安定。加上冗官貴戚目無法紀，聲色狗馬醜聞層出不休，作奸犯科之輩狼狽勾結，積弊叢生。戶口猛增到六萬〇八十七戶，人口二十七萬有餘，這些人的能量又高於一般市民數倍，加上修陵民工刑徒十多萬，市中熱熱鬧鬧。

武帝聽右內史（首都長安市長）奏聞：驃騎將軍霍去病墓大體完工，選了吉日，帶領一批郎官先去看了茂陵的工程，繼而巡視霍墓，這是仿照祁連山的模樣造的一座土峰，雖無高峻奇險的地勢，但威嚴煊赫，在歷代名臣墓葬中是為創格。

武帝來到享殿門前下馬，面帶春風，撚鬚若有所思。

「請駕回宮！」李廣利為主子的興奮而志得意滿。

「霍去病六次出擊匈奴，斬敵首十一萬餘級，逼使渾邪王領幾萬人投降，開闢了河西酒泉等地，四次增封，凡一萬五千一百戶，手下立功封侯者六人，晉升將軍者兩人。朕賜以府第，他口出壯語：『匈奴未滅，何以為家？』可惜二十一歲去世，修此墓道，以示隆恩。爾等當以驃騎將軍為榜樣！」

郎官們連呼萬歲。

用過午餐，武帝脫掉大氅，只帶李廣利、司馬遷等五十人，沿著山的下半腰信步而行，看看歇歇，比較放鬆。

領工的匠人們多半由荊襄流動過來。楚人好鬼，好祀神祇，青銅器圖案的奔放、飛動、誇張、輕飄、豔麗、持重的浪漫主義精神如屈子作品中所宣洩的那樣，直接為漢初許多漆畫與石刻所繼承。墓地大型石刻有跳神的作用，與巫覡的儺舞一脈相通。皇帝長於深宮，在書面文化上接受了楚的傳統，寫出華瞻多情的作品（其意象被美國二十世紀大詩人龐德借用，傳誦一時），在南國民間風俗方面直接接觸機會少，所見多為秦漢兵馬俑式的寫實能品[07]，智者難免要做蠢事，對寫意的傑作產生不能理解的震怒便不足為奇。

尊重諸位能工巧匠的東方樸眼界宏遠，不拘一格，博採眾長，顯示氣度。

武帝看了立刻伸手一摸，涼氣沁膚，欣欣然地說：「這很像朕的汗血天馬！」

「真的，太像了！」李廣利頌馬頌皇上等於歌頌自己的勛勞。

「牠上戰場，一定八面威風，所向披靡，揚我大漢氣概，好！好！」皇上更加振奮，「賜給驃騎將軍當之無愧！」

郎官們讚美一番。

「這條老牛有些愁眉苦臉！」皇帝瞇上二目，連連後退幾步，微蹙雙眉。

「這……」李廣利的手伸向劍柄。

「陛下是側面看牛，從當中看上去牠很悠閒，猶似坐在田頭樹蔭下喝水的農夫，耕作之餘，一享太平天下之樂！」霍光出列執言。轉移皇帝注意力，不願工匠們吃罪。

武帝不相信，走到牛鼻子附近，審視有頃，點頭不語。

李廣利的手離開劍柄，流蘇不再抖動。

「這是蛙？方石條畫上兩條線，打個小眼。怎麼是魚，連鰓鱗都沒刻，草率偷懶，全不知朝廷體恤功臣苦心！」他又看到「馬踏匈奴」、「老人和熊」，怒火上升，「這是刻給頑童戲耍之物，哪配稱鎮山之寶，

[07] 古人評定藝術品為神、逸、妙、能四品。能品指缺點少、也打不動欣賞者的平平之作。

國威喪盡，這些破石頭右內史可來看過？」

「右內史汲黯老大人來看過，啥話沒說就走了。」陵園監修官伏地回答。

「汲黯看過？」武帝遲疑一下，畢竟有些忌憚。

「汲大人管大事，不會面面俱到。」

李廣利也暗暗忌恨正直的長安首長。聖上問：「誰是掌墨的大工師？」

令人難堪的緘默。

郎官們幸災樂禍等著好戲上臺，種種表情使司馬遷的眉梢厭惡地掣動幾下。

「快叫老石匠們過來！」李廣利催促著。

監修官怕火燒到自己頭上，故意厲聲厲色地喊叫：「萬歲有旨：掌墨石匠覲見！」

霍光鋪上獸皮，皇帝倨傲地落座。

空氣沉重，如風暴將至，海嘯初起。

「近十年來，西域一帶的大秦、大食、安息、樓蘭、大宛、小宛、東師、條支、無雷、捐身……通使來長安者五十餘國，商人以萬計。尚有西南蠻夷諸地歲歲來朝。若見此類非驢非馬之作豈不恥笑我上國無人，掌墨工師盡是酒囊飯袋嗎？一一砸碎，認真重刻！」

「遵旨！」監修官回答得響亮，他知道自己保住了前程。

「君命如山，你要小心！」李廣利的話含著壓力。

「陛下文治武功史冊罕見，一向虛懷，廣納忠言。臣人微言輕，不應多口。為報聖德：請先聽工師們申述千慮一得，以示海量，避免愚夫不肖者誤傳，與陛下求賢愛才本意不符。」司馬遷跪倒在地。

「人微而言不輕，司馬談教誨有方，然去華就樸，達於深涵……哈哈哈哈！」皇帝陰沉的表情和爽快的笑聲都令郎官們難以揣測。

「臣……」司馬遷骨鯁在喉，一見三名老石工走近，只得暫時住口。

「起來！」皇帝對司馬遷是溫和的。

監修官率石工們行禮。

「爾等是主事石工嗎？此類石刻有礙觀瞻，椎碎重刻，若敢怠慢，交右內史治罪！」

三石工交換一下眼色，其中年最長者匍匐於地奏道：「小的冒死啟奏萬歲，這兩件石像是當今活魯班、石工祖師爺東方老人新刻，以臣等刻石四五十年見聞，實乃稀世奇作，小臣等寧肯領罪受罰，求陛下留下！」

「東方老人是誰，竟能使爾等抗旨？」皇帝叉手抬頭，望著工地那邊的煙塵，緩緩闔眼。

「陛下開恩！」三石匠叩頭不止。

「陛下放了他們，老臣自作自受自敢當！」

東方樸躬身立於階下，聲若銅鐘。

「帶他上來。」

「遵旨！」監修官將東方樸領到皇帝三丈開外。行禮如儀。

「他們都是你的徒兒嗎？」

「老臣虛度年華，餬口薄技尚未精通，何敢妄為人師？是他們錯愛過謙了。」

「這幾件東西是爾所刻？」

「老臣先依石形刻出模樣，後生們照樣刻坯，再由老臣修正完工，與三位主事工師無關。老臣領罪，死而無怨。」

「你……」皇帝心中忽然閃過當年賞以酒食，還想灌尿的老石匠形象，不同者當年衣冠似雪，今日荊簪椎髻，鬚髮蕭然，一身皂衣。皇帝想報復，又想感謝以示大度，一時舉棋未定。

「老頭知罪嗎？」李廣利插了一句。

「將軍，老朽知道要掉九斤半。」

「臣等皆駑鈍之材，東方老人乃百年罕見的大匠，放了老人家，否則寧肯同死，以免天下後世笑臣等不仁不義，不敬長者，貪生苟活……」石工們先後啟唇，若出一轍。

「陛下殺老臣如殺螞蟻，求陛下饒恕他三人，將四塊頑石留與千秋百代後評說，臣感恩不盡！」東方樸逃離工地易如反掌，只怕工匠們受害，努力縮小事態。

「哼哼！」皇帝下意識地摸摸曾經脫臼的腕子，似乎餘痛又起，「朕一向不違上天好生之德，尤不願對百姓妄動殺機。爾等爭死重義，乃是朕的好百姓。武士先送三名工師下去，這石刻嗎——容朕思之！」

李廣利一揮臂，三名工匠被推送下去，不管他們如何分辯，皇帝反應冷峻。

「微臣司馬遷再奏陛下：臣以為……」

「司馬遷！」李廣利上前要攔阻。

「讓他說，有話不讓說，只許吃飯喝酒，沒話逼著找廢話來應對，都是苦事。既有兩耳，一隻聽諂辭，一隻聽聽未必全錯的直話有何不可？」皇帝轉動眼珠，做出一副甘願聽到地老天荒的架勢。

東方樸眉目舒展冷對厄運，一洗沉痛之色。

「匈奴幾百年來屢犯中原，後盾乃祁連山一帶，水肥草茂，多產糧食牲畜耳。陛下調集玄甲軍壘成祁連山，置於驃騎將軍足下，既追懷昔年踏平真祁連山豐功偉業，亦象徵大漢神威永鎮醜類。故在叢林之間廣雕牲畜，力求似真。為驃騎將軍修陵，皆知陛下不拘舊日陵墓廟堂雕刻老譜，匠師皆想獻出平生絕技，傳名萬古，即或力不從心，精誠未減。立刻臥牛之美，為聖主激賞，其他諸作豈想弄巧成拙而獲罪？石蛙石魚不求形似，已得真神，以少勝多，有石馬未到之處。此件為馬踏匈奴，馬下乃是單于敗績，他手持弓箭，一世好戰，掠奪城池，殺害庶民，而今日暮途窮，張皇逃遁，將為大漢騎兵駿馬踩為齏粉，我驍勇將士未刻一人，而無所不在，何其壯也？匈奴人尊犬為祖宗，單于每以天熊星自詡。若刻老人弄犬於股掌之間，犬無威勢可言。而北方稱熊為狗熊，玩龐然大物如犬，便是天威遠震，意象自明，填墓闢邪受祭祀而食羊，舍乎古禮。匈奴以牛羊為糧，此作亦有漢軍追擊匈奴如巨獸食羊，藉以隱喻敵國末路，暗寓巧思。所有石刻，旨在驅邪娛神，庶黎共樂。上承屈原《九歌》遺風，兼演《天問》中巫覡諸舞。我高祖皇帝即嗜楚歌，陛下雅賦淳辭，披管絃亦諧楚音。腹容九州者何事不可容，右內史汲大人殊解聖意，不與百工計較，無愧社稷賢臣，陛下三思！」

武帝開顏大笑道：「汲黯無言，果然即是朕意。修陵累及百工，沐雨浴風，辛苦之至。適才乃一句戲言，石刻不改，朕賜老人黃金五兩，三石工各賜一兩！」

「還不快快謝主隆恩！」李廣利瞪著老人。

「黃金分贈眾位工匠，老朽要它無用。」

「年紀衰邁，買匹好馬代步，小心別讓盜馬賊偷去……」武帝上了武士們推來的龍輦。

老人拱手與皇帝交換一個心照不宣的眼神，出聲靜遠地：「送駕回宮！」

等不到龍輦在樹蔭中消失，東方樸伸出大手將幾件石刻細細撫摸一遍，最末了撲在「老人與熊」上，大滴珍貴淚水奪眶而出，那是季世少知音的寂寞之淚，用死後請假回來的眼目重看濁世，哀痛的內涵只有他自己明白。

三位石工跪在東方樸身後：「祖師受屈，平安無災便是大喜，晚輩無德，把您老人家拖入是非漩渦，於心不安，請嘗兩口好酒！」

老人的指尖流出血珠，它們重重地摳在粗糙的石塊上，腕臂不停地顫慄。

「祖師爺！」石匠們再次敬上壓驚酒。

「可惜老朽再也刻不出這樣有血肉筋脈，能感知人世悲歡的東西！心口這裡全掏光，裝在它們肚裡做了瓢子，酒填不滿空子！我想教過老朽手藝的大匠們，均已謝世。縱然還有，可遇不可求。今天它們差點遭殃，老朽可以為之壓驚；日後還會遇上什麼昏主瘟官？萬一粉身碎骨，壓驚者是誰？黑霧障眼，看不透啊！」老人連斟幾杯酒，連著淚花，一一酹於石刻。

石工們憂悚地看著這曠古無雙的場景。

※　※　※

誰講石頭冥頑不靈？

時交三鼓，月落林暗。帳篷裡沒有燈火，工匠們早已安歇。

司馬遷仍在石刻邊逡巡。瑟縮的輕寒，不僅來自風露，而是藉助於星光朦朧，白日酣眠於石刻肺腑的生機迸射出來，像所有凌越萬古的傑作一樣，見仁見智，任欣賞者注入自己的膽識學問，做不同層面的開掘和歧解，它以不變萬變，代表著時空無極，喚醒你認識浮生有限，應該豐富它，為父老姐妹造福，來淨化舊我，變心靈為不朽的殿堂，一代代去高唱人的頌歌，安凡樂貧，樸涵萬端……

一身雞皮疙瘩帶來神遊《九歌》、《天問》、《招魂》的幻境，還有他在湘水沅江兩岸見到的開秧門賽歌，龍船競渡，祭祀各種神祇。石刻們加入他想像中的舞者行列，上捫列宿，下撫沃野，與山岳川流對話……昔日父親所教的屈原辭賦，得雕刻如酵母而立體化起來。

「子長！」小路上有人輕叫一聲。

「爺爺！」司馬遷拱手退立路旁，肅迎衣冠似銀的長者。

「適才去驛館相訪，但見竹蓆上有殘酒半杯，陶壺空空，燈火已滅，人未登床，猜著是來這裡。你看到些什麼？」

司馬遷搖頭，指指天地和胸口，向老人虔誠地一揖：「大寂寞！」

老人屹立如一尊玉雕，凜然不動地盯著他。

一股父性的磁力沁入司馬遷的五臟百骸。他的背脊上不再湧出冷汗，像是孩子躺在海濱沙灘，享受星光與老祖父拍著腰眼，緩緩入睡的歡愉，那催眠曲是老人心海漲漾出來的暖濤。

四鼓的木鐸聲聲，雲向驪山一帶彙集，雨在不太遠的地方降落。

突然，老人厲聲作色地說：「孩子，我要替亡故的至交司馬喜教訓教訓他的孫子！」

「洗耳恭聽！」

「先得捆上你，否則會亂動亂跑。」

「打不動手，罵不還口。」

「不成。」老人解下腰上絲絳，把司馬遷推到樹邊，迅速捆上三圈。

「爺爺……」

「子長，老朽先叩謝你救命之恩，不捆上你怎會安生承受？」

「不行，折煞孫兒了！」

「知道你要折騰，這回動不了窩！」

「爺爺請放開，這是忤逆不道！」

老人解開絲帶繫在自己身上，咳嗽兩聲，沉痛地說：「你救了老朽，自鳴得意，其實犯了大過失！忘了你家四世單傳，若有三長兩短，株連你父，修史大業誰來承擔？那時老朽無面目活在人世，只能舉槌自己擊碎頭顱。友人子孫陷入不義的官家巨網，到哪裡去申辯？這比死可怕一百倍！一個孤零零的老石匠，風前燭，瓦上霜，生何益於人，死何害於世？況且在生死關頭闖過十幾回，微不足道。你忘了我與你父反覆告誡的『伴君如伴虎』。乃仗才使氣，捉襟見肘，為小失大，活冤家……」老人哽咽失聲。

「孫兒能見死不救嗎？畏首畏尾，吞忍不義，更當不好史官。謝謝爺爺美意！」司馬遷伏地顫抖。

「見大者遺乎細。泰山崩於前，大海嘯於後，能心如止水，百折不回，期於有成。皇帝都不是吃素餐長大的。明天告訴他，把我的頭砍了，免得日後為石頭塊的事找你們爺兒倆的碴。孩子，你對不理會的東西漫加議論，免得攔住他人思路。莫怕人家將你當啞巴賣掉，想出人頭地，那挺危險！你胡扯什麼闢邪吃羊，闢邪頭上沒有雙角，我刻的是夔龍。羊的耳朵短小，夔龍要吞噬的是兔子，你沒看明白。就算你比人聰明，千慮也有一失。實不相瞞，什麼大漢國威，天子聖德，狗屁，老朽從來沒有想過那些勞什子。不過是對石頭看過幾天幾夜，找到出力最少，儲存天然樣貌最多，最有回味，來上幾刀，心裡痛快便是。在石中找到物形，形中找到寄託情意的命根子，要練上四十年才有譜，跟你們寫文章相似。這批石頭刻法從哪兒學來的，有什麼意思，回頭再挖樹從根起，慢慢對你說……」

「為爺爺這樣長者去死，值！」

「多像你爹年輕的時候，好孫兒……人活著沒朋友，像吃了一輩子沒油缺鹽的菜啊，孫兒……」東方樸心頭久久沒騰湧過大感情了。

下篇

一

武帝一生愛興土木，「承文景菲薄之餘，恃邦國富繁之資，土木之役，倍秦越舊，斤斧之聲，畚鍤之勞，歲月不息」。這種癖好在皇帝行列中都稱得起是空前絕後，無與並肩。營造室樓苑池榭的噪音，對他來說是一日不可缺少的樂音。

輦車把他吊上十八丈高的通天臺，星光在腳下閃耀，雲霧在樹梢上浮動。座下層層錦被，鋪得鬆軟舒適，聽著西域曲子，也真有點飄飄欲仙。

寵冠群宮的李夫人坐在武帝對面，她幼年在一起玩耍的鄰家女兒們大都做了祖母，唯獨她，粉嫩的桃腮似乎吹彈得破，比那十七八歲的宮女還顯得年輕，牙雕般的手指輕輕撫弄著西域入貢的琵琶，靠特殊聰明與二哥延年的指點已經掌握要領，駕輕就熟。她又從老樂工們那裡選擇了幾十種姿勢，用視覺來加強聽覺效果，能把一些過火的動作做得加倍討人喜歡，但不一味迷信自己幾乎是過耳不忘的悟性。

李夫人和皇帝獨處的時刻，一味嬌憨、稚弱，偶爾還裝作薄醉的神情扭動腰肢，搓揉他花白的長鬍鬚，癲狂出之自然。只要有第三者在場，無論是元勛、將軍，直到樂師、宮女、太監，她都顯示出莊重大方，凜若女神臨凡，盡量用沉默掩飾娼家出身的教養不足。

有一回，她回家給娘拜六十大壽，夜靜客退，只有娘兒倆，品著宮裡送來的葡萄美酒清香四溢。

「連你兩位嫂子都說你不苟言笑，怕你幾分。兒啊，我們有今天也不容易，這譜不可不擺，就是不能過了頭啊！」老太太是過來人，年輕的時候在長安極有豔名，王孫公子皇親國戚鉅商大賈都沒少見。

「娘，一家飽暖千家怨，一人受寵，一萬八千嬪妃宮女盡眼紅，只要哄好皇上便妥。倘如送給別人一小包染料，她會接過去就開染坊。你不硬她不軟，不能兩全。再說兒也給她們巴結的機會，但一多就不靈驗，您說是不？」

「嬌兒有心！」母親把她攬入懷中。

「是娘教的！」她和母親竊竊私語，哧哧笑著，「大哥是將軍，難免不打敗仗；二哥在皇上男寵那裡算大半個女人，小半個吹拉彈唱的樂工班頭，也總有失寵的時刻。只要女兒這棵樹不長黃葉子，平常跟他們少來往，他們遇上事情娘還有依靠。要是一榮俱榮，一枯全倒呢？萬歲爺的脾性像終南山的雲霧一樣思索不透。兒怎敢不多為咱李家留條後路？」

「嘿嘿！」母親笑得合不上口，「妞妞想得太多，有你，咱李家壞不了。」

女兒輕微地搖搖頭沒有辯解。從陳阿嬌、衛子夫兩皇后的先例看，皇帝們見異思遷是多發的常見病，她絕不糊塗。

武帝的臉頰泛出一片淡紫色，眼睛蒙上一層興奮的混濁，多少有些酒意。他將手邊的犀角巨杯斟滿，遞到夫人面前。此杯從印度經絲綢之路來到深宮，是從活犀牛頭上鋸解下來的，故稱「活杯」。容量超過半斤，黃色圖案在黑玉般的底色上發光，杯口刻著雲紋，底座上有「回」字紋，名貴至極，入口的一角雕出栩栩如生的獸面，半邊是犀，半邊是兕，雄健威猛，和那些從死犀牛身上取材，花紋中斷或裂變的「枯杯」，不可同日而語。

李夫人躬身言謝，放下樂器，舉杯暢飲。接著左手在弦上撥出一串單音，樂工們蕭鼓齊鳴，八音交錯，兩名樂伎踏歌走出簾幕，在鋪著獸皮的地上做胡旋舞，猶如織布機上的梭子一樣急促地轉動。

一會，除去一名樂師從容擊出清脆圓潤的築聲之外，別的樂器逐漸由強而弱，由弱而止，那兩名樂伎各自一個轉身，從懷中掏出七隻銅盤，逐個向空中扔去，高高低低，隨扔隨接，天上五個，手上一雙，沒有一隻掉到地上。

「好啊，有點意思！」武帝用指尖點出節拍，看得出神。

空中的盤子在舞蹈家的手上取得了無形的翅膀，交叉而飛。

李夫人慢啟朱唇，微微一笑，左袖向身後一揮，舞蹈者一連擰了七個旋子，每旋一次，盤子收掉一隻，最後鼓樂齊鳴，更加熾烈，盤子不見，宮女用盤子託上幾隻元寶，分別賞給表演者和樂工們。

李福在簾外輕咳一聲，掀簾而進，跪在獸皮上跪奏：「老丞相求見陛下，有重大軍情上奏。」

李夫人聞聲起立，武帝莞爾微笑說：「夫人與樂工不必迴避。」

李夫人落座，樂聲變得很輕柔，彷彿從遙遠的星月間飄來，添了一層清空的韻味。

老丞相肥頭大腹，儀表持重，頗善於做聾子耳朵，大小事都呈報喜歡專權的皇帝，換得武帝的幾分寬容。

武帝先看了代北太守的告急文書，很悠閒地問道：「匈奴出兵十萬犯邊，丞相有何高見卻敵？」

「老臣愚見，兵來將擋，水來土掩，是否令浞野侯趙破奴和騎將軍公孫敖援救代北，配以當地騎兵，覓得戰機，浴血一戰，直搗浚稽山？此時北國草壯馬肥，不宜窮追，恭請萬歲聖裁！」

「依卿之見，加封趙破奴為浚稽將軍，發兵兩萬。」

「遵旨！另有馳義侯遺帶領巴蜀罪犯，下牂牁（音裝柯）江，發夜郎兵，徵討南越，在番禺與伏波將軍路博德、樓船將軍楊僕會師，不想夜郎國王且蘭君抗命反漢，殺我使臣，應如何處置？」

「星夜降旨，命馳義侯遺率本部人馬先滅夜郎小國，將且蘭君斬首，然後回師東行，共討南越！」

「陛下，蜀中罪人乃烏合之眾，操練未久，那馳義侯遺乃是越人，萬一橫生枝節……」

「派一使臣牽制監視馳義侯遺以防不測。經略西南蠻夷之地，朕思之數載，而今小國之君無道，弔民伐罪，正是良機，不可坐失。而不動兵卒，攻心為上。朕意已決，改夜郎（遵義至平越一帶）為牂牁郡，邛都（西昌一帶）為越嶲（音西）郡，筰（音胙）都（四川漢源一帶）為沉藜郡，廣漢西白馬兩處為武都郡（包括甘肅東南的武都與陝西西南的寧羌等地），在昆明國設文山郡，節制滇南開化等處。那些小國君主不願改郡者滅國斬首族誅，開拓疆土，千秋大業，上報列祖大德，揚我大漢天聲，務必兢兢業業，恩威並施，立於不敗之地！」

「是，經略五郡，非德高望重者不能勝任，人選一事，請陛下明諭。」

「兩千石以上老臣多權謀，辦事穩妥，不會惹是非。」皇帝沉吟著。

「陛下英明，看來此事非重臣莫屬，但不知派哪位老大人持節前往？」

武帝沒有立即回答，他從夫人手邊拿過犀杯呷了半口，剛剛放下，又拿起來呷上一大口，突然用較快的口氣說：「老臣也有弱點，大小事請示朝廷，延宕時光。有時倚老賣老，和小國昏君鬧翻，兵戈一動，百姓遭殃，國庫開支增多。萬一為小國君主所殺，朝野震動，騰笑天下，邊遠小國群起而效之，不好收拾。」

「還是陛下遠慮，不派年高德劭的大臣。臣鼠目寸光，望塵莫及……」

「為使臣者，膽大心細，精通兵法，不逞匹夫之勇，能多謀而果斷，不行婦人之仁，能文而善辯。年老大臣之中能兼此長者已是鳳毛麟角。」

「陛下明察秋毫！」

「朕意京中郎官甚多，其中必有伏虎擒蛟之輩。命太史令司馬談草詔求賢，自有英才，脫穎而出，先試文才，再比武藝。不問出身，唯才是用。」當年他命唐蒙置犍為郡，由僰（音卜）道直奔牂牁江，調發士卒民工，修道通蜀，民工逃亡者斬，弄得謠言四起，物議沸騰。後來遣司馬相如為中郎將專程出使，用生花妙筆寫成檄文慰諭父老，譴責唐蒙，迅速獲得地方諒解，蜀中轉危為安。這回派資望有限的人去西南，順利則坐享其成；如果橫生枝節，可以推說朝廷不知，是使臣擅作主張，讓他再做一回唐蒙，萬一殺個把郎官，無足輕重。

武帝想法，圓滑的老丞相瞭如指掌，他故意裝得五體投地。告辭之後，瞇起眼睛，撩袍端帶，用老年胖人罕見的健步，不坐吊車，迅速下了通天臺。

李夫人望望李福，聰明的奴才會意地垂下四面簾幕，樂師們彷彿接到了無聲的命令，一律起身到簾外，重新奏起異域情調的曲子，飄逸、悠遠，帶著幽幻的美，使燈光與窗外繁星都為之顫動。

李夫人為皇帝斟滿杯子，走到席外，聳肩一抖，外衣落在地上，她雙臂揚起，懸空抽動幾下，一雙丈八的長袖從肩上垂落，這是緊身舞衫，輕如蟬翼，其色淺綠，幾乎透明，裡面粉紅色兜肚上繡的朱雀、羽毛依稀可見，修長的腿和臂富於彈性。她帶著酒力，斜乜著星眼向武帝欠身一禮，半啟朱唇，羞怯地一笑，長袖騰空而起，彷彿有幾十隻無形的手托住這絲衫，可以直立如柱，可以宛轉委蛇如龍，縱彎若弓，橫曲如虹。她全身軟如無骨，無論怎麼蜷曲，彩鳳獨立，甚至將左腳掛在頸項，那善舞的長袖也從不落到地上。

雍容舒展，呼吸悠閒，那眉梢眼角唇邊，都成了情的泉眼，潛流纏繞著動作，有一股輻射力湧向皇帝。四面八方飛過來的皺紋老態，都被她的舞袖擊到通天臺下。

皇帝用憐惜的眼光看著後宮獨一無二的尤物，連他自己也不知道在什麼時候將杯中的佳酒喝乾了。

二

司馬遷宴請過同僚們，帶著幾分醉意從酒家回到太史第已是譙樓初鼓。在席間，好友任安、霍光向他透露，這番選出的英才將出使邊境，身負重任。司馬遷聽到了表面上故作平淡，內心癢絲絲的，好不受用。

北方早寒，長安十月著貂裘。三伏天一過，暑氣初退，無垠的藍空澄碧如海，團團皎潔的月亮周圍，伴著一隻孤零零的大星。金風拂過渭水邊的柳林，發出一串串的噫嘆，是讚美宮殿的倒影，還是為引車賣漿耗盡體力的賤民們唱一支催眠曲，送他們進入黑甜鄉而擺脫生之重荷？

他跨進院門，就見父親背剪著雙手，立在假山頂上縱目眺月，束髮的絲巾，細長的腰帶隨著夜風飄閃，老人在想什麼呢？

今天頭午，郎官們雲集校場，圓臉大耳的老丞相和幾位將軍坐在演武廳一角，潔白帳幔擋著刺眼的驕陽。

這些生龍活虎的青年們，列成隊伍，齊聲高誦著司馬談為皇帝起草的詔書：

蓋有非常之功，必待非常之人。故馬或奔踶而致千里，士或有負俗之累而立功名。夫乏駕之馬，跅弛之士，亦在御之而已。其令州郡察吏民有茂才異等，可為將相及使絕國者。

司馬遷念得比誰都響亮，臉上沒有表情，把喜悅深埋在心中。因為他受到過父親的忠告。

「子長，像我這樣為史官的人等於是皇帝家奴，位在巫祝之間，只能默默無聞地做事，最忌出名。比如一本古書，皇帝關上門在燈前翻翻，很有妙味，許多逸事和名言，可以為他的談吐增色，但客人一來，書就必然鎖入篋笥，祕不示人。不知此理不可以和帝王相處。何時何地都當牢記，你至多是會說話的竹簡帛書、識字的奴隸，否則身敗名裂，族人盡受株連。」

「當今天子是明君，該不會那樣忌才吧？」剛做博士弟子員的司馬遷腦子裡裝滿透過明君實現治國平天下的宏願，對於父親從血淚中擰絞出來的至理缺少實踐體會，有些糊塗。不著邊際的幻想，使億萬儒生落入帝王網罟之中而不自覺。

「今上即位以來，用舅父田蚡為相，皇后衛子夫兄弟衛青，姨侄霍去病為大將軍，都靠裙帶得寵。絕代大才人汲黯，關心生民疾苦，皇帝命他為欽差去河內視察水災，他未經許可，竟敢假傳聖旨發河南倉中存糧賑濟百姓。皇帝貶他做淮陽太守，他總是任用賢才，減收賦稅，朝野稱頌。酷吏張湯專權，儒生公孫弘逢迎聖意，皇帝四野用兵，從不勸阻。只有汲公面折君過，說『陛下內多欲而外施仁義，奈何欲效唐虞之治乎』？皇帝變色退朝而去，公孫弘等指責他出言迂闊，他慷慨作答：『天子置公卿輔弼之臣，寧令從諛承意，陷主於不義乎？且已在其位，縱愛身，奈辱朝廷何？』丞相田蚡，大將軍衛青權傾一時，他只肯一揖，行對等之禮，從不下拜。皇帝讓他為右內史，治理長安是假，讓他得罪皇親國戚借刀殺他是真。他執法嚴明，還是將他罷職鬱鬱終老。武將勇猛寬厚無過李廣，不得封侯，槍林箭雨等閒闖過，臨老被迫自刎，天下悲悼。可見今上並無用才誠意。兒要將這些前賢言行記下，他年助我修史。」

他只能唯唯。年齡稍長，對天子的崇敬大為削弱，今天下求才一詔，熱度大有回升。

他走到假山之陽，向父親請安。

父親頷首一笑，從山上走到池邊，坐在石欄杆上，望著水中的荷葉月影，好像有什麼心事。

「爹爹，兒要去四南夷建立功勛，您老人家多多保重！」

「未必能成行，行而未必能成功，成功更未必為皇上所看重，兒去不過像往年唐蒙一樣，有功歸於天子，若遇殺身之禍，或激起小國兵變，所有過失都推於你一人！」

司馬遷抽了一口涼氣。

「奇才自古難為用，反不若奴才能享榮華，史官對此類事例寫不盡！故才高於兒懷璧而不得見於時者，又何止萬千！事求必成必敗，俱為虛妄。

以成為偶然，敗為必然，成敗超然物外，更以墨子兼愛摩頂至踵精神求其成，兒要時時自勉！我們區區小吏之家，無賢者推薦，無高位者援引，想成大事固難，尚可耕耘；欲做大官以推行先儒夙願，則絕無可能！」父親在月光下似乎比平常聰明、高大。兒子聽來親切，但不能完全理會。

人總有侷限。封禪本是無聊的儀式，意在為皇帝擺闊氣，愚弄百姓，司馬談遵尚道家清虛無為的教誨，一朝因病不能躬逢盛典，是那樣死有餘哀。雖然家訓含著哲理。

「爹爹，兒既有機遇遊近龍門，總得全力一躍，來日方長，成敗不計，爹爹不必過慮。」

「草詔加蓋國璽之時，老丞相曾悄悄相告：求賢僅僅是方士郯伴仙之流占卜得到了上上大吉大利卦而已，明天卦下一出凶兆，嚷得震天響的聖旨立即會變為虛應故事。我要他多多照拂吾兒，他笑得高深難測。詔書是寫給天下後世讀書人讚頌的，兒要固執，會吃大虧！」

「爹爹所草詔書，在年輕人當中傳誦開了。」

「區區末技，總不能白吃俸銀哪！」

「爹爹此詔在何處起草？」兒子有心減少老人離別的悲哀，故意扯開話題。

「柏梁臺。」

「聽說柏梁臺是用香柏為梁而得名，當年萬歲曾與群臣聯句賦詩，每句七字，前無此例，故稱為柏梁臺體。有許多掌故，爹爹聽說過嗎？」

提到史料傳聞，老人特別來精神，他把皇帝大臣們的句子背誦了一遍，然後用這座天高臺誕生的經過，來打破兒子對皇帝的幻覺。

長陵是劉邦長眠之地，離長安三十五里，為了春秋祭祀，朝廷建立了縣邑，遷入萬戶百姓守塚。當地有位普普通通的婦人，生下一子，不久夭折。

她痛子心切，隨之憂鬱而亡。這樣事情，無時無地不有。偏偏死者妯娌宛若，央求畫師，圖寫亡人遺像，香火供奉。竟然宣稱死者陰魂不散，能預知未來吉凶。弄得附近一些無知男女，紛紛叩拜，求子求財求官，其中就有皇帝的外祖母臧兒，原籍槐里，是燕王臧荼孫女，嫁與同村王仲為室，生下一子王信，女兒姝兒和息姁。王仲病故，孩子均在幼年，臧兒改嫁到田家，又生下兩子，名叫田蚡、田勝。姝兒及笄，嫁給了金王孫，生下一女，日子過得倒也安然。偏巧同里姚翁是位相士，看到了姝兒，說她是大貴之相，當生下天子，母儀天下。臧兒雖不盡信，心裡也總是忘不了。剛巧太子劉啟（後來的景帝）選女充實後宮，臧兒就託姚翁向金王孫家要求離婚，女婿當然不允，對老岳母不免反唇相譏。惹得臧兒一股潑辣勁上來，將姝兒裝扮一番，輦送入宮。姝兒善於迎合人意，首先巴結好景帝之姐館陶長公主劉嫖，很快為壯年好色的太子所寵，生下一女。姝兒又把息姁引薦入東宮，姐姐被封為美人。妹妹連生四子，長男是廣川王劉越，次子寄封膠東王，三男乘授清河王，幼兒舜封常山王。可惜息姁短命，剛封為夫人不久就病故了。

文帝一死，劉啟立為景帝，王美人更見寵幸。金王孫家只好嚥下怨氣。

景帝登極不久，連做兩夢。頭回夢見赤彘從空而降，雲纏霧繞，醒後披衣到崇芳閣漫步，似見餘雲未散，殘香猶存。當初的相士姚翁不知透過什麼途徑已在宮中應差，皇帝命他解夢。他連連下卦，說皇上要生奇男，為一代英主。皇帝被恭維得心癢難搔。幾日後又夢見神捧著一輪赤日，送到王美人口中。姚翁重申舊話，由於他的點化，王美人也向景帝訴說夢日入懷，與皇帝的好夢遙相呼應。景帝將崇芳閣更名為綺蘭殿，讓王美人生下劉徹，並在小時候被封為膠東王。

王美人入宮之前，景帝最寵栗姬，早已生下三男，次子即河間王劉德，三子為臨江王劉閼，長子榮被立為太子。

長公主劉嫖一再向景帝獻美女，弄得栗姬妒火中燒。偏偏劉嫖不知趣，提出要將女兒陳阿嬌嫁與太子榮，栗姬一口拒絕。劉嫖不是省油的燈，得知景帝打算立栗姬為皇后，就多次進讒言，說栗氏崇信邪術，詛咒眾嬪妃，每與諸夫人相會，等她們辭去，栗姬便唾及背後，若當皇后，昔年呂后殺趙王如意，將戚夫人砍去手足放在廁所中做「人彘」的故事必然重演。景帝果然動搖，便找機會探詢栗姬：「朕百年之後，諸位嬪妃所生之子都請多多照拂！」栗姬臉色鐵青，久久無言，將背脊向著景帝。景帝大倒胃口，剛一出門，就聽到栗姬在斥罵「老狗」，心腸變得鐵涼，想回去責問，又覺多餘，從此量窄的栗姬便失寵了。

王美人沉得住氣，對人特別謙和，換得六宮內外一片叫好之聲。

有一回劉嫖說到栗姬拒婚一事，王美人連忙湊趣說：「可惜我無福，得不到這樣好的兒媳！因為徹兒不是太子，配不上阿嬌啊！」

劉嫖在鼻孔裡冷笑：「誰當太子還不是靠我一句話？」

王美人故意板起臉孔說：「立儲君是國之大典，不能朝立夕廢，動搖邦本。請長公主莫要誤會。」

劉嫖說：「我這個人就是不服氣，讓我管的事我偏不管，認定要管事誰也阻擋不住。往後再說吧！」

王美人化主動為被動，用迂迴戰術，先探景帝的口氣，說長公主想得徹兒為婿。

景帝說：「阿嬌比徹兒大，合適嗎？」

王美人一看風向，立即轉舵，談起別的事，一點不動聲色。

幾日後，長公主帶著阿嬌來看王美人，王姝兒把景帝的遲疑轉述了一遍。

剛巧聰明俊秀的劉徹尚在幼年，未去膠東過問政事，他垂手立在母親身後，已經再三聽到忠告：這位皇姑關係到他母子前程，要特別恭敬，千萬不能得罪。

長公主見劉徹相貌堂堂，一表人才，就拉過來，讓男孩坐在自己膝上，摸著他的秀髮說：「孩子，將來你娶媳婦嗎？」

劉徹頻頻微笑，未加可否。

「把她們嫁給你可好？」長公主指著幾名宮女，和孩子開玩笑。

劉徹依舊微笑著，不住地搖頭。

「阿嬌怎麼樣？」劉嫖很開心。

「如果能娶上阿嬌，應該用金屋把她藏起來，甚好！甚好！」

長公主大為驚異，就抱起劉徹，拉著阿嬌去見景帝，景帝問到兒子的看法，劉徹自認不諱，景帝認為也是夙緣，親上加親。劉嫖、王美人兩位親家母更為愜意，往來更為密切。

劉嫖沒有什麼頭腦，逐漸對王美人言聽計從。王美人眼看時機已至，鼓動劉嫖召見大行官，要他上書請求立太子之母栗姬為皇后。

果然景帝懷疑大行官所為是栗姬主使，大為光火，將大行官下獄，廢太子劉榮為臨江王，另立劉徹為太子，王美人為皇后。這個女人特別會刀切豆腐兩面光，接受璽綬之後，乘著謝恩機會，聲淚俱下地給栗姬與大行官講情，景帝恩准從寬處置，大行官拾到一條命，對皇后是感激涕零。栗姬一氣，致病亡故。母親的一套權術，市井細民的善於利用環境謀私，對武帝不無影響。只是他格局恢宏，運用得不像母親那樣露骨。

臧兒將女兒執掌朝陽，外孫得承大統，都當作是她不斷到長陵君那裡祭祀的成果。有其母必有其女，皇后和太子也對長陵君的靈驗深信不疑。

到他登上大寶之後，又受到方士們的包圍，「仙人好樓居」，一心期望白日飛昇的武帝造了許多樓閣，其中也包括在中國文學史上要留下一筆的柏梁臺，專門供奉長陵君的畫像。

「金屋藏嬌」的阿嬌沒幾年就被謫居於長門宮，她知道靠驕橫和劉嫖的勢力都無力迴天，只得不惜重金託心腹去茂陵央求大文豪司馬相如，寫下《長門賦》來表達對皇帝的眷戀。文豪的大名和精心應需之作，加上阿嬌略帶乜斜的媚眼，都被衛子夫的美髮所擊敗。

衛子夫原是平陽公主家的歌女（謳者）。平陽、南宮、隆慮三位公主和皇帝同母所生，皆嫁在京師。寡居的平陽公主見阿嬌久不生子，吃藥一項即送給大夫九千萬錢，又請方士施術，結果皆成畫餅。阿嬌仗著長公主劉嫖的功勞，對平陽公主時有冷眼。出於利害和關心，平陽公主選得良家女子十餘人養在家中，隨時準備送入宮。

建元二年（西元前一三九年）三月三日上巳，皇帝自壩上祓祭歸城，路過平陽公主家，公主大喜，設宴相待。

公主喚出女子們輪流給皇帝把盞，不想武帝反應冷淡，低頭飲酒。公主命女孩們退下，素手一揮，樂聲動地，那衛子夫飄然起舞，歌聲柔靡，甜中帶點挑逗。武帝是大行家，聽了彈髯凝目，口微微張開，兀然不動。知兄莫如妹，平陽公主故意湊趣：「歌女衛子夫色藝如何？」武帝連連點頭稱善，接著又說天熱，要到尚衣軒去更衣。公主心領神會，特命子夫侍候武帝。一入尚衣軒，皇帝目眩魂馳，子夫的薰香蟬鬢，亮比黑玉，歌女柔媚，頗會奉承。但不過火，全以莊嚴出之。公主見兩人久不出軒，暗暗得意。等到武帝辭行，公主已悄悄將歌姬送到車上，並且拍著她的背脊說：「去吧，努力加餐，善事至尊，將來若寵貴，幸勿相忘！」子夫下巴貼著胸口，桃腮暈紅，以袖半遮著臉，含淚斂衽，頻頻下拜，連聲向公主稱謝。

阿嬌見子夫，妒火中燒，欲擒故縱地對皇帝說：「去陪伴新美人吧！」武帝不敢貿然得罪阿嬌，只好忍痛割愛，把子夫安置於別宮。阿嬌百計防範，子夫被冷落一年有餘。後來武帝命減少宮女，由他親御便殿，按照名冊，決定去留，點到衛子夫，不禁勾起前情，抬頭一看，一縷黑雲姍姍滾到座前，歌女雖然略見清瘦，那翠眉綠鬢，依然楚楚動人，她流涕請求出宮，武帝慚愧交加。次日要她侍寢，後來生下戾太子劉據，不久又冊為皇后。

衛子夫之弟衛青本是牧童，先被召為侍中，不久任將軍出擊匈奴有功，封長平侯，進位大將軍；三個兒子皆不足十歲，詔封列侯。子夫「所謂妹衛少兒」(司馬遷原話)之子霍去病封冠軍侯，驃騎將軍。一門五侯，天下民謠說：「生男無喜，生女無怒，獨不見衛子夫霸天下！」衛青又尚平陽公主，權勢炙手可熱。

司馬談怕兒子受不了猛烈的開竅「藥」，又說了許多安慰和吉祥的話，然後踽踽地走進了他的書房。竹影搖碧間，老人的步態多少有些蹣跚，兒子從他的舉止上尋找龍門話大禹，院中舞長劍的健碩形象，覺得異多同少。一種生的艱辛和短暫，其中還包括許多徒勞無功的掙扎，死亡不可改變的命運感，彷彿一點螢火在思維的暗空突然閃現，很快展布成為星星、月亮、太陽，填滿意識，不知為什麼鼻腔發酸，與比武得勝的喜悅南轅北轍。

想到人一朝要化為塵土，漫說是石頭，連湖水和樹木的壽命也會長得多，它們並沒有說話寫文章的本領，這是何等的不公正？既然死亡萬能，又何必有生命；既有生命又怎麼無法跨越死亡？豎看人的一世，知道的事是何等的少而又淺陋？就講這片小園，一百年前誰住過，五百年前生過誰，一千年後什麼樣子，一萬年後是河是小丘？白駒過隙的人，剛剛懂點什麼，品出一絲味就永遠消逝了。清醒、頓悟，凝成半透明的憂鬱，淡淡的，也是難以甩脫的哀愁，憐憫老得過快的父親，一事未成的自己，真想離群索居到冷漠的山坳裡沉思，到災難中去品味，到煎熬中去開拓，到狂熱中去忘卻……為了搖晃掉鎖在雙肩的思緒，他脫去長衣，拔出腰間寶劍，再解下劍鞘，扔到石塊上，左手捏一個劍訣，一進一退，由慢而快，雨點般的金鱗銀屑，從劍刃上濺出，灑在月光中，落在草地上，沉入無何有之鄉。少頃，鱗片連成金蛇，圍著他的雙肩兩耳和膝上飛旋。雖然小湖成了一支巨鏡，也一想忠實地照映出人影劍光，沒有鑑賞家的青眼，天地間浪費了多少力的美啊！

這種寬解的方式很有神效，突然襲來的冷靜思考被劍劈成粉末墜進湖中，沁入泥土。神經達到一種緊張的放鬆，我與劍兩忘。

「好哇！」身後一個低沉渾厚的胸音冒叫一聲。司馬遷收了劍勢，把劍刃深深地扎進草叢，也許泥中有石子，迸出兩粒火花。他回頭一看，好友任安雙手叉腰立於樹蔭之下。

來客任少卿青幞頭綠袍，腰繫橘紅絲大帶，足蹬馬靴，絳紅國字方面，掃帚眉，鈴口大眼，獅鼻，闊嘴，一部亂蓬蓬的虯髯黑裡透黃，若在白天看去，還有少許發紅。加上肩寬腰細，胸脯厚實，有點像拱衛在長陵入口巨坊下的石人。

「子長，出征在即，京中還有什麼事要囑咐愚兄去做嗎？」任安是出名的酒罈子，司馬遷和他相交八載，從來沒有見他有過醉態。今天讓郎官們灌了好多碗酒，不知道從他口中流到哪兒去了。

「少卿兄，請坐！」主人將任安引到茅亭中。賓主都很隨便，沒有多少客套。「此去南征，若兄臺得空，多來看看爹爹。沙場之上，刀槍不長眼睛，萬一為國效死，一家老小，託恩兄多多照拂！」

任安在子長肩胛骨上捶了一拳：「未曾出師，何必出此不吉之言？老太史公平日對俺任少卿猶如骨肉，兄弟只管寬心遠行，不必有後顧之憂，相信愚兄能盡子侄的一分孝心。」

「家父平時教誨後輩立德立功立言，對少卿兄也曾多次提及。三不朽，人人神往，做到極難，不能得兼，退而求其一，也就不負此昂藏八尺之軀！」

任安看著司馬遷激動的神態，會心地一笑，解嘲地說：「立德我心很嚮往，奈根底淺薄；立言則不善深思熟慮，更無文采，都挨不上邊；立功要看機會，還有一線之機。實不相瞞，愚兄此來一算送行，二怕兄弟急於出人頭地，反而丟了性命。你那點武藝可以打敗郎官中的公子哥，還是沒扎齊老毛的赤膊鳥，離飛上九天還早。今晚特地要教訓你，有粉就往臉上抹，吃奶力氣看家高招都使出來，這裡不是校場，沒人觀陣，丟不了情面功名，來！」

任安坐在那裡驀然一跳，長衫抖落席上，人從亭中躍過欄杆落到草坪，全身不動，沒有聲息。他雙拳一抱，左腳邁開：「請！」

司馬遷背過手去，仰望太空，兀然不動。他憶起今天校場上比武的場景，郎官們一個個逞能好勝，不到一個時辰，篩下敗將八十多人，如果不是任安拉住他，他早就按捺不住要上場教訓那些無能之輩，直到最後任安才跳上場去擊敗李陵，那是最驚險的較量，十八般兵器全部換過，連老丞相和將軍們都看得瞠目結舌。那些波詭雲譎的鮮招，使得日色無光，郎官們看得連大氣也不敢出。可是精通南北各路擊技的任少卿竟會三次被不動聲色的司馬子長打得一滾丈把遠，實在大出意料。事畢之後，同僚們鬧著要勝者在渭南酒家請客，他怎能不志得意滿呢？

司馬遷對於找上門來的任安並不怯陣，甩掉袍子，走到任安身後拔拳就打對方肩頭，任安身子一矮就地一個倒翻跟斗，雙腳對子長胸口胯下猛掃，帶來一陣旋風。這樣別緻的套路，子長就沒有領教過，只見任安頸椎著地，團團旋轉，化腿為臂，鷹揚鶻落，任憑司馬遷龍騰虎躍，盤根絞柱，就是無法找到進攻的破綻。一名彪形大漢練到這般火候，簡直不可思議。

用不著吃完一張烙餅的時光，子長累得咻咻氣喘，任安轉守為攻，狡如脫兔，兀然起立，神出鬼沒，虛者實之，實者虛之，不到十個回合，司馬遷被摔倒在草地上。

露珠很涼，沾在臉頰，感到清醒，任安一把將他拉起來。

司馬遷剛剛立定腳跟，怪笑一聲：「不算，再來！」他第二次進攻更加猛烈。

「不服？好說，來！」任安不慌不忙應戰，什麼「慶忌擒鳥」、「蘇秦捧印」、「專諸託魚」、「伯牙摔琴」……招式越出越冷僻，最後抓住子長右腕，托著他的背脊望頭上一舉，讓他全身凌空，無法使勁，然後輕輕將他托到亭中放下，摯切地說：「好兄弟，你還是吃一盞文墨飯吧，拚死拚活非你所長。今日在校場打敗俺任少卿，從此以後，不能和任何人交手，保住你一輩子英名，免得露了餡。愚兄怕你死在高人拳下，沒有你這樣好友，喝酒如白水，吃肉似嚼糠，一點味也沒有。你上有老伯，下有女兒，中間有妻和好友，除掉不懂事的孩子，都對你寄望殷切，不能糊糊塗塗死在他鄉，想想到那一步，老人夫人什麼滋味？少受風險，保重身子骨，要活著回來！」

「少卿兄，你是個真漢子，好人，我明白你的心事！」司馬遷噙著淚花走到草地，從泥中拔出劍來，在靴底一擦，納入鯊皮鞘。「你走不會少送行的，人都愛湊熱鬧，俺不來了，告辭！」任安向子長一揖，退後幾步，凝望著他，嘴角抖動一下，又默然而去。

送走少卿，司馬遷穿過院子來到他住的東廂房，一排四間，書房臥室各占一半。屋裡燈火正紅，上官清在收拾行裝，無非是狗皮褥子、錦被，南方天暖，不用白羊羔皮裘，只有洗換衣裳、弓袋箭囊、筆墨硯臺，一卷卷的帛，供丈夫寫作之用。

「清妹！」

「輕！寶寶睡了。」上官清用食指擋住自己的嘴。

「哦！」他走進臥室，書兒睡得正香，她剛滿四歲，胖得下巴疊成三道肉箍，眉朗目秀，小臉白裡透紅，深深的酒窩，更見天真可愛。他俯下身去，雙手撐在席上，兩眼牢牢地盯著孩子。

「別吵她，過來。」上官清把他拉到書房裡。

「你忙什麼？」

「爹回來就說過了，要走總得給你準備行李呀！進門先洗手，脫掉外邊衣服，你也太不講究，一個人在外邊怎麼過，怕要弄得更窩窩囊囊！別忙脫，你看看穿成什麼樣？領口像豬肚子，腰帶像豬大腸，討厭！不是這麼穿的。哎，說不好的實心耳朵，一點聽不進去，要這樣，這樣！」她要丈夫先把衣服拉整齊，然後才脫去。

司馬遷撲哧一笑。

「笑什麼，沒面皮！」

「我笑這張嘴跟著你太吃苦，又要吃，又要絮絮叨叨，等到五十歲，一張嘴更不夠用，恐怕連肚臍眼都要幫著說，哎呀呀，臨走還鬧小性子！今晚不能馬虎點？」

「不成，不乾淨不許上炕，校場上盡是沙子，多髒，街上多少灰，快洗手！慢點，真糟，手巾又拿錯了，三條手巾，洗臉、洗身、擦腳，你怎麼老是一鍋湯？明知道人家有潔癖，你……真沒心肝！」放在平常，司馬遷的軟抗議與雅謔會惹她一笑，今晚卻不起作用。

新婚的憐愛，母親臨終的囑託，使得她大小事都占上風；書兒的出世，使她更加忙碌；和他在知識上的距離拉得更大，子長讓步更多。因為吵到爹爹那裡總是表妹有理，只要她一哭，老人就很煩。朝中不如意的事夠多，同僚之間的傾軋永無終期，武帝的脾氣又像美女的心腸一樣多變，何況上官清善良，犯不著計較。至多發點牢騷。

「清妹，你這位夫人也真難侍候！」

「誰要你侍候來著……」

「哎，不拍你馬屁你生氣，一拍立刻又漲價了，哈哈哈哈！」

「我叫你壞！你壞！」她胳肢他的肋骨，撓他的弱點，他只好告饒收場。

「夫人，我洗，我脫，哎，俺司馬子長也夠可憐的了！」

「可憐個啥？討女人的好？沒出息，我最不愛聽這樣話！瞧，衣服又搭錯地方，盆又沒還原處，哎……」她用食指戳戳他的額頭。

「你這麼講究，給我添多少麻煩？」

「你這樣不講究，給俺添多少麻煩？」

「嫌麻煩也遲了，哈哈！誰讓你挑我做丈夫呢？」

「不，不對，不是丈夫。」

「是什麼？老婆？」

「是——夫人！」她羞澀地笑了，「瞧你說得多粗野！」

甜蜜的回憶使得她心情舒暢。

「我們來下盤棋吧，非贏你不可！」

「太陽不會打西邊出，哪回你占過上風？」

「今晚旗開得勝，但是乾下沒勁，要下點賭注！」

「賭什麼？」

「你勝了，我陪你睡；我贏了，你陪我。」

「沒面皮！來，誰怕你不成！我執黑。」她真的擺上了子和棋盤，「子長，你好賴也是個男子漢，幹什麼要人可憐？你說說，今晚我不跟你吵，不使小性子好嗎？」

「除了清妹我讓誰可憐過？在誰面前不是五大三粗的漢子？都為討你的好才裝可憐相，人家不委屈嗎？」

「『夫人』，我不想你走……」

「傻話，守著『丈夫』孩子，不聽聖旨行嗎？」

「爹老了，我頂個門樓子不易！想來想去，回來之後就別再出遠門，當個史官教女孩讀書也不錯，可就是別寫書，寫真話要殺頭，我怕你成了齊太史……我怕！」她推開棋子撲到子長身邊，雙袖圍著他的脖子，嘴唇一撇，肩頭閃動幾下，「你活一百八十歲也太短了……」

「我不能白來世上一趟！吃了飯總得做點什麼。」他的下巴抵著妻的額頭。

「哥！……」

「說呀！」他把耳朵湊到她的嘴角。

「我又要說蠢話，不用肚臍眼，用嘴說，不說要憋壞……」

窗外飛來一陣簫聲，那是思念亡妻的老太史公在吹，一串串旋律，鑽進窗來。

「聽說昆明國出美女，你能帶回一位來給我見識見識嗎？」

「怎麼，做我的『丈夫』還不夠意思，又要當美女的『丈夫』，不怕我討個小妾？」

「諒你也不敢！」

「要是敢呢？」

「她要真漂亮我就殺了她；不漂亮就疼她，讓她多生些孩子也不差，就是不許給我氣受！哥，你是風流的好色之徒嗎？」

「胡說些啥？你也是美女啊，如果是個啞巴的話！」他將她抱到膝上坐著。

「子長兄，我的『夫人』！偏不做啞巴！允許你帶一隻小孔雀回來，就一個，多了要氣死的！」不知是醋意還是痛惜分飛，淚水湧出她的眼瞼。

「聽，爹又在思念媽媽了！我們應該像老一輩那樣相敬如賓，你少說話就美了！」

「不知道小書兒長大之後，我們過什麼日子？」

「誰說得準？我們喜事辦過五年了，就像才十天半月！」

三

接受過長者祝願，同僚恭賀，辭別老父妻女的眷戀，茫茫前路中風險的憂慮，便油然湧上司馬遷的思維。為了清理思緒，他馳馬來到柳蔭深處的「不醉不歸小酒家」獨酌。這座小店以雅潔著名，老名士司馬相如、枚乘、枚皋、傅毅、東方朔、馮唐、孔安國、董仲舒、游俠朱家、郭解等等都曾經來買過酩酊大醉。酒旗便是司馬相如所書，在京都獨一無二，為高陽酒徒們所津津樂道。

司馬遷為自己斟上一杯，飛濺的酒花，不知為什麼使他記起龍門的濁浪。出使潛伏著殺機，跳過去未必成龍，跳不過去安然為魚，爭取再跳的機會也寥若晨星。初步體驗和皇帝共事之難。

幾杯入腹，面紅耳熱，恰好李陵也來小飲，平時極少交往的兩位郎官，很自然地坐到了一條席上。司馬遷招呼酒保添些熱菜，與李少卿共享。

司馬遷向來崇敬飛將軍李廣，愛祖及孫是常情。李陵曾經央求司馬談為乃祖立傳，老太史令欣然許諾，使少卿很感激。

話到投機，漸入深層。

「為大將者遭到十餘倍敵兵圍困，糧盡箭絕，士卒大都身負重傷，外無援兵，不知應如何處置？」司馬遷提出疑問。

「子長兄，小弟倒有愚見，只怕說出來你要火冒十丈！」

「小弟豈是鼠肚雞腸，連朋友戲言都不能容納？」

「小弟以為，當死則死，無所畏怯。若不當死而死，不如儲存兵力，暫且詐降，待將士養愈戰傷，備齊長短兵器，選好時機，反正起義，夜擒敵酋，出奇致勝，歸報明主，將奇節大白於天下！」

「小弟以為此舉欠妥，萬一降後立即被斬，是非不分，後世恥笑，何以自明？不如拔劍自刎，以全名節，鼓勵士氣，再戰必勝！」

「徒死無益，還當伺機而動。」

「還是一死為好！」

「縱然要死，也等敵酋被擒之後，再自刎明志不遲！」

「就怕到時候貪生，捨不得死！」

「司馬遷，你……你說我李陵是貪生怕死的懦夫？」

「剛才說的話就不像飛將軍孫子講的！」

「子長！」

「李少卿！」

「你……」

「我只尊敬忠肝義膽的壯士！」

「你不該對朋友如此多疑！」

「你想動武？」

「哪個怕你不成？」

「誰要你怕？比一比！」

「比一比！」李陵氣得捋起袖口，跳到院子裡，「說不定到戰場出醜的是你，你太把人看扁了！」

酒保走進小院子，一見兩人正在交手，嚇得將菜盤子放在几案上，想拉又不敢走近，急忙連聲叫道：「二位客官老爺，這又何必呢？打出岔子小店承擔不起呀！……」

兩位郎官拳來腳往，你上我下，來去騰躍，興味正濃，各不相讓。

「請出去打吧，這酒菜錢小的情願不要了！」酒保朝他們連連作揖。

「住手！」隨著一聲低喝，韓仲子精幹的身影出現在門口。此人氣度宏博，白巾白袍，一塵不染，中下身材，兩腿稍短，肌肉板結，走路快而又穩，袍襟颯颯起風，行家一見便知是武林強手，頗具威懾力量。

「大兄！」李少卿拱手立於路旁相迎。

「仲兄將軍！」司馬遷也跳出圈外躬身施禮。仲子雖然與司馬談交誼篤厚，也教過子長劍術，只因生性謙謹，總是以晚輩自居，子長對仲子敬之如師，事之如兄，十分仰慕。

仲子與李家關係更深。他十五歲時拜師東方樸習劍術，不學石匠活計。老俠帶著他奔走江湖，行俠仗義，到十七歲時隨飛將軍李廣北征，累建戰功。仲子性好漫遊，不願為官，每當老將軍為之申報功勛時，他便長跪請免。久而久之，老英雄對他逐漸理解，便不再勉強。他害怕妻兒為累，不肯娶親，回長安不是住在李府就在東方老人家下榻，打仗住在軍中，沒有僮僕，保留若干俠氣。

飛將軍自刎前夜，曾經置酒帳中，命李敢把盞，向仲子敬酒，語重心長地囑咐：「孫兒少卿好勝使氣，老夫以為匹夫之勇適足殺身，賢者不取。若老夫辭世，你要教他兵書策略使之成為力敵萬人的大將之才，老夫在九泉之下可以瞑目！」

仲子再拜受命，為了這神聖一諾，李敢屈死之後，他花了很大氣力教少卿成才。李陵對仲子，也和司馬遷對仲子一樣，處在師友叔兄之間。兩位郎官發生衝突，仲子自然是最佳的調停人。

聽完二位老弟的敘述，仲子哈哈大笑，罰他們每人各飲三杯：「少卿心胸太小，器小易盈，而海則能容百川；子長疾惡如仇，為空言揮拳，也非丈夫氣概，目前血氣方剛，今後背腹受敵，說不定你也會詐降以至弄假成真，而今無法預料啊，乾！」

三人照過空杯，一起笑了。

歷險

一

三月初，司馬遷帶領少量的護衛，來到昆明，汶山郡內的氣候比長安要早五十天，已是初夏景象，沿途可以見到在塘裡「泡水」的水牛，牧童們光著屁股在河裡洗身，與北方大異其趣。

比起西域、西南其他邊遠小國，原昆明的宮殿建築稱得上鶴立雞群。

雖然沒有幾十丈高的摘星樓，千門百戶的軒館亭閣，也別有地方風味。那象徵帝王權威的飛閣高簷上，還儲存著昂然欲飛的青龍朱雀。房頂上一排排瓦簷被高原的風沙染成深褐色，代替琉璃瓦的大青瓦透著綠光，不難想像當年的顯赫。御溝裡的水藍得發烏，散發著淡淡的臭味，吊橋與宮門石闕有些頹敗。

山國原是秦國將軍莊跡所建立，傳到第四代沒有男丁，只好讓女婿段某繼位，從此跟中原關係漸趨密切，不到三年，老爺們大多剪去辮子改梳漢人式的椎髻，上層人物紛紛讀起了儒家書籍，靠近了文明。在位的第七代國王段護上表「自願」削去國號，甘當郡守。他跪在顏色發灰的白鹿皮上，過於寬大的袍服，斑白的短鬍子，迅速衰退的視力，乾癟的面龐，萎靡得像一連幾夜不曾合過眼。失去尊號才知道王權的價值，面臨舊日部下的勢利，覬覦高位者的嫉恨，明知心懷憂鬱，無補事實，有損於健康，仍舊無法驅散炙心灼眼的憤懣。

「拜見父王！」地面用彩色大理石鋪成孔雀開屏的大殿上，站著與段護相依為命的獨生愛女。身材不比健碩的西域美女矮，除去朱唇和粉紅的雙頰，全身宛若一條雪鑄的火苗，鳳翅冠，魚鱗鎖子甲，白戰裙，白大氅上繡著乳白飛鳳，麂皮白靴，鑲白金劍鞘，七寶劍柄上的白絲流蘇，真像麵粉塑的一般。鳳眼、修眉、長睫毛，口角帶著一點揶揄誰的表情，華貴的舉止也脫不了任性，嬌稚裡夾雜著聰明與單純。她是段護取得內心安慰與煩惱的源泉。

「鳳兒，此一時也，彼一時也，舊禮不改，傳到漢使耳中，說不定招來滅門大禍。皇帝早就看中昆明國這片寶地，正在找殺人的藉口。父親垂垂老矣，怕惹是非！」女兒不馴服的眼神加深了父親失國的哀痛，他只想苟延殘喘。

「父王莫做漢家的官，還是君臨一國有氣派。當了十七年公主，叫起來也順口悅耳，誰稀罕什麼小姐大姐的，掃興！」南方諺語說：「河裡無魚蝦子貴，膝下無兒丫頭貴。」於是山東老儒，趙燕武士，紛紛被請到南國邊陲，教她單日習文，雙日演武，造就得連長安的閨秀們當中也難找出可以並肩的人物。前年她母親還健在，靠著撒嬌發嗲拒食，不停地糾纏，老太太歸家祭祖，曾將白鳳帶到國都，也約略接觸過幾位名媛，得到閱讀枚乘、枚皋、司馬相如等人名著的機會，從而新增了自信和驕傲。

「為一國之君不能儲存宗廟社稷，晝夜五內如焚。然而天命氣數不可強求。東越王餘善自號武帝，封大將雛務力吞漢將軍，阻止樓船將軍楊僕的漢兵去徵南越，國滅君死，百姓遷到江淮、閩嶠一帶人跡不見。南越丞相呂嘉，足智多謀，楊僕與伏波將軍路博德兩路夾擊，兵敗被撲殺，剛好大漢天子巡狩到桐鄉，乃改桐鄉為獲嘉縣。夜郎且蘭君被馳義侯所斬，國改做郡，若無強兵作為前驅，使臣司馬遷一張口兩隻手能服眾嗎？為什麼邛都、筰都、冉都削國號歸順長安改為郡守？他們這些地方君長都甘心認漢人為父？實乃出於無奈。你念過先秦子書，所謂兩害中必取其一則取小，非取害而是取利。昆明地處蠻夷，刀耕火種，養兵甚少，鄰近開化、撮泰吉等國酋長虎視眈眈。依靠漢家，可以自保；得罪漢家，腹背受敵，必歸於盡。君子報仇，十年不晚，你要知為父處境如履刀尖，就該韜光養晦，全身保命。到你兒女手中，漢家氣數一敗，再復河山，不比死在漢人刀下強百倍？兒要三思！皇帝連宰相都隨意誅之，對我父女怎會寬厚？」

白鳳啞口無言。但從感情上偏難接受這一席話。她拔劍出鞘，左手用中指彈彈劍脊，鏗然有聲，咬著銀牙，右腳重重地一頓：「連山東那位孔老夫子也可恨，什麼『夷狄之有君，不如諸夏之無也』，我們蠻方不知什麼事得罪了這個糟老頭，若生在我們昆明，他準不會這麼說歪理。這口氣難嚥下，真想連欽差和皇帝老倌都殺個痛快！」

「噓！噤聲！」

「哼，總有一天讓他們知道白鳳公主不是好惹的。」

舊日的皇門官改名叫旗牌，他一入大殿還是按老規矩，跪在階下高叫：

「長安使者大人到！」

「傳令郊迎！」段護怏怏地點點頭。

「女兒倒想上十里長亭去看看來的是什等樣人，要爹爹去給他背弓箭袋！」

「公主的牌名雖不存在，也仍是千金之體，不宜拋頭露面。」

「父王，您不喜歡女兒了。」

「冤家！這是哪裡說起？……難道爹爹還不夠煩嗎？」

「爹爹，兒還是要殺！」

「你……」

「不殺了這個姓司馬的老頭，嚥不下這口惡氣！」

「他不是老年人，聽說才二十六歲！」

「那就更好，殺了也不落欺侮老弱的惡名！」

「不能以卵擊石，沒娘的乖乖！你若莽撞，有了三長兩短，爹爹百年之後如何向你母后交代……」

「兒忍！忍！忍！」白鳳拭去老人的淚痕，自己再也忍不住淚水。

※　※　※

一丈多長的木管，有點像喇叭，一排八根，安放在城樓的木架上。士兵們面對宮外的演武場吹奏起來，其聲嗚嗚。

八面銅鼓繼之被擂響，鼓色赤黃微紫，上面刻著羽人和雷紋。

昆明縣令牽著大象，象背鋪著虎皮，耳後面掛著幾圈籐條，在碧葉間插滿紅豔豔的山茶。段護騎著一匹馬，步伐穩妥，後面跟著百多名官吏和士卒，再後面是馬車，拉著美酒佳餚，打算慰勞遠方來的貴客。

白鳳目送父親走過吊橋漸漸去遠了，她才走下敵樓，騎上雪花驄奔回後宮。

兩名宮女把酒灑在刀石上，磨著公主的鴛鴦劍，劍色澄藍，鑄造精良，靠劍尖七寸的地方，鑲著七顆發亮的金星。

雄劍磨好被遞到白鳳手中，她扯下一根頭髮，橫搭在劍刃上用嘴一吹，斷成兩截，飄落塵埃。白鳳滿意地點點頭。

另一名宮女呈上雌劍，公主接過來，橫臂一看，寒氣沁人心脾，她舞了幾個架勢，十分稱手，剛好長木凳頭上有顆大鐵釘，粗過指頭，專做固定磨刀石之用，她抬腕一削，火花一冒，釘頭落到地上。她在心中悄悄地說：「司馬遷的脖子總沒有鐵釘結實吧……」

她帶著一絲快意，彷彿漢使的頭顱當真地高懸在敵樓上號令一樣。草草用過晚餐，服侍父親到書房去安歇之後，白鳳興沖沖地回到寢宮，摘去鳳翅冠，包上蠟染花絲巾，卸去披風，換成緊身戰襖，薄底蠻靴，這樣打起仗來比較輕便。

今晚她破題第一遭對父親感到不滿。在就餐的時候，父親興奮地多喝了幾杯，話也多了，無非都是長大漢志氣，滅南國威風：

「司馬子長下筆千言，片刻即成。曉諭西南夷諸國君民的檄文寫得外溫內厲，百年罕見！

「一子長乃相如再世，有辯才卻引而不發，戰國策士風範尚在。一代雅人，難得難得！」

「爹爹的心魂讓那司馬遷捉去了？」

「當然……他也非十全十美，浮躁之氣未除，鋒芒外露，日後難免招到君王丞相與眾將軍之忌。女孩家見識有限，不得輕視漢使！」

「恨兒身為女流，否則出使異邦也不辱君命，未必比司馬遷遜色！」

「莫說酒話！兒若真能勝過司馬遷，你爹爹絕不甘心當這區區郡守！」

父親酒後吐出苦衷。

白鳳只希望老父早些進入睡鄉，便一反常態殷勤勸酒，不多一會，她就實現了自己的意願。

她來到昔日的東宮，今朝供貴客下榻的驛館，寬大的房間裡不見人影，她輕咳一聲，也沒有引起反響。

這座宮殿不高，儼然伏虎，非常結實，四面為石塊壘成的厚牆，窗子不大，窗臺太寬，屋裡光線不足，地上鋪的獸皮是貴賓到達前夕才換上的，與陳舊的簾幔不太相稱。

女子走入臥室，牆洞裡蒙著紅綢的燈，光線很弱，她抽出長劍挑起帳幔，床上是空的，蓆子的一角疊放著鹿皮，不像有人碰過。「奇怪！人呢？」她暗暗自問。

來到外間，矮几上堆放著幾卷帛書和大捆竹簡。一支陶罐，花紋質拙，還刻有半象形的文字元號。兩只銅虎壓著一方帛，上面墨澤未乾，便探身一看，寫的是《悲士不遇賦》：

悲夫士生之不辰，愧顧影而自存。恆克己而復禮，懼志行之無聞。諒才韙而世戾，將逮死而長勤。雖有形而不彰，徒有能而不陳。何窮達之易惑，信美惡之難分。時悠悠而蕩蕩，將遂屈而不伸。使公於公者，彼我同兮；私於私者，自相悲兮。天道微哉，吁嗟闊兮；人理顯然，相傾奪兮。好生惡死，才之鄙也；好貴夷賤，哲之亂也。炤炤[08]洞達，胸中豁也；昏昏罔覺，內生毒也。我之心矣，哲已能忖。我之言矣，哲已能忖，沒世無聞，古人唯恥；朝聞夕死，孰云其否？逆順還周，乍沒乍起。理不可據，智不可恃。無造福先，無融禍始；委之自然，終歸一矣。

公主邊讀邊沉吟著：漢使年紀輕輕，怎麼會有懷才不遇的空虛感？這和他赫赫威勢不協調，可見每人都有隱衷。她撥撥燈芯，屋裡驟然一亮。

小賦不長，於是她周而復始，越念越響亮。

[08] 音兆，照耀，又讀招，明顯、顯著。

「咚！咚！」窗外有人輕叩兩聲。

她本能地警覺起來，將雙劍分開，左右手各握一柄，抬頭一望，窗幔外一部花白的鬍鬚一晃。

「鳳兒，爹沒醉，我們一道回宮。」

「真好！」她收劍入鞘，頻頻點頭。

「什麼？」

「文章！」

「哦，我早講過大人是奇才！快出來，碰上生人怎麼說？」

「這就走。」想到誇過漢使，她心頭一熱，有點羞慚。

園大人少，比較空曠，幾株線條拙辣枝多葉密的老榕樹上面露出破碎的藍空，還有好高鶩遠的星星隨人而行走，似乎雲片在搖動，假如來一陣大風，說不定它們會被刮到另一條銀河的岸旁。

「爹爹被擠到牆犄角，也不讓女兒動彈一下。」

「你哪知蒼山多高，洱海多深，靠爹爹守住你不惹事是無用的！只要瞧爹爹二更多還在找你，就不該意氣用事。」白鳳垂頭一笑，沒有回答。父親知道這是女兒在默默地認輸，就不再絮叨。

最高的建築物天鳳閣，坐落在宮苑正中，下面一半是石條所砌，最高三層是合抱粗的八根杉木立柱，上面有細木工雕成的一百隻朱雀，姿態無一雷同。

白鳳的腳步像貓一樣輕柔，直到絕頂，開啟東窗，東宮就匍匐在腳下。

她從牆上摘下雕弓，把袋裡的箭一一抽出，放在窗臺上，箭鏃反射著月光，磨得好不銳利。

高處遮攔少，可以看到遠處灰綠的山巒上精力過剩的樹木還在舞著長髮，輪廓比近處的古榕模糊，就和山的性格一樣難以估摸透。

披著溶溶月色，一個健壯的身影在徘徊。他散開長髮，穿著短衣，腰橫白帶，時而抱臂胸前昂頭觀星，時而垂頭望著池裡的碧水，看來不無心事。從西邊送過來的蘆笙聲不算很悅耳，只是純真，他側耳凝聽，引起她的關注。

過了一會，她的耳邊響起自我譴責的心聲：「該死的眼，不許你盯住他，偏不讓你看！莫被短文中幾句牢騷塞住心竅，要加十倍仇恨他！」她手捂著眉眼將身一扭，劍柄碰在箭羽上，掉下一支，直愣愣地插在樓板上，啪的一聲，把她嚇得一跳，等弄清怎麼回事之後還輕輕拍拍胸口。

二

約在巳時，大街上叫賣貨物的哨子此起彼落，還夾雜著竹梆子聲，司馬遷穿著商賈們的袍子混跡在人群中，他猜想這是當地的某一個節日，比平時熱鬧。

一個十三四歲的半大妮子赤著粉紅的雙腳，挑著兩隻孔雀，迎面走來。幾位行人匆忙地向她問價，司馬遷只能看清雙方的手勢，本來就聽不懂的對話全被樂器聲所淹沒。

「真好看啊！小大姐，要賣幾串銅錢？」他好奇地打聽。

女孩伸出食指，頻頻點頭。

「十串？不貴，不貴！」

「不！」她咿呀幾句。

「唔……」他還是茫然。

幾位市民圍上來注視著遠方來客。

有位挾著褐色琴袋的半百老者，輕輕推開看客們，擠上前充當臨時義務譯員：「客官，這女孩只索價一串銅錢，也就是一百枚，多了不賣，可以還價，不許加錢。」

「多謝老丈！竟有如此賣主，晚生少見多怪！」司馬遷施禮。

「此處民風淳古，胸少城府。聽先生是長安口音，莫非來自大漢都城？」

挾琴人躬身還禮後一抬手，圍觀者各自走散。

「正是，尊駕仙鄉何處？」

「與先生同鄉，先父為人耿介，得罪當朝貴戚，在詔獄受盡非刑而亡。卑人奉遺命避地來此邦已二十載。所幸幼時讀過醫書，略知岐黃之術，靠彈琴招徠顧客，賣些草藥餬口。平時無人交談，得逢先生，不辭冒昧答話。

這妮子是苗家人，翻山越嶺挑來，十分辛苦，一時未見買主，先生買回長安，就算件善舉如何？」

「老丈飽經憂患，猶存惻隱之心，乃湖海高士，晚生敬慕。既有雅命，樂於照辦。可惜俗務在身，鄉關遙遠，無力餵養。買下敬送先生，以表微忱。」

司馬遷付了兩串銅錢，那女孩只收一半，推推拉拉，讓他為難。

「這……」挾琴人不安地後退兩步。

「同為異地客，都是故鄉人。何必見拒？」司馬遷面色懇切。

「如此卑人拜謝！」挾琴人將一串錢退給司馬遷說，「她不會多收一文！」

接著用方言對賣鳥妮子嘰咕了幾句。

她挑起孔雀，扁擔閃動，踏歌而去。

「老丈不愛此鳥？」

「卑人請她送到寒舍後院。苗家重許諾，不會有差錯。」

「另是一番天地，不奇而奇……」

「卑人賤姓方，名正迂。先生氣概清雄，自信後會有期！」說罷一揖。

司馬遷望著同鄉清瘦的背影繞過兩株山茶花，消失在行人中。

「方正迂！是真名還是如張良老師圯上老人一樣的代稱呢？」他本想追上去探詢風俗民情，怕耽誤了老丈賣藥。又曾自稱商人，露出身分，會碰上忸怩場面，就和挾琴者背道而馳。

廣場北端長著一株亭亭如華蓋的大榕樹，枝杈粗壯，葉子墨藍，一條條一串串的氣生根從半空中拖下來，參差不齊，彷彿一位猛士，蓬亂的長髮下生滿樸茂的鬚髯，臂託蒼穹。濃蔭下有位白髮樂師在吹大笙，其音圓潤開闊。三名健碩的弟子用南國特有的蘆笙烘托著，錯綜有序的樂句罩住了聽眾身心。他們或坐或立，如醉如痴。司馬遷感受到每個音符都像鳥拍著翅膀在廣場上旋轉，高的勢衝碧雲，低的擦地而過。忽散忽聚，織成彩練，凌風掛在樹梢。

這裡，少女們尚未受到禮教的捆束，活潑、大膽。有幾位受到曲子的呼喚，翩翩而舞，輕盈如春燕。

司馬遷叉手細看了片刻，不自覺地合攏雙睛，轉身背對樂隊，這樣減少了干擾，聽得更投入。他全然不曾覺察：對面有一位白袍武士，以扇遮面，靚麗的眼珠牢牢地盯著他，細長的右手按住劍柄，微微顫抖，可惜隨身的童子力氣不足，幾乎用全身的重量壓著主人的腕部，減少武士抽劍的激動。

「賞錢五十文！」武士一發話，另一位家童掏出銅錢，遞到四位樂師和少女們手上。

「給老人添上五十！」

「是！」、

「謝公子！」少女和吹蘆笙者一一叩頭。

「免！」

老樂師起立，掂著錢串子，用蒼啞的聲音說：「哪位公子如此大方，老漢很久沒得到過這麼多的錢。只有這顆心來報答，給公子吹兩支楚國的古曲。老漢一死，沒有多少人會吹奏了……」

「啊，謝謝！」武士看到淚水從老樂師乾癟的眼窩中湧出，不無觸動地一抱拳。

師徒們才吹完一支序曲，那是巫師們戴著面具來到江河之濱祭祀湘君、湘夫人，鼓聲鑼聲和鈸聲，夾在管樂中出現。濁浪滔滔，夜風如狼嗥，神祕、幽怨。

兩弟子背不出樂句，手指僵直而停奏。少女們走上前去用食指劃著自己的雙頤，逗起一陣譁笑。

司馬遷對調笑聲有點反感，也為這些年輕人不解陽春白雪而興嘆，便退出圈外，手攀榕枝，微微晃動肩頭，全神諦聽。

武士斜睨他一眼，前走兩步，再欲拔劍，這回讓童子抱住了手臂，只得撇撇下唇苦笑道：「這小子目中無人，可惡！」

另一名青年樂手跟不上趟，放下了樂器。

聽眾們大部散去，廣場上更加空闊。

老樂師下巴和腮部肌肉在跳動、抽搐，恰如其分地把情緒送到聽眾耳中，深層的人世閱歷給音聲以厚度，竟然創造了以華彩之音表現沉默的奇境。

司馬遷愈聽愈迷，單調的豐盛，不尋常的清晰，幾乎達於透明，又不失渾涵，杜絕了機心：「這是古曲《山鬼》啊！中原不聞此調久矣，而蠻夷之地尚存，難得啊！可惜知音寥寥……」

此刻，古琴的旋律參與進來，技法沒有驚人之處，然而大體上松秀、平遠，虛心澄懷，時而停頓，不乏自省與探尋的苦澀。於是樂器有了呼吸，瀉出天籟。司馬遷一睜雙睛，便知挾琴的走方郎中被笙的磁力所邀請，自覺來參與這番演奏的。彼此一瞥，即達到默契。

武士聳起長眉，昂首向天，和風拂衣，神與音飛，手為曲子所縛。幾名為主人真魂出竅而成為泥塑的僮僕，不再怕他釀造殺機。

司馬遷垂首兀立，樹葉間的碎光在他臉部與胸前搖曳，猶如面對古哲那樣虔敬，闊別多年夢幻般的欣悅鑽入毛孔，五臟六腑進入樂曲同樣的諧調……

盲樂師具備過人的感應力，對不得其門而入的觀眾離去，唇邊略現驕傲的笑紋。奏和聽是一鳥雙翅，會心而高翔雲頭，朝一位知音與面臨萬眾，他付出了同等的嚴峻。

淚花滴到扇子上，武士劍柄上的流蘇在顫慄，把樂師與司馬遷都忘懷了。

記憶中父親彈出過的雅聲，使他對挾琴者的演奏無法滿足，無形的巨大電流推著司馬遷，他身不由己地坐到兩位樂師的中間，沒有一毫自我炫耀的企圖，琴幾乎是神不知鬼不覺地橫陳到他的膝前，信手揮弦，金鳴玉振，勁健鬱勃。溝通孕育了新的刺激，老樂師搖動蒼蒼白髮，霍然起立，聲的洪濤光怪陸離，響遏流嵐。

司馬遷的指法、扣弦沒有父親溫潤而剛毅，盲翁的湖海之氣，方正迂的山林野風，忘了特定身分的使者離成熟還有漫漫長途，卻不失險峰大瀑般的活力，萬卷書和萬里行的浩瀚。朝暾映天，大漠駝鈴，烈士去國，雪原孤鴻。稀有的可塑性與感悟程度，讓合作者驚詫。

武士雙眉緊皺，面容煞白。那是震撼、強制的冷漠、妒忌、渴望感知對方，與難以平抑的仇恨……

方正迂碰撞著樂律，唱起《山鬼》末段：

雷聲隆隆啊彤雲漠漠，長夜悠悠啊猿啼啾啾。

雨聲簌簌啊樹葉颼颼，思念公子啊空有離憂……[09]

盲老人加入末兩句的合唱，流光與飢寒蠶食了往昔的華美音色，回贈以無雕飾的蕭散更有餘味。

武士從僮僕的背囊裡掏出四塊銀子，給盲叟與方正迂各一塊，擲下兩塊給司馬遷，決然揮臂，帶領僮僕們走開。

盲老人雙手捧著銀子，感恩不盡地掂了掂，頻頻咂著嘴唇。

武士走到廣場盡頭，忍不住回首一看，司馬遷將兩塊銀子分給了兩位老樂師。

方正迂一點不客氣，接到手裡朝天大笑，三塊銀子一齊落到盲翁手。

「方大夫，這……」老人要說些什麼。

方正迂拉住司馬遷挾著古琴飄然而去。

「天哪！您老爺子今天是睜開了眼，不像我這瞎老牛……」

「公主，我看那彈琴的先生挺像長安來的使臣！」僮僕一口女聲。

「漢人不解楚歌，哪會彈《山鬼》？興許是浪跡江湖的樂師！」武士原是白鳳。

「那您為什麼要抽寶劍……」宮女扮的僮僕做了個砍頭的手勢。

[09] 作者據《楚辭集註》試譯其大意。

「沒看準才沒動刀劍。真要是那小子，哼哼……」白鳳在牙縫裡冷笑一聲，殺氣升騰，嚇得宮女伸出舌頭。

她們遠遠尾隨在司馬遷的後面，轉過一條小街，來到祝融廟門口，剛才與盲翁合奏的三位青年正在赭色牆下吹蘆笙，總有兩百多男男女女，異口同聲地唱著情歌，與白鳳傾聽《山鬼》的場面恰成對比，歌詞很粗俗：

小妹子呀太缺德，
神出鬼沒蓋世無雙的偷心賊！
偷走哥心不理哥呀，
長夜難亮白日天難黑……

她們躲開熱鬧場所，走進廟後一家小酒樓，當爐女殷勤地將白鳳一行領到樓下一角安好座位，端上酒餚。

宮女一指樓上，白鳳就聽到司馬遷和方正迂在輕聲交談。

「先生送孔雀，又送重金，不讓方某做東，只有告辭了。」

「銀子是聽客所賞，先生又轉送給吹笙老人，再要破費，於理不公。」

「方某此生能請先生幾回？先生不肯賞光，過於生分，還是灑脫為上。」

「恭敬不如從命！」

「先生舉止音容，彈琴手法，都像長安大學問家，方某無緣追隨的司馬談老先生。當年老夫子在渭水之濱彈琴送飛將軍李廣北征大漠，圍觀者數百，梧桐落黃葉，河水助悲鳴。一時嘆為絕唱！先父本想託孔安國大師引見，不久宏願成空，卑人流落到這蠻荒邊地……唉——！」

「此地百姓對漢人如何？」司馬遷迅速改變了話題。

「漢人一向少見，方某初與南民相處，但見其粗獷，幾番交往，才知土人坦誠待客，不拘禮法。如若恃強欺弱，他們會以死相拚。方某與此間幾位老年人親若兄弟，送菜贈糧，不分彼此，故而幾回打算重返長安，皆未能成行。」

當爐女獻上燻山雉肉，烤野豬腿，白鳳無心品味，宮女們也不敢放口大嚼。

「先生請嘗嘗竹板魚、竹筒飯和米酒！」方大夫在勸酒。

「少女當爐，北方未曾見過。」

「此地出美女，或系水土之故。其中豔名傳之最遠者為白鳳公主。其母出身長安望族，由先帝賜婚，下嫁昆明國執掌三宮，遺憾只生一女，請來有名經師，教以金文石鼓文，多次去長安、姑蘇觀光，真不愧為見多識廣的才女，還精通騎射劍術。附近幾國王子登門求婚，一個個被她打得落花流水，大敗而歸……」

白鳳聽得心花怒放，吩咐手下人進餐。

「男大當婚，女大當嫁，大美女也不能守在宮裡一輩子侍奉父親！」這是司馬遷在議論。

「國王想讓女兒繼位，可惜南方沒有呂太后那樣先例。想招贅一名乘龍快婿，因皇帝下詔禁止此事，據聞被列『七科』[10]之一。好在芳齡才十七歲，辦大婚還可以拖二年三載。在尋常百姓家是晚了些，王家的事誰也管不了。」

[10] 即吏人獲罪、亡命、贅婿、賈人、原有市籍、父母及祖父母有市籍者，每回征戰，要服徭役，運糧餉等。

「但願公主嫁個如意郎君，幫她治理好朝政，替百姓分憂！」

「沒有先生這般風采，公主哪肯屈尊下嫁？」

「方大夫取笑了……」

白鳳默然乾了幾杯酒，對兩位漢人的笑聲都沒有在意。露在明處的眼睛有點羞赧，藏在背光處的另一隻眼球在發亮，一團小火，掠過心空，不無觸動，又無法表露。

※　　※　　※

五年前李延年做樂官，曾把西域的彈撥樂由五十弦減去一半，取名箜篌。仰慕大漢文明的王后聽到訊息，立即派人進京高價購來成功的試製品。惜乎王后在白鳳十四歲時就死於懷鄉的憂鬱病。每當白鳳思念慈親或心事重重的時刻，只能與箜篌談天，從弦外的軼響裡聽到母親的嘆息。

這晚，她無來由的熱淚滴在指間，還不太連貫的《山鬼》一曲，彈奏出特殊的魅力……

經過難眠之夜的思考，她定下一計要除掉漢使，幫助老父緊握實權，伺機復國。

三

第四天一早，司馬遷應白鳳之請，只帶四名長隨，來到校場。

士兵百名，列成四隊恭迎。白鳳笑容可掬地拱手：「家父臥病，命白鳳陪同大人去獵白鹿。」

「北方學子，不識貴處地形，正需指點迷途。然小姐乃深閨弱質，馳馬山林，損傷玉體，吃罪不起。」

「大人，這匹雪花驄日行山道四百里，蠻荒女子不是長安那樣通都大邑嬌生慣養的女兒家，弓箭在此，大人指教！」

白鳳伸出纖手，遞來鐵胎弓與一支鵰翎箭。

司馬遷含笑一揖：「子長略通詩書，對於鞍馬武技並無所知，實在不敢唐突小姐，免得當眾出醜。」權衡環境，決計對她不即不離，等給毗鄰的開化撮泰谷等地酋長們頒印收璽之事一畢，就返京復旨。

「大人出使之前，校場比武名列第一，哪有不會騎射之理？」

「小姐才是方家，子長等著一飽眼福，那根孔雀翎是早就準備好的吧？」

司馬遷再次施禮，然後指指校場南邊吊在樹上的一根孔雀翎。

白鳳抿嘴一笑：「大人見笑了！」她技癢地抬起身上馬，猛加一鞭，朝孔雀翎相反的北方飛馳，先是轉身鬆弦，羽箭颼的一聲飛過天空，白線斷了，孔雀翎應聲而落。接著再轉過身去，從身後射一箭，那條白線又被射斷。

她勒馬據鞍，竭力掩飾著內心的得意：「大人請射！」

「不射了，隨小姐出獵。」

「願為前導！」她一招手，士兵們紛紛上馬，簇擁著她和司馬遷朝深山奔去，路旁的樹林在他們眼中躍動、搖擺……

面迎新夏的熱風，坐在雕鞍看滇中海浪起伏般的群山，遠沒有司馬遷想像的那麼高，因為高度都在地底下。

他二十四歲初度，曾經護駕從武帝到達秦穆公居住過的雍城（漢代屬於扶風），皇帝祭過青黃赤白黑五色土，又西越隴山，抵平涼以西，登臨崆峒，傳聞那是黃帝舊遊所在，不免憑弔一番後，西行到祖厲河岸（今會寧附近）已接近蘭州。那次長行，飽覽過西北的山，大片褐黃色的沙浪一直向天腳下拓展。它豐厚、瘠薄、寬柔，古意森然，從荒涼空曠之處呈現出來。實地踏勘，使他感受到先民狩獵的艱辛。篝火旁邊，茹毛飲血的原始畫面，化傳說為形象和浪漫主義情韻，有助於他後來寫成〈五帝本紀〉，並在贊語中點出「餘嘗西至崆峒」。漫遊採擷了山川的英氣，儲存了不同的情緒，反芻成形形色色的靈感凝為瓣瓣飛花，撒落在他的文字之中。直到他被迫過早地進入垂暮之年，大漠高原詭奇神祕的笑容，還牽動散文詩人的玄思。

大森林挾著暴風雨橫飛以烏雲沉海之勢壓向司馬遷的馬頭，又被長鞭甩到了馬後。一再加速，山在幻覺中成了巨獸也在奔突，似乎追趕著看不見又能感覺到的東西，也許就是命運。它沒有時間舔舔鑽入它巨口又跳出它毛孔的人和馬。

他的思緒淹沒了白鳳及隨行者，向無涯的闊海泛濫。眼前的一切，都向他展示生命、跳蕩、活脫、富饒、鬱勃、自由而無騷擾。它們發出天籟逸音，把他的駿馬託上雲空，於是那些山就變成了杯箸間的小饅頭，再看看白鳳和兵勇，被距離壓縮得特別矮小，以至拔山可以搓成彈丸，塞住長江大河，更勿論怒江、瀾滄江，那是詩人怒發的創造力在蹈揚，普通帝王公侯，成了視而不見的沙粒，失去了存在，在地上只有高坐崑崙巔峰的巨人。這是馬前蹄彈出的羅曼曲！

而冥頑的西北群山，伸出赭黃粗健的雙臂，拉住了馬的後蹄，使牠們寸步難離現實的泥土，那血淋淋汗津津的腥臭，帶著聖潔芳香，正如他在童年就開始思索永遠也得不到解答的死結那樣：人到底是什麼？他們為什麼到世上來？為什麼要死？為什麼死得那樣易於被同類忘卻？在他們同類相殘比野獸還缺少人性的時刻就打算活十萬八千年，為什麼忘了自降生伊始便注定要埋入地母的歸宿誰能更改？為什麼看不到人災的毀壞力有時超過颱風海嘯地震火山？哪個暴君給人們痛苦的遺產造成後代意識的扭曲不要幾百年才能治好？在無結論中總結出的結論「三十歲一小變，百歲中變，五百歲大變。三變為一紀；三紀而大備」，「仰則觀象於天，俯則法類於地」，「天則有列宿，地則有州域。三光者，陰陽之精；氣七在地，而聖人統領之」。難道就真是「天人之際」學說的脊梁？五百年必有聖人出，從幾時算起？孔子、周公之前有無數五百年，誰是聖者？孔子之後又有五百年而聖者為誰？司馬遷未必沒有懷疑過數和律，只是扔掉這根精神手杖更無他物可以替代，就一個勁地用下去而已。哲學的思辨要他扎根於生存，認清環境利用環境創造環境，不負有限時光，更莫要忽視本身有人性的弱點。

於是在不安於速朽的原野上，永生的聖殿門前的高坡之下，特聘殿堂的兩位門官——半邊臉如美女，另外一半如惡魔的慾望與庸俗做裁判，浪漫詩情與冷峻至理血戰多年，相持不下，誰也得不到超拔。直到憂患和死亡逼近，點化了司馬遷的眼睛，讓他看到裁判是有意看熱鬧而阻礙兩位角鬥者攜手升堂，與古哲們抵掌而談，傾懷大笑。兩人才各自會心地使了個眼色，斬了門官，排闥直入，於是對得失悲喜嗤之以鼻。

他在一片小平原上勒住轠繩，白鳳已經將馬拴在樹幹上，讓牠喘氣、吃草，自己坐在石塊上吹蒲公英。

他也拴好戰馬，這才發現隨行者的馬太慢，至少要被拋開十里以外。

隔著層林，傳來呦呦的鹿鳴聲。

「上面有鹿，不能馳馬登山，請大人步行。若射得之鹿毛色雪白，在長安城就值五十萬錢。」她兩目生春地邀請。

「唔，」司馬遷的反應並不太熱衷。他束緊腰帶，拽好袍子前後襟，不緊不慢地跟在她後面，有點吃力，但也不特別累，只是腕子上有些癢。南國之夏來得早，驛館裡的蚊子很多，睡在碧紗櫥裡，總覺得悶，睡熟之後，手臂腿常常伸到紗幔外面，被蚊子和小咬叮成許多疙瘩。

從小白鳳就聽母親攻訐漢朝的官是大半貪贓枉法，成見很深。看到司馬遷的表情如此平靜，不免意外。在她這個年紀，區域性可以畸形早熟，不能掩蓋另外很多方面的稚嫩。

漢代束縛女子的禮教尚未形成，用不著纏足，所以白鳳從一塊石頭頸項跳到另一塊巨石頂端，快若猿猴。遇到陡壁，只要手能抓著草根，就能攀緣。司馬遷的行動比她遲緩，不一會就氣喘吁吁，全靠長勁才不至於離她過遠。

他們來到斜坡上，靠近山崖，長著各種司馬遷認不得的樹，濃密的枝杈相交，彷彿天空也染上一片烏綠色的雲紗。樹梢和漫坡灌木林叢中有鳥在歡歌、跳躍，彼追此逐，使氛圍變得更幽謐。

「白鹿！」白鳳眼尖，看到一個流動的白點，閃過藤蘿深處，一霎時又在對面山坡上出現。她急於要炫技，就張弓搭箭朝牠射去，箭法高明，但命中鹿角，等到箭一落下峻嶺，白鹿驚慌失措地往林中逃竄。

「抄近路到山梁子上再射。」她順著林莽追過去。

羊腸小路兩面都是高齊人耳根的茅草，長葉的兩邊很銳利，司馬遷到底是北方人，臉被劃開了兩條口子，手也割破，流下兩串血珠，他沒在意。

走到一里開外，山勢向南傾斜，幾人合抱的大樹直上直下，地上發出去年落葉霉腐的氣息。再往前去，一條大壑截斷了小路，對面雲氣氤氳，突兀崢嶸的峰巒像是落潮後的巨礁，山風狂嘯，似乎大地在搖搖晃晃。

綿亙不絕的橫斷山脈遮住天日，人和山外群體的聯絡被切斷。

他咳嗽一聲，回聲很頑皮，四面起伏，交錯和答，逐漸向遠方展布開去。他那新鮮、驚詫的表情，使得白鳳眉宇間帶點鄙夷的神氣。這裡的一切都引不起她的好奇心信。

「你還想到哪裡去？」白鳳雙手平肩舉起，轉過臉將他攔在樹下。

「追隨小姐找鹿。」

「還是找死吧，司馬遷！」

「小姐說的是戲言……」他一點也不驚恐。

「俺非殺你不可，沒有人跟你鬧著玩。」她拔出雙劍將雌劍擲在地上，接著說：「給你一口劍，你家白鳳公主從來不斷手無寸鐵的異鄉人。你若吃了敗仗，那是命中注定要給老虎開開胃口；俺若敗在你手上，你不殺俺俺也得跳崖。早就想動手，怕給父王捅婁子，讓你到這裡死，連屍首也找不著，太妙了，來！」

「小姐，你我素無怨恨，為什麼勢不兩立要刀兵相見？」他抓起劍背樹而立，一味招架。

「懦怯鼠輩，怎麼不長眼睛？」

「有事好好商量。」

「誰跟你們商量？這片天下俺段家經營了幾代人，憑什麼要削去國號，改成郡縣？不全是你們想盡百法向皇帝獻媚，他怎麼知道有個昆明國？」

「這怎能怨我司馬子長？」他連連地騰挪跳閃，避開劍鋒。

女孩麻利地向他膝部虛晃一劍，半路來個「白龍奔月」，劍尖突然上行直刺人中。

這回司馬遷來不及用劍去擋，猛一矮身來個「脫袍讓位」就地一滾，肩頭著地，彈跳而起，轉到她的背後。這一招出她意料，出手過猛，失去重心，無法收回，將劍一下扎入樹幹七八寸深，用盡全力也拔不出來。

司馬遷有意後退兩步，看看她怎麼改變打法。但見她雙目一閉，轉過身來，順手把衣領朝下一拉，露出一片雪白的肌膚，昂著頭，輕蔑地撇下嘴唇。這傲然的氣度，使他愕然。

「砍呀！」

長時間的沉默。

他暗暗點頭，帶著敬意從樹上拔下利劍，連同手上的雌劍一併納入她腰間的鯊皮劍鞘內。她睜開眼瞼，才見他雙臂相抱，垂著頭倚在樹邊，顯得很沉鬱。

「你不殺俺？」

「走，打白鹿送給小姐！」

他的語音低沉、誠懇，沒有玩笑的成分。

她的自尊心受到了傷害，便下意識地摸摸脖子，把領口扣上，往地上一蹲，臉對大樹，肩膀抽搐，傾吐出難言的哀痛。

他的雙唇嚅動幾次，雙手木然。是尋找白鹿還是鬆懈一下比鉛還沉的氣氛，他怎能說得清？

幽谷被夾在幾十丈高的峭壁當中，墨藍色霉苔上掛著籐條，顏色有青黃紫褐，谷底怪石如刀劍長戟，牛羊角、竹矛，或鈍或銳，凸凹不平，吐出苦霧淒風，人落下去粉身碎骨。

他走上懸崖，立足處是一塊大石板，方不盈丈，顯然系大地震中由山巔落下來，藉助於崖邊巨石阻力才沒有滑落到谷底。

突然，他聽到腦後一陣疾風，白鳳從崖上跳下來，他還來不及做出反應，冰涼的雙劍已經搭在他的肩頭，寒光夾著他的頸項。

死，閃過他的心空，疾如閃電，沒有考慮餘地，只能坦然無所動。

俄頃，他感覺到女子的右手顫動一下，便鎮定地回過頭朝她一笑：「小姐真是個有趣的小ㄚ頭！我若像你這樣大，遇到來收國璽的大國使臣，也要殺他！」

「你把我看作小娃娃？」

他微微一笑。

雙劍落在石頭上，鏗然有聲，他拾起來再次插入她的劍鞘。

「小姐還生氣？」

「殺你忘恩負義，不殺你又不甘心，自刎難捨多病爹爹……我……」她竭力忍著不哭，喉嚨裡塞得又酸又痛，出氣也費力。

此刻，山谷對面流動的玉霞一閃。

「鹿！我射給你。」他從她肩上摘下弓，抽出鷴翎，屏氣凝神地射出。這一箭正中鹿的腦門，牠失去辨認道路的能力，朝崖下一跳。

「大人，你手上盡是紅疙瘩，俺們這裡蚊子挺凶，叮了要生瘧疾的。」

「不會吧！」他大大咧咧地將弓挎在她肩頭，朝奔鹿墜落的地方跑去。

「當心！」語調變得太快，連她也不相信這是自己的聲音。「累了畝會再追，鹿跑不遠。」

他加快了步伐，急於結束那難堪的場面。

微妙的慌張使他的頭巾被樹枝掛住，露出了烏亮的髮髻。緊隨在後的白鳳爆發出一串銀鈴般的笑聲。

「你怎麼啦？」她用弓勾下頭巾，擲到他的手上，他草草紮好頭，朝石頭上一坐。

「你怎麼打寒噤，牙齒也哆嗦？要是生瘧子，今天晚了，明天捉隻蜘蛛，綁在手腕上就能截住，用不著請巫師念經。」

「沒什麼。」他掩飾地一笑。

白鳳拔劍砍下兩根長藤，結在一起，將藤的一端拴在樹上：「俺下去找鹿，你歇會。」

「不！還是讓卑人去才對。」他奪過籐條拴在腰上，雙手抱起長藤跳下崖去。

「小心！」她伏在崖上，伸出頭朝谷底大喊，又勾起一串回聲。

他的雙腳一著石塊，就看到白鹿奄奄一息地躺在亂石中，便解下腰帶，將鹿角和腿拴在籐條上，牠沒有掙扎。

「拉上去吧。」

「哎！」她輕鬆地將鹿拉上平臺，猶疑了一瞬間，「如果不扔下藤讓他再也上不來呢？」但她馬上否定了自己的設想，把藤拋了下去。

「不用拉，我能上來。」

司馬遷的呼喊使她生出第二個念頭：用劍砍斷長藤，讓他粉身碎骨，這樣一了百了。當手觸到冰涼的劍柄時，不覺兩腮一紅：人家對你這樣信任，怎能做缺德的事？要打也該光明磊落！良心命令她拉著藤，助他脫離深谷。

一條長藤被扯上來繞在石塊上，她的耳邊響起陌生的聲音：「還來得及，砍藤。」劍被抽出來，恰好白鹿四腿亂蹬，在地上翻了兩個滾，頭朝背脊一仰，頓時嚥氣。起初她怕鹿要逃，舉劍正想刺，牠又不動了，兩隻巨大的眼睜開，呆呆地瞪著她，使她感到無形的壓力，將劍扔在地上，全心全力地拉著司馬遷。等他解開籐條，坐在鹿旁喘粗氣的時候，兩頰發紅，眼珠猶如兩點炭火，雙腿微微地顫抖。

她摸摸他的額角：「好燙！你病了。」於是從腰帶上拔下一隻牛角，對著蒼穹嗚嗚地狂吹，召喚她的部下，來抬勝利品。

「不要緊！」他強撐著站起身，大樹、崇山在舞蹈，地在朝下陷。一股嚴寒，從心口向每個毛孔裡鑽，肌膚都凍在冰塊裡。陣陣噁心，使他大吐不止，最後流出嘴角的竟是淺綠色的膽汁。

四

白鳳捧讀司馬遷寫的帛書在書房中走動，腳步很輕。眉黛鎖著春山，焦慮的目光自書行間移到病榻上。他昏睡了兩個晝夜，兩腮灰白，鬢髮焦枯，雙頤下陷。

宮女捧來燕窩湯，用小匙餵著，他扭過頭去，不肯張口。公主悄悄一揮手，宮女便捧著銀盤走開了。

白鳳下意識地跟著宮女走到門口，左右一看，又退回屋裡，拉上窗幔，走到榻前，凝視司馬遷的面龐，抓起他的右手試試脈搏，病人沒有反應。她想「這是一隻什麼樣的手？別說閉塞沉滯的滇國，就是中原腹地，古今又有幾隻？他可能寫出前人沒講過的話，人人想說又說不來的話？……」她將司馬遷的雙手交疊放在腹上，再伸出自己雪白柔嫩的小手與之比較，還是自己的手好看，而他的手黃裡透黑，虎口有裂痕，掌心有四隻繭，那是練武的烙印，似乎反而平庸。出於一種說不明白的異樣念頭，要把他的指甲，打扮得和自己的柔荑一樣美！

她輕步來到院子裡，從花圃中掐下一把鳳仙花英，回到他身邊，擠出花瓣中的紅汁，細心地塗在他的指甲上。

十對紅指甲，排成一條線，猶如一串大紅豆，撒落在錦被上。

窗簾之外，婆娑的樹影泡在清澈的月華中。有一對孔雀，發出並不動聽的和鳴，與牠那美麗的翎毛很不相類，惹得林中不知名的小鳥不甘示弱地吐出美聲，柔婉悠長，非常動聽。難道牠也有孤獨感和鄉愁？

白鳳跪坐在榻邊，朦朧的情愫被鳥們喚醒，她聽到自己的心在歌唱：

你睡得何等的恬靜，聽不到春雷在我心轟鳴，
你若能醒來看看我的雙眼，普天下誰比我幸運？
如果你從茲長眠不起，心成了枯樹上的衰藤！
我怕你死掉啊，快快甦生！
啊，醒來要回長安城，
就這麼躺上五十年吧，免得臉對著臉多難為情……
二更催過又三更，怎麼蓋上白鹿皮還不肯動身？
不害羞嗎，鳳丫頭！
不！我遵從良心的命令……

看到他的嘴在嚅動，似在發出囈語。她不能抗拒好奇心的誘惑，要聆聽他內心的話。

他輕咳兩聲，她拍拍他的胸膛。

燈光搖搖，他半睜著眼，似乎上官清就跪在榻前，便舉起右臂拉住她的手，她沒有掙脫。

白鳳的臉上湧出緋霞，她湊近他的耳邊：「你也喜歡我？」

司馬遷點點頭，聲音很細微：「清妹，我摸撫著枕頭，炕蓆上都有你……」

「子長，我不做你的親妹，我長成了大姊姊，我要……要你……」

「清妹，冷！冷……」他又垂下眼瞼。

「我有什麼辦法呢？生火嗎？」

「冷……」

「等一等！」她抽掉右手，跳下臥榻，拿著油燈，推開耳房的厚門，走下幾層石階，這間半地下室當中，是石頭砌的火塘，冬天燃著松柴，供上面取暖之用。

女孩點起一把山草，上面堆著幾塊樹皮，然後架上劈柴，蓋上鐵板，牆裡的雙筒煙囪發出呼呼的抽風聲。她脫去衣服，扔在石級上，一邊打拳，一邊從火塘上跳來跳去。

室溫受到火的刺激，火受到心溫的點燃，屋裡熱氣大增，兩套拳練下來在室外也要流汗，她頓時覺得口乾唇裂，便調勻呼吸，將雙唇收縮到齒間再吐出，來回百餘次，舌下華池中的津液潤溼了口腔與咽喉。趁著身上滾燙，她開啟房門，跑到司馬遷的炕上，用汗巾擦過額頭鼻尖的汗，緊緊地抱住發抖的他。

一會，他的體溫有點下降，不像剛才那樣瑟縮，呼吸也趨於平緩。

「子長兄！」她第一次這樣呼喚他，「還冷？」

「背……冷……」

她便倚牆而坐，用胸口偎著他的背脊，熱淚涔涔而下：「子長兄，你要活！我要你活，不許你死！你死不得，死了你的小鳳可怎麼辦？她會為你而自刎的……」純真高潔的獨白流出心窩，音量跟蚊子的哼哼聲差不多，燈光月光爐塘裡的火光，都為這至情而顫動！

「清妹，謝謝……」他的聲音依舊模糊。

「子長兄，你要我做你的親妹，我這個人不說假話，嘴是想答應，可心不肯點頭，我就偏不聽你的。按照咱昆明國的風俗，仇人格鬥，女的敗了，男的不殺她，她就是他的人，要嫁給他，不能更改。為此我才不避男女嫌疑，來給你添熱。我要做你比親妹妹還親得多的那一口，給你生個大頭兒子，比我美貌，比你聰明，古今罕見……」

「清……妹……」

「你不知道我喜歡你？怎麼你不要我，扔下我回長安？我先宰了你再自刎人頭。想走除非你殺了我……」她哭了，哭得是那樣柔弱、輕鬆，淚珠湧出一串，心裡就暢快一片，這種哭的享受，很少有人經歷過。

「清……」

「對了，是親親！」

「熱……」

「當然會熱，冰山也能偎化！還要更熱！我去烤烤再來……」

她欣欣然再到耳房，給爐膛添上更多的松柴，火花噼噼啪啪地炸出歡聲，在白鳳聽來便是一闋仙樂。

她回到榻上，白鹿皮和錦被被他推到了一邊，吐氣又在漸漸變粗、加急。

她滾熱的面龐剛剛貼近他的胸口，被他用力推開，接著用雙手抓撓著前胸，雙腿朝下亂蹬，嘴角再次抽風而歪斜：「熱……燙……」

「熱？」

「熱……」

她抓住汗巾裹住腰膝，跑到院子裡，跳進金魚池，水與發燙的肌膚溫差相去甚遠，不覺得有一絲寒意。泡了一氣，還恨不涼。她又走到井臺上，搖動轆轤提上一桶清泉，從頭澆到腳，三桶水淋完，她也凍得牙齒哆哆嗦嗦，肩頭亂抖，只等水一擦淨，生怕身子骨再熱，就回到屋裡抱住他的後背為他解熱。大夫和藥物一體的療法是創舉。這不僅僅是兒女私情，其中也包含著對另一個生命的正確估價，對疾病的打抱不平，領悟到（哪怕是膚淺的）他肩頭明天的使命，自覺的犧牲就是大智。美濾去了情慾，放射出金光！

在昏昏沉沉中，他再也記不起是幾時開始這艱苦的行程，太陽從高空降下來，幾乎壓在他的頭頂，腳下的黃沙平衍，燒得腳掌流血，每走一步，猶如在腳後跟楔進一根鐵釘，皮膚上捲起一層層白屑，隨著火風飛散，口中吐出陣陣青煙，睫毛都燒焦了，在看不見的火團裡，意志特別頑強，他要走出灶膛般的大漠，跳入黃河的巨流，暢暢快快地牛飲半天，然後自在地游上幾千里，闖進無邊的大海，讓灼焦的皮膚在浪叢中再生，變得比往昔更朗潤、更柔韌、更健旺。這美和包裹著他身心的窒息感互相廝打、糾纏，直到骨骼將熔化為烈焰，兩腳難以再拔起的時刻，遠方現出一條黃線，其中濁浪噴出白色的雲氣，直拍瀰漫著熱沙的枯黃色上空，那河流向他猛衝過來，幾陣搖晃，大漠化為青煙，突然間無限地升高、升高，正在驚詫莫名的時候，耳邊石破天驚地吼起了川江號子，與其說是歌聲，不如說是一股求生存的力在無路之路上掙扎。是苦難壓不倒的頑強，是對大自然和生命不馴服的戲弄，又是對不敢沉舟拚個你死我活，過分馴服於命運的奴隸精神的驚呼。啊，這不是九九八十一道灣黃河，是破夔門而出的三峽長江！他原想溯大江而上，增添一些見聞，後來怕誤事，未走水路，那麼今朝所見或許是夢幻，他不曾見過與天同色的遠巒，那橫出雲上翠撲鬢眉的近山，嗚咽的猿啼，雷奔電激般的浪堆雄絕秀絕險絕。

神女峰披著雲巾，妙目流輝地朝他微笑，身上磁性的冷氣，被風吹送過來，使他的雙足拔地而起，朝女神飛過去。

近了，更近了，當他猛撲過去將她抱住的時刻，她化作一塊與真人等高的石頭，略具人的輪廓，全身掛著昨夜星辰撒下的露珠。他迫不及待地吮吸著。露水帶著似有似無的異香，可惜太少不能解渴！

身不由己的瘋狂狀態終於漸漸地平靜下來。他翻個身，不再抽搐。

段護悄悄走到屋裡，聽聽他的呼吸，為他蓋上了白鹿皮。

走出暖烘烘的臥室，月色如水，星稀雲散，天空離山尖樹梢挺近。在荷塘橋下，依稀可以看到白鳳牙雕般的身影。老人眼力不濟，心裡明白，就脫下袍子，搭在左腕，躡手躡腳地走到橋上，用親切的低音喊道：「小鳳！」

「爹！」她背對父親，正在擦身上的水。

「兒是千金之體，怎麼到這裡來洗澡……」

「父王！」

「夜晚不比日頭底下，水很涼，會漬病的！」

「不冷……」

「爹爹送兒回宮去。」

「兒捨不得他死……」

「你是說漢使嗎?他娶妻生女,夫人是青梅竹馬的表兄妹,你爹爹已然派人探問清楚。否則爹爹會……」

「哦!」她覺得意料中的意外。這時才思忖:難怪叫「清妹」,不是「親妹」!

女孩穿好衣服,垂著頭站在橋上發呆,被風搖曳的花影,在她臉上閃爍不定。碧波間人和橋的輪廓都不太清晰。

「你爹爹太老,忍心撇下老父不顧體面遠去長安做人家的次妻或媵妾嗎?」

「爹爹好心!可憐的父王……」她不知道該如何自剖,只希望一個人守護在司馬遷身旁。

「你父王寧願拋棄疆土官職,找個好地方隱姓埋名,多置田園,買些奴僕,與兒相依為命。兒不能做出格之舉……」老人淚如雨流。

「父王!」白鳳跪下抱住父親的雙膝,「子長要是不治而終,兒願以妹妹之禮披麻成服,扶棺送他回到長安,再回來侍奉爹爹,終身不嫁;倘如他活過來,還想殺了他再自刎人頭,合葬一處。兒絕不讓他落在另一個什麼清妹手中。你的鳳兒不孝順,這人走遍天下找不到第二個,兒的心是這般告知自己的。」

昏臥一晝夜,子長又開始惡化,嘴唇燒得裂痕交錯,譫語伴隨著狂叫,時起時伏,臉色如灰磚,鼻翼躍動。白鳳立在床前像個石人,無計可施,昔日的御醫們,一一束手而去。

傍晚,段護送來兩小包藥粉,附有一張寫在芭蕉黃葉上的短札,白鳳一看,是瘦硬流便的隸書:

先生不示姓名,以身負使命,未敢責以不誠,然頗憾憾!聞染貴恙,謹贈草藥,服之即霍然而起。僕恐為此浪得虛名,將棄此二十年故宅,孔雀亦放之山林,攜鋤採藥,萬里萍蹤,免為牛馬走耳。先生負不羈之才,恐才為直累,令僕惴惴不安。臨別神馳,先生勉之。願相忘於江湖!知名不具。

段護說：「藥已餵過獵犬，無毒，只好一試！」

「哎！」白鳳無奈，細心將藥餵了一半。

老人喃喃地說：「他一來，你是那般恨他，爹爹就擔憂：仇有多深愛有多深！想一個人想不到的滋味，爹爹是過來人！兒呀！爹爹上長安見天子，請求擢升他來做汶山郡守，休棄前妻，與兒完婚。爹爹告退，守護宗廟，不再謀政事。」

「他不會休妻另娶，真那麼做只會讓兒恨他，喜新厭舊，罪不容誅。兒也不是奪人丈夫的女孩子。再說那樣一來，他怎麼抬頭做人？」

「就無兩全之法？」

「別再難為您的小鳳！」她不住地搖頭。在走向子長臥室的途中，女孩時而垂頭斜眼看看父親在地上移動的瘦影，占領的空間是那樣少，一種無可補贖的內疚油然而生。

她面對著沉睡的子長，父親面對著窗外的明月，遠遠傳來明快的蘆笙聲，宮牆之外有求偶者在向鍾情的異性表示愛慕。女兒的眼睛，在暗中迸出希冀的光。木訥的父親，心頭填滿煩悶與茫亂無緒的回憶。他拍拍女兒的肩，朝外一指，女孩見司馬遷睡得還算安詳，就點點頭，跟隨父親回宮。

五

人與人的夢不能相通。就埋葬祕密而言是幸運，能保持了幾分尊嚴；說到情感的交流則是莫大遺憾，醒來後缺少的一切在那片國土中都可以得到補充，尤其是被利害所淹沒的赤誠。見到上官清，司馬遷竭力笑得自然：

「假若真被那裡的美女迷住了呢？」

上官清伸出食指：「就許你帶來一個回來！」話似乎大度，熱淚已經奪眶而出。「不，子長！別讓她進京，我再也不使小性子，你的衣服搭在哪裡不再絮叨，忘了洗腳上床不再嘟囔；文章寫不出來讓你坐到四更不吹滅燈嘮個沒完；木簡、竹簡隨便怎麼放不再歸堆，讓你為兩行字一找半夜；看到你文字有重複句子不再偷偷劃掉一句；你跟任少卿喝到二更天回家也甘心等著開門；下朝回來不再探問同僚當中有哪些新鮮事；我打書兒你可以拉；你若嫌我不生兒子再等上二年試一試，不成我給你買個醜妞，就是不要美女，我不許你忘了我……」

「我跟你說句笑話，沒帶來……」

「沒帶來，真的？怎麼不帶一個給我看看？」上官清語氣一鬆，勉強地乾笑。

「哈哈，來了。」他朝門外一招手。

白鳳銀盔銀甲，騎著雪花驄，手捧白鹿皮，一陣風闖進院子，滾鞍下馬，向上官清行半跪之禮：「姐姐……這鹿皮，一點小意思！」

上官清接過厚禮，皺著眉頭笑得挺彆扭：「子長在昆明幾番遇險，多虧你起死回生。這個家我拱手相讓，請別客氣！我回龍門村去守著爹爹和爺爺的墳……」

「家是姐姐的，我應該走，我不能奪你的丈夫！可走又真捨不得他。好姐姐，成全了可憐的妹子吧，爽利在頸上來一下！」白鳳拔出利劍遞與上官清。

司馬遷狼狽地將手在胸前亂搓，舌頭發僵，雙足團團轉。

上官清接過劍往自己的脖上就抹，被白鳳一腳踢飛。

上官清扔下鹿皮朝門外迅跑。

白鳳兩個箭步竄到她面前，將她抱住。

奇蹟發生了，她倆合成了一個新整體。

惶惑的司馬遷從左邊看上去，上官清半啟朱唇忍俊不禁；走到另一邊，白鳳發出哧哧的笑聲。兩張不同的笑臉無限地變寬、變寬，化作兩根白木槓子，將他夾在當中，她那雙娟秀的手分別從左右鬢上方扯下兩縷長髮纏在槓兩頭一加勁，越繞越緊，他疼痛、痙攣、窒息，最後大呼：「救命——救——命——」

掙扎出夢境，月色慘白，暮春的風發出嘲弄的乾笑在院子裡的樹冠上滾動，分量很重，壓出他一身冷汗。

他披衣坐起，做著深呼吸，頭部有點輕鬆，四肢百骸有一股力甦醒過來。

他猛一低頭，看到自己被染紅的指甲。

那花瓣般的指甲縮小了一點，手指變得又白又細又長。不，這不是他的手，那是白鳳指尖上的落紅。

他翻過手掌來，紅點消失，又是自己的手。

這樣不停地翻覆，一雙手變做兩雙手。起初指甲顏色不同，後來，他似乎握著一雙看不見又忘不了的纖手，兩眼一瞇，二十個指甲攢簇成一朵花。

他聽到比嘆息還輕的笑聲從自己的咽喉噴出口腔，眼前只是一雙蒼灰的大手，耳根不覺漾出一陣微熱，好似有什麼隱私被妻看到一樣。

他有很多夜沒聽到醮樓的打更聲，今夜聽到四鼓，心也隨之震顫四下，足見身子骨很虛。蟲鳴鑽入窗來，他憶起上官清和書兒，還有父親在門口凝望他回家的苦澀表情。

踏！踏！踏！三四更之後，白鳳都聽到父親上樓的腳步聲，門縫裡還透過來老人的呼吸。為了讓他安心，她故意把枕頭放在月光之下高臥著，這樣，他沒有望到什麼異常之處，就悄悄地去了。

遠去的腳步比往年沉重拖沓，使女孩愧怍地想到父親的衰老和即將來到的大限，鼻孔一酸，她悔恨不該讓他操這份無用的心事，但誰能卸下他肩頭的重荷？

「上官清是何等模樣？她有我這樣美貌，也會我這麼多武藝？或許是個愛鬥磕牙的俗女，子長跟她沒有話說，那太苦了。她用什麼拴住子長？……這些跟你白鳳何干？他是誤認你為表妹清妹，壓根眼裡沒你，羞啊！羞！羞！」隱祕的心聲在譏諷她。昂起頭望望天邊，月亮也咧著嘴唇跟她逗悶子。

「怎麼睡不著？」她扯上被子蓋住額頭，臉上更熱辣辣地不好受。

傾聽過女兒的鼾聲回來，段護拉上簾幔，吹滅燈火，倚牆枯坐於黑暗中，撫摸著秦始皇帝頒賜的玉印在垂淚。這裡地遠人稀，沒有誘惑征服者的魅力，這就提供了維持平靜的喘氣機會。他不是奮發的強者，只期望守成，落得眼下的結局。但比起夜郎等地的國君，還勝一籌。

玉印上留著七位國君的手澤，招來過無數黃金白銀美女和脅肩諂笑，多少愚妄的擴張夢，有悖情理的慾望，置人死地的血腥交易，見不得日月星辰的陰謀權術，形形色色假醜惡言行的粉飾，都靠這不足二寸見方的權力象徵去兌現、去平衡。它是上層的意志、中層的狡詐、底層的血淚，凝結為功過是非可以顛倒的利器。他悔恨三十年間辜負了印，沒有用百姓的生命去開邊，換取與皇帝討價還價的資本；沒有廣置嬪妃姬媵，生下傳宗接代的一群男兒。他看到司馬遷在昆明一天，白鳳就多一分危險。為了收回她的心猿意馬，他可以違心地早交印信，讓漢使回帝都覆命，再給女兒速擇快婿聯姻。

昆明風習，每年兩節：六月二十四祭火，正月初三至元宵的「掃火星」，都為了祈禱風調雨順，人畜健旺，五穀豐登。保持了對火與水的拜物狂熱。

徵得憂鬱的女兒同意，決計舉行一次盛會，規模與祭火節等同，來迎送使者，交接印信。時間放在司馬遷康復之後宣撫開化等地回來。

心靈的風暴幫助白鳳洗去身上殘存的稚氣，逐漸成長為明理務實的大人。

「漢初呂雉就掌管過國璽，我兒也有郡守之才，可以替老父問事。」

「但求父王玉體康泰，兒無意於政。」她想追逐一次狂歡，擺脫心間的拂逆。

次日，白鳳才把方正迂的手札交給司馬遷。他立即要去拜訪這位恩公，她執意擋阻，恐他勞累而犯病，便派人攜帶重金去尋方大夫，過了一個時辰，送金人回報：方先生將房屋贈給盲樂師，離開都城已有數日。

司馬遷有點埋怨白鳳，但已不能改變事實。

六

演武場上擠滿了人，司馬遷和段護，還有開化、撮泰谷、阿余斗米、谷徹貝谷等地的酋長寨老，坐在三尺來高的石臺上，各種頭飾在臺下緩慢地滾著彩潮。

大大小小的銅鼓、編鐘，四人合敲的特大牛皮鼙（音高，巨鼓）鼓，百多名騎手的賽馬，在馬背倒立、翻跟斗，雙臂抱著馬脖子，全身掛在馬頸上，雙手抓住馬尾，兩腳蹬著馬臀，還有一人騎雙馬，不停地從這匹馬跳到另一匹馬背上，使人眼花撩亂。

真正恢宏的大場面，是千人裸體上場的祭神舞。

指揮者手持帶環大刀，披散長髮，皮膚黝黑，身板健勁，立在大象背上，吆喝著什麼誓詞或咒語，全場觀眾和表演者的眼皮也不眨動一下，非常莊穆。

所有的舞俑兩腿半蹲，膝頭腳尖向外，雙臂平舉，腕子朝天與臂成直角，手掌伸開，和頭部構成一個篆書的「山」字形，舉止狂放淒厲。彷彿是遠古崖畫中野性的人物復活了。隊伍的後部有三位女性，長髮上簪著木棍和牛角，下體圍著獸皮，腹部隆起，乳房滾圓，大抵是生殖崇拜的餘風。

舞到高潮，舞蹈者吹著口哨，用鋒利的拇指指甲在雙眉之間劃開一條裂口，血頓時流到鼻口和下巴上，據段護向司馬遷介紹，這叫「開天門」，堪稱南國壯觀。其中是否儲存著神話傳說，與《山海經》的內容有無相通之處，跟百越人、楚人的古典作品有何不同，司馬遷向酋長們請教，誰也無法回答。

一個小小的間歇。

四隻大象登場獻舞，這龐然大物的鼻子上繫著絹帛，長條掛著紅彤彤的山茶花，鼻子左旋右旋，上舉下垂，四條笨重的腿像肉柱子一樣徐徐踏動，居然也有節奏，惹得看熱鬧的老漢們笑不住口。

兩位頭髮花白的大嬸，左手捧著牛角酒杯，面對晚霞，互相捶打著對方的鎖骨，臉上掛著笑，眼中淚花閃閃，向銜山的太陽酹酒，唱著讚美詩。於是演武場上萬人相和，拊掌頓腳，地動天搖。段護告知司馬遷：這是給太陽評功。兩位歌手使子長憶起下里巴人的掌故。其中一位稱得起聲震林木，響遏行雲；另一位的嗓音沙啞，但能送到很遠的地方，字字真切。可惜司馬遷聽不懂，只能從表情上去揣摩歌的內容。

祭火之始，先由三十六名壯士走成圓圈，不住地將手裡的火把擲上天，落下來總有人接住，火星飛濺在他們的身上，連眉頭也不敢皺。火把連成一條火龍繞場騰舞，將圓圈擴充套件大了，足夠演儺戲之用，他們就退場。火把堆在四角，每一撮九根。

小時候，司馬遷請教過孔安國老夫子：「《論語》裡說的『鄉人儺』是怎麼回事？」孩子還小，理解力有限，老先生只說是優人戴著面具的戲耍，不想這回在昆明看到了實況。

優伶六名，林中祖先戴白色假臉子，長鬍鬚盈丈圍在腹上三圈，還拖到地面。面具被油漆繪成猴面鼠牙的白髯老漢，黑長鬍子的壯士甲，背布娃娃的婦女，活潑的孩子，再加上兔臉豁嘴掛著藍色短髯的壯士乙。

舞蹈者手持棍棒，語帶喉音，吐字不清，是為了紀念語言還不健全的遙遠歲月。演孩童的全身裹著白絹，老漢、壯士、婦人皆裸體，古銅色肌膚，在火焰照射下發亮。

拜祭的場面很嚴肅，次序是天、地、山、河、祖宗、穀神。每段時間不長，旋轉、跪拜、摔、翻、撲、跳，動作在統一程式中有變動。經過段護的解說，司馬遷對舞的語彙逐漸會意。

祭火龍太子（司火之神）是舞蹈的主體，內容龐雜，用了大半個時辰。

老百姓做飯、睡覺、取暖、耕作、照明、馴獸、過節、迎娶、喪葬，無一不與火有關。

林中祖先燒草成灰，撒在廣場上為人們祈福，念的祝詞大意是希望火龍太子顯威靈，一粒穀夠做一餐飯，漫山泥土變成糧，種與不種、用與不用都常年堆滿倉。山間野兔化牛群，野鹿變馬群，螞蟻儘早變羊。等到下回祭火節，打牛血流遍山紅，宰豬遍地黑，宰羊遍地白。老人念一句，舞蹈者復誦一句，夾雜著幾聲吼叫，凌厲粗放。

大約是回顧遷徙的往事，舞蹈者背著虛擬的包袱農具，表演翻山越嶺，遊過大海的劇烈狂舞，找到一片森林，戴面具者下場休息。

林中祖先從懷中掏出一塊大白絹，象徵著六月飛雪，霜打風吹，莊稼毀滅。他仰天長號，椎胸抽泣，情緒逼真，司馬遷也為之動容。五位戴面具的舞蹈者登場，代表神和先人，帶來種子、糧食。老漢一招手，頭頂著經過特製的真牛頭，披著牛皮的舞蹈者加入，表現犁地，人與牛親密無間，飼料用人的口糧。「牛」的動作古拙滯鈍，獸味很足，由兩個人扮演，和後來的獅舞相類似。

祝詞中的祈求實現，人們歡慶豐收，祭祀酒神。原始的性愛，群婚殘餘的記憶，消化在大歡欣中。婦人給孩子餵奶，孩子與眾人打鬧玩耍，突出個體對團體的依戀。壯士甲挑逗婦人，從她背後做求愛交媾的動作，老漢覺察之後，打退壯士甲，自己與婦人做愛。這組曚昧人日常生活的史詩被淨化，有驅邪和求多福多壽多兒女的吉祥內容。一種似無稽而有稽的洪荒感，遙遠抽象的具體，邀請司馬遷做了一次上下萬年的遨遊，看到先民們的憂喜場景，有些惘然，卻很充實。

司馬遷覺得他在宮廷看到的歌舞過於精緻，缺少粗糙的美。西域的舞樂粗獷些，但喚起的思緒是橫向的——地理式的獵奇，還缺少縱深度。藝術比南國的表演高，太技巧化、習氣傷害了真切。

正在遐思，飾孩子的演員來勁了，這段獨舞是跳給酒神看的，營造成親人們的幻覺是他的每寸骨頭都能摺疊、跳蕩，那雙手不停地從胸臆掏出奉獻的渴求，撒向太空的星辰、地上的人眼。也可以說是喚起太空之眼土地之星對他的存在的關注。「他」十個指頭像在不停地「移動著」扎根的位置。

高超的藝術，多是看完後不知從何時演起，何時已終。她把你托起來，放入曚矓，像在傾聽一個陌生的老友敘述著浮生，你產生共鳴，有往事的體會作為驗證的量尺，但是說不清何處共鳴，量尺子在，儘管量尺就在你手上。你的心蠕動著淡淡的喜悅，蠕動的速度又受到審美對象的控制，心理反應折射到生理上，一股濃烈幽雋的內冷，搖撼每條神經，到最玄妙的境地是物我兩忘，表演者審美家主客體默契為一，彼此似不存在，又都以更高的形式與內容屹立著。

那孩子已經完成奇蹟，將白酒神那裡乞來的一觶（音志，酒器）酒捧上臺來，奉敬給靈境中的司馬遷。

他猝不及防，正覺得有點心慌，面具眼孔中兩隻熟悉的瞳仁在向他點化：鎮靜！是我白鳳在這裡為您一個人跳舞啊！怎麼不認識呢？親熱、哀怨、絕望從兩只小洞中擴散出來。他皺著眉峰，雙手接過，向她使了個眼色：「要注意場合與大體！」她立刻領悟地跳下臺去，消失在人群中。

他穩步向右，將觶舉到段護面前，略一欠身，再半躬下腰去。

酋長們都將視力集中到酒上。

段護眼角溼潤了，他雙手接過來，合攏雙目，仰面朝天默禱了幾句，向司馬遷還禮之後，將觶中美酒分別傾入酋長寨老們的杯中，剩下幾滴，酹向白雲藍天下的「漢」字旗。

首領們舉起杯，向司馬遷俯首答謝，一飲而盡，他們的臣民便在臺底下歡呼：「漢天子萬壽無疆！」

司馬遷手下四名長隨將覆蓋著石製祭臺的黃絹揭去，露出一排印盒，上鑲珠寶，這是皇帝為揚大漢天威而精工特製的金印，一般郡守將軍的印都是銅的。

地方首領們的眼睛發出光芒，只有段護黯然地垂下眼瞼。

儀式極其莊嚴。

段護雙手將玉璽高舉平額，司馬遷躬身下拜，接過玉璽，他舉起郡守印，段護三拜，司馬遷將綬帶系在郡守身上。別的首領也依樣拜接如儀。

這種誇張的戲劇化做法，是白鳳設想出來，用以加強段護的地位。司馬遷不是拘繩墨的迂士，欣然接受。

段護是有閱歷的貴族，昆明國在落日之前人為地平添一縷晚霞，不能解除他心中的失落。強顏歡笑時，酸楚就從笑紋中傾瀉出來。雖然他明白：郡守還是土皇帝。

七

司馬遷幾次去訪盲樂師、方正迂的下落杳如黃鶴。段護想請方大夫擔任醫師，派出十幾人分頭追覓，同樣一無所獲。

送別的宴會挺豐盛，熊掌、猴腦、娃娃魚、樓鼠、穿山甲、蛇肉……這些象徵地位的珍饈，連皇帝也不是天天享用。小小的郎中品嘗機會不多，只是三朋四友茶餘酒後談吃解饞的好題目。經過白鳳的關切，司馬遷的飲食受到良好照看，體力迅速康復，嗅到美食的異香舌底生津，入口其味無窮。

他接過郡守敬來的巨觥，躊躇滿志地說：「謹依賢郡守臺命，學生定將汶山官民愛戴漢天子若神明如實上奏，不負重託。前番久抱沉痾，幸得賢父女照拂，再造之恩難忘。回敬長者一杯，聊表寸心」！

段護乾杯後答道：「小女突然臥病，不能來送大人。抱歉之至！」

「小姐有何貴恙……」他為自己出語不當而臉紅。

「天有陰晴，人有禍福，正在請畢摩念經禳解。」

段護怫然息嘆。昨日傍晚，他呆立天鳳閣上凝視著驛館，不一刻白鳳去了，伏在窗上朝屋裡張望，始終沒有進去，就回到寢宮。早晨，宮女來稟報病情，要老父向司馬遷致意。

他半信半疑，走到她的臥房一看，白鳳真的躺在枕上發怔。他摸摸她的脈，跳得很微弱，不免奇怪：「受點風寒這麼虛……」

「請畢摩為兒跳神除災，可憐的父王！」

「婚姻是天意，不可強求，愁壞身子，於事無補！」

「兒知難而退，不做妄想了。」

「知命更好！」他就比較放心地吩咐宮女去延請巫師。

在山國，畢摩身兼巫師和教師兩職，代表著神和智慧，掌管醫卜巫祝星象，深受官民敬畏。昆明的某些舞蹈占卜儀式，多少儲存些好鬼的楚國遺風。

木鐸聲聲，清幽淒厲，畢摩帶領弟子和巫婆們來到宮苑。

司馬遷從窗中向外眺望，但見三堆庭燎正在吐出青煙，飄忽不定的火苗照得牆上人影幢幢。畢摩披散著白髮，手執銅劍，半閉著眼睛，低聲用楚音念道：「上告天庭，大小諸神，山川花樹，顯爾威靈。錯拿芳魂，敬焚衣裙，衣裙留下，速放其人！」

銅鼓敲齊了巫師們的腳步，他們在火苗上跳來跳去，念的禱辭含混不清，彷彿大地被鼓聲催眠後吐出的囈語……

白鳳的衣裙被投到火上，噪音、樂音，編織著、融會著，由弱而極強，達到凌亂如沸的時刻，畢摩吹起口哨，一頓腳，所有的聲音都沉下去，鑽入地下，似無而有，不絕如縷，直到細得難以聽清。童男童女各八人，男孩裸著上身，刺著青色紋飾：龍、虎、獅、象、牛、犀、龜、朱雀，圖案飛動。

畢摩用龜板草草算了一卦。拜謝過蒼天，接著開始跳《招魂》。他念一句，巫師們重複一次，女童們高叫「魂兮歸來」！童男們答應：「來——著——！」祝詞的前二段是：

魂兮歸來！
東方不可久留的！
長人身高八千尺，到處搜拿遊魂吃！
十個太陽一齊出，金石煉為黃白液。
長人久居不在乎，魂不歸兮化流汁！
魂兮歸來！
江南不可久留的！
妖狐千里來瞬息，蠻民牙齒塗黑漆。
祭神愛用生人肉，骨頭磨粉晒醬吃。
九頭毒蛇忽飛出，吞魂入腹化毒汁……

司馬遷和太守珍重道別，吩咐隨行者取道大梁直奔泰山，他要獨自一個人，再到汨羅江畔去打探屈大夫故事。出了汶山郡境，便分頭而行。

這晚，段護守著淚人般的白鳳，坐到三更天才回寢宮。

八

武帝和他手下的十八萬人一開拔，幾日來亂哄哄的洛陽又變得和從前同樣的冷冷清清。

司馬談躺在驛館的上房中，已經三個晝夜。

還在二十天之前，皇帝將老太史公召到神明臺上，侍立的只有太監李福。

「朕曾召集儒臣商討封禪大典，人言人殊，莫衷一是。卿有何新見解？」

「封禪乃聖主祭祀天地大禮，古今舉行此盛典的賢君見於史冊者不過七十二位。秦始皇帝統一六國，封禪泰山，不想中途遇雨，草草而行，當引以為訓。今舉國上下盼此大典三十餘載，臣意應比祀后土祠及建泰乙壇更隆重。」說到這兩件大事，司馬談特別得意。

祀后土的儀式由司馬談與祠官兒寬擬定，即在水窪之地堆起五個大圓丘，稱之為「壇」，每壇用象徵泥土顏色的黃牛做犧牲，祭畢將牛埋掉，參加儀式的官員皆穿褐黃色袍子，應著古樂的節拍舉行禮拜，很有古趣。皇帝欣然服從史官的設計。

祭太乙只許皇帝一人著黃袍，官員們穿紫衣，上面繡著若干花草。時在冬至黎明前，滿壇燈火，忙了半天才燒祭品。祭品很複雜：外殼是白牛，中層包裹著鹿，鹿的腹腔裡放豬。司馬談手捧直徑六寸的大圓璧，獻給最尊貴的神太乙。據說夜裡曾經射出過一道白光，白天現出頂天貫地一股黃氣。皇帝又興奮，又虔敬地沐手、酹酒，焚祭神表文，禱告一番之後，編磬、編鐘、建鼓、琴、瑟，發出木質嗚嗚聲的塤、篪齊奏雅樂，皇帝向上天獻「粢盛」（一只劃分為五區放著五穀的銅盤子）；再由方士點燭，武士們走成方形陣勢，象徵方方正正的天，然後持羽毛和手鼓的男女舞俑開始獻演百戲。要忙一個時辰才能成禮。

「封」的儀式要在泰山玉皇頂上聚土為壇，壇比祀五帝的祭壇大得多。

「禪」可以簡化，只要在較小的土山上掃出一片淨地就能舉行。

司馬談津津有味地說起他上岱頂築壇的經過，各種祭品的準備，儀式的演習，忽然覺得頭暈眼黑，一個趔趄栽倒在地。

「卿家病了嗎？」皇帝叫李福將太史令攙起。

「臣不過偶染風寒，三兩日後即能康復。陛下不必介意，絕不致貽誤封禪盛舉……臣為史官，記下大典，責無旁貸。」

「卿以靜養為宜，東行之事——」皇帝遲疑了兩息光景（一呼一吸謂之「一息」）。

「臣護駕而行……」

司馬談退朝服了幾帖藥，雖未見痊癒，也沒有惡化。因他一再堅持，經皇帝許可，讓他乘車隨駕東行。

不想來到洛陽之後，倍覺胸廓悶脹，腹部發硬，不思進食，加上冷熱間作，迅速變得咻咻氣喘，眼眶下陷，視力模糊。

昏迷了一整天，迨至日落黃昏，才有些知覺。他似乎見到司馬遷推門走近榻前。

「子長兒，你到底趕回來了！我聽到你捷報頻傳，真高興……」

「伯父，小侄任安在此侍奉湯藥！」

「啊，少卿？」司馬談掙扎著要坐起。

「伯父好好歇息！」任安按住老人的雙手。

「少卿賢侄，你怎麼不隨陛下去封禪？」

「小侄向陛下告假，侍候伯父。但求伯父早日康復，那大典去與不去，無所縈懷。」

「賢侄此言差矣，大典千載一時，怎能視為等閒……老夫一手擘畫，但已難參與其事，恨恨不已。為一垂危老朽錯過良機，豈不令老夫有愧？」

任安淡然一笑。

「少卿賢侄，老夫全身乏力，只怕大限已至。子長遠行未歸，連最後一面也甚渺茫！」司馬談潸然落淚。

「老伯不必多慮，小侄情願日夜兼程奔赴汶山郡，將子長兄弟催回來，到那時伯父貴體健如往昔，還能父子並轡去追萬歲……」

「少卿，老夫無以為謝……」

「伯父太見外了！」

「子長兒年輕氣盛，怕他惹禍。吾家世代為史官，漢興百餘載，天下無信史，先人之業，不能斷於吾手。只有病榻忍死，待遷兒趕來，有重命相托！」

「如此，小侄立即告辭！」

「天色已晚，明日起程不遲。」

「一夜之間又是二百餘里，伯父寬心。」任安性急，不肯停留片刻。

司馬談睜著無神的老眼，殷切地諦視著兒子的摯友。

九

山地造屋靠石頭，不光用於砌牆，瓦也用一扁指厚的薄石片，交叉疊放，白裡泛褐，倒也悅目。院子裡挺陰冷，兩面客房都黑黢黢的沒有掌燈。

窗洞過小，屋裡有些潮溼。

店家拴好馬轡繩，添足了草料，殷勤地將司馬遷引進上房。小几上已經擺著牛肉豬舌、一壺酒。

「店主東，馬要加些料，天濛濛亮還得趕路，這是酒錢和店錢，剩點不用找回。」

「客官老爺，您的房費伙餐，對面那位小將軍全付了，他也剛到頓把飯光景。」

「是誰呢？」他稍許遲疑又添上一串錢說，「等我離店，將錢還他，有煩店主東轉告他的吃住都由我付清了。」

「那……」店家在猶豫。

「收下為是。」

店家退出，他開啟包袱，取出記載西南夷地方風情的札記稿，邊看邊吃邊飲，風捲殘雲一般。旅途睏乏，使他很快地睡著了。

也不知過了多久，他的臉上感到溼漉漉鹹絲絲的，用舌一舔，略帶苦澀，睜眼一看，白鳳穿著男裝站在床邊流淚。

「子長兄，我裝病插上門從視窗踏著樹枝跳下地，跑出來追趕你。我捨不得你走，也捨不得爹爹。我情願跟你到長安當丫頭女僕，只要每天見到你，等上官姐姐不在了——我不是詛咒她早死，我願她活到一百歲，您活到一百五十歲，我守到頭髮全白，再跟你過上幾十年，千萬別扔下我，更莫攆我回去……不成我送你上懸崖，你把我推下去……沒有你，活著沒滋味！

我不怕千萬人笑話，只要你一個人不笑話就成。我們一道跳下去也好，化作兩片雲一對鳥飛出來……」

他用左手將她一推，右手又抓住她的腕子：「白鳳小姐，賢妹，不能死！你我都有白髮老父，忍心讓他們肝碎腸斷？那不是逼二老早些昇天嗎？多謝你一片柔情，我也喜歡你，但不能委屈你，更不能帶你回長安……」

「子長兄，你還沒有男兒啊！小妹寧肯做你的小夫人，另找個地方住著，給你生下幾個兒子，傳你的學識……」

「小姐說到哪裡去了？」司馬遷的咽喉發乾，眼角發脹，流下難以抑制的淚花。

「我知道你不喜歡我的孩子！」

「不，小鳳，你就是我的大孩子！」

「求求兄長！」她跪在地上，抱著他的雙腿。

「我不能對不住你和清妹，也不能愧對自己……我不是聖者，難保不做後悔大半輩子的傻事……我也難哪……」他的肩頭急遽地起伏，臉色泛出暗紅。

「我相信好兄長，你不，不會……可我也想……不怕……」她的眼睛又大又亮。

「我怕自己……」他覺得段護的表情蕩漾在她的眉宇，自己的雙頰扎上一把繡花針。

「你是好哥哥……這樣好的人，再也碰不著……我不好，想過你夫人死掉……」

「我不像你想的那麼好，也不想做什麼兄長，也想過做兄長的妹婿，是凡骨俗胎！」

「能自制的人，小妹到死都感激你，又恨死你……」

「恨吧，那樣我反而輕快得多！」

「恨不起來。你越不亂來，我越喜歡你！」

「不，還是走吧，我的心要亂了……」

「別那麼大聲！」其實她的語音比他高得多。司馬遷將她的嘴一捂，她帶著淚嬌笑了。「我不慣小聲說話，都怪你壞！壞！壞！」她的頭頻頻撞在他身上。

他的舌頭發乾，全身火燒火燎地不好受。抬頭一看，窗外樹梢上的雙星，很似老父嚴厲的眸子，俯下看她的眼球中，躍動著上官清的哀愁。他的胸口頓時豁然開朗，便鬆開她的雙臂，兀坐在席上。

她攏攏頭髮，把頭盔重新戴端正。

他將房門開啟。

她默然地倚門而立，每回用肩膀搖晃幾下，門就關上一部分，等到全都關上，她才後退幾步，跪在席上。司馬遷伸手又將門拉開。

心中的門與房門恰恰相反。一扇開啟，另一扇必然封閉。交替出現，在精神上拉著無形的鋸。時間就像鋸末一樣流失。

白鳳朝山下望去，看到了狹路上飄動的火把。

「子長兄，我們從後門上樹林裡去，爹爹追來了。」

「本來應該坦然，一躲反而有鬼。」

「你千萬別傷害老人家。」

司馬遷頻頻搖頭。

「子長，還是勸爹讓我們走。」

「不，你應該跟老人家回宮。」

有人在打門，一聲比一聲重。

「吹滅燈睡下，再打門也別開。」她反帶上門回自己屋去了。

少頃，傳來店主開門聲，接著他又熟練地說著招徠旅客的套話。

「有位十七八的女孩兒家來投宿嗎？」

「小店今晚只有男客，沒人帶家眷。」

「哦！這雪花驄是我女兒所騎，日夜兼程可行五百餘里，怎麼落在男客手中？」

店主朝白鳳的屋一努嘴。

「壯士請起，老夫有事請教！」

「爹爹——父王！」白鳳將段護扶入客房。

「鳳兒，你……怎麼不辭而別？」

「爹先喝酒、吃塊肉。」女兒想緩解衝突。

「兒為追趕司馬遷，還是二人定計私逃？」

「與他無關。」

「早知如此，還不若讓你殺了他乾淨……」

「爹爹惹不起大漢天子！」

「你受騙了！姓司馬的都風流，當年司馬相如和卓文君私奔，今日又有類似之事，張揚出去，貽笑天下，你父面目何存？」

「爹，您想……」

「先殺他再自刎，讓兒遠走高飛……」

「連你的鳳兒也一道殺了乾淨。」

「一派胡言，痰迷心竅！」

「父王不該錯怪無辜，要怪——只怪母后！」

「連你去世的母后也有差錯？」

「當然有，她為什麼要在沒有司馬子長的昆明生下兒來？兒見到了他，睜開的瞎眼再也合不上，這是眼睛的過失？」她躬身跪倒，將淚水擦在父親的前襟上。

聽到這段撕心裂肺的對語，司馬遷停止了狼奔豕突，他定神尋思一會，破門而出，穿過大院，衝進白鳳的客房，向段護跪下右腿，長話短說：「段大叔，小侄情願死於大叔劍下，也不能讓賢父女進退維谷！」

郡守惡狠狠地盯著使者，猛然拔劍擲於地上：「老夫恨你入骨，玉璽奪去，女兒的心又騙去，你自己死吧！」

「爹爹但知難捨女兒，可曾想過子長上有捨不得兒子的老父，下有捨不得爹爹的幼女？一人伏劍，全家存亡難卜。又別無兄弟姐妹，客死滇中，遊魂歸不得長安。你於心何忍？」

「……」段護垂下頭去。

「段大叔……」

白鳳只怕子長有意外之舉，抓起劍朝樓板上一擲，劍扎入寸許，三個人都搆不著。她一個箭步跳到司馬遷面前，二目像金魚一樣鼓起，左手戟指著他，右手揚到空中顫抖幾下，重重地朝他臉上扇了一耳光，哽咽良久，才忍痛喝道：「呸！你身板似榕樹，性情像爛藤，我要是你，抱起女孩上馬加鞭，哪怕千軍萬馬也要殺出一條血路！你這個沒有骨頭的懦夫，滿腹經綸，尚未施展，怎麼想得出來：為一個蠻女子請罪求死，哈哈！你敢死？偏不許你死，絕不向你親人欠上一分還不清的良心債！你不做錚錚鐵漢，俺白鳳要做獨一無二的奇女子！我喜歡你，這是真的，但我不能教你活得不安泰，活得累，活得鬱鬱寡歡！寧肯死上八遍，也不願你為難半個時辰！令尊大人望子成龍，想你將來做個出色的史官，你回去有滋有味地活著，好好寫文字，為先人，為長者，為子孫後世，也為知道你有大才決然不再跟你糾纏的白鳳。俺到昆明，侍奉爹爹，有空還會想著你，夢裡為你笑，醒來為你哭。夜為你變長，日月為你混濁，都不用你再分心了。爹爹，兒還想殺他，殺他的婆子。可惜我沒有那麼壞，得不到的美玉就摔碎，損人不利己，卻又何苦來？心勸口，嘴勸心，千頭萬緒一口吞，早晚心會爛掉，人會死掉，化為鬼魂也還守著子長，保佑他無難無災……」

重大的抉擇，「己所不欲，勿施於人」的古訓，使白鳳一洗嬌驕兩氣，目光變得慷慨明澈，身心湧出凡人的明焰，不但使司馬遷驚詫莫名，連段護也看愣了。

段護想起來了：亡妻在十七年前，摟著她疼痛了三天兩宿才生下的愛女，眼中放出為創造生命驕傲的母性之光。彌留之前，她把全身殘存的生命之火從淚眼中迸射出來，為他和女兒祝福。慚愧的是他沒有美質傳給小鳳，文治武功兩茫茫，倒是愛妻並沒有完全死去，有許多優異的內涵，再現在鳳兒身上，又豈止是巧笑倩兮，美目盼兮！

司馬遷心靈一角也埋藏過同樣美麗的眼，那不是他的清妹，而是和武帝坐在一輛輦上的李夫人。他倆到茂陵去看白鶴館的時候，郎中司馬遷、李陵、田仁、霍光、邴吉等等同輩人都曾經護駕。那雙華貴的妙目，雖然蒙上了狡慧的雲翳，但不能掩蓋那成熟尊嚴的麗質。曾經不下數十次在司馬遷的記憶中閃爍，越憎惡越難排除。今天白鳳又在他心尖鑽開一個小孔，裡面寬敞明亮，有一只良知鑄成的金盤，接住她吐出的一串串驪珠。盤子受到思維的震盪而不停地旋轉，珠光織成樂生與創造的雲錦。世事的煙塵，可以短暫地蓋住珠子，只要他恢復沉靜，盤子又會轉動。

上官清扭曲的苦笑浮現在他的思維空間，奇怪的是他沒有羞愧，而是坦率地為自己申辯：「一生只對一個女人動過情的男人，一輩子僅僅對一位男子動過心的女人，都不存在。誰的靈府祕穴，不珍藏著一些被幻想美化的形象。假如沒有，還要憑空去造呢，又有何傷？未曾涉足懸崖和跌落崖下罪惡深淵的人，不都值得羨慕。左腳抬起，製造人性弱點的悔恨，右腳仍然挺立崖上堅如金柱，不斷冶煉出神性的欣慰，才是戰勝自我的強者。」

段護撫著女兒的秀髮泣不成聲地絮叨著：「小鳳，爹的命芽！我也有過年輕的時候，今日你所嘗到的，都親口咀嚼過。長輩總為孩子好，只要你自在，就別管爹這把老骨頭，反正也快熬到油盡燈滅的一天，有沒有孩子都差不多，你想怎麼辦，用不著瞻前顧後，畏首畏尾。爹悄悄一個人出來，沒帶一兵一卒，是怕家裡事讓下邊人知道。也未曾打算讓你跟我回宮，雖說我很想你在我身旁打打岔，免得國事家事盡不順心。但誰又見過事事如意的人？除非是呆瓜！子長，你心地忠厚，可惜太耿、太好奇，愛炫才。聖主忌才，只怕難有善終……好自為之……」老人不停地唏噓。

「父王昔日也是金口玉言，怎麼不講點吉利話，什麼善終……」

「段大叔，皇帝累次下詔書求賢，得到賢人，才可治國，政績都是陛下的，未必忌才。」

「你太年輕！若說求賢，老夫當年身為國君，這類老調空彈過數十次之多，心中最大賢者只有一個，便是自己！你連皇帝的權術和沽名釣譽都信以為真，這太危險！哎！你沒有受過刑戮之災，一朝明瞭此理，就追悔莫及。」

「爹爹想得太多，誰動子長一根汗毛，俺白鳳只要得到訊息就起兵殺到長安！君子愛人以德，白鳳照古訓去做，絕不拖累志士！回去之後只求爹爹允許一件事。」

「何事？」老人的口氣緩解了。

「終身不嫁，侍奉父王！父王百年之後，兒要去長安會會子長兄，再到父王墳前一死了夙願！」

「不，鳳兒，你去！」

「人好留，心難留，子長兄，請上馬！」

「段大叔，賢妹全靠大叔開導，萬語千言，無從說起。賢父女保重！」他正冠整衣，肅穆地下拜。

她平地一躍，從樓板上拔下長劍，納入鞘中，親手掛在子長腰間。

「爹爹要為兒延請名師，教兒練成一身武藝，他日也好報效子長兄。」淚乾之後，她出語故作平板，也無法遮掩離愁。

「哈哈哈哈！漫說鳳兒一見鍾情，老夫也喜歡你，子長兒，你們才是一對天人！」

「大叔！」

「爹爹！」

燈火一跳，歸於寂滅。月光從窗洞裡鑽進來，將三個人影投到牆上，漆黑如鐵。

院子裡，馬吃得正香。

十

司馬遷辭別白鳳公主，來到了湘中。約西元前二百八十七年，汨羅江因為屈原抱石自沉其中而聞名天下，其實遠遠沒有黃河出龍門的宏偉氣勢。他坐在酒樓臨窗的一角，手把屈原所作的〈涉江〉，痛飲三杯之後，輕聲念道：「哀吾生之無樂兮，幽獨處乎山中。吾不能變心而從俗兮，固將愁苦而終窮！」一股悲憤之情湧上心頭，彷彿看到披髮若狂的三閭大夫穿過江灘平腰深的蒲草，披著岸柳拂面來的碧絲，行吟於江畔，驚飛水草間的一行鷗鷺……

江邊萬頭搖晃，人們都在朝前排猛擠。說的都是方言，不能盡解其意。從表情上可以看到一百多年來屈大夫的遺澤猶存，這些未必讀過《楚辭》的老百姓，吵吵嚷嚷地看龍舟競渡，娛神自娛。

酒樓窗外是新搭的看臺，縱橫交錯的嘈雜聲加倍刺耳。司馬遷憑欄望去，船長數丈，狹窄如刀，切開浪花，向酒樓划過來。每條船舷坐著二十位小夥子，頭戴面具，披著紅黃藍綠各種顏色的假髮，赤裸的上身刺著龍紋雲片，圍著大紅的短裙，一條腿弓起放在夾板上，另一條腿拖在水中。船頭上的十人雙手舉棹，凝視前方，並沒有參加划船，為什麼要拉個架勢不肯劈浪猛進呢？司馬遷有些惶惑。

靠近岸邊的一條小船特別惹他注目，從模樣說，船前翹起的木龍頭與另外的一條刻得完全一樣，突出的腦門，轉動的眼珠，威嚴的金角，拖入江水的藍鬍，向唇外伸出的白牙，古拙有趣，船身所畫的鱗片很粗糙。不同的是船尾伸出兩根竹竿，吊著一隻小鞦韆，上面有個不足十歲的男孩，不停地做著拿頂、翻身、倒立，用腿彎倒掛在小木板上徘徊。當看客們喝彩之後，他先是將右腿伸直，僅用一個腿彎吊起全身。看客們再一助興，孩子竟然用腳趾鉤住橫板，司馬遷的心往上一拎！被男孩的鎮定觸動。

棚子底下高等看客們碰杯的狂態，使司馬遷反感。屈大夫為之掩涕的多難生民，仰不足以事父母，俯不足以蓄妻兒，才將幼童賣作玩物。

此刻，指揮船夫們的老鼓手脫去上衣，從胸口滾下一隻粽子，他拾起來遞給男孩，孩子接過來之後，抽出自己的左腿，鉤住橫在木板上的右腳，頭朝江水，撕開粽子大口地吃著：看來孩子是餓壞了。鼓手舉起鼓槌，挺挺瘦骨嶙峋的胸膛，敲起一組鼓點子，船夫們「啊嗬——啊嗬——」地長嘯，有的看客吹起了口哨，船前半截的十把棹子參戰，二十名舟子頓時呼吸相通，動作整齊，變成一體的新生命，忘記了個人的存在。江面忽然變成楚天上倒下來的瀑布，兩條飛龍從天上滑下來，疾如怒風，只有後艄三分之一還貼在水上，棹子已是船的翅膀。

司馬遷瞪著雙目，呼吸同樣受到鼓聲的指揮，舟子們磁力的遙控，和船的脈搏達到高度統一，好像自己也坐在船上，成為一名船工，甚至是一把有神經有意識的木槳，輕捷地挖出一串漩渦，彙集到龍尾，凝成一條白焰。他不知道屈原先生可曾見過如此奇觀？

他發下誓願，要拜訪江干漁父，澤畔隱者，探問屈子的史績，為之立傳！

蔭棚下爆出一堆笑聲，打斷司馬遷的沉思。

裡邊的一條龍船獲勝，兩條船暫時停靠在酒樓下，船夫們喘著粗氣，啃著粽子，喝著大江裡的渾水。

鬚眉皓然的老鄉紳頭戴切雲冠，身穿紫銅色繡花長袍，足蹬絲履，也許是做過地方官吏致仕還鄉，才被一群士紳簇擁著。他倨傲地捧起酒杯，環顧一下酒友們，用矜持的聲調說：「江左龍舟得勝，船艄押彩的童兒技藝不差，老朽向里正買得此兒，到江上去追鴨子，追上大家盡興多乾幾杯，老朽白送些錢，不用他贖身。追不上則生死由命，各不相關。列公意下如何？」

鄉紳們附和著老頭，此起彼落地叫好，敬酒，大笑，表情麻木。

家丁送來一隻活蹦亂跳的鴨子，老頭拔下金簪，用絲線拴在鴨腿上，頗為得意地說：「能使諸公一樂，老朽在所不惜！」

一會，鴨子被送到船上，船飄向中流，家丁才將鴨子扔下波濤，等到游出五丈，男孩從鞦韆上一個跟頭翻入江中，連氣泡也沒有冒出一串，就消失了。

司馬遷推杯擲卷而起，他的心隨著孩子沉入水晶宮。這些敲骨吸髓的地頭蛇，個個似乎溫良恭儉讓，卻沒有一絲同情心，玩弄生命被視為天經地義。怒火從司馬遷的胸膛升到頭頂，面龐被漲得發紫，正要發作，男孩在十幾丈開冒出頭來，伸著細細的手臂，忙著抓鴨子，鴨子在水上特別溜，嘎嘎叫了一陣，又脫身游到了遠方。孩子吃力地撲過去。

樓下，看熱鬧的閒人們鴉寂無聲，為孩子捏著一把汗。相比起來，高談闊論的鄉紳們使司馬遷厭惡，只好伏在矮几上，用食指塞住耳鼓，兩眼緊閉。

龍船追著孩子，人們的視線追逐著這殘酷的鬧劇。

江岸上發出歡聲，孤憤的司馬遷睜開兩眼，男孩已然捉住了鴨子，老舵工將竹竿遞到他身邊，他用右手抓住，借舵手一拉之力，躍到船上。

老鄉紳臉上現出掃興的成分：「乳臭小兒，頃刻之間，舉手之勞，便得金簪，實在太便宜了他。依老朽之見，叫他接著追魚取珠，列公以為如何？」

又是一大串捧場與狂飲亂叫的聲音：

「他若能把魚嘴裡的珍珠追回來，我願輸五千錢與老先生！」

「我也來六千，捨命陪君子！」

「不，若有去無還，我賠上八千！」老鄉紳的死魚眼賊亮。

「好哇！在下押五十兩，童兒活著回來孝敬老丈；死了呢？」

「賠一百金！」老鄉紳哈哈大笑。

家丁用託盆捧上一條四斤來重的鯉魚，老鄉官摘下佩帶上的珍珠，填入魚口，用食指朝魚腹中一搗，魚尾急促地划動，啪啪作響。閒人們圍上來，唯恐有什麼細節沒看清楚。

這些蠢類飽食終日，在不同地位，披著美德的大氅，製造著相同的罪惡。本是獨夫忙於聲色狗馬而戕害自己同胞，偏偏狂叫「救民於倒懸」；本來「己所不欲，勿施於人」，偏偏大喊「仁者愛人」。於是殘酷受到恭維，狡黠被尊為智慧，縱然將眼下幾個鼠輩殺光，幾十個幾百個又從租佃制度中冒出來，於蒼生何益。一邊看透枝節的干預是杯水車薪，一邊還要憑著血性挺身而出。

騰舞的魚被家丁捧起，正要下樓，忍無可忍的司馬遷推几而起，衝到樓門口，將家丁攔住。

「老先生，晚生願以黃金百兩請大駕去追魚，不知能否賞光？」

闃然，寂然，一片愕然。

老鄉紳先是張著大嘴，不知所云，司馬遷的行為迅雷不及掩耳，迫使他將這北國口音的書生從頭看到腳，再自腳打量到頭，三上三下地掂過斤兩，輕咳一聲，鼻溝掣動幾下，清清嗓子，提高威嚴，外強中乾地斥道：「何方來的惡少年膽敢口出狂言？」

「說！說！」鄉紳們附和著。

「不說就是怕，怕得了嗎？還是說！」幾名隨從狐假虎威。

「若百金嫌少，晚生再添百兩如何？」司馬遷笑容可掬，從容地回座取過一只黃色包袱，咣噹一聲擲到老鄉紳的腳下。

驚駭的目光集中到司馬遷倔傲的臉上。

「此人是江洋大盜吧？」角落裡一位捋著鼠鬚的瘦老頭在自語。

「不像，我看是少年氣盛的鉅商大賈！」

「噓，少議論！」

老鄉紳一努嘴，家丁們將包袱提到食案上開啟，眾鄉紳伸頸細看，橙黃透亮，真是赤金餅。

「哈哈哈！老朽家一月之前失竊二百金，到處打探，下落未明。你今自投網羅，真乃天網恢恢，疏而不漏！來人，將這廝送到縣令衙門治罪！」

「是！」奴才們答得脆響，卻一個不敢上前。

「老鄉官到過昆明國嗎？」司馬遷恭謹地長揖。

「昆明國？遠在天邊，連刑徒也不去那蠻荒之地，與老朽何涉？」

「此錠乃汶山郡守獻與皇帝禮金，下有『昆明國鑄造』字樣，老鄉官家何來此物？」

「這……」老鄉紳的嘴一打咯噔，會看火色的紳士便開始溜下樓去。

「大漢使臣司馬遷在此，快傳縣令來見！」

「大人自稱欽差，有何為憑？」老鄉紳保守著鎮靜，額上開始沁出汗珠。

司馬遷不慌不忙地摸出銅印託在手上。

老鄉官一看哈哈大笑，十分自然地說：「果然是長安貴客，老夫見大人磊落軒昂，必是廊廟大器，一時好奇，故意說些戲言，看來吾目不老，大人非凡，大富大貴大壽！哈哈哈哈！酒保添菜，先將這鯉魚烹飪獻客，列公作陪，老朽理所當然要做東家，請！請！」熟練透明的世故表演，顯示頑強維護既得利益的喪廉無恥，空氣變得活躍，好像什麼事也不曾發生一樣。

於是能瞞善騙彬彬有禮的紳士們為司馬遷安座，包袱也被重新捆好，放在座旁。

司馬遷暗暗佩服鄉紳們變臉術的精良。他向酒家索來筆硯和一方帛，縱筆寫道：

上天有好生之德，天子有愛民之仁。人有貴賤貧富，皆我大漢臣民。茲諭縣令：凡有以人命為戲者立斬不貸！

蓋過印信，司馬遷拱手施禮，侃侃而談：「孔子有教誨：『己欲立，而立人；己欲達，而達人。』孟子謂『民為貴，社稷次之，君為輕』。列公一方耆宿，當能察先哲之意。墨子兼愛，願『飢者得食，寒者得衣，勞者得息』。聖德不忘蒼生。晚生骨鯁在喉，一吐為快。請將此書交與縣令，列公盛情，子長心領，多謝了！」

老鄉紳欣欣然接過帛書，板起面孔教訓起自己的鄉親們：「大人有惻隱之心，這種沛然塞乎滄溟的大氣，只有老朽才略知一二，難為列公言明。縣知事乃是舍侄，大人鈞旨，一定照辦！列公要多多體恤民生，不負大人推己及人之惠也。」

紳士們裝出一副洗耳恭聽的虔誠模樣，把老鄉紳和司馬遷的面子都給得十足。

「老朽舍下離此一箭之地，雖然簡陋，卻也清靜，大人光臨，蓬蓽生輝。

舍侄也正好來問安請教！」

「萬歲在泰山封禪，晚生還要參與盛典，不敢久留。列公能以蒼生為念，不勝感激！」

「那是當然。老朽黃土齊眉，不久於人世。大人不遠數千里而來，未盡地主之誼。還是請留數日。」

司馬遷抓過酒壺，給自己斟滿一盅，舉過鼻尖說：「多承列公高誼，敬酒一杯，請！」飲畢照過空杯，「有擾清興，告罪告罪！」

「大人請便！」鄉紳們都乾杯。

一場較量在應酬中結束。

司馬遷走到店外，兩肩一輕。但見臨江的人家，門口都掛著幾支菖蒲，是秉承了用蒲劍驅邪的古風。靠近龍舟的岸邊，還圍著一大群閒人，他引頸朝當中張望，只見一位白髮蒼蒼的老盲婦在乞食，碗裡是空的，沒有人願意走開，似乎決心要看到天黑。

他想像中的父老，不會露出這樣劃一的表情去玩賞盲老太太的苦痛。莫名其妙的圍觀中包含著不自覺的殘忍。這些人若有了地位財富，與鄉紳們同樣會以人命為兒戲。他悄悄地掏出一把銅錢扔在老太太手邊的銅碗中，不等那些驚奇的圍觀者看清他是誰，就如釋重負般地溜開。

由老太太想到船後艄做百戲娛人的童兒，他大步流星地走到龍船上。龍頭龍尾都已卸去，被划船的年輕人抬走，船上很寂靜。

「老漁父！」他一直走入後艙。

老舵工站起來相迎：「大人和吾鄉列公爭辯時，老漢立在臺下，親耳所聞，佩服之至！來到小船上無以為禮，請坐！」

「老漁父不必謬獎！世無漁人釣者，人人都要和孟嘗君家門客馮驩一樣高唱：『長鋏歸來乎？食無魚！』哈哈哈哈！無怪乎三閭大夫也要來找你們，否則他在流放中太孤寂了！」

「屈原大夫與先高祖有交往。〈漁父〉一篇所記不是虛設。先高祖每逢佳節，必約請鄉閭能歌善舞長者與少年同演《九歌》，老人家不唱〈湘君〉，便唱〈河伯〉，從而和者數百人。據先人傳聞，《九歌》乃大舜爺生前就有的《九韶》，古老歌詞淺陋而蕪雜，多虧屈子分段寫出清雅的定本，傳至今日，不脛而走。大夫雖憂國傷時，每見百姓忘情狂歌，必欣然和大家同樂。大夫沉江而後，鄉民怕魚鱉蝦蟹毀傷遺體，沿途將粽子投水餵魚，已成風習，頻年不衰。自大夫去世，先高祖已無知音，便不復歌舞。」

「老漁父正是晚生要尋的鄉賢。請再說詳細些，凡大夫逸事，晚生都打算錄成文字，為異日修史依據。」

兩人談得投機，按照司馬遷的請求，老舵工不再稱他為「大人」，僅稱「先生」。

約莫過了烙熟十來張餅的工夫，曾在龍舟尾艄獻技的男孩子賣完魚回到了後艙。

「快快拜見救命恩公，否則九死一生！」

孩子含淚叩頭。從記事以來，僅有今天拜見的大人，能為他講公道話，他懂得這件事的分量。

司馬遷拉起孩子，挽著他瘦長的頸項，抬起他的下巴，但見眉晰目朗，臉形微扁，顴骨聳出，一臉菜色，嘴唇發烏，鎖骨隆起，身材細長，胸肋骨清楚地現出，不覺動情。

孩子低著頭，斜抬起不安的目光望著舵工，羞怯，忸怩，很不習慣。當司馬遷摸著他的頭頂時，他輕輕掙脫，在一旁垂手而立。

漁人敘述：男孩郭穰，十歲，前年父親被徵入伍，隨著貳師將軍李廣利西征大宛，飢寒交迫，身受重傷之後埋骨西域。母親抗禦不了災年，一病而逝。家裡原有二畝圩田，為里正侵占，郭穰便被寄養在船上，與孤苦伶仃的漁父形影不離，情同祖孫。自去冬以來，天乾河淺，魚不上網。里正但知趕墟赴會，順吃流喝，對郭穰不聞不問。今天竟然將孩子賣了兩千銅錢，給大人先生們開心取樂。說到傷心之處，老人陣陣哽咽。孩子低眉閉目，上齒緊緊咬著下唇，不讓淚水湧出眼眶。

司馬遷站起身來，再次撫弄孩子的雙手。他還想掙脫，老漁人不快的眼光射到他的身上，只好木樁一樣立著不動。

「先生，此兒很聰明，已識字數百，都是老漢所教。想再教些，無奈力不從心。先生把他帶回長安，就當個童兒使喚。等到長大再給他娶房媳婦，也免得斷了他郭門的香煙。如此一來，老漢無後顧之憂。他泉下雙親有靈，也會感激恩公大德！」

「晚生將他帶回帝都去讀書，日後有個前程，但願不負漁父重託！」

「就以江上清風渡頭斜陽為拜師之禮，老漢替他早故的雙親一拜！」

「折煞晚生！穰兒不必多禮！」司馬遷拉起老人與孩子，慌忙答禮。然後取出一萬錢贈給了漁父。

「先生，金子買不到理得心安。能免凍餒，於願足矣，何用解囊？」

司馬遷執意要老人買些糧食度過歉年。漁人見他懇切，就不再推託。

「我帶孩子去拜辭祖宗墳塋，明日五鼓，將他送到南北官道口守候先生，一言為定！」

※　※　※

離家越近，鄉心越切。父親、妻、書兒、白鳳……許多人的面影交疊出現在腦海，反而難以安枕。便披上袍子，就著油燈，低聲念起了《楚辭》，一段一段，一遍一遍，念到深入詩境的時刻，聲音情不自禁地放大了：

唯佳人之獨懷兮，折芳椒以自處。曾噓唏之嗟嗟兮，獨隱伏而思慮。泣涕交而淒淒兮，思不眠以到曙。終長夜之漫漫兮，掩此哀而不去。從容以周流兮，聊逍遙而自恃。傷太息之愍憐兮，氣於悒而不可止。

他拭去淚痕，無法驅逐盤踞在心頭的幽憤。三閭大夫的命運是古今直臣的縮影。他還有上馬戰勝匈奴下馬草史書的夢想，絕不願以空文垂於後世！

為了尋找一點屈大夫嘗過的歡欣，在他的想像裡，漁父變得年輕了，像他的先人那樣扮演著河伯。郭穰轉眼之間長高了，扮演雲中君。白鳳扮演山鬼——帶著失戀悲愴的女神。自己扮成至高無上的天神東皇太乙，上官清飾湘夫人。一場場的歌舞非常稱職。

遐想持續很久，直到遠處傳來郭穰的哀哭聲和漁父的勸慰聲，他才意識到夜已經很深，便披好衣服，反帶上門走出店房。天穹澄碧，三星正南，更樓敲著四鼓。

「我捨不得爺爺……又怕大人……」

「跟著爺爺打一輩子魚，受一輩子氣，沒有出息，爺爺也捨不得你啊，好孫孫……將來等積攢一點盤纏再去長安看看你……」

「爺爺，我不走……」

「太沒見識！」漁父打了郭穰兩耳光，「不跟先生走，我也不管你，恨我好了！這樣你就會走，不會想我了……」

「我不恨爺爺……」

司馬遷心裡很犯難，爺爺孫孫的話都有些道理，他只好退回屋裡，吹滅剩油無多的燈，讓漁童和爺爺多溫存一會。如果不把孩子領走，爺爺風燭殘年，大歸之期不會久遠，丟下孤兒難免凍餒而亡。帶走孩子，爺爺反而卸去重擔。讓他倆自行選擇吧，兩全之策並不存在。有時候，為善也要以區域性的殘忍為代價。他意識到郭穰將告別幼年，殊不知自己將告別青春。和衣上榻，白天所見場景隱退，占據了潛意識的一切掀開雲遮霧障，赤誠地表達出隱祕的願望。他自知不懂楚音和滇湘等地的歌舞，一合上眼便沒有此類阻礙而無所不能。用不著從事基本訓練，就能做出各種高度精確的難能動作，發出珠圓玉潤的絕唱。戲中的伏羲女媧是不是他和白鳳？那不重要。

〔曠野之上，天裂一角，洪水傾盆而下。

〔巨爐高與天接，漫長的四十九天過去，灰色的石頭與火苗都休眠了。

〔伏羲憂思忡忡，注視女媧，皺眉不安。

〔女媧揉胸，掏出匕首，頻頻拭擦。

◆女媧

我愛耿耿青空
恨不能添一縷雲彩
我是一滴水珠
渴望溶入綠海
讓後輩活得純潔輕鬆
畫出恬靜瑰麗的世界

◆

伏羲

痛苦說：「莫拒絕我的深情！」
希望說：「快舉手向我投降！」
難道躲開這對姐妹
只能平靜地坐待滅亡？
幾時心像春風中小鳥
甩開偏見，陶醉花香？
今日前天不該忘卻
誰在長虹上寫出天章？

◆

女媧

煉不成五彩石
請投我進爐膛

◆

伏羲

要你活著見到新天
新天在笑聲中成長
〔她剖出心投入火焰，靈光燭天。〕

「她痙攣、眩暈、面容慘白。
「他切開血管供她吮吸。
「五色寶石炸開巨爐飛向藍空，補上裂口。
「白月攜手登天撫平創口。

伏羲

皎月為你高唱讚歌
喜淚橫飛是翔舞的白雪
雪瀑凍成皚皚冰峰
母愛象徵創造力永不枯竭

女媧

我見太陽咧嘴而哭
淚是火之河奔湧不歇
歷史把它烤成血的豐碑
不薄平凡兒女不厚英雄聖哲
「一群孩子圍著女媧跳舞。
「伏羲拍手而笑。日暖風和，萬象昭甦。

夢中人留不住好夢，只留得一段惆悵。

五更鐸鳴，司馬遷怕官紳們前來送行，只好背起包袱，挎好寶劍，拉著馬走上官道，漁人牽著郭穰走了過來。

……

傍晚，司馬遷在大路上遇到了任安，才知道父親病危。他對少卿的兄弟之情，由衷感佩。孩子輪番坐在兩匹大馬的後臀，被腰帶牢牢地繫在長者身上，向洛陽出發。

十一

驛館裡為司馬談燒了暖炕，皇帝留下了名醫，更有人趕來侍奉。不幸藥石無靈，老人知道彌留在即，見到子長，笑口微啟，有多少話要告訴兒子啊！只是團聚的喜悅為永別的悲戚所掩，潔白的粉牆上也蕩漾著愁霧。

子長跪在病榻前，盡力忍淚，佯作歡容，以減少父親的苦楚。

老人的喉嚨管裡堵著痰，呼呼隆隆地哮喘著，用最後的氣力掙扎出一番話語：「吾家先世為周朝的史官，遠祖在大舜及夏朝諸帝在位時聲名顯赫，負責天官，觀星象修曆書，紀事紀言，往昔曾對兒一一追述過。我本想光大先人的業績，恐怕來不及了……」父親的手黃裡透青，抖抖索索，緊緊攥著司馬遷滴滿淚雨的拳頭。

老人的語音漸漸變得暢達，如同隕星噴出殘光。他還是那麼睿智：「吾死之後，兒必為太史令，祖上的願望可能獲得承續，不得忘記父親平生大志在寫成一部包羅廣袤的信史。說到孝道，始於侍奉雙親，接著是忠誠侍君，最後是立身。揚名於後世，讓父母不朽，才是至孝！世上人皆稱頌周公，因為他發揚文王武王的聖德武功，宣播周、召之風，讓太王、王季，直至公劉后稷諸先輩一一彪炳史冊。昏君暴君幽王厲王之後，王道淪喪，禮樂衰微，孔子力追古德，刪訂《詩》、《書》，著魯史《春秋》，以褒揚忠義之士，使亂臣賊子怕遺臭萬年，讓綱紀受到重視。孔子因麒麟被獵獲而絕筆。四百多年來，諸侯兼併，史書多毀於秦代。漢朝興起百多年，賢君、忠臣、捨生取義壯士、學人，立德立功立言，燦若群星。吾雖千方百計網羅天下逸聞史料，尚未成書，很怕再次散失，即將溘然長逝，寸心不安。你要時時以此為念。為人子者，不僅有和顏悅色菽水承歡於生前，麥飯豚蹄哭祭於死後，那是常人所為。願兒發願為史家百世之師，上察天象，下知人情，苦思冥想，悟天人之際比紀真事更難，吾寄望殷殷……」

「爹爹金言，兒刻骨銘心，不敢有片刻疏忽。將編訂爹爹採集之舊聞，訪古今逸事，助以天渠等祕閣藏書，成一家之言，當仁不讓，否則是尸位素餐的罪人！」

「好！兒述記得董仲舒大師的遺訓，《春秋》的主心骨是什麼？」

「貶天子，退諸侯，討大夫。爹爹說此是史魂史膽，下筆切不可裸露，兒不敢片刻稍忘。孟子貴民輕君，當承此精髓，百折不回完成實錄，了卻先人夙願，功成身退，不貪爵祿……」

「遷兒……」司馬談喘息不止。

「爹爹保重！」子長拍拍父親後背。

「身為史官，封禪大典百年不遇一次，臥病中途，不得參與其事，這不是命嗎？」一陣抽搐，兩聲咳嗽，老人突然沉默，最後的淚珠湧出眼角，唇邊卻不協調地湧出淡淡的笑紋，瘦長的手一鬆，頭朝後仰，腳朝下猛伸，片刻而後就含恨長逝。

司馬遷久久抓著父親漸漸冷去的手，呼天搶地，嚎啕大哭。他自己對父親的理解太淺，有這樣父親的人是鳳毛麟角。

遵循遺教，將父親遺體厝在河神廟，委託廟祝照看，自己兼程趕赴泰山，為了報命，也為了參與封禪，開開眼界。他攀登到中天門時，見到奇特的場景，就伏入荊莽裡等候結果。三名農民，皆是三十歲左右的壯漢被綁在樹上，兩名持刀的小卒不斷威脅著：「你們喊得大聲一些，就放了你們。」

於是三名漢子反覆沒命地大叫：「萬歲！萬歲！萬萬歲！」

一會，玉皇頂上傳來封禪的鼓樂之聲。

「再喊大聲點就完事！」

農民們無可奈何地照辦了，兩名士兵手起刀落，不等冤屈叫出口，三農夫一齊死於非命。

「哈哈哈！」一名小卒狂笑。

「痛快！」另一名小卒拍著手。

司馬遷想捉住兩名惡棍問出個究竟，不想林中飛出兩支箭來，兩人猝不及防，都命中咽喉，倒地而亡。

山巔再次傳來萬人歡呼，聲若春雷。

「誰這樣草菅人命，有頭有臉站出來見個高低，莫躲在暗處逞英雄！」

司馬遷沒有喊出口突然悟得：這是矇蔽皇帝，讓他聽到雲間有神仙歡呼。自己再糾纏，將與農民士兵同一結局。

他趕到封禪場地，方士們走著陣式，念念有詞地在迎神。為他撰寫荒誕的《封禪書》提供了諷刺性素材，想不到父親熱衷的頭等活動，從內容到形式都不過爾爾。

在驛館裡嚼著喪父的大哀，首位弔唁者，是子長不算太熟悉的方士卲伴仙。

勸慰與感激的對話結束，卲伴仙說：「令尊大人促成封禪盛典，功勞甚大。方士們和伴仙尤受恩澤。湊得黃金一兩，聊供修墓之需。」

「長者盛情，晚生寧卻之不恭，免得受之有愧。」

「子長先生，尊大人對伴仙施過惠，滴水之恩，湧泉相報！」伴仙講起一則舊事。

十七年前，司馬談舉家遷至茂陵顯武裡，伴仙剛出道不久，來到全國豪強集居之地賣符，在街頭用了很多招數，無人解囊。店主的面孔開始拉長，眼巴巴要被趕到街上露宿，碰巧司馬談走過店門口，看到眾人圍觀卲某的狼狽相，特地拿出五百錢買下一張符。

「太史公買了他的符，想必很靈，我也買一張鎮宅。」

「卑人也來一張。」幾位看客陸續捧場。

這樣，店主的長臉縮成方臉。

一個時辰過去，卲伴仙登門叩謝司馬談，同時提出請求要見老方士唐都。

「今日為足下解圍，出於惻隱之心，不佞對方術符咒概不相信，立即奉還。唐老夫子已去長安，他日有幸重逢，再陪足下去拜謁如何？」

卲伴仙一聽慌了神，強自鎮定一陣說：「無功不受祿，先生不信符籙，可以燒掉，若讓卑人收回，於理不公！」他連連叩頭，悻悻然回歸旅店。

在黃絹上篆書「如意大吉」四字籀文，被老太史令扔到舊衣堆裡，等遷居到京師，早已不知下落。

「不知仙符尚在否？」邵伴仙說到方術就來勁頭。

「晚生未曾見過。」

「若還在尊府，千萬不可示人。洩露玄機，將遭天譴！告辭！」邵伴仙長揖而出。

「多謝指教！送先生！」

下山前皇帝賜宴為郎中們開齋，並慶封禪禮成。邵伴仙上奏：「天降祥瑞，最高神太乙賜陛下天符！」

「符在何處？」皇帝怕再上當，不見兔子不放鷹。

邵伴仙掐指算了算，忽而倒在地上打滾蹬腿，累得小衫汗溼，昏昏沉沉，手中桃木劍指著拴在樹下待宰的肥牛。

皇帝驚訝之餘，命武士剖開牛腹，果然找到帛符一張，內容和贈司馬談的那件相近：吉祥如意。

皇帝大悅，命李福將符攜回懸掛於柏梁臺上，賜邵伴仙黃金兩斤。從此「伴仙」的「伴」字在人們口碑上少了個立人旁，似乎邵翁真有半仙之體。

在李廣利的指揮之下，十八萬人訓練有素的歡呼聲星顫山搖，皇帝聽來是醉心的仙樂。

十二

次歲，即元封二年（西元前一〇九年），司馬遷護駕到河南偃師的緱氏城休整幾日，巡視了膠東，再上泰山祭天。

冬、春缺雨，旱得麥苗點火就著，到處都是逃荒的飢民。仲夏之初，黃河在河北濮陽縣南部的瓠子破堤，豫東、淮北大平原上一片汪洋。

皇帝聽了災情報告（顯然被大臣們縮小了），宣告要親自背上一捆蘆柴去堵口救災。百官與一萬八千人馬的衛隊不敢怠慢，人人負土認真去塞河。誰知缺口太大，水深浪急，倒上的草和土都被沖走，收效甚微。

皇帝聽方士的勸告，親自到大堤上去祭龍王，把一對白璧和一匹捆住四蹄的白馬裝在船上，投到河心。河神收了禮物，仍舊不給情面。

皇帝覺得不好下臺，眼珠熬紅了也不能入睡。方士們知道要開殺了。

司馬遷荷著長戟，從臨時行宮守夜回來。天交三鼓，驛館裡的郎官們還在飲酒。有人告訴他：「你爺爺和父親的好友，東方樸太公初更就在屋裡相候！」

子長心裡一熱。去冬把父親靈柩迎回高門原安葬，老人騎著他的關東大黑驢始終和他為伴，墳塋的修造，付出很多心血。當時墓前刻碑尚罕前例，老人敢為天下先。

問候一畢，司馬遷要來狗肉和齊地所產的上等酒，準備做徹夜之談。

「黃河決堤，殃及百萬生靈。而今塞河之事一籌莫展，靠方士作法退不了濁水。老朽不喜歡皇帝官府，為了黎民，請將小木箱呈獻皇上，興利去災，稍盡匹夫之責。」

司馬遷開啟箱子一看，是一條袖珍河堤，前段是打樁之法，後段是用「埽」堵口的示意模型。

「孫兒看不大明白呢！」

「凡危險堤段皆要打下五丈長以上整根木樁，方法是將樁直立起來，下靠堤腳，上頭綁上兩根長木頭，派人拉穩，選幾位大力好漢赤腳站立在長木頭前段，離樁四尺遠左右，腳下不時灑水，以免滑倒傷人。力士揮動木槌，越大越好，一直打到木樁全埋入堤腳為止。樁要打兩排，交叉拉開距離。若水還在猛漲，堤內築個月牙形彎埂子，跟堤一般高，萬一堤裂，便於搶險，形不成重災。」

「這缺口上的小船是何意？」

「用幾條大船，裝滿布袋，每袋放上豆子百多斤，將船開到缺口，派水性好的漁夫鑿通船底，讓船沉下去，以減水勢，再讓兒郎們推動長埽，抵住大浪，用騎馬樁裡外夾穩，樁頭上以麻繩捆牢，埽後倒土，築成新堤，新堤靠水一面再釘上三條長埽，再大浪也會減少衝力，不難成功。放頭條埽時，上面坐著士卒農夫，以臂膀相挽，浪來把氣吐入水中，浪落下肩再吸氣，幾百壯漢如同一人，樁打穩妥一道撤下，不損一位民工。」

「哦，妙！這埽，外用蘆葦長竹片，內包樹枝樹葉石子，捆得扎扎實實，比缺口還長，千丈一體，同進同退。」

「沒錯，到底讀書人聰明。」

「子長不聰明，只有您老人家才真叫智慧！」

「爺爺也是走南闖北跟老農夫們學的，老百姓最有新鮮點子。」

「爺爺，為何這只寶箱不交給達官貴人？」

「交給心術不正的小人去邀功，是幫吞噬老百姓的惡虎凶狼磨快牙齒，老朽反而落個殺身滅口的下場；交與官心太重之人會壓下，怕照辦堵不上堤而丟官；交與皇上陛下老倌也忌才，為啥這靈丹妙藥不是他想出來的呢？比他高明的都該斬盡殺絕，只留會吆喝萬歲的白痴才夠味呢！你爹爹巴望你守罷三年孝，就當史官，糊塗蟲就不想當，也當不了，大聰明人看透朝中把戲不願當。你非當不可，至多八年，把皇家藏的桑葉吃個精光，告老回高門原，白天教幾個孩子認字，夜裡寫一部不給官家看的正兒八經的史書。不然，常在河邊走，遲早會溼鞋。你爹躲過一刀，就怕你躲不開。誰讓你比老爹還有靈氣？不殺你殺老鬼！」

「喲，這樣可怕？」

「針尖上豎一個雞蛋，光著腳在刀口上跳舞！」

「那……送這寶箱也會……」子長做了個殺的手勢。

「就講聽你爹說，他老人家在古書上看到過這類作法能治水。什麼書，你不知道，不就了結嗎？」

司馬遷伸了伸舌頭。

「堵水是鯀的辦法，光一隻手打拳不靈，還要宣，把水引進旁邊兩條河分流就活了。一防一宣，治國安邦的大道就在裡邊。」

四十天後水退堤修成，皇帝選個高處蓋了一座「宣房宮」，向百官黎民顯示：如果再鬧災，他還來防和宣。

多年後，子長寫了《河渠書》，其中不乏切身體驗，還記載了兩首〈瓠子之歌〉，算帝王關心治水的最早文學創作：

其一

瓠子決兮將奈何？皓皓旰旰兮閭殫為河[11]；
殫為河兮地不得寧，功無已時兮吾山平。
吾山平兮巨野溢，魚沸鬱兮柏（迫）冬日；
延道馳兮離常流，蛟龍騁兮方遠遊。
歸舊川兮神哉沛，不封禪兮安知外？
為我謂河伯兮何不仁，泛濫不止兮愁吾人！
齧桑浮兮淮、泗滿，久不返兮水維緩！

其二

河湯湯兮激潺湲，北渡迂兮浚流難；
搴長茭兮沉美玉，河伯許兮薪不屬。
薪不屬兮衛人罪，燒蕭條兮噫乎何以御水？
頹林竹兮楗石菑[12]，宣房塞兮萬福來！

這歌不代表武帝才華，是楚騷體「白話文」。按清代學者孔廣森的研究，「兮」讀「啊」就化雅為俗。末句「萬福來」的許願，對兩千年後的頌歌寫作有影響。可惜武帝與「萬福」都不曾來過。

[11] 旰旰，音乾乾，形容盛大貌。
[12] 菑音茲，指開荒及初耕一年的土地。

劉邦在芒碭山斬蛇起義，鼎定大漢王朝，怕小小亭長為人不齒，乃自稱為赤帝子，服色貴紅，象徵火德。稍後，大臣張蒼說漢乃水德，色尚黑，制度承襲秦代，歲首放在十月。文帝乍承大統，魯地儒生公孫臣上書謂漢系土德，色相應貴黃。由於望氣方士新桓平從中作梗，公孫臣學說被束之高閣，不了了之。

武帝登極未久，成紀（今甘肅天水市）地方官上奏發現黃龍一條。群臣誰也不去核實，抓住獻媚機會大肆祝頌。武帝想就此改曆書，易服色，變革舊規。因竇太后獨尊黃老之學，橫加阻撓。武帝不便公然違拗，讓司馬遷等十來位專家受唐都指導，上觀天象，下察氣候溫寒，繼續緊鑼密鼓做悄悄的研究。西元前一〇四年，太后業已謝世，武帝改年號為太初元年，頒行了《太初曆》，正月為一歲首月，即兩千年來廣泛使用的農曆的基礎。二十四節氣有利耕作，受農民重視，看月亮圓缺便知初一十五。在人們生活中產生的影響要比《史記》大得多。又符合孔子「行夏之時」的夙願（語見《論語．衛靈公》）。服色從土德，以黃為尚。「數用五，定官名，協音律。」（《漢書．孝武帝本紀》）歌舞昇平，掩蓋了開邊大造宮苑形成的貧困。皇帝好大喜功，官員們多吃幾頓美味，百姓得到一點泡沫式的振奮，各有所獲。

司馬遷欣欣然伴駕東祭泰山，巡狩海濱，八月至安定（今寧夏固原），在行宮裡一君一臣演了一出超短劇：

皇帝：古代良史皆能預見朝政興衰？

司馬遷：（被改歷成功的殘餘興奮鼓起了勇氣）有，但不多。

皇帝：可舉一例。

司馬遷：周幽王二年，西州的渭河、涇河、洛水一帶大地震。太史伯陽甫說：「天地陰陽之氣各有流動秩序，不能人為使之混亂。陽氣沉在底下出不來，陰氣壓在它的上頭難以蒸發上天，必生出地震。而今水源枯竭不暢通，生產受到破壞，民眾貧困，國怎能不滅呢？昔日，伊水洛水乾涸而夏朝滅絕；黃河乾涸而商朝為周所代。當前周的氣數與夏商末年一樣，山崩河乾，亡國就在十年之內。十年是數的一個循環。因為上蒼拋棄了周。」這段預言當年應驗。幽王迷途不返，廢掉申后和太子宜臼，冊褒姒為后，立其子伯陽甫做儲君。伯陽甫痛心地嘆道：「禍已釀成，無可奈何了！」

皇帝：小小史官這般放肆，幽王能不殺他？

司馬遷：幽王動過此念，橫眉問道：「可知道為何召見你？」太史答道：「當然明白。據《易》和五行八卦之理，臣小於陛下二十餘歲，死期卻當在大王千秋之前。若陛下力除蒼生疾苦則差一年；倘如依舊聲色犬馬，敗壞綱紀，相差至多兩月。不須臣多饒舌！」幽王又惱又怕死，加上作噁心虛，未敢動刀。褒姒烽火戲諸侯，幽王為犬戎所弒。被廢的太子宜臼在洛陽重建東周，是為平王，延續四百餘載。

皇帝：伯陽甫說的二十餘歲，從一歲到九歲皆是「餘」，究竟是多少？

司馬遷：以上掌故臣聞自庭訓，先父想系得之於野史傳聞。臣讀書太少，宮內外藏書僅有前段史料，後段未見有人記述。太史小於幽王幾多歲，已無法稽考。

皇帝：朕年長於卿也是二十餘歲！

司馬遷：臣不敢妄比古賢。陛下名垂千代，周朝天子康王之後均不能與陛下相提並論。

皇帝：朕不會責卿家借古諷今，自信功在史冊，與亡國昏君不相類。卿下筆開口不必瞻前顧後。

司馬遷：是！

皇帝：周太史故事講與幾人聽過？

司馬遷：只奏知陛下，未曾告人。

皇帝：經傳無稽，不再提起也罷。

司馬遷：遵命！

皇帝：朕自恨未逢伯陽先生，他如生我朝，將以伊尹姜尚相待！卿無先生大慧，然文氣蓊鬱，莫妄自菲薄，朕助卿為當代左丘明！哈哈哈哈！

〔未幾，皇帝先後召詢唐都、洛下閎、公孫卿等大儒，伯陽甫巧避斧鉞一事，均奏稱史籍無證。皇帝暗疑司馬談算到某些險象，危言誇張，乞求對其子寬厚，老史官已逝，無從對證。後來又認為系司馬遷杜撰，逞才炫學，顯露「天人之際」端倪。可惜手無把柄，無深究緣由。當即像吃下一匹青蠅那般怏怏連日，多年後想起，心裡多了個抹不掉的疙瘩……

一

和武帝打過交道的方士上千，其中不苟言笑的卲伴仙最會掌握火候：不能不得寵，在穩妥的前提下可以出點小風頭，躲掉冷羹和剩飯；不能太得寵，弄得四面讒言八方紅眼，早晚會露出馬腳而喪生。

這份聰明是時間和事實把他訓練出來的。

皇帝即位九年（西元前一三二年），齊人李少君來長安獻煉金長壽之術，凡有好事者問到他的年齡，年年都說七十歲。有一回講到一位九十歲老人的祖父怎樣遊射，惹得四座皆驚，懷疑他已有好幾百歲。他自稱在海上邂逅過仙人安期生，贈他仙棗一枚，其大如瓜，吃後身輕無病。武帝見他體貌清瘦，舉止似有仙氣，便舉起手中銅器要他推測製作年代。也是瞎貓活該碰上死老鼠，他在故鄉見過同樣器皿，所以能準確無誤地回答：「此物齊桓公十年時曾陳列於柏寢中。」武帝好不驚異。他又奏稱：「祠灶便能致物，爾後丹砂煉成黃金，神丹服之與天地齊壽，像黃帝一樣上天。」

武帝一向輕信方士，親自祭祀灶神，要少君煉砂為金，並諭九位方士去蓬萊求仙。胡鬧了幾個月，黃金無訊息，差人去看，少君業已病死二十來天。

皇帝異母弟弟劉寄府邸有一名家人欒大，不知天高地厚，亂吹「黃金可成，不死之藥可得，仙人可致，黃河瓠子的決口可以填塞」。由劉寄的小舅子，樂成侯丁義保薦給朝廷。皇帝授欒大五利將軍，不到一個月，更頒賜天士將軍、士士將軍、大通將軍，賞黃金十萬兩，還將衛子夫皇后所生長公主配他為婚。皇帝還怕他不肯請仙人到長安來，加封為樂通侯及天道將軍，命大臣身穿羽衣站在白茅上代皇帝賜印。皇帝不停地催他去找仙人，他千方百計地延宕，後來到了萬般無奈，才去海濱虛應故事，被侍從識破，密報皇帝，欒大以誣罔罪腰斬。

欒大墓草未封，齊人公孫卿偵知皇帝得到一隻寶鼎，便託名申公偽造了一本叫《札》的「遺著」，內稱黃帝獲鼎是辛巳朔旦冬至，今上得鼎時為己酉朔旦冬至，古今相符，乃是盛瑞。又講皇帝召見他的甘泉宮，乃黃帝召見群仙的明庭故址，根據眾仙建議採銅首山，在刑山鑄鼎。事成，黃龍從空而降，黃帝騎上龍背之後，大臣后妃又擠上七十餘人。還有眾小臣揪住龍鬚不放，結果龍鬚被扯斷，連黃帝攜帶的弓衣也被抖落。小臣們未能成仙，哭聲震野。皇帝聽得心裡直癢癢地說：「朕如能學得黃帝，棄妻子如破鞋

(敝屣)耳!」公孫卿請皇帝登緱氏城上去晤仙人。武帝怕落空,便向公孫卿提出警告:「你想仿效五利將軍的故事嗎?」公孫雖害怕,仍說了些心誠則仙人必至的套話,又大談其封禪,鼓動皇上模仿黃帝「且戰且學仙」的路子,運動十八萬大軍行程一萬八千里去封禪。又講「仙人好樓居」,建成幾座摩天大廈,仙人沒見影。邵伴仙不是主謀,未獲高官厚祿,反而細水長流地享有名利。

慘劇荒唐鬧劇能演上癮,騙子、酷吏、美女們各行其道,滿足皇帝精神上的一日三餐。

半年斷雨,邵伴仙建議皇帝登壇求雨,即或不靈,找不到方士們的麻煩。加上要點將北討匈奴,給當了十年太史令的司馬遷登上高臺俯瞰京師的良機。

被國君「俳優畜之」的太史令,借司馬談的經營,已管豁靈臺待詔四十二人(見《後漢書.百官志》所引《漢官》;其十四人候星,二人候日,三人候風,十二人候氣,三人候晷影,七人鐘律,一人舍人)。掌握氣象、時間、天文、樂律,皇家石室金匱藏書檔案,各有專人。可見受到相對重視,後來司馬遷方才有卓越的建樹,包括改歷與修史兩大領域。他秉承父親無為而治的作風,大家自覺運轉,長年隨駕遠行無後顧之憂。舍人由郭穰擔任,甚為得力,檔案藏書管得有條不紊,皇帝大臣隨時抽閱,常得讚譽,從來面無得色。當時還沒有書法家這類概念,他練就一手流利灑脫的木簡書體,寫得和老師一模一樣,僅神采上略嫌嫩弱,連上官清、書兒都難辨別。

「穰兒,寫字要有個性,和我雷同多乏味!」

「能似先生於願足矣!」

「史家不得以無個性為個性,不許以個性取捨史料。」

「謝老師誨諭!」

光焰刺眼的金銅仙人上干雲霄，不知哪位雕塑家有這樣豐富的想像力和氣度。造像高於真人四十倍，從下朝上看，不覺得頭重腳輕，衣袖袍襟下垂，避開風勢，也不失飄逸。線條的流暢和洗練，只能從漢畫像石上去憑弔。在他的映襯之下，不可一世的皇帝，階下的臣僚全成了幾寸高的玩偶，他們神氣十足地統治著大漢版圖，雍穆又滑稽！尤其是方士們垂頭閉目，口誦禱詞，忙得真像那麼回事，子長要用很大的力氣來忍住發笑。十三年前封禪的大隊人馬離開泰岱，還遠巡過遼東錦縣，自承德經五原返回甘泉宮。他正如玉樹臨風的年華，總是黎明前起身，觀星舞劍，到旭日東昇才歸營帳。每次路過廚房，都見到百餘口大銅鍋埋在地上燒粥，灶頭濃煙滾滾，火焰在火頭軍油亮的額頭飄閃。蓋被揭開，數不清的水泡在鍋裡自生自滅，嘰嘰咕咕，撲撲哧哧，合唱出難以言喻的噪音，與方士們求黃金與官印的念咒聲異曲同工。不同的是煮粥聲喚起人們食慾，念咒聲僅能使聞者食慾全無。

難為方士們想出一串串一層層繁文縟禮，把幾百官員和武士全送進半催眠狀態。剛拜天主地主陽主還稍感新奇，再拜陰主日主月主，已不勝其拖沓寡味。好容易拜畢四時主兵主等「八神」，皇帝才踱著方步到牛羊豬鹿等犧牲品之間行禮，太祝念出鏗鏘有韻律的禱文，每句最後的兩個字都拖音，淳雅，清脆：

事天以敬，事上以誠。事先以孝，教化以仁。蒼天震怒，列祖顯靈，五月斷雨，太廟蒙塵。赤地千里，四野飢民。朕躬有罪，請罰一人。百姓無辜，啼不忍聞。高皇被困於匈奴之恥未雪，冒頓侮戲呂后之恨未消，有負生靈。齊襄公復九世之仇，《春秋》享名。舊恨不報，天理何存？恭祈昭穆，速降甘霖……

一個短暫的停頓，方士和官員們三呼萬歲，異常熱烈。

小謁者們鋪開編成龍飛鳳舞圖案的象牙席，皇帝持重地落座，臣僚們一片肅靜。

「貳師將軍，朕命卿率三萬大軍自酒泉奔赴大漠擊滅匈奴左賢王！」

「微臣遵聖諭！」五大三粗的李廣利答得脆響，內心畏葸。他自知得到皇帝提拔，多虧妹妹李夫人的枕頭風吹得歡。加上弟弟延年擅長唱歌作曲，時制新聲，又是皇帝寵幸的「小郎」（男妾），官居協律都尉。兄妹皆皇帝姐姐平陽公主引薦。從武帝死後李夫人能遷葬茂陵相陪來看，她的地位竟高於陳阿嬌、衛子夫兩皇后，鉤戈夫人和邢尹二妃，生前榮華就不難揣測。

廣利無尺寸之功，朝野之譽，被同僚視為庸夫，為何能得顯位，得益於一場流血的喜劇：

元封三年（西元前一〇八）武帝五十歲，司馬遷剛任太史令，年方二十八歲。也是機緣巧合，西域某國使臣奏稱：「大宛國（在今中亞）有寶馬，密藏在貳師城，不肯讓人看到。」武帝頓時動心，下詔鑄金馬一匹，令壯士車令一行攜帶千金西行求馬。誰知大宛國王不給面子，拒絕獻馬，那車令又以天朝上國特使自居，在銀安殿上暴跳如雷，斥罵大宛王。小國之君只能忍辱吞聲，抱著葫蘆不開瓢。車令一氣之下，椎碎金馬，攜金返回長安。途經鬱成，遇到番兵千人攔路行劫，車令及隨行兵勇全部殉國，黃金被掠。

武帝聞報，勃然大怒，即拜廣利為貳師將軍，屬國騎兵六千，集中郡國惡少年數萬，以王恢為先鋒，帶領輜重，浩浩蕩蕩，殺出玉門關，經過鹽鹼沼澤地、大沙漠，缺糧無水，沿途小國同情大宛王，軟拖硬抗，漢兵十死五六。

廣利無奈，下令攻打鬱成取糧，鬱成王因殺過車令，早有準備，廣利一行無便宜可占。只得退居敦煌，上表請求班師。

武帝求馬落空。深恐騰笑諸國，有損天威，但又礙於李夫人的桃花情面，不便處置廣利，只得命專使頒詔：漢兵如有一人膽敢入玉門關者就地斬首！

兩年之後，武帝大赦罪犯，盡發各地浮浪子弟，調集沿邊馬隊，湊成步兵七萬，騎兵六萬，牛十萬頭，馬三萬餘匹，驢及駱駝萬餘頭。派執馬都尉驅馬都尉各一人，聲勢浩大，西出陽關。途經輪臺時，地方首領命閉城不納，廣利倚仗人多勢眾，揮兵屠城，不數日圍住了大宛國都貴山城。漢兵攜有水工，斷絕大宛國都水源，城內無井，河道堵塞，大宛王毋寡大驚，派出專使去康居國求援。相持四十日，廣利擒住大宛勇將煎靡，城內權貴為了保住生命財產，將毋寡刺死，梟下首級，送至漢營求和。廣利既怕康居國援兵，又恐大宛人殺死寶馬、矢死頑抗，漢兵糧草不多，只好答應。兩位相馬師多方搜求，所得不過上等駿馬幾十匹，中等良馬三千餘匹。廣利立親漢貴族昧察為大宛王。在班師途中攻破鬱成王國都，鬱成王逃到康居。廣利令搜粟都尉上官桀領兵窮追[13]。康居王不敢抗命，將鬱成王縛獻漢軍，為廣利部將趙弟所斬。打了勝仗，將吏驕暴，對部卒很嚴酷，加上重傷缺少醫藥，漢兵死去十一萬人，生還玉門關的不足兩萬。

武帝等了四年，一見天馬，喜出望外，即封廣利為海西侯，食邑八千戶；趙弟封新時侯。次日在太廟舉行獻俘儀式：毋寡和鬱成王人頭號令數日，埋於長安遠郊。皇帝詩興大發，作〈天馬歌〉一首，經李延年譜曲，廣為傳唱：

天馬徠，從西極，涉流沙，九夷服。天馬徠，出泉水，虎脊兩，化著鬼。天馬徠，歷無草，經千里，循東道。天馬徠，執徐時，將搖舉，誰與期？天馬徠，開遠門，竦予身，逝崑崙。天馬徠，龍之媒，遊閶闔，觀玉臺。

[13] 武帝一朝有同名上官桀者二人，此是老上官桀。任過武帝馬官，居於高位，在昭帝時謀反被殺的是另一上官桀。

重馬輕人，血流千里的非正義戰爭，受到老百姓和正直大臣的暗中譴責，李氏兄妹收斂了一些氣焰。只因世人對既得權勢即或來路不正，也想利用，公開場合大獻諂媚。久而羞赧之念又為驕矜所替代，還認為功大於賞呢！

這番朝廷重用廣利，期望他有所建樹，再授以顯爵。

「掃滅匈奴妖風，解除西域諸小國威脅，尊崇我大漢武功與盛德，須賞罰嚴明，將士方能甘心效死。不得翫忽輕敵！」皇帝掃了群臣一眼，觀察反應，徵詢不同見地。

「是！謝陛下面諭。」

「廷尉有何卓見？」

杜周穩步出列，略一思慮，侃侃奏道：「匈奴兵卒多於十二萬，又長於騎射。貳師將軍雖然韜略出眾，勇猛超群，就怕寡不敵眾。臣意另派偏師分散匈奴兵力，一實一虛，兩翼側擊，出奇致勝。不知妥否？陛下聖裁。」

杜周表情虔誠，絳色方臉上短髯蜷曲倒生，似亂而有條理，顯然經過修飾。李廣利有多大本領，他瞭如指掌，提出增兵，不傷李廣利尊嚴，又相助了一臂之力。

杜周，南陽杜衍人，原是殺人如草的南陽太守義縱的爪牙，以辦案凶嚴為張湯賞識，得張的衣缽：凡皇帝不喜歡的人，千方百計找藉口除掉；皇帝想放的人，總能找到理由縱出法網。司馬遷曾傻乎乎地質問：「斷案子不遵法律，全看皇帝眼色行事，該這樣辦嗎？」

杜周直言不諱：「法律先帝所立。當以此時聖諭為準。哪有什麼古法呢？」

他掌刑律，長安牢獄關人六七萬，俸祿兩千石以上大員百餘名。一件事株連幾百人，全靠嚴刑毒打成招。小吏迎合他，捕人又多出三四萬。關十多年結不了案的是常事。皇帝誇他「盡力無私」，受寵十多年。當初到長安，僅有一馬，鞍具不全。後升到御史大夫，位列三公，家資以萬計。

「廷尉言之成理，路博德可率五千之眾直取浚稽山之東，與貳師將軍會師北上。」

「臣遵旨！」路博德年過四十，老成莊重，因為平定兩廣有大功，在任伏波將軍之前已封符離侯，資望早在貳師將軍之上。他處人、打仗講策略，城府較深。

「此番北征，道遠事繁，李陵可率領在酒泉、張掖所練五千兵卒，管好輜重，免去貳師將軍缺糧秣之虞。」武帝語調響亮。

飛將軍李廣威震大漠，長子當戶為郎官不久即夭亡。次子椒曾任代郡太守，也在三十來歲病死。三子李敢隨霍去病北伐匈奴，功勛卓著，俘獲敵王敵將數名，封為關內侯，食邑二百戶。武帝請過好幾位術士為李廣算過命，都說此老數奇（讀基，不祥）命苦，皇帝便信以為真，打了許多勝仗也不封侯。倒是隨李廣馬後跑了多年龍套並無功勞的堂弟李蔡拜了丞相。

大將軍衛青辭朝之前受武帝之囑，對李廣不許重用，連當先鋒的機會也不給。大軍一到漠北，衛青令李廣東行，限期相會。李廣不知皇帝對他有成見，一再請戰，不肯東行，衛青哪肯聽他的，堅持分兵。東道路遠，沿途水草不豐，人馬行走不便，只是將令難違，勉強遵循。衛青一戰無功，退到漢南，方見李廣率部趕來，便要老將軍到幕府去對簿，其實還是忌才。飛將軍聞訊仰天長嘆，向衛青派來的長史說：「俺李廣束髮從軍，與匈奴大小七十餘戰，有進無退，戰功卓著。這回失道遲到，乃是天命，與部下官兵們無關，貽誤軍機之罪，俺一人承擔！人活到六十多歲，死就不為夭折，哪能向刀筆吏乞憐求生？」說畢拔刀自刎。

滿營將士，放聲大哭。李廣為人木訥，曾在大漠中見一猛虎，便張弓搭箭射去，猛虎不動，他走近一看，方見命中的是石頭，箭鏃射進很深一大截，傳為奇聞。每次出戰，士卒有一人沒吃上飯，李廣便不吃，一人缺飲水，老將軍便不喝水，故而深受部下愛戴，執行嚴明軍紀，從無怨言。稍後，孝景皇帝的陵園田被侵占一案涉及李蔡，李蔡下獄後畏罪自殺。李敢當時已承襲父親爵位，任郎中令，仇火燒心，不能自已。有一回見到了大將軍衛青，便提出質問，衛青當然不會認帳，李敢揮拳將衛青打傷，衛士們立即將李敢拖出，他頓足痛罵而去。衛青還算良心未泯，在家養傷數日，並未聲張。不料此事為衛青外甥霍去病所聞，有一次，李敢與霍去病隨武帝去甘泉宮射獵，趁著李敢追逐野獸機會，霍去病藏在樹下，冷不防射去一箭，正中他後腦。武帝正寵霍去病，宣布李敢為「鹿角觸傷」而死。李氏一門撫屍大慟，無處鳴冤，眼睜睜一天天衰微下去。

武帝無法想到老將厄運是他親手製造。他素來賞識李廣的韜略和武藝，還有身先士卒仁愛謙和的美德，就更難認識自己的盲從和固執。李陵一任郎中就是十幾年，每次隨駕打圍，總是縱馬如飛，箭無虛發。這樣，越長越像乃祖的外貌，加上李廣所欠缺的俊爽，逐漸引起了他的注意。

一年前，李陵率領健兒八百騎，自酒泉啟程，直入匈奴國境二百餘里探察有功，授李陵為騎都尉。

李廣利飛揚跋扈，又貪婪厚皮，急於建功的李陵是素有所聞，三世為將不如一女為寵妃的道理，尤有切身體會。李陵權衡利害，撩袍端帶出列奏道：「貳師將軍威震西域，帳下戰將謀士甚多，何需臣這樣駑劣之才去管輜重。陛下對臣三世厚恩，願攜一支偏師出蘭於山，分散匈奴兵力，便於貳師將軍建不世奇功。」

「朕發兵稍多，分不出騎兵佐卿北上。」

「臣不需騎兵，帳下募得步卒五千人內，有許多荊楚劍客壯士，力能縛虎，箭可穿雲，當直搗單于巢穴。」

「壯哉愛卿，真有乃祖遺風，依卿所奏。貳師將軍、伏波將軍當作少卿後盾，協力同心，共雪國恥！」

「李都尉將門虎子，膽略驚人，臣與伏波將軍做他後援，萬無一失！」李廣利語聲和藹得體，眼中射出凶光，遠立於階下的司馬遷已有警覺。

「請駕回宮。」路博德頗知李陵的分量，也不願他一仗成功，只希望早點退朝。

「李少卿重任在身，好自為之，浮躁則大事難成。」皇帝的語調穩健。

李陵拜於階下，胸腔急遽地起伏。

「眾卿有何高見？」

一陣短暫的沉默，司馬遷左腳朝前走了半步，又克制地退回班中。

「司馬遷起草討匈奴檄文。」

「遵旨！」司馬遷捧笏躬身走上臺階。

「退班。」皇帝一拂長袖。

「陛下！」司馬遷搶前兩步跪倒。

「卿家文章高手，放筆為之，不拘繩墨。」武帝立起身來。

「太史公，有事明日啟奏，請陛下回宮。」李廣利向司馬遷一揖。

「讓他講話。」武帝重新落座。

「臣斗膽恭請陛下為李都尉增兵至萬人，多給糧草。匈奴多詐，又是輕騎熟路。不能得虎，必為虎食。萬歲愛將士如子，伏請諒察！」

不僅是大臣們出乎意料，連皇帝和李陵也沒有想到司馬遷會說話。

「太史公，兵機之事，恐非史家所能議！」李廣利的話裡流露出威脅。

「臣官卑職小，妄議朝政，自知有罪。國事為重，毀譽不計，是非由陛下聖裁。」

「路將軍有何良策？」皇帝望著司馬遷頻頻點頭。

「貳師將軍統領全域性，決勝於大漠，臣聽從調遣，並無卓見。」路博德喜怒都藏於深心。

「少卿帳下不乏赴湯蹈火英才，一能當百，太史公不能視為泛泛之眾。末將和路將軍與他同生死，共進退！」

「哈哈哈！」武帝笑得很深奧。愛憎生殺予奪都可以包容。

下朝之後，司馬遷策馬急於回家，對於李廣利的驕橫很是氣憤。他不懷疑李陵的才華和品質，如果能像李廣利那樣受到重用，北伐可以成功。

而眼下的情境看來，勝是僥倖，敗則可惜。

為了擺脫過早襲入心頭的憂思，他強迫自己在馬背上暢想李陵高奏凱歌還朝的場景：

胖丞相乘轎子來到長安北門外十五里的長亭，兩眼笑成一條長縫，雙手遞上洗塵酒，李陵下馬接酒酹在塵埃，痛悼陣亡的壯士……皇帝在太廟門前接受獻俘，單于的人頭被送到橫門城樓上示眾，降旨封李陵為侯，食邑三千戶。全軍大酣三日，滿長安歌舞昇平，熱鬧一通宵。光祿寺派專門馬車迎接李陵的七旬老母，還有妻子和垂髫嬌兒去赴百官宴。

李延年帶來樂工百人，吹奏西域壯歌與江南絲竹，穿插著伶工與胡人優人共做百戲。觥籌交錯，歡聲雷動。

李陵微醺的臉，興奮的眼……

走完石板官道，進入太史公府第附近僻靜的土路，蹄聲由尖變團，穩樸悅耳。陽光對映在道旁一行秋柳柔密的綠髮上，像是翡翠大花團，金風徐來，頻頻扭腰。它們如同三十歲的美女，眼角乍露細紋，帶點遲暮的朕兆，努力挽留著最後的曼妙風華。林外菜園一片遙碧，井架上轆轤咿咿呀呀唱著不連貫的謠曲，農夫們忙著灌菜畦子，氣氛與吵鬧的大街差別頗大。司馬遷的呼吸恬暢了。

上官清回到故里去看望娘婆二家的親眷，子長未能請準假，沒有同往，宅中兩名弟子身著短袖單衣，正在院子裡忙乎。郭穰在塘邊搗糞，糞堆上馬屎牆土河泥冒著熱氣。子長一進院子，就把牲口牽到槽頭，槽裡草料拌得又勻又透，乾溼合宜，老母馬吃得津津有味。牠是司馬談留下的遺產，個頭小，身細頸短，毛色灰黃相雜，黯淡無光。司馬遷的長者和同輩人中不乏戰將和善相馬者，見到母馬都說其貌不揚，十分寒傖，早該換一匹良驥。唯獨東方樸太公大加讚揚：「此馬中騎不中看，肯走不肯跑，走也比其他的名馬跑得還快。只是從小缺奶水、上等材料，餓老了苗，但這雙眼有靈氣，四個膝頭發亮，有來歷，父母都是千里駒。人坐在馬背上，跟坐在太平車上一般穩妥。好好養，能生下一匹神駿呢！」

司馬遷父子都嘗過騎老馬的甜頭，愛護備至，從來沒試過牠一日夜能走多遠。

去年東方樸進城，被左內史衙門請到軒轅廟門口刻兩隻獅子，在書房下榻十天，他那匹「烏雲蓋雪」的關東大驢有幸與發情期的老母馬同槽，彼此動了「凡心」，留下愛情的結晶——一匹黃驃小騾駒。小駒子沒有秉承乃父魁梧奇偉的風度，體形酷似母親，毛多枯焦，四肢修長，肩胛頗寬，鳴聲洪亮，能震得屋瓦嗡嗡響。東方樸一見，連捅子長肩頭兩拳，故作詭祕的神色說：「這匹小騾子準讓書兒的重孫子騎上牠，日行六百，兩頭見太陽；夜裡每更天走七十，上乘好牲口，就差不會說話，挺能解人意，是你們司馬家柱子一根。好好招呼牠，比會稽進貢給皇上的騾駒強一帽頭子！」

好事多磨，小黃驃生下來兩月，母馬大病一場，奶水乾涸了，請獸醫開方，用藥三十多味，再也沒有泌下乳汁。司馬遷看到女兒眼泡哭紅，便將上等細麥粉熬成稀糊頭，使牛皮縫成個帶管子的口袋，供小黃驃吮吸。小東西認人，除非子長動手，再餓急了絕不喝麵糊糊。郭穰和楊敞抱著牠的頭項硬行飼餵，就是不肯吞嚥，書兒也只能餵個半飽。

「就像你爹手上有半斤蜂蜜，吃得多帶勁。陰陽怪氣！」上官清得意地埋怨著。

書兒氣鼓鼓地噘著嘴。

郭穰以袖掩口忍著笑。楊敞替師妹不平，斜瞟著小騾子，繼續用小車裝上乾土推入廄房去墊馬鋪，幹得很下勁。

這便是平安歲月中一家人未意識到的幸運！融和、上升。

楊敞，陝西華陰人氏，年方十八，大書兒一歲，小於郭穰四秋，六歲喪母，父親在司馬談父子手下任書吏，一生唯恐樹葉從天而降砸破了腦袋，大小事一笑忍之，內心很不平衡，到三十五歲就鬱鬱病故。臨危之際把十三歲的楊敞託付給司馬遷照應。子長代亡友撫孤兒，教以詩書。孩子爭氣，上官清把子長和郭穰的衣服改給他穿，時時勉勵他。楊敞生得身高九尺三寸（約高一八五公分），鵝蛋臉，臥蠶長眉，一對冷肅的長長的桃核眼，炯炯生光，可說容貌威不掩和，招人視覺，甚受上官清疼愛，成天裡「敞兒」、「敞兒」叫得很響。

「敞兒僅具中下之資，長於背誦古書，但不善於舉一反三，缺少己見，下筆枯澀，人云亦云，不是史官之才。」司馬遷向夫人坦率地交了底。

「你未免把人看扁，我看他比郭穰明白得多。」

「懂得討師母歡喜！」子長全無惡意地揶揄道。他記起上次貳師將軍從西域大勝還長安，帶回幾顆人頭，還有許多耳朵，用絲線穿著，掛在城門洞兩側號令，司馬遷想寫《大宛列傳》，便騎馬去觀察一番，得到狐疑團團。次日，又帶兩位弟子去反覆審視。爾後，師生一道來到「不醉不歸小酒家」，酒望子由白變得黃裡帶灰，寫字的硃砂褪成褐色，記載著昔日的高雅和興旺，腦袋沒精打采地耷拉在竿頭。

「老師，弟子看這些耳朵……」

「穰兒，讓師弟先講。」

「是。」郭穰默然斟酒，「先生請！敞弟請！」

「先生，這些耳朵是從西域來的，只有那裡的人才穿耳朵眼，戴耳環，不知道對不對？」楊敞淺嘗一口。

「哦，穰兒說。」

「西域男人戴大銅耳環，頭人官員戴金的。城樓上耳朵都很小，環眼更小。」

「穰兒，西域人大漢人都有小耳朵，也有大耳朵……」楊敞很滿足自己的聰慧。

「有理，有理。請！」郭穰舉杯。

「說完嘛。」老師停杯有所待。

「這……敞弟說過了。」

「你說你的，各說各的。」

「先生，從血肉的顏色看，這些耳朵不像行過幾千里長途，弟子懷疑是在玉門關一帶割的老百姓的耳朵，有一半是婦人的，戴不進大耳環，貳師將軍在欺瞞皇上。為了三千匹中等馬，幾十匹天馬，死人八萬多，馬損失幾萬匹，牛羊十多萬頭，不值！」

「穰兒說得好！這樣甄別史料，才能寫出真史書！敞兒要多思！」司馬遷浮一大白。

「是，先生！」楊敞向郭穰一揖。

「寫史書是先生的事，弟子胸襟甚小，哪配修史？」郭穰出言懇切，沒有酒態。

出門之際，子長介紹了九年前與李陵的一番辯論，自悔偏頗，太少寬容。而今李陵聲名鵲起，恭謙下士，受皇帝稱譽，現已多年疏闊，不知他可還記得那番乏味而又真誠的爭吵。

司馬遷品味酒保送來的舊釀，濃度已非往昔可比。他對兩青年不同的思辨方式印象頗深。見到弟子們衣衫汗溼，便招呼他們喝水：「累嗎？到樹蔭去吹吹涼風。」

「不累。不勞其筋骨，五穀不分，與師祖遺教有違背！非多年耕牧，先生也無今日之雄健！」郭穰講的實話。

「書兒呢？」

「師妹在後邊餵小黃驃呢。」楊敞說。

「爹，下朝這麼遲，小黃驃正想著您，兒餵牠也不好好吃，非常頑皮！」書兒抱著小騾子的頸項，一起蹦蹦跳跳地出了柴房。

子長抱歉地挽起袖口，接過女兒手裡的皮囊正待飼餵，被牠用下巴推開，長臉在他胸前輕輕磨蹭一會，伸出粉嫩的舌頭，舔著主人的雙手。

「這小東西長得多醜啊！」司馬遷很陶醉。

「穰兒，牠醜嗎？」書兒稚氣未脫。

「醜。」回答明確。

「敞兄你看呢？」

「……」他不想否定一方，騎牆地一笑。

「娘說牠是個俊俏孩子呢！心善就好看，搖頭擺尾多好玩？」

「清妹要能給書兒生這麼個調皮的小弟弟，那該多好！」他沒有表白想法，只輕描淡寫地說：「丫頭，什麼時候能長大點呢？」

書兒撲哧一笑：「牠餓急了，吃得多快！」

「你小時候也一個樣！男孩們洗洗汗水，我們都餓了。」

午後，司馬遷給三位年輕人講了父親遺著《六家要旨》，語重心長地說：

「韓信、彭越、英布若懂點道家，不居功，急流勇退，不至於滅族殺身，至今在廟裡受祭祀。但一味陰柔的張良，無賴的劉邦、陳平又太少英雄氣概，反不如項羽、信陵君、屈原和李廣將軍有真性情。觀世以道家，熱忱入世濟民以儒術，很難兼之。儒被公孫弘之流糟蹋得成為矯情巧偽，孔子長處全都淪喪。我們要自勉啊……即或無力治國平天下，也當退而齊家、正心、誠意、慎獨。修好史書，善善惡惡，昭告後代！」

掌燈不久，有人叩門環。

楊敞開門，叩環者側身垂手而立。

「廷尉杜大人求見太史公！」

「先生，廷尉大人到！」

「請進！待我迎接！」司馬遷整衣而出。

「子長兄，長孺有擾了！」杜周冠帶楚楚，步履矯健，軒昂而彬彬有禮地走來。豪貴的馬車停在樹下，車後，矗立著一把長柄巨斧，象徵著國法森嚴，執法者清正，被君王寵信的赫赫權勢。四匹白馬收拾得乾淨俐落，反映出主人講究儀表。杜周知道不能到司馬遷家來擺闊綽，所以未帶執戟衛士。

楊敞把客人們帶入書房，禮畢，賓主皆跪坐於席上，獨有叩環者立於杜周身後，下巴伸過足塵三寸，抵著胸口，似在洗耳恭聞，默默稱是。

「請坐！」楊敞獻茶時再次向叩環人欠身。

「不……不。」本來很細的二目稍稍瞇合，就為長長的壽眉所遮掩。出語略帶女性尾音，人稱「娘娘腔」，和那中下身材，稀疏鬚髮，瘦緊骨骼不全一致。

「請教貴姓？」楊敞不想冷落卑謙的來客。

「嗨嗨！嗨嗨！」客人乾笑，抱拳後退一步。

「長孺手下廷史無忌。請坐！」杜周介紹畢，那人仍舊兀立不坐。

聞名不如見面，見面未若聞名。師生都未想到眼前毫無將軍威凌，殺手氣度的侍立者，竟是提起名字（被老百姓故意訛稱為「元救」）連夜哭的小兒立即閉口的殺人狂。司馬遷在《酷吏列傳》中，不願賜此人一些篇幅，連同另一醜類馮翊殷周只給二字評語：「蝮鷙」。蝮指毒蛇，鷙說肉食猛禽的陰沉、活絡，凶焰四射。不愧惜墨如金。此君原是京兆獄吏，常常給刑徒剝皮、鋸頭、剜肝，百姓恨之入骨，偏為杜周激賞，形影不離，倚如右臂。廷史雖是下僚，有廷尉乃至御史大夫、天子做後盾，比長安掌刑律的中尉還有實權。集執法樞紐承上啟下的「祕書長」與杜府總管的公私二職於一身，事無巨細，皆參與決策。既然奴才要表演精忠赤膽，主人要顯現派頭，司馬遷師徒就不屑再與之寒暄。

「令尊大人和子長兄的道德文章，長孺仰如泰山北。深知賢師徒以治生產與應對權門為身外之累，不敢造次。無奈受人之託，才勉為其難……」杜周呷口香茶，對開場白暗地自喜。

「你我一殿之臣，有話請講當面，子長樂於受教！」

「兄臺過謙！該受教者是長孺。先將李夫人的禮物請子長兄過目！」

無忌開啟兩層綢包袱，將一雙白璧獻於司馬遷面前，還像幽靈一般隱縮到長官身後。

「此璧是西域和闐番王託貳師將軍攜回長安的供品，價值連城。萬歲賜予李夫人，夫人特命貳師將軍和長孺來拜訪。長孺與兄臺至交，無話不談，將軍又避嫌疑，由小弟獨當此任了。」

「廷尉官高爵顯，子長本該高攀。自愧無德少才，君夫人厚賜，無功受禮，寸心何安？」閃亮的璧放在几上，未曾吸引主人的注目。

「兄臺文采冠代，夫人想徵得同意，即上奏萬歲，請求降旨將昌邑王殿下接回京兆，隨兄臺讀古人經典，將來造就絕學，好替朝廷分憂效力，不負金枝玉葉。免得聲色犬馬，遊樂無度，子孫無知，坐失封國，乃至觸犯三尺法，求為貧賤而不可得……」

「李夫人遠慮，子長敬佩。長安飽學宿儒星列，輪不上子長，何敢當此大任？況昌邑王殿下身邊，有王式解《詩》，龔遂、王吉等通《尚書》史籍，勝過遷多矣。王爺所學乃經世安民之道。文章末技，子長不甚了了，不過秉先父遺志，守其舊緒，以上事陛下，下養妻女，自得其樂，若妄為王者之師表，奢望其他，負陛下重託，大禍不遠！請大人在夫人面前為子長請罪，不勝惶恐！」司馬遷由衷連連頓首，不是客套。當年董仲舒、孔安國兩師都教誨過他，做帝王師風險極大。王爺們生而高位，無寸功可述，驕奢淫逸，拒納忠言。百十年間造反犯罪失國伏誅者十占七八。皇帝用他修史，已是恩典，去當伊尹、周公，此夢早已覺醒。況他聽過傳聞：伊尹遭殺，史冊昭昭[14]，周公見疑。杜周、李廣利均是勢利小人，涇渭清濁，含糊不得。璧雖晶瑩，對他無用，張揚出去，損害廉潔名聲，卻之無悔。

緘默良久。

無忌一手掩口，輕咳一聲。杜周掃他一眼，似是徵求意見，又似是有所譴責。他更恭順地哈哈腰。也許就是嗜殺如命和絕不顯才炫智，方能助杜周為虐，又避開了刑戮。

「子長兄斷然拒人千里之外，狷潔可敬，然君夫人一言舉足輕重。長孺愚見，禮物先收下，就推說尚須三思，拖延周年半載，再觀後效，長孺可以婉轉覆命，兄臺不致失去斡旋餘地，另覓良機懇辭，或別薦高賢，不知對否？」

「此事子長已決，不再周旋。務請攜交夫人，感激不盡！」

「這……太難為長孺了！夫人事即萬歲家事，辦不妥帖，為臣者不好交代！真得罪不起貴人，請為小弟前程著想，高抬貴手，杜某沒齒不忘！」

杜周頻頻施禮，一副進退維谷之態。

「延尉，原諒子長深負雅愛！」

[14] 見《竹書紀年》。

「太史公，時不待人，千載難逢！」

「子長庸陋，薑桂之性難改，一意孤行。伏請海涵！」

「昌邑王之事權且不議，貳師將軍西征多年，封侯未久。萬歲抽回兄臺大著《大宛列傳》，稿本存放長樂宮，夫人先讀為快，盛稱所寫博望侯張騫堅毅多謀，聲威遠震，躍然字裡行間。唯對夫人之兄所敘雖詳，無勇謀及實功，且行止為敵國左右。兄臺所書是史實，夫人讓皇上閱畢，懷疑借貳師嘲陛下用將不當。萬歲若發雷霆之怒，夫人避干政之嫌，不便講情，託長孺向太史公致意，盼望做些刪改，這樣於貳師及兄臺兩全其美。」

司馬遷到此時，頭上冒出汗珠。得罪李氏一門，夫人一告枕頭狀，小小史官便能獲「大不敬」之類死罪，及至滅族。在寫此文時也確有曲筆，寄託了對李廣功大不封侯的不平和嘲諷，李廣利沾裙帶光而據要津。在考訂史實上，訪問過親歷戰場的將士，參閱過奏章戰報、文書，自信無懈可擊。對於皇帝以情緒代替法律是非，無辜者隨時可死，他有過充分的精神準備。

而職業道德不允許他寫違心諛辭。他還沒有修養到齊太史兄弟那樣，為史實寧從容赴死不阿的高度自覺，被李夫人（或許是杜周借她的口吻）的話所打動。

一剎那間他憶起舞劍的父親，熾烈的眼光鼓勵他去做西漢的董狐；一會劍變成一把香插在司馬喜墳前，粗陶碗裡麥飯豬腳熱氣騰騰，父親白髮垂耳，老氣橫秋，哀痛的淚水涔涔而下，似乎在說：「咱家唯一男兒遭到意外，祖宗要做餓鬼，你於心何忍？」

杜周認為成功有望，正要告辭，無忌的壽眉上下一動，右手掩住前胸，只有杜周懂得這種暗示是少安毋躁，還欠火候，很可能如他在車上所預料：白跑一遭。

「子長兄府上幾代單傳，縱然不重八尺之軀，也要想到不孝有三，無後為大。兄逞血氣之剛，萬一遇到不測之災，伯父有何顏面對祖宗在天之靈？人生不過百年，史實如山，後人重寫，仍能存真，要想開些！長孺愛兄深，不覺言之魯直。知我罪我，兩不縈懷！」杜周眼圈一紅，淚光隱隱，聲音哽咽，顯得全無城府，和善溫良。其實，他崇拜自己的口才，把同輩的文豪玩弄於如簧巧舌之上，灑下歡欣的熱淚。

司馬遷記起杜周的一貫為人。不禁為深心殘存的懦弱與改不了的毛病（易受感動，用最善的動機去拔高他人言行）而羞惡，便橫下心，說：「夫人錯看了子長，子長不識抬舉，辜負大人美意，罪孽深重，抱歉之至！敞兒將寶璧送回車上，多謝夫人！」他不亢不卑南面一揖，爽利地起立。

「子長兄，還是要多思，不可貿然從事！」

「哎——子長知道後果！」

「老師……」楊敞欲言又止。

司馬遷輕輕揮揮手。

楊敞嘴唇無聲地嚅動著。

郭穰的雙眼在暗處吐彩，對老師是無聲的支援，由衷的敬服。

「子長兄，璧玉留在寒舍，總得留條後路。長孺愛莫能助，告辭！」

司馬遷臉上浮出苦澀的淺笑。

頗有自知之明的杜周生怕仇家暗殺，特地在廷尉府後花園修築了一座地下「內書房」，地面種滿多年生灌木叢，一片鵝黃嫩碧，其中點綴著奇花異草，四時更替，萬紫千紅。

「內書房」三道石板門，皆有武士把守。外繞兩層長廊，迴環曲折，暗道虛虛實實。無忌住在第三道門左側，除了他和杜周，誰也摸不透有幾個出口。主人仍不放心，書房邊有暗門，萬一刺客進來，杜周走出暗門，千斤欄柵從空而降，立即撞上暗鎖，刺客反成了網底魚。

他善於養生，黎明即起，在園中打拳，午飯後必睡一個時辰，夜間精力充沛，三更上床算早。在家三餐素食，做得極其考究，出門赴宴則少禁忌。

有錢無勢或錢多勢小，住在京中坐享清福的老財們，為了買得安寧，除去四時八節孝順厚禮之外，又為杜周選得一批批侍妾，陪著彈唱歌舞不失為對付酷吏的家傳祕方，可謂立竿見影。

然而杜周是個無底洞，酒喝厭了，山珍海味吃煩了，美女們十四入門，十五伴寢，若不生男孩，到十八歲便玩膩了，勢必賣掉或嫁走。於是手段高超的馬屁大師花樣翻新，請了一位教唆家——素有長安名「媽」之稱的男伎，沒費大勁就把杜周引上了鉤。馬屁大師又花百萬錢將歌郎從師父那裡買來，本姓席，改了個同音的「惜」，魅惑力倍增。魔王從此掉進了迷魂陣。

他生性多疑，姨太太們進入三道門之前，由無忌之妻嚴加檢查，隆冬也要脫光衣衫，免得她們攜刀行刺。要召見誰，召見幾名，全由無忌安排。

允許穿著肚兜與緊身短褲衩的「小郎」惜玉香，不長一根鬍子，看不到有喉結，身材婀娜，走路一步三搖，比女人還女人。又受過特殊訓練，能歌善舞，嗓音甜裡帶點沙啞，較之珠圓玉潤的妙聲還動聽。無論無忌夫人多麼忠心耿耿，對畢竟是男性的小小龍陽君審查時還有些不便，杜周也不願小妾們見到裸男，才「恩准」玉香保留「掩體」。

杜周飲酒有海量之稱，但比起玉香是小巫見大巫。玉香從沒醉過，多大的量，自己也不甚了然，一邊喝，腳底板流汗。加上不喝酒面頰也帶幾分醉態，像紅牡丹花瓣，又善於窺測主人心事，被小妾們妒恨是順理成章的事。

平時一見所歡，杜周紫色臉膛綻出笑容，今晚在司馬遷家受到冷落，不免沮喪，後悔接受這趟苦差，幸而在夫人兄妹面前申明過司馬子長是牛脾氣不易就範，否則更被動。

玉香怯生生地立在暗處：「老爺要捶腿？」

杜周煩悶地搖搖頭，緊接著又招招手。

無忌已代主子脫掉靴襪，扶他半躺在寬大的軟榻上。旁邊有托盤，內放酒餚。

玉香走近軟榻，在地上跪倒，給杜周、無忌各斟一杯酒。「老爺、大人請！」

杜周鎖眉闔眼，沒有碰酒杯。

玉香的桃腮貼在主人腿上，輕輕擦揉幾下。

「去，去！」杜周嘴角一動！

「喚你再來。」無忌朝門簾一努嘴。

玉香像做了錯事被婆婆覺察的團圓媳婦一樣，飛了個幽怨的媚眼，掀簾而去。

「杜某幾時受過這般窩囊氣？義縱、張湯都是殺人不眨眼的大人物，也沒摔過臉盤子給老夫看，真豈有此理！」

「大人覺得這兩塊璧挺好嗎？」

「當然。」

「門下拙見破碎一塊退給李娘娘，剩下一塊就說讓司馬遷摔成八九瓣了！讓娘娘恨這匹夫，廷尉大人又賺下一塊美玉玩玩。多麼溫潤，多麼透亮的寶貝呀！長安城雖大，除去宮裡，幾家能拿出它來？」

「好陰毒的小子！誰騎上這匹賊馬得丟狗命！杜某不愧一等一流的馭手，玩了大蛇又喝了蛇膽！」自我歌頌最能提神。

「剛才楊敞送它上車，為什麼不阻止？」

「為了大人和娘娘，還有李貳師。」

「唔，是這樣？」

「門下怕書呆子司馬遷將璧收下，面呈天子，這樣娘娘兄妹和大人沒有大險，也出一身虛汗。何苦跟沒權沒勢自找絕路的書生一般見識？這璧……」

「璧？」

「要麼兩塊全收下，娘娘總沒機會去問姓司馬的……」

杜周道貌岸然：「老夫平生不貪財物，免得給雞蛋裡找釘子的細人以把柄，想置你我於死地者舉國到處皆是，雞蛋無縫，蒼蠅無計可施。此即報國恩處盛世之道。」

「大人遠見，高！高！高！在下鼠目，有違大人一貫教訓，罪不容誅！」

無忌伏地叩頭不止。

「哈哈哈哈！起來，你在恭維戲耍杜某，大可不必！同舟共濟，老夫時時倚重你。想升官發財，到時候會如願以償。」

無忌伏在地氈上，慌做一攤泥。

「你的女人老了，可以搬回家去守著兒子，老夫讓你在丫鬟使女裡挑一個，也可以買個陌生的健婦，好給小妾們搜身。」

「門下無此妄求！」

「不好女色錢財的人必有野心，誰能例外？莫裝偽君子，再效力幾年，長安的中尉就由你來兼任。」

「謝大人再造之恩！」

「來喝酒，玉香香！」

「哎，來噦，老爺——！」小郎一陣風似的轉了進來。

「賞無忌夫人黃金五斤，派車送她回府歇息，說老爺謝謝她六年來忠心不二，起早歇晚，十分辛苦，好好照管好無忌，讓他多活幾年才是老夫和他們兩口子的福氣！」

「是！」

「把老夫的話重講一遍。」

惜玉香像畫眉鳥那樣將原話啼囀一通，一字不漏，媚氣橫溢地去傳達命令。

「大人，拙荊無功，怎叨大賞？」

「賞給她就是賞給你的，不這樣後院會鬧火災，小老婆受用得不安泰呀！」

「門下肝腦塗地，不足報大人盛德於萬一，不知對司馬遷有何想法？」

杜周陰森地笑了：「我們做鷹犬的以主子的臉色為想法，在這個世上披一張人皮，有自己想法就不配活，也不能活下去！吃上我們這碗飯就是皇上耳目，千方百計消除有頭腦的人，跟皇上跟權貴想法不同的人，越乾淨越有功！喜歡金錢、女人、黃金大官印，小事一樁。貓都愛吃魚，只要不讓老鼠造反，魚吃得不太出格、不太顯眼，上邊也會睜一眼閉一眼！我買一大窩母雞也有苦處，是為了陛下放心，誰稀罕她們生個老虎蛋？」

杜周連忙打住，乾了兩杯酒，暫時把吃司馬遷冷羹的事扔到一邊。玉香悄悄進來。

「老爺，無忌夫人歡喜得直流眼水，要進來面謝，小的說改日再謝吧，老爺沒有空。」

「挑個頭臉周正個頭大些的女孩子，洗過澡燻好香送到外屋陪陪廷史大人。」

「嘛！」惜玉香裊裊娜娜地去執行主人意圖，眼角不無豔羨和嫉妒。

「大人一席話，門下勝讀十年書！」無忌只有流淚的份。

「幹！男子漢淌什麼貓尿？呸！」燭火晃動著杜周的投影。

無忌內心比杜周更狂喜，因為主子的言行，沒有跳出他幾年來苦心的謀劃。

二

李夫人午睡乍醒，趁著殘餘的慵倦，未被視窗太陽的金焰趕走，努力想把不連貫的斷夢編織成完整的故事，剪去李廣利喪命沙場，馬皮裹屍歸來，李延年不知犯了什麼大罪被處絞刑之類保留節目，盡是錦上添花的快事。

即或沒有，也能杜撰上一兩段，比如她和皇帝都回到二十歲之前，並轡到甘泉宮去打獵，在泉邊看著自己青春的倒影，是何等的美妙啊！

「貳師將軍在前廳久候了，請娘娘整妝！」十四歲的宮女蓮蓮在鳳榻前跪稟。

夫人有點怏怏地回到現實，她一抬右腕，蓮蓮迅捷地起立，攙著她走進盥洗間，這裡光線柔媚，隔著黃色的窗紗能見到猩紅欲燃的月季花大於碗口，喜氣洋洋，遠遠送來宮女們的歌聲。這是夫人按照延年送來的新詞〈北國有佳人〉所編排的舞蹈，正在演習。據李福差小太監來奏，今晚皇上又要駕幸西苑，與夫人同享良宵。

直徑二尺的特大銅鏡磨得赤亮，彷彿塗過一層薄薄的油，被兩名宮女抬到夫人跟前。

夫人疏朗的眉峰突然緊靠，櫻紅小口邊的笑紋消失，威嚴的聲音像從半人高的大宮燈裡壓下來：「跪下！」言畢，食指對青色大方磚上一點。

蓮蓮身上打了個寒顫。兩宮女不知闖了什麼大禍，應聲屈膝，雙手按著小腹左側哆嗦。

「你等知罪嗎？」

兩宮女搖頭伏地。

「娘娘！」蓮蓮也感到災難迫近。

「蓮蓮起來，沒你的事。」

蓮蓮驚魂未定，只得匆匆圓場，想結束一場風波。女孩和所有未得寵信的太監、女官、嬪妃、宮女一樣，人人都被隱患籠罩，如履薄冰，隨時滅頂。

「多麼慈惠的娘娘，比母親待我們還親熱，快快認個錯，娘娘正忙著哪……」

「奴婢該死！」兩名宮女跟著學舌。

太陽躲到雲捲後面，屋裡陰暗下來。

「我三令五申嚴禁你們擦胭脂抹粉，一意要爾等學好，偏要賣俏，也不看看自己什麼材料，還想……」末後是「迷惑皇上」四個字，夫人忽然悟得天機不可洩露，就用指頭輕輕敲敲几案。

「奴婢能侍候上娘娘，是託祖祖輩輩洪福，娘娘高興，老家的爹媽睡著了也會笑醒的，從無違背娘娘教誨之處！」

「奴婢絕無非分妄想，一心服侍娘娘……」兩宮女一唱一和，胸腔裡不停打鼓。

「妖婢還敢狡辯？夫人像腳下有彈簧一般矯捷地起立，用食指蘸著銅面盆裡的清水，往兩個宮女腮上重重擦拭幾下，指尖上沒有脂粉痕跡。

冷流從夫人的髮根向全身展布開來。她嘆了一口無聲的氣，第一遭意識到自己是盛開的花，業已接近凋零，高峻的宮牆擋不住春光在女孩們的臉上現身，當年她在寵妃王夫人過早去世之後入宮，何曾化妝，仙姿豐豔使六宮妒忌。一晃十多載，不覺到了王夫人辭世的年華，花容能不黯然失色？

「還愣神幹麼，往後百倍小心，可不能有絲毫差錯啊！」蓮蓮面冷心溫，給姐妹解圍，一道忙著給夫人盛裝。

李廣利頭頂方形鶡（音河，善鬥，報時）冠，上插雉尾一雙，外筒高聳，圍著襯巾。身披束甲戰袍，袒出右臂甲片，足蹬虎頭馬靴，正是人要衣裝，馬要金鞍，如果不是眼神欠沉厚的書卷味，削弱了氣質，也不失戰將風儀。他飲過三杯香茗，幾番起立，幾回落座，多次徘徊。

「臣李廣利叩見夫人！」

「兄長少禮，請安坐敘話。」

「母親問候夫人！」廣利見妹妹隻身接見，未帶太監宮女，便於交談，安排妥帖。「愚兄剛在殿旁碰見杜周，一切不出夫人所料，司馬遷有些軟硬不吃！」

「哦！」她曾告誡過哥哥和杜周，子長血氣太剛，不會聽話。等聽完廣利的轉述，心中仍感到小鹿在撞一般。

「咱李家也不是好惹的，不識深淺就叫窮書生人亡家破！」

「兄長此言差矣！皇上都說司馬遷一代大才，總要讓他給朝廷盡忠，也就是為我們所用。」她把有關朝廷一句說得特別響，後一句細如耳語，「讓小妹用心揣摩，總會天從人願。大哥甭著急。母親玉體安泰嗎？」

「托夫人之福，老母身子骨硬朗。」話題一轉，氣氛稍為鬆動。

「大哥西征，朝野注目，要多用謀略取勝，避凶求吉，免得家人不安，不給讒臣向萬歲有機會進言，讓皇上左右為難。」

「是，愚兄出兵，不知哪天回朝，想在啟程之前為母親祝七十大慶，盡盡孝道，壯壯軍威，求夫人向萬歲討些封賞更好。」

一陣默然，夫人拔下七寶龍鳳釵剔著指甲。

「夫人！」

「大哥願聽實話嗎？」

「當然願聞！」

「萬歲上次抽看司馬遷寫的〈外戚世家〉，稱咱李氏娼家出身。他父司馬談保薦李廣為大將軍，未能如願，向皇上說過秦國坑趙國大兵四十萬，社稷淪亡，皆因太后是娼家女，缺教養，貪財帛，聽奸賊郭開讒言，殺了大將李牧，逼走廉頗，皇上一笑置之。後來又拿此事教訓（髆）（音博）兒，小妹聽出老太史公生前有弦外之意，這回差杜周去說事，又碰了釘子，我們不能被蒙在鼓裡，要知道鼓外有火！」

「可夫人在當今萬歲面前……」

「別說了，當年陳阿嬌赫赫不可一世，皇帝也怕她三分。衛皇后至今還是皇后，寵冠六宮，曾幾何時，又遭冷遇。大哥功勞比韓信、李廣如何？二哥再走紅比不上鄧通、韓嫣，他們下場怎樣，都明擺著。咱家一向為有識者們所鄙視，無能之輩嫉恨，都把眼瞪成銅鈴等著看笑話。母親大壽要做，她老人家把幾個孩兒帶大也嘗盡五味。但絕不聲張、不收禮。小妹帶李福回府，請老丞相杜廷尉小小熱鬧一番，減少日後麻煩。」

「容愚兄想一想。」

「這塊地方不是隨便待的。大哥鶡冠不是隨便戴的。逞一時意氣不如三十年平安。大哥把小妹原意照實稟告母親，老太太一點就透。沒有她點撥，小妹哪有今天的榮耀？龍駒會失前蹄，大船總躲不開逆風。看不到危險必敗！」

「全聽夫人謀劃！」

「去見杜周，說一對白璧送給他，此人日後對我們有用，兒也要他相幫。」

「那司馬遷……」

「自有安頓。」她說出了辦法。

李廣利出宮時，情緒平定得多。

蓮蓮招來李福，他正要行禮，被夫人伸手扶住：「公公辛苦幾十年，對我兄妹有恩，何必拘禮？」接著她給大太監出了一道難題。

「奴輩馬上就去，請夫人吩咐：見了司馬夫人該怎麼啟齒？」

「公公口才不在蘇秦、張儀之下，哪用絮叨？」

「夫人不教誨，奴輩開口必錯，準會誤了宮裡的正經事。」李福一副老實巴交的樣子把夫人逗笑了。

她一面讚賞奴才的聰明，會恭維主子，更欣賞自己能識破老太監的表演。

當年此老也是一表人才，眉目孔武，膂力過人，身高底氣足，在李家耗盡資財，深得夫人母親寵愛。先是延年犯了風流罪，受到腐刑，靠音樂天才巴結上平陽公主，公主推薦夫人入宮，李母準恐女兒教養有虧，不知道用什麼方式說服李福閹去了煩惱根，進宮照拂李夫人。誰知夫人袖長善舞，應付宮廷遊刃有餘，把皇帝緊緊拴在腰帶上。李福從不顯山露水，一副無能的憨厚相，緊要關頭，點夫人一句也是聲東擊西，讓她頓悟，受惠而自以為夙慧過人。李福從不邀功，靠持久的投主所好，打退一個個高手，成為皇帝貼身的太監頭。這些年肚皮隆起，四肢萎縮，夫人懂得他與母親的微妙關係，不僅憐憫老頭，還在深心埋著一個祕密，每次她趁母親高興的時候發問：「二哥大我十歲，他兩歲父親就去世，我爹是誰呀？」

「傻丫頭，當然跟哥哥一個爹嘛，不許亂問！」母親摟著她親個沒完沒了。老人家耳根上的丹霞，胸口一起一落挺快，增添了女兒的疑點，娼家生活，有什麼漏洞也正常，便不再多問，只是暗地裡把李福當作叔叔舅舅看待，不時賞賜些珠寶。此類珍玩，夫人後來又在母親的描金匣子裡見到過。

記憶，有時是往事的墳墓。

自從送走了杜周和無忌，上官清心裡一直忐忑不安。她知道子長認死理，爭吵不能改變他的觀點，還是忍不住狠狠抬過幾回槓。

「我們不是貪財志短的小人，但李夫人得罪得起嗎？該收下白璧不辦事，也給她留點情面。要是她向皇帝吹起妖風，咱一家子還能活？」

「是福不是禍，是禍躲不過。敢做就敢認了，由她去擺置！」

「幾隻螞蟻經得起人家一指頭！」

「大不了一塊死，莫再絮叨，讓孩子們聽到看不起。」

「站得直，坐得穩，行得正，怕誰看不起？人人看得起能當飯吃？我看告老回高門原種地算了，遲早要遭大難！」

「誰修史書？」

「誰愛修誰來修，就是不讓你做史官！幾百年沒有史書，沒有人少吃一頓飯！」

「不做好這件事對不起爹爹！」子長一聲浩嘆，僵坐在蓆子上。

「我沒有惡意啊！」她泫然抱著丈夫的頭。

「曉得，清妹！」

「平安比大富大貴好！我也想富貴……」

「孔子為了富貴都願為人執鞭，不甘貧賤乃是常情。能為孔子、管仲、晏嬰趕車也好啊……」司馬遷言罷，帶楊敞校古書去了。

李太監意外地登門，郭穰推辭再三，李福就是不走，上官清只得勉強見客。

「今天來到府上不是向太史公請教，是奉夫人懿旨，專程來請太史令夫人進宮的。」

「村婦與夫人素未見過，若出言欠妥，吃罪不起。」

「夫人平素欽敬太史公文采和為人，您是賢內助，不去一見，李福回宮如何交代？」

「公公有什麼吩咐只管直說，只要能做得到的事，村婦樂於效勞。」

「夫人讓李福稟告您：太史公處境很危險！只因今晚聖上要看他的大作《大宛列傳》，傳中寫的貳師將軍有些窩囊。李夫人說他大哥本非將才，沒有策略。太史公秉筆直書，全是真話，她一點不介意，要當面跟您解釋：

一切為了太史令大人好。怕萬一皇帝說太史公諷刺貳師將軍無功封海西侯，全靠裙帶……會惹大亂子。」

「哦，子長這人……」

「夫人知道太史公秉性剛正，寫對頭的東西寧死不改，十分敬佩。但他前程宏遠，不該為一位草包將軍傷害曠代文豪。這對皇上、夫人、貳師將軍和您一家都不利。夫人非常著急，想跟您商量，太史公的原著一字不改，將來編書照用。今晚呈送的稿本把貳師吃敗仗，皇上不許進玉門關的那段高論刪掉，讓弟子另抄一下，呈給御覽。這不是太難辦的事，李福知道您會在危難之際挺身而出搭救太史公，別人是愛莫能助。這事關照學生別讓太史公知道就得啦，您看呢？」

「啊！難得李夫人想得周到。愚見還是等子長回來……」

「他一回來這事就說不通，白白辜負李夫人一片誠意，招來龍顏大怒，無法收拾……」

「這……」上官清很矛盾。

「師母！」郭穰頭上汗珠閃亮。

「偌大長安城誰不知道太史公夫人提得起放得下，乃大賢大德之人，為挽救這個家，是不拘小節的……」太監說話比唱歌還動聽。

「穰兒，家裡還有抄的清稿嗎？」

「沒有，師母。」

「稿本帶來了，在這裡，抽掉一段，天衣無縫……」李福到這節骨眼上特別沉著，他知道魚將上鉤，「還是太史公夫人明大義。時光等不得三反四復！」

上官清耳孔裡滾動著車輪，唧唧嗡嗡亂響。李福上門為了李家的好處，但不是黃鼠狼給小雞拜年，便叫郭穰去辦。

「師母，這樣做被先生得知要趕弟子出門庭，一世就完了。」

「哎，你師娘夠為難的了，你又給她添什麼心事？她什麼擔子挑不起，會讓你小夥子背鍋？」李福從側面湊興。

「老師一朝性命不保，你能袖手旁觀？大禍快來，事過先生追問，推給我承擔！」

「那……師母三思！」郭穰跪下。

「管不了那麼多，我這裡全亂了。」上官清拍拍額角。

李福大巧著拙：「杜長孺跟夫人沒法比。奴輩一說出來由，司馬子長夫人樂於遵循懿旨。」

夜間，夫人備了菜餚，與皇帝同到通天臺上共醉。他端著巨杯，聽她大聲念著《大宛列傳》。

「張騫這一段筆力扛鼎，舉重似輕，條理清晰，毫髮不亂。」皇帝確是欣賞家的本色，「為什麼對你兄長這樣惜墨如金呢？是不是怕說真話惹朕發怒，有意迴避？朕非誅殺史官的暴君，這樣，後來人看完反而生疑……」

「陛下日理萬機，聖體累了，臣妾請駕安歇，不必為區區小事再分心費神，許多大事明天再思慮如何？」

「不，這不是小事！自老名士司馬長卿去世，二十年來沒有文學家以辭賦進諫，要讓人勇敢講話才是堯舜之君。朕未敢妄比古代聖哲，也不能沾沾自得讓臣民歌頌，夏桀、紂王面前都有諂媚小人天天獻上美言，所以亡國。」

「臣妾只求陛下為眾多生靈惜身，國家大事，向來不知。陛下能時時自警，已勝過古代賢君多矣！」

「多謝夫人一片深情，獻媚甜言，不說更好！」皇帝眼睛猛地射出亮彩。

「臣妾不敢！」

「李廣利率騎兵西征，十死八九。朕心知乃假勝真敗，獻俘慶功是做給百姓及西域幾位國君和商人們看的，細細深究，破綻不少。看在夫人份上才封廣利侯位，廣利不是帥才，連將才也欠缺，哈哈哈哈！這樣話柄能讓史官無言？」

「司馬遷膽子不小，聽說還要寫《外戚世家》、《佞幸列傳》，把些出身微賤之人，有累皇帝千秋聖名之事，都要寫，臣妾深為先帝們和外戚憂慮……」

「還聽說些什麼？」皇帝警覺地一笑。

「陛下不許后妃干政，臣妾多口便有進讒言之嫌……」

「為什麼聽不到人說司馬子長健筆凌雲，出使西南夷有功，還朝隻字不提，朕有意磨練他，不授高位大權，他從無怨恨……」

「這……」

「流言從何而來？」

「聽臣妾母親所講。」

「她年老昏瞶，不予追究，下不為例！」

「謝陛下！」夫人跪倒，她慶幸未扯出杜周或者兩位兄長，否則後患無窮。

皇帝臉似秋月，澄朗中透出寒意。

夫人窘迫地垂下睫毛。

「朕與夫人情同琴瑟，老夫人七十大壽還是要做的。」

「臣妾已告知大兄廣利，不宴賓，不收禮，只在家中小慶一番，免得奢侈招搖，引來怨言……」

「哦，好！」皇帝扶起夫人，把酒杯遞給她，「你比廣利、延年聰明十倍，可喜可愛，朕要李福送去賀禮，也不聲張。」

「陛下英明！臣妾終生不忘。」

「朕有英明之日，也有糊塗之時，皆十居二三，就這後宮一萬八千人也不好治理。以夫人為例，雖不敢干預朝政，卻也進過讒言，適才攻擊司馬遷便是。朕不計較，夫人自重便好！文章治國乃兩類才能，司馬長卿大筆一瀉千里，真為丞相，天下必亂；汲黯是治國大才，寫不出好文字。用人是難事：重用司馬遷，殺司馬遷皆是千古罪君！」皇帝很少像此刻這樣明智。他見愛妃坐立不安，縱聲大笑，洪亮，淵深，不可揣測。

「朕要聽聽延年的新聲，有勞夫人！」他替夫人插正略嫌歪斜的梔子花，還貼近鬢髮嗅了兩下，親近，大度。

夫人扶他坐穩，輕輕擊掌，一隊舞俑從簾後繞出來。燈火大明，樂聲浮動，女聲清揚，略帶幽怨地唱道：

北國有佳人，絕世而獨立。

一顧傾人城，再顧傾人國。

寧不知傾城與傾國，佳人再難得！

皇帝聞得動情，輕輕讚嘆說：「夫人傾國傾城再難得！朕更何求？一切粉黛如糞土矣！」

夫人情巧地一笑，長長的綢帶從廣袖中游出，腳步不響，人已成為舞俑們拱衛的一輪皎月，慷慨地把溫煦的柔光分給藍霄、群星，共沐她的晴輝。

三

頭天晚間，皇帝仔細審閱了李陵部將陳步樂從大漠帶回的地形圖，自居延到浚稽山綿延兩千多里，畫得精確，讓他感到霍去病漠北大捷以來最大的振奮，比起開拓兩越、西南夷、遼北廣闊的疆土還有魔力。幾朝以來渴望的勝利業已指日可待，頗能展現他用奇兵造成決定性作用。第二天，金殿上文臣武將的頌詞都選定最輝煌的字眼，於是龍心大悅。

「李陵敢插到敵兵背後這麼遙遠開闊的地帶，會不會碰上什麼偷襲或圍攻，匈奴的狡詐是一向如此。李陵有什麼打算？」

陳步樂志得意滿地跪在丹墀之下，用昂揚的聲調說：「兵在精不在多，一則匈奴兵力有限，全盛之時已過；二則李都尉的麾下不乏奇士，有上山擒虎之勇，誓死效命朝廷之志，通兵機謀略，能料敵致勝。都尉與韓仲子將軍行事嚴謹，每日派出尖兵多起四處探聽敵情，若聖上多配武器糧草，大量援兵，區區匈奴小丑，指日可滅！」

可惜後面幾句點題的要領，皇帝與大臣們都不曾聽進去，只有站在遠遠的司馬遷聽出分量，那些吹捧皇帝的話，猶如風暴中的海潮，一浪高過一浪，他只有沉默，暗暗記住這些人的話語與表情。

皇帝宣布：中午大宴群臣，派車接李陵老母與妻兒前來赴宴，給李陵記功，降旨急速調集箭與糧草馬匹，集中到居延，由邊吏送達李陵的軍隊。陳步樂拜為郎官。

「司馬遷！」

「臣在。」司馬遷出列上了幾層石階。

「好好看看李陵的地形圖，讓陳步樂詳細說明行軍實況，準備草一篇長文章，傳送給西域各國的國君，誰敢冒天下之大不韙，匈奴的單于就是下場。」

「是！」

「文字要扎實，雷霆萬鈞之力皆在言外。」

「是！且待大戰告捷，臣竭盡蟻力送聖諭西行。」

「朕看那一天已迫在眉睫！」

「陛下積慮多年，將士皆蒙聖朝天恩，生擒單于，當不出陛下所料。當今之計是協調貳師將軍與路博德將軍同建奇勛。李陵步兵再勇，畢竟人數少於敵兵十倍。陛下愛兵如子，原不用臣多口。臣十分惶恐！」這些話講得克制、策略，隱憂重重。

「還是考慮寫好傳諭諸國的檄文！運籌帷幄之中，決勝三千里之外，陛下自有神機，不必多口！」老丞相的話不好揣摩透，司馬遷有些感激，他從不以壞的動機去註釋別人的言行。

久久的無聲。

「司馬遷，古代國君之中有人讚賞史官完成信史的嗎？」

「凡不殺史官允許秉筆直書者皆是。」

「僅僅不殺，太不夠英明，要允許鼓勵史官記下自己當朝年月中的重大過失，絕不文過飾非。能舉出先例嗎？」

「臣才疏學淺，較之前代，我朝百餘年間對史官給予厚祿，從未貶殺過一人。」

「你舉不出例證嗎？說錯了也無傷大雅。」

「臣不敢妄議歷代君主。」

「不用遮遮掩掩。一個也沒有？養史官就想歌功頌德，為尊者、長者諱，左諱右諱，面目全非。朕不願做那樣庸愚無度量的君主，鼓勵史官如實寫出過錯，如朕昔日信任方士，為欒大李少君之流所騙，要寫入史冊，為子孫後世之戒。」皇帝被自己的偉大感動了。

「臣謹遵聖命！」

「自古至今，有史官當國，致其君於堯舜文武之列，下富萬民，道不拾遺，夜不閉戶嗎？」

「並無此事。」

「除去孔夫子作《春秋》，左丘明等作《左傳》、《國語》、《公羊傳》、《穀梁傳》，史官還寫出過什麼驚人名著嗎？」

「並無此事。」

「告訴你，不會讓你來出將入相，治國打仗。只要你專心致志，寫出最好的史書。你永垂不朽，朕水漲船高。君臣同心，在歷史上留個前無先例的楷模如何？」

「臣勉盡微力以報陛下知遇之恩！」

「萬歲聖明！」老丞相一領唱，杜周等百官一齊跪著高呼。

皇帝眼睛賊亮：「司馬遷，下筆顧忌一多，文氣不暢，言不由衷。你寫《大宛列傳》就沒寫到貳師將軍損折兵馬，久久無所作為，是怕朕袒護皇親，遷怒於你，大可不必。如寫《外戚世家》、《佞幸列傳》，放筆如實寫來，朕絕不怪罪。因為此類事往昔有，將來仍會有。只能減少，不能除盡。為專一撰史，自今年伊始，每年加俸米一百擔。赴宴去吧！」

「臣肝腦塗地不足以報國恩，尚知以勤補拙，夙夜不懈。唯有俸祿一事請求收回成命，免得微臣不安，出自至誠，陛下恕罪！」

武帝、太史公今天的對答很奇特，一邊說，一邊後悔；雖後悔，還得說下去。這碼事僅此一遭。說到《大宛列傳》，司馬遷有些摸不到頭腦，胸口很憋悶。但皇帝如此坦率地待他，他已激動得熱淚交流，細節只能留待以後再追尋。

「哈哈哈！」武帝無可無不可地大笑。

「請駕回宮！」老丞相覺得戲已演足。

「恭喜太史公，長孺愚蠢，前回的事十分可笑，請您海涵！」杜周也賠著笑臉，心裡又悔又恨。

「太史公，了不得！皇恩浩蕩，你要領悟聖意，福氣好大！」老丞相一副前輩教訓的口吻，近乎得話裡有骨頭。

「謝謝列公抬愛！」司馬遷一一行禮，他盡力顯得平淡，也無法掩沒眉梢上的喜悅，「子長魯鈍，請多多指教！」

回到家中問到《大宛列傳》一事原委，楊敞說他一無所知，書兒見父親怒火燃胸，怕事鬧大，便跪到子長面前說：「此事是女兒所做，是怕爹爹得罪李夫人和李廣利，給全家帶來災禍。讓爹爹氣成這樣。萬一病倒，女兒罪大。請爹爹責打幾下，往後不敢了……」她伏在地上，肩膀抽動。

「這事和師妹無關，是弟子辜負教養之恩，萬分羞愧，無地自容。向先生請罪，甘願受罰！」郭穰說。

「到底是誰做出的醜事？滿朝文武都笑我膽小如鼠，讓我對祖宗無顏！」

「女兒敢作敢當，不該連累穰兄。」

「該責弟子，受罰無怨。只求先生留在門下，去世的漁翁爺爺和父母都感戴先生大德！」

「書兒，既是你所為，把上下文背誦一遍！」

「這……女兒忘記了。」

「以你資質，過目能記其概略，怎會茫然墜入雲霧之中？」

「弟子知道所刪部分上下文。」郭穰將這三段文字背出，汗流浹背，沉痛地說：「第三四兩塊帛的連線之處，文理不通，是弟子加了『太初』兩小字在旁，先生筆跡，只有弟子寫得稍具外形，而風骨內蘊則寸草喬松，相去千里。恩師恕罪！」

「爹爹，兒……」

「下去！不許多辯！」

書兒仍長跪一旁飲泣。

楊敞也下跪求情，苦勸老師保重。

「郭穰，人只可為名節而死，不能苟活求富貴！品無存，學問何用？老漁父與你雙親都是剛正善良之人，你若稍具良心，記得他們貧困終生，今日讀書識字，何等艱辛！恕我教誨無方，耽誤了你直上青雲之路，快快收拾行李，想去何方，只管去吧，我白白教你一場，無能為力了！從此以後，南轅北轍，莫再登門惹我生氣，算你盡了尊師的孝心！」

「恩師，你老人家不能網開一面，留下穰兒以觀後效嗎？倘若再違師教，弟子碰死階前，明我心跡……真捨不得二老待我和敞弟勝過親生骨肉……」

「這回惹起的風浪已看夠看透看傷心了！日後我司馬遷若遇不白之冤，你會落井下石！人有貪心，眾惡之源。去吧！」子長不斷揮手，淚水奪眶而出，想到父親、東方樸、任安、田仁、韓仲子、方正迂……還有屈原、信陵君等歷史人物，許多為小人出賣的悲劇，痛苦莫名。

他忽然想起老子的名言：欲先取之，必先予之。

今天皇帝說的是由衷至言，敢為天下先，做個榜樣，造就史官史書，還是心有所恨，不願承擔惡名，日後尋找機會再置之死地，一切做法只是優孟衣冠……於是全身顫抖，皮膚上湧出雞皮疙瘩。

「子長，你也太以小人之心去猜度聖上博大心懷了！父親要你小心是老年人經歷多，膽太小，事情不會像老人家想的那麼壞！」這種意念一閃出，暫時心中稍安。

在師生們各想心事的時候，書兒悄悄喊來了上官清，她一進門就說：「子長，郭穰是好孩子，不必再生氣，傷了身子骨，留下他好生侍候你。」

「夫人，這種事能含含糊糊？」

「不必小題大做。」

「這事還小？」

「比起你一身安危，一家存亡，原本就是一樁小事，真有哪一天遭到不測，自己的孩子不會落井下石，你多慮了！」

「清妹，你太糊塗！」

「我比你明白，求求你莫再追問。」

「你要我不了了之？」

「不了也得了，穰兒不願那麼做的。」

「他做了呀，誰拿刀逼著他做的？」

「我！我要他做的，都為了你好哇！」上官清哭著跪下了。

「唉！」司馬遷不住地搖頭……

四

陳步樂被打發回朝前夜，仲子又在帳中問李陵：「我孤軍深入浚稽山，雖攜有一百五十萬支箭，畢竟離居延城有幾千里路，走起來要三十天。眼前未遇強敵，不如班師回受降城休養士卒！」

「大兄，涼秋九月，匈奴馬肥，他們以逸待勞，易守難攻。路博德將軍曾經奏明陛下，打算春初回暖時節乘匈奴缺糧少草，與小弟各領壯士合圍，一戰成功。誰知萬歲聞奏誤認為小弟貪生怕死，有意託路將軍上書延宕行期，只得冒雪出征。」

「少卿，路博德貌似敦厚，暗中作梗，賢弟不可不防。萬一他與李廣利串通，將我等弟兄送入虎口，他們擁兵坐山觀陣，我軍危矣！」

「只好打兩回硬仗來明志，免得李廣利之流進讒言！」

「報國也難！」仲子連聲嘆息。

天上飛過幾隻烏鴉，哇哇叫得很刺耳。

李陵皺眉警覺地說：「夜烏南飛，怕匈奴有大兵南下。」

「我讓探馬出去檢視一番。」仲子派出的細作都會說匈奴語，天快放亮的時刻，他們送回可靠訊息，匈奴兵在四十里外埋鍋造飯。

早餐一畢，李陵與韓仲子，偏將李緒，點集五千人馬，在沙場上祭旗。

仲子斟酒一角，遞給李陵，李陵酹醇酒於地，用雄渾的低音懇切地說：

「適才探馬報導：匈奴三萬騎兵，分四股渡過鄂爾渾河與土拉河，圍攻浚稽山。我軍兩側，貳師將軍伏波將軍援兵未至，大丈夫不得臨陣怯戰，願我士卒，誓死克敵！」

「誓死克敵！」五千壯士異口同聲地回答。韓仲子將一支鵰翎箭捧給少卿。

「臨戰脫逃者，猶如此箭！」李陵一字一頓，非常有力地吐出誓詞，將箭一折兩段。他領著大軍，向北衝去。

一會，遠方出現一個黑點，慢慢地南移，原來是且鞮侯單于率領的匈奴兵。

「追隨李都尉，殺！」三十出頭的李緒血氣方剛，大聲疾呼，向前猛衝。

那些匈奴兵自鳴得意，來勢洶洶，只顧昂頭馳馬，全不把漢兵放在眼角。仲子率本部兒郎千名上前去應戰。

前邊是三百名勇士，右手持刀，左手持盾，可以擋住箭雨。等匈奴兵三千進入漢兵陣地之後，盾牌手在敵人身後聯成一條盾城，切斷對方後援，緩緩地朝前推移。

有壯丁三百人，全用長矛，神出鬼沒，頃刻間將被圍敵兵殲殺。此時鑼聲四起，舞盾者一躬腰，後面四百名射手連弩發箭，一次數支，射得匈奴兵將紛紛落馬。

仲子身先士卒，長劍舞成一對銀花，刀砍不進，箭射不入，為部下立了表率。

李緒領千人從仲子陣地左側陷入潮水般的騎兵之中，一直保持扇形，進退一致，整體上猶如一個人。

李陵的勁旅所向披靡，他乘勝將主力軍突然朝東一拉，化為仲子所部的右翼，且鞮侯單于一時被打蒙了，估不透漢兵有多少，兩面有無埋伏，過了一個時辰光景，就將人馬撤退到浚稽山上紮營。

夜間，李陵和仲子、李緒一起進餐。

「少卿兄弟為什麼愁眉不展，今天打了勝仗呀！」仲子喝下一碗酒。

「雖獲小勝，然士氣不旺，莫非軍中有婦人嗎？」

「曉諭三軍，如有婦人遣回邊塞。」仲子出語溫和。

「搜出婦人不斬，何以激勵士氣？」

「要有婦人也是流徙邊關的犯人妻女，並無死罪，何必多殺無辜？」仲子不以為然。

「非斬不足立威！」李緒細細地看著主將的反應。

「有理！姑息養奸，於士氣不利！」少卿薄醉間，請韓李二將各歸營帳。

李緒的帳篷裡青煙繚繞，火塘子裡正燒著劈柴，他帶著酒意走進來，更覺得暖烘烘的。臨時當作床用的大車上，一絲不掛地躺著兩名婦人，丈夫是徙邊的關東大盜，減免死罪，在居延城北看守森林。李緒北上時，將她們擄來侑酒。她們貪財又怕權勢，肉越吃越饞，火越烤越寒，穿上士卒衣服藏在車上，已非一日。李緒不時施些小惠到親兵手裡，他知道：只有這樣做，在戰場上才不會遭受到兒郎們暗算。匿藏婦女的事，無人告發。

他添上些樹根，將燈熄去，寬衣解帶，跳上車去，鑽進了熱被窩。四更時分，他悄悄起身，穿好衣服，然後叫醒兩個女人說：「明日主將要到此地巡查，露了餡要殺你們的頭，你們只能混跡在我的兩名親兵那裡，等風聲一過再回來。」

女人們失去主見，只得稱是。

一會，李緒招來兩名大兵，當著兩個女人的面說：「你們鞍前馬後多方照應我，無以為報，這兩名姐兒姿色不差，賞給你們為妻。幾日後班師回朝，帶回長安，我送你們百金安家。」說罷每人給了一堆錢。兩大兵都弄得糊塗了。還是婦人伶俐，拉住男的倒身就拜。

李緒一笑，將他們拉起。

大兵們歡天喜地，帶著邊塞罕見的婦人告辭出來，李緒親自將他們送到裝箭的兩部大車上。剛到五更，早飯尚未做熟，士卒還在夢鄉，李陵來找李緒巡查軍營。

「婦人乃不祥之物，若在軍中，兵氣不揚，依末將之見，淫掠婦人者當斬，以明綱紀！」李緒說。「婦人當斬，對兄弟們追究過嚴，軍心渙散！」李陵看法與李緒相左。

一會，李緒毫不費力地提來四顆人頭，放在大旗之下。李陵也斬了另外一名婦人。從此，少卿對李緒增添了好感，答應有人回朝時，為李緒請功。

過了漫長的二十天。

結束了激烈廝殺，大漠從沸騰中冷卻下來。李陵的軍卒統一紮在山陰的一片平川上。那裡原是沼澤地，長滿蘆葦。天久不雨，葦草乾枯，窪地失水，逐漸變硬，可以行人馳馬。前天漢兵南撤，且鞮侯單于率兵八萬騎窮追不捨，還派出許多匈奴兵從三面點火燒葦草，想置漢兵於死地。李陵很鎮靜，命李緒主動將葦草焚去一大塊，安下營寨，避開了火攻。

雖然有幾座雪山擋住朔風，從西北方吹過來的細沙已將平川鋪上了一寸來厚的外氅，在昏黃的月光下像汪匯著滿湖蛋殼色的褐水，靜得使人發怵。往左右走不到一里地，就是無際的沙海，浪條起伏，高處微黃，閃著銀點，低處呈現出烏黑，像造物主用萬丈長鋒筆，在原野上塗抹了很久，近處密，遠處稀，起伏跌宕，刷白了遠峰。山谷間，流動著青灰色的光影，低迷、淒厲。

大野太廣闊，幾堆篝火的閃動，就像從天上隕下幾顆小星，占據的空間太小。受了重傷的士兵們圍在火塘四周呻吟，輕傷者正在火苗上烤馬肉吃，銅鍋裡烤著從山上採來的冰塊，下面的冰剛剛溶化，有些熱氣，弟兄們就舀著解渴取暖。

李陵雙手拄著長劍，兀立在沙丘上，仰望著陰霾的天空，不覺喟然浩嘆。

「少卿兄弟，你要珍重！」仲子遞來一塊馬肉，熱氣騰騰，是士兵送給他的。

「大兄，好多年前，老太史公對蘇子卿賢弟和司馬子長說到立德、立功、立言三不朽皆是難事。子卿陷於漠北，音信全無，生死未卜；子長有著書大志，未必能成；小弟意在立功，功未成而兄弟損折多半。於心不安！」

「勝負乃兵家常事，不必焦慮。而今士氣雖旺，可惜糧草和箭無多，長此被困，凶多吉少。愚兄想單騎突圍，向李廣利路博德求援，裡應外合，左右圍攻，可獲全勝。」

「敵兵八萬有餘，突圍太險。」

「寧一人死於疆場，也勝過糧絕箭盡束手被擒！當年飛將軍千鈞重託，愚兄何敢片刻忘懷？」

「如此請受小弟再拜！小弟點齊壯士護送一程。」

「軍中不可一刻無主將，人到百年也是死，不必縈懷。」仲子扶起李陵，鼻腔有些酸楚。生離死別之間，本來沒有長城橫隔。

「待小弟派偏將李緒伴送大兄。」

「不用，此人甚愛表功，心計過多，似少誠意。賢弟當有所覺察。」

「大兄所言甚是，然此人近來作戰勇猛。人無十全，用人取長。多疑必孤立無助，何以服眾？」

「小心為好！」仲子再次提示，「輕信與多疑皆不足取。」

李陵唯唯。

天交四鼓，李陵召集十多名戰將，宣布仲子突圍求救。

但是李緒捋著虎鬚說：「今日退到平川，中三箭者坐車，中二箭者拉車，中一箭者護車作戰。三軍效死，義薄雲天。末將出入沙場十餘年，愧無大功報國，仲子將軍一代人傑，在戰場叱吒風雲三十餘載，兩鬢已斑，還要冒大風險，末將於心不忍。情願單騎向西出擊，誘使且鞮侯單于率眾追趕。仲子將軍悄悄東行，突圍而去，方保無虞。」

「將軍，敵兵多如潮水……」李陵沉吟著。

「至多血灑大漠，死為鬼雄，末將也含笑於泉下！」

「壯哉將軍，少卿佩服！」李陵拱手行半跪之禮。

「能為全軍效命，末將幸甚！」李緒橫眉而笑。

「我等護送一程，金鼓號角齊鳴，以壯大兄和李緒將軍虎威！」

「還是獨騎而行，少卿將軍守護大纛旗要緊。」李緒兩眼發光，豪氣撲人。他出帳跨馬，橫著長矛向將軍們揖別，雙腳一踢馬腹，向西北衝去。

早有探馬報表知且鞮侯單于，單于怕李陵有什麼密謀，下令眾將放李緒進入匈奴包圍圈，截斷他身後的漢兵，不許對他射箭，要抓住活口，好問明虛實。

李陵和將軍們斜刺衝出，讓仲子從右翼突圍。

天上的星光隱去，陰風怒號，鵝毛雪片紛紛地灑下來。

仲子不敢戀戰，只用長劍挑得兩名匈奴將軍落馬，便抖動轠繩，徑奔東南。

幾股人馬朝仲子追過來，李陵率部抵擋一陣。匈奴有單于將令，又怕夜黑射傷自己人，故而不放箭。仲子使出一身絕活，神出鬼沒，不到一頓飯的工夫，就伏鞍逸去。

且鞮侯單于召集左右賢王及諸將正在帳中計議，他飲著烈酒疲憊地說：「李陵部下是精銳兒郎，連日南下，似在誘我軍追逐，前方定有兵埋伏。不如回師，免遭暗算。」

左賢王認為：「匈奴橫行塞北百餘年，連五千之眾不能一鼓蕩平，定遭天下人恥笑。不妨且追且戰，過了大山谷，到平原上再決一雄雌，如果仍不勝李陵，再撤兵也不晚。」

且鞮侯單于不以為然，正在搖頭，副將把李緒引到大帳，那廝納頭便拜。

「大王為山九仞，功虧一簣！李陵好大喜功，一百五十萬支箭所剩不足八千，五千壯丁只餘殘兵一千餘人，能作戰者僅八百名。大王以百倍兵力追殺，李陵必成網中之魚！」

「那李陵有乃祖之風，足智多謀，派你前來詐降，推出砍了！」且鞮侯單于目光炯炯地注視著李緒。

「哈哈！殺降將者不祥，李緒一死不足惜，只怕天下英雄不敢步李某後塵，大王何以與漢天子爭雄？」

「哈哈哈哈！。是條漢子，與將軍相戲耳！」單于看他不怕死，料定不是詐降，便倒下兩碗酒，遞過一碗給李緒，自己仰著脖子先喝乾了。

「謝大王！」李緒跪下一飲而盡。

且鞮侯單于伸手將他扶起：「此乃天助匈奴，將軍受驚了！」

冷汗湧出李緒的額角：「末將無才，然熟知漢軍陣勢戰法，願為大王練精兵十萬，直取長安！」

「好！再來一碗！」單于將一隻熟羊腿擲給了降將，「孤任你為練兵將軍。」

「謝大王！」

左賢王和右賢王交換了輕蔑的眼色。

天慢慢地亮了。

「伏波將軍打算發兵嗎？」李廣利坐在虎皮椅上，半皺眉頭審視著韓仲子。

「路將軍說只要貳師將軍一支將令，立即出兵。」

「這麼緊急，還要俺什麼將令，分明是擁兵自重，坐視不救，其心可誅！」

李廣利肥大的拳頭砸在几案上，把碗震得跳起，「出京之前，聖上降旨命路博德為李少卿後援，怎麼視為兒戲？眼看少卿損兵喪士，我大漢顏面何存？糊塗！可恨！俺馬上派人送去令箭，將軍先請回到軍中，明日五鼓，俺出兵三萬東行夾擊，共破匈奴！」李廣利說得義憤填膺，使韓仲子很難相信自己所聞是真，卻又分明是事實。

「將軍，大旱望雲霓！少卿成敗事小，國士安危事大。仲子就此告辭，塞北八百壯士永不忘德！」

「擒敵致勝，在此一舉，將軍功高名大，九州敬佩！末將十載同朝，不必見外。請吃點便飯，稍事歇息，晚間好上路。」

「仲子心急如火，帶有乾糧，就此告辭。」

「將軍心事俺知道，待俺送送你。」

「不勞大駕！」

「明晚二鼓，當能趕到，你我浴血苦戰，生死難卜，見一面也不易，哪能不送！」廣利披上狐裘，一躍而起，攙著仲子走出兵營。

仲子馬上加鞭，風馳電掣而去。

廣利策動坐騎，和他並肩而行。

「貳師將軍請回。」仲子勒馬告別，眼下已是一片胡楊樹林，離營地已不下五里之遙。

「俺這個人性直，最煩客套，恕不遠送。」廣利跳下馬來，拉著韁繩佇立路側。

「多謝！」仲子一向蔑視這位酒肉將軍，原來不似兵營中傳聞的那樣蠻橫狡獪。

「將軍珍重！」

「仲子兄保重！」廣利依然拱手而立。

仲子的馬跑出半箭之地，廣利隱身到一株大樹後面，張弓搭箭，朝仲子射去。

仲子毫無防備，朝左一歪應弦而倒。戰馬還在奔馳。

廣利收箭，仰天長笑，登鞍回營。

一陣劇痛從左腿肚子上的傷口直往心裡鑽，天變得烏如鍋底，所有的樹朝他的頭頂猛倒下來。

一個最清楚的意念占據了他的身心，是少卿及弟兄們的危急，不是自己的存亡。

意念的力量不可思議。他閉上雙眼，縮起了受傷的腿，仰天吹起了口哨，一聲又一聲，穿過暴風雪的狂號。

正在狂奔的戰馬站住了，豎起長耳，抖動著美麗的紅鬃和拂塵般的尾巴，無限踟躕地回過頭來，馳向哨聲。

主人痛得幾乎昏迷了，馬伸出溼溼的舌頭，舔著他的面頰。

從天山吹來的冷風，幫助戰馬喚醒了仲子。他挺身坐起，迅速解下腰帶咬在嘴裡，雙手一抓馬鞍，單腿使勁一跳上了馬背，將自己的腰捆在馬脖子上，繫了個死結。

他低頭一看，雪地上的血跡，顏色發黑，猛然一驚：毒箭！無法抑制的兩行淚水奪眶而出。將軍明白：如果箭毒攻心，非死不可，在這緊要關頭，只有用非常方式來尋求生機。

想到李廣、當戶、李敢、李禹、李陵、李蔡……還有視名利如糞土的恩師東方樸……

要忍死活著趕去幫少卿突出重圍，一起回京都，向皇帝面奏李廣利的滔天大罪，皇帝興許會按律而斷。

仇恨加上使命感，迅速驅散了對箭傷所有的僥倖心理。他不敢怠慢，一連飽吸幾口長氣，忍不住伏在鞍橋上，伸出左手，非常依依地撫摸著受傷的腿，對於父母產生了莫大的歉忱：「爹孃，兒非偷生之輩，活下來要做許多事情，只能砍掉二老賜給的一段骨肉了！腿斷之後，能否活下來，還請二老保佑，明年好到墳上祭掃！」他凜然拔出劍來，不免猶疑了一剎那，「劍是殺敵的利器，怎麼會用來自傷……」

但時光急迫，不能有懦夫態，便咬緊牙關把全身力氣運到右臂，抬起左腿，朝傷口上面兩寸處猛砍一劍……他竭力不叫出聲，然而一陣預料不到的奇痛沁入心脾，他全身抽搐、痙攣，人朝前一栽，幸而腰帶縛得很牢固，靠朦朧間的信念和下意識坐在馬背上，才沒有滾落下來。

血在流，雪地上丹花點點……

風吼聲逐漸減弱，他聽不清楚，終於失去知覺。

此刻，且鞮侯單于抱著絲綢之路上擄的胡姬，狂飲著剛剛流出脈管的羊血；李廣利和長安浮浪子弟班頭胡亞夫躲到星月視線之外的行轅中猜拳鬥酒，孌童豔姬們扭腰浪笑，比著癲狂。

只有李陵渴望太陽早些出來，給兄弟們的身心添些溫熱。孤零零的旗杆豎立在沙丘上，殘破的軍旗被吹得颯颯地響。

「會來的，仲子將軍走過三日了。」李陵的口吻很肯定，詢問的部將滿意而去。

漢兵在昨夜走出蘆葦谷，來到南山（據李長之先生考訂是阿爾泰山之陰），且鞮侯單于追到山上，命太子及左右賢王統兵從三面合圍，結果喪失精兵六千，沒有占到便宜，漢兵的傷亡反而很少。

單于勃然大怒，命令匈奴兵齊聲怪叫：「李陵韓仲子快投降！」暗中命騎兵將谷口堵死，步兵爬到山頂，居高臨下，萬箭齊射，疾如驟雨。李陵只好將車子架起，一面擋箭，同時卸下車軸，給勇士們當作武器，因為刀刃都砍鈍了。只有將官們才有刀劍。

李緒向且鞮侯單于獻計：從兩面山頂往谷中滾下巨石，讓漢兵無從抗禦。主子大悅，依計而行。

天色近黃昏，月小無光。

援兵還沒有影。

李陵稍稍喘息，走入破車堆成的「小屋」中，兩名兄弟抬來一位年輕的壯士，他面色慘白，呼吸艱難。

李少卿單腿跪在地，熱淚盈眶地抓住壯士的雙手說：「李陵領兵無方，遭此慘敗。弟兄們十死八九，我罪孽深重！」

「都尉大人……」壯士一陣顫抖，停止了呼吸。李陵將他抱在懷中，仰天長號，不肯鬆手，部將勸慰良久才勉強分開。

他繼續前行，但見大車輪下躺著一位好漢，上臂的箭傷腫得很凶，當中已有藍色腐肉發出惡臭。一位同伴撕下一片衣角，蘸著碗底一點珍貴的鹽水在清洗。受傷者說：「狠狠心把膿根擠出來吧，我還要打仗啊！」

「怕你受不住，那樣做太痛……」同伴們很猶豫。

李陵一見，再次跪下，默默地捧起重傷的手臂，用自己的嘴猛吸著膿根。

「都尉大人！」圍觀的漢兵一齊驚呼，受傷者一陣哽咽，夥伴紛紛落淚。

「願隨都尉報國！」

「不得妄動，身為主將，兵敗辱國，只有我單騎去生擒且鞮侯單于，方能湔洗此奇恥！」

「我等願與都尉同往！」

「照料好傷者，守住營地要緊，萬一我李少卿戰死山上，爾等還朝請萬歲派兵由仲子將軍統領報此深仇，別了！」李陵毫無表情地再拜，沒有人吭聲。

他脫去盔甲，換上士卒的便衣，舞動長劍劈開箭雨，猛衝過去。

剛剛來到山腳，大量的石頭滾下來，他跳過一塊又一塊，來不及喘口氣，更大的石頭又飛過來。單人踹營死衝的做法行不通。他只好退回到谷中。

兩面敵兵的狂呼越來越囂張。

李陵抬頭一看，山上旌旗正在移動，箭卻停止了。顯然，單于要活捉他。

他立即下令：每人帶乾飯二升，大冰一塊。部下以為要血戰一場，早已準備停當。

「一敗塗地，只有一死了！」李陵拔劍正要自刎，右腕被一位射手拉住。

「將軍威震匈奴，只因缺少箭和援兵，暫時失利，還應振作。即使被俘，也還有機會逃出虎口。如趙破奴為敵軍所得，埋名十年，潛逃回漢，萬歲仍復他爵位為浞野侯，對他很器重。將軍尋短見何損且鞮侯單于一根汗毛？」

「再有幾百支箭就可以突圍了！」李陵闊步走向軍旗，用劍將旗杆砍斷，召集兵卒說：「武器已盡，不能作戰。等到天明，束手就擒。請將軍旗與貴重物品埋於地下，暫作鳥獸散，能逃命到長安的，可以向天子奏明血戰事實。此地去遮虜障不過一百餘里，援兵不到，死有餘恨啊！」

射手跪下了，聲如雷鳴：「願與將軍共生死！」

所有計程車卒跪下了：「願與都尉同死！」

李陵跪下：「我李少卿拜謝了！」

山上金鼓齊鳴。

李陵吩咐：「擂鼓三通！」

小校稟報：戰鼓凍裂。

四面八方都是匈奴兵在喊：「活捉李陵！」

「殺——」李陵跳上沙丘一聲狂喝，兩眼血紅，仗劍直入敵陣。於是奇蹟出現：所有輕重傷員一躍而起，隨著李陵衝鋒。

但見李陵的劍光如雪團，如閃電，如驟雨，如龍捲風。似十丈白練在地上旋成一個圓球，朝敵營挺進，箭雨被劈落，刀槍遭擋開，所向披靡。

匈奴兵將紛紛倒下。

在李陵身後，敵方用十比一的力量，包圍住漢兵，一批漢兵倒下了！

李陵的劍砍缺了口，四面一看，已經不見漢兵，他決計一死，剛要自刎，且鞮侯單于的狼牙棒將他的劍打飛。

匈奴兵號叫著擁上。

李陵對他們怒目而視，兩手沉重地垂落下來。

且鞮侯單于哈哈大笑，吩咐鳴金收兵，戰場邊緣地帶殘存四百餘名漢兵乘機逃出險地。匈奴的兵將沒有追趕。

幾天之後，李陵大敗的訊息便傳向中原腹地。

※　※　※

仲子凍醒，雪已經停止，他勒住馬頭，摸出一包金創藥，敷在斷腿上，血早已凝結，酷寒之地傷口反而不易感染。

雖說炒麵雪片嚼不出味道，連口腔皮膚和牙齦也磨破，為了趕到戰地，讓傷口早些癒合，只好伸著脖子硬嚥些乾糧。

幾百里路程總算走完，出了山谷，來到宿營的蘆葦蕩裡，使仲子大為驚奇的是，原野上躺著屍體，弟兄們或掄著車軸，或舉著戈矛，有的胸口紮著刀，有的頭上中了箭，眼珠鼓出，怒視蒼穹，真有無窮的遺恨！地上的血，一片片凍成了紫冰。銅鍋歪了，底下殘灰裡還冒著煙，顯然戰爭結束不久。

這場面，意料中的意外，如此酷烈、崇高，身經百戰的將軍也為之哽咽。

「少卿兄弟——少卿——」

大野四面垂雲，沒有人聲，和他的面容同樣漠然。

他的戰馬在鍋中大口地飲著水。

「少卿兄弟——少卿——愚兄來晚了！」他在尋找李陵的遺體，同時把前仆的屍體翻過來，讓他們仰天而臥。因為單腿行動，一跳一跳，實在不便，好不容易找到一條水磨鋼鞭，就作為手杖，盡量不讓傷口碰到泥土。

天與地都在延伸，唯有將軍的身心在收凝。

既然全軍覆沒，何必獨活貽羞千載，他好不容易掰開死難弟兄凍腫的手，取下血影斑駁的長劍，轉臉向長安，淚乾聲啞地嗚咽著：「敵兵聞名喪膽的飛將軍，您是仲子的表率和嚴師，匈奴的戰刀，廷尉獄中劊子手的絞索，都不能戰勝您，您只配死在自己的劍上！仲子謬承重託，枉為男兒，不能為少卿及兄弟們扶危，只能像老將軍一樣飲刃報國！爹爹娘，兒辜負養育之恩，再也不能來掃墓祭奠了！」

仲子禱告未畢，那戰馬已經悄悄地走到他的身後，昂著脖子，想長嘶幾聲，可惜連日勞頓，缺水少料，其音瘖啞淒哀，牠睜著透亮的大眼，呆望著主人和他拖在地上長長的影子。

他拄鞭起立，摸摸牠的長臉，生之眷戀，油然而生。

「仲子呀仲子，真太糊塗！你想死，這太容易。而今少卿下落未明，李廣利罪惡未曾上奏，兄弟們功績撫卹皆無著落，貿然自刭，與生者死者何益？你還有未了之事：要找到史官，把以少勝多的戰功記下來……」想到此處，他心懷愧怍，正想南歸，可是馬上不去，便長嘆一聲，將幾個匈奴兵屍體拖到一起疊放著，把戰馬牽過來，他踏著敵兵的胸口跳上馬背，披著星光，向長安猛馳。

出了戰場，傷口的疼痛和對李廣利、匈奴的憤恨都在強化，他要為仇人們活著！

五

絲絲柔柳在金菊的嫩香中向陣陣晚風傾訴著寂寞與秋寒。

郭穰伏在小石橋的欄杆吹洞簫，那是瀟湘一帶流傳的古曲，屈原收集過這類民謠，改寫成伴舞歌詞，儲存民間戲劇式的祭祀大典，讓人神同醉山川逸氣，暫時甩開超負荷的身心苦難，把頭顱伸到雲外去喘幾口粗氣。世世代代的口傳心授，個別音符移位變聲，曲調日益開張，對原譜有所發展。局部衣飾更換，還是原來的思維和軀體，凝聚著不朽風光與易朽芸芸眾生無法擺脫的孤獨。

序曲伊始，雲岡靄靄，逝水滔滔。

山對雲說：「我不是山，是你的石之骨，你的故鄉。永恆的新郎……」

雲對山講：「我不是雲，是山的仙裳。山是凌霄樹，我是風動的花，不老的新娘。」

詩人說：「江河奔騰，是后土在呼喊：自私、朝廷、監獄、戰爭、愚昧，都是文明的恥辱。人應頂天而立，風雷不能壓彎脊梁。同時又渺小如螻蟻，安於平平常常，都是兄弟姐妹，沒有尊卑，共獻愛心，當作心空的第二顆太陽……」

老百姓說：「我們聽不懂，只求豐衣足食，沒有兵差徭役，俯蓄妻兒，仰視爹娘……」

五尺洞簫，萬有仙爐，物象飛出音孔便隨風猛然漲大千萬倍。原上勁草似小樹，樹是大花，漁舟、茅舍、矮籬、相安無事的人和神，都像豆粒，參與造化，流逝於星月的光環彩影間。霧珠抱成一團，又返回泥土。

戰爭，造鬼的風雨。

別離，貧困，無盡的折磨。

曲到高峰愈簡樸，洗盡了藻飾，不許塵埃吸附於音聲，脆潤高潔，由絕望的虛無上升為大平靜，宏毅堅忍，掃除靡弱陰森而相對和諧。花瓣的火焰，米粒的冰裂，比蚊子的眼還小，織成一條長鏈子，不停地忽生忽死，均是吹奏者的精神細胞，以他的背脊為大野匯成巨潮，撞擊於烙鐵和冰塊的兩大極之間……

長長的停頓，短短的太息。唏噓，細如蜘蛛絲的憂慮之泉從郭穰雙目中汩汩而出……

兩淚滴在水裡，是他雙親的慈容，合在一起是漁父。

兩淚灑落壙中，是司馬遷與上官清，凝成一彎新月。

新月稚弱，其光微茫，預示著異日的豐盈澄勁，那便是書兒，太史公毫端靈感的化身，以及從懦夫到英雄的所有音孔，一千隻手按不齊全。硬如石闕，寧碎裂而不折，聳起龍門……

然而她不是，還僅僅是個大孩子。

將來也不是。地母給她的搖籃太小，歷史給她的奶水太少……郭穰對她延續著對老師、師母的崇敬，還不是性愛，不敢承認此類幽思。但樂於親近，看著順眼，想著順心，「讀」著順口。她迸發出一種熱能，純靚似月魄，無遮礙如簫聲。給他一絲淡淡的比正常體溫略微熱一點或冷兩分的喜悅。

兩片雲在青海的雪峰上次翔，共同降入黃河或者長江，一道流入大海，是一種選擇；分別成為兩滴雨點，各自進入一條河床，除了死亡，再也不能匯合。

近來多病的上官清受樂聲的撫慰入了黑恬鄉。

楊敞隨著先生應大夫壺遂之請去金人承露盤的頂上觀天象，要到四鼓回來。

並無美感的小塘，披著屋影月色，比平日顯得空曠而深沉。若說石橋是樹幹，它就是樹冠。一片潑墨的藍黑，閃爍著螢們的火粒。

一件厚厚的夾袍從身後披到郭穰寬寬的肩頭，他回頭一看是書兒。

她未施脂粉，無邪的眼睛又大又亮，黑白分明，白衣罩著黃色長裙，束著紫帶，顯得修長穩厚，有幾分早慧。

「穰兄，你在為爹爹擔心，曲子裡的屈大夫跟爹爹的影子時分時合，一而二，二而一，呆子才聽不出來。」

「師妹，謝謝你太懂得人的心意，不唯是關懷，就怕我的身材小於侏儒，頂不起老師的袍子……」

「小妹也不安，糾纏上李夫人一門，還有好果子吃？皇帝明的時候好比鏡子；一聽方士胡說，想著不死藥，比這一塘水還渾濁十倍。朝中每個人腰邊都有一把潑風刀在旋轉，弄不清什麼時候什麼事上被吹成兩截。他的法越多，官吏的權越大，越危害他自身和大漢江山。人人保官祿名聲，戰戰兢兢，懲罰時誰都不說公平的實話，不是文景二位先帝埶的底早亡了！」

「這話不能對任何人講。」

「是，連敞兄也沒說過。人太可怕，不可輕信！爹爹說起他人的事，秋水澄潭，一目看到底。到他老人家自己頭上，又奮身去做人主厭恨之事。

萬一碰上料想不到的差池怎麼辦？」

「不知道，想過，沒想出好棋。你呢？」

「一樣。不過……總會有良策，吉人天相呀。」

「有時天也不公。碰到大難，最先保全老師這個稀有的人；再是他的文字；最後是師母和你。我與敞弟微不足道！」

「誰要你這麼挑選的？」

「先生的大教，要分別泰山鴻毛，兩害中取其小，忍辱負重，讓時光來識別骨骼的分量。」

「還不太明白，真怕……」

「怕也沒用。不望有災星，來了就不計愚兄安危。」安慰了書兒就給自己壯了膽子，似乎厄運已來，捨生取義，成了離此身萬里，相去千年的賢哲們當中的一員。

「想到這些就盼望天別再亮，皇帝長眠不醒。可是沒有太陽，莊稼不生長，天下人吃什麼，這不太痴嗎？」淚水流到笑窩裡。

「做個像人的人，時時在劍刃上走。」

少女的光澤，幼童的天真，摻和得自然。後者的疆域日益退縮。

「給你做了一雙新鞋，簫倚在這裡，試試可合腳，樣子是娘剪的。」

「早就說過了，出門有靴子，在屋有你去年做的兩雙舊鞋，挺合腳。家裡這麼忙，何必找著累，做了也不穿，先放著。」

在他試新鞋的時候，她拾起舊鞋扔到了塘裡，水花蕩起兩個圈圈，朝四面漾開……

「你……」郭穰猝不及防，反感地一皺眉，迅即又舒展了。

「這大圈是你，小點的是我！」她狡黠地笑著，拿起洞簫就吹。

「這是祖師爺傳授下來的〈山鬼〉啊！」

書兒點點頭，接著奏出詭幻迷離的樂句。她的心頭還沒有情潮來騷動，只裂了兩個小孔，那是郭穰的諦視讓她快樂，猶如一芽兩葉，將要長成人形，撐得血液加快奔流，雖然在夢中同他共騎著小黃驃，在黃色沙海上馳騁，在碧野奔騰。她還不曾正視過夢的成因，醒後為什麼那般慌亂和對殘餘甜味的繾綣不捨，意識不到潛存的震撼力。

次日辰時，郭穰在出牲口糞，書兒去餵小黃驃，見他還穿著舊鞋，十分驚詫地問道：「不是……」她做了個撩鞋的手勢。

「新的要留著。」在她回房之後，他跳下水去把舊鞋撈起，擰去水，裝上了柴灰，早晨楊敞燒粥，他在灶下添柴，烤乾之後穿在腳上說不出的舒服。

書兒紅著臉啐了他一口：「半夜那麼冷下塘，凍病了怎麼辦？真讓我生氣——呸！」

「沒有白挨凍，還摸了三條魚，中午敬給先生下酒。」言畢哈哈大笑。

「不理你！」書兒餵過驃駒子揚長而去。

午餐氣氛活躍，司馬遷對郭穰的撲魚術特別表彰道：「這門手藝丟了十一年，還這麼熟練，可見幼功重要，讀書也是如此，乘小時候記性好，背熟二百卷古人名著，後來融會貫通，終身受益。現霜降已過，夜裡水氣甚寒，下不為例。」

「是。」郭穰說是偶爾為之，保證不犯二過。

書兒以袖掩口面牆哧哧而笑。

下午，壺遂趕著馬車來接子長，因為九十高齡的唐都太老師要為後輩們講解天文。

「書兒，我與穰兒、敞兒同去求教，兩更前回來，好生照管娘。」

書兒關上大門，走到偏廂房一看，郭穰的枕邊床下都不見新鞋，啟開架上木箱，是一只小包，開啟三層舊布，才見到鞋被師兄視如拱璧。而楊敞的床踏板上，也放著自己兩月之前為他做的鞋，已經蒙塵。她心裡有說不出的滋味，就捧著鞋久久地伏在郭穰的箱子上。

有人叩環。

她去啟門，走進一位不速之客，剛約半百，看鬢髮要老得多，葛巾布袍，腰上拴著一支葫蘆，又紅又亮。

「伯父是……」

「在下方正迂，南夷走方草醫，來京已三日，今朝才探問到太史公住址，特來拜謁！」

「方伯伯請坐！家父常常提起他曾在大理國患了沉痾，幸遇您搭救，多謝大伯贈藥救命之恩，家父稱大伯是一方奇士，來去蕭然，不入官府，存心濟世，不留餘財。侄女非常景仰。請住到寒舍來與爹爹盤桓幾日。」

「不用，已然在邵伴仙的大宅裡安頓下來。」

「大伯相信方士嗎？」書兒很驚異。

「不信，他是我表兄，實乃愚魯之輩，一生騙人。偏是大漢天子喜歡神仙，把些老鼠餵得肥過大貓了！」

他笑得嘹亮：「你相信嗎？」

書兒連連搖手。她說到母親受了風寒。

方正迂問明細節，留下幾粒藥丸說：「藥到病不除，罰在下三碗烈酒！尊大人知道老夫忌酒。此番回長安，帶來祖師爺爺倉公淳于意夫子祕方二卷，均乃臨床實錄，請令尊抽空一觀，異日立一列傳，受益者不唯是患病者。明日午後再來拜訪，請太史公下朝在府上相候。告辭！」

書兒把客人送到大街上才回家。

上官清服了丸藥，當天晚上就霍然而愈，下床行走如常。她連說：「邵老頭是鬼，方大夫才是半仙之體！」

「人家叫伴仙，不是半仙，這回跟伴仙表弟住在一塊，真是伴仙的伴了。」書兒說成一串拗口令，把母親惹笑了。

尚未得知李少卿兵敗降敵的訊息，又預支了下午跟方正迂闊別重逢的喜悅，太史公穿好朝服，繫上縉紳（大帶）剛要出菜園，小黃驃長嘶一聲衝過石橋，追到主人前面扭過身子，伸出粉嫩微黏的舌頭，舔舔他的右手和面頰，抖抖不很漂亮的奶毛，好生親近依戀。

方正迂喚醒子長休眠已久的一段記憶，聯想到近年業已很少夢到的白鳳公主，騍子的舌，與她的手，她潔白修長的指頭與日行五百里的白龍駒，騍的銀鬃與白鹿皮，讓一根說不清的捆仙繩，把這些風馬牛的事情拴在一塊。他佇立晨風中，臉貼在牠的頸上兀然不動。

「爹沒睡好吧？眼有些紅。」書兒抱住騍駒的脖子。

「看了一夜處方，想把倉公與扁鵲公等寫一篇列傳。本領大的大夫，肯給人治病，躲開患者都獲罪，足見做人之難，傳記便有文膽！見到方大夫再商量。」司馬遷怎知此去是走向牢房與宮刑，竟永別了父親所營造的平靜的家……

六

重濁的毒霧籠罩著金殿，大臣們個個灰溜溜的，紛紛揣摩如何應對方能逃脫干係，保住官祿。和上次朝會的勝利景象反差強烈。

皇帝暴怒，接到李廣利的奏表，李陵降敵。似乎煮熟了鳥又飛到九霄雲外，不知何時再落入網中，心理上的不祥、陰暗反映在龍顏上，眼袋上下擠著絕望的黑影，像突然老了十歲，連魚尾紋也凝凍了，不再顫舞。專釀血光巨災的大幽魂張開十丈闊的血口，在金階上游弋，尋覓著吞噬對象。

按照品級，司馬遷站在離皇帝很遠的下方一角，他的心頭湧現出兩條相互排斥的大河，都想淹沒無限的空間，把另一條擠出宇宙。

一條是血的河，浪尖上漂著青玲。他深深理解大漠的奇寒，鐵衣的沉重，糧草武器不足，咽糠嚼冰，仗血肉和意志拚搏，九死一生，埋身黃沙的男兒都是慈母十月懷胎，母親一天天瘦下去，兒子才一天天壯實起來。懂得親人圍著共享青菜粗糧飯便是福氣。打了勝仗是皇帝的奴隸，敗了是單于的奴隸，儘管命運不允許挑選，還樂於為皇帝賣命，為李都尉爭氣。荒冷的綠月亮，灼人的太陽，狼嗥般的旋風，讓遺骸還歸於地母……替這些人不安、抱屈，盼望他們活著回家重理田園。

另一條是怪誕不經的黑色河流，上起帝王，下到小吏，冰塊間翻湧著陰謀、貪婪、虛偽、出賣，驕奢淫逸，流連荒亡，猶如龍袍上的鱗片，皁隸們嗜血的鷹爪。司馬遷甚至有點犯罪感，無形的斧在人們頭上橫掃，不該像蹲在廁所裡看蒼蠅那樣，來透視這些大人先生們楚楚衣冠下面的卑劣，而這種念頭無法遏止，轉而覺得自己可恨。

首先是老丞相走在同僚面前步伐極其緩慢，彷彿走在石頭上也會留下腳印，以示穩厚老成的長者之風。但走在皇帝面前要加快五六倍，怕顯出老態而丟了大印。上次的諛辭越說越快，末了出現了太監們才有的尖音，憨態可掬：「夫立非常之功，建百世之業，需非常之人。而識非常之人，必具非常之眼！李都尉對上恭，對下敬，雍和寬謹，永無慍怒之色。打仗身先士卒，乃精金美玉，溫而厲的帥才。陛下觀察十餘年，提攜教導，父親老師又何足道哉！全靠聖明運籌周到，有神威至德可以使頑敵聞風而逃。李陵之功實陛下之功也。陛下虛懷若谷，從諫如流，不想自顯功勛，讓李陵享受許多榮耀，也是厚待老臣飛將軍李廣，如此苦心，我等為臣者能不由衷感戴，能不手舞之足蹈之以頌堯天舜日嗎……」

今天的話變了：「老臣實實在在景仰陛下有知人之明。李陵做了十幾年郎官，沒有遷升，一直在檢視他如何掩飾短處，故作謙謹，其實是沽名釣譽。這回本不想讓他獨當一面，是老臣失職，不該只聽傳聞，知人不深，誤薦庸才。求陛下恕罪，臣萬死無怨！」此老知道代皇帝受過是邀功的捷徑。

接著他控訴李陵有十大誤國罪，應族誅。

杜周拉著長臉奏道：「李陵外寬內躁，一味浮誇，貪功孤軍深入，自取其敗，深負陛下對他家三世厚恩。臣手邊尚無證據，未能妄下斷語，只能細細搜求，看看他出師前是否有意投降匈奴。確實可疑！否則萬歲如此重用，怎麼不堪一擊？臣意先拿下叛臣李陵全家老小，斬盡殺絕，以儆他人傚尤！李陵怙惡不悛，其大罪有八……」

上次朝會的頌詞是：「李都尉以五千之眾，所向無前，伐罪弔民，顯上國天威，真乃將門虎子。臣恭賀陛下用人得宜，匈奴指日可平，西域隨之安靖，不負陛下日夜操勞之苦，果斷英明，以慈父之懷，將近二十年親自調教，曉諭兵法要領，李陵才有此功。而李陵之功，眾目睽睽，陛下之功則非人人皆見。據愚臣所知，至少有八處非成湯周武王可以並論……」

飯桶將軍公孫賀七次出擊匈奴無功，封了葛繹侯，只為無能也是一筆巨大的不動產，加上十分聽話，兒子敬聲又是陽石公主的面首，把皇帝女兒侍候得心花怒放，公孫賀爬到了太僕（後來升到丞相）。此公服飾華麗，相貌威武，大腹便便，說話聲震屋瓦，卻空洞無物。他上次聽過陳步樂的稟報，用悠揚且富於頓挫的調子說：「臣有幸與李廣將軍共事，又與其哲嗣當戶同營，聽三代相交的李陵說：『陛下對他一家恩義有加，寄望殷切，又勉其精讀兵法，正奇常變，玄機在握。』古之孫武、吳起、伍子胥、廉頗、李牧，未遇明主，有頭無尾。李陵才不及古賢，而陛下天縱英資，非古之君王可比，李陵乃建奇勛，戰爭勝負，全在主明與不明。臣等得事明主，勝古人多矣！」滿朝歡呼者忘了一件事：公孫賀七次白勞師，也是同一天子在位。司馬遷聽父親說：有些將軍繞開敵人，避免損兵折將，即無特別戰績，熬到了時光一樣晉升。猜想公孫賀即這類貨色。今天，他咬牙切齒：「李陵深負朝廷重託，畏首畏尾，貽誤全局，坐失戰機，又認賊作父，碎屍萬段，不足以平民憤。如廷尉所奏，宜族誅全家，讓奸臣叛將有所畏懼，以明是非賞罰，陛下三思……」

十位文武大員所奏如出一口，把李陵斥得狗屎不如。

「宣邵伴仙上殿！」皇帝聽煩了廢話，又不想換換口味。

「叩見陛下！」

「平身。李陵一家氣色如何？」

「臣反覆望氣，他們印堂蒼暗，有刀光之災。是否身首異處，陛下一言九鼎。再觀其他穴竅，罩有紺紫，沒有親人剛剛自刎的死色，李陵還健在。」

他用盡腦汁才想出這幾句話，唯恐再盤詢要出岔子。

「哼！」皇帝一揮廣袖，伴仙如刑徒逢赦，急忙下殿。誰的家族存亡還不是皇帝一語定讞？但必然事件每由偶然因緣誘發。這次望氣色，不僅推進了李陵和司馬遷兩個家庭的悲劇，李陵之後除去趙充國，兩漢再無名將，司馬遷遭難，中國百家爭鳴的最後一個真正的司馬子滅亡，春秋戰國蒸蒸日上的學術思想由茲窒息。雖說望氣者本人是個蜉蝣！

「宣陳步樂上殿，問清到底是怎麼回事？」

一陣默然。

「怎麼都不說話？」皇帝憤憤然。

一名小謁者匆匆跑上金階奏：「啟奏聖上：陳步樂畏罪在驛館服毒自盡。」

「有命不跟匈奴去拼戰，要死在長安丟醜，呸！」皇帝覺得自己受了愚弄，但不會從李廣利、路博德那裡去找惡因。

群臣眼中殿上的統治者就是死神，那蒼老焦躁的聲音使滿朝顫抖：「李陵全家下詔獄待罪！」

「萬歲！萬歲！萬萬歲！」一片矯情的呼聲，似乎李陵七十老母、黃口幼子是兵敗的導演者。謁者一傳口諭，立在宮門外的無忌立即派武士去抓人。

武帝透過乾燥扭曲的歡聲向殿下一掃，只有司馬遷一人低首沉思，未露悅色。

此刻，霍光碰碰身旁的太史公，他們同為郎官出身，卻從無交往。此公一向緘默持重，無非熬時光等機會晉升。司馬遷看不起這種手段，但從不說破。今日的關心實出子長意外，他全沉浸在人們如此健忘而隨風轉舵的苦汁中，袖中一卷絹帛，內裏準備臨時記幾個字備忘的筆落到丹墀上，聲雖細微，卻打破了偌大空間的寂靜，一下吸引來更多的視線。

「司馬遷，有何卓見？」

「臣對李陵一事前因後果尚欠通曉，本無話可說。眼見陛下憂憤無人解慰，又蒙垂問，臣不敢不披肝瀝膽敬獻一得之愚，供聖主三思。臣與李陵多年罕遇，平素無杯酒之歡。然觀其為人，事親孝順，臨財廉潔，從不苟取。與朝中同僚相處極講信譽，對部下視若弟侄，解衣推食，身先箭矢，志在殉朝廷之急，被長輩視為可教之才，朝野推為國士。身陷絕境，登高一呼，傷病者奮起，矢盡道窮，殺得敵人橫屍上萬。他平日少應酬，每次戰報來朝，大人們舉觴為陛下稱壽，都講古之任何名將不過如此。言猶在耳，今為一官一人一家計，對敗將降將說盡惡行，與昔日所讚頌者判若兩人，令臣不解。李陵降匈奴，將來能否立功而歸，不宜早做斷語。況飛將軍為國立過汗馬功勞。孝文先皇帝早已下詔免除肉刑及株連，百代以下，人稱明主。李陵有罪，罪當腰斬，也不宜族誅，使聖主千秋負累。冒死直言，萬歲明察！」熱忱、情感過剩，篤於正義，太愛才太好奇的子長太信任皇帝了！

「哈哈哈！狂悖！」皇帝以為史官在攻訐他運籌失策，用人不當，李廣利、路博德見死不救，居然諷刺到九五之尊的痛處。雖然他也知群臣說話如草隨風，先捧後罵，盡是小人。他寧用這一幫諂臣也不能容忍司馬遷幾句真話。然而他不想發作，哪怕手爪握得掌心發痛。

「司馬遷太狂謬了，膽敢為叛將李陵申辯，含沙射影，血口亂噴文武大臣，還有王法嗎？臣請將司馬遷交付廷尉，與叛將親屬同時問斬以正典刑！」老丞相氣急敗壞，手指太史公，如對毒蛇猛獸。

武帝目視杜周，長袖一拂而去。

李福高唱：「退班——」

杜周招手，四名持戈武士走向司馬遷。

宮刑

一

作為吞入活屍吐出白骨的死亡工廠，製造大批瘋子、深化盲目仇恨、交流犯罪經驗的特殊學校，監獄比地獄可怖。小小的特定社會裡滋生著形形色色的獄頭獄霸打手。僅少數大哲把一切摧殘當作汲取能源的過程，衝破滯礙獲得思維自由。司馬遷像飛蛾一樣撲向時空允許的高度，到死也沒有走到自由王國。

房頂的雪褥子蓋了尺把厚，瓦溝掛著上丈長的冰柱，北風想推倒長城與宮闕，消耗著盲動的巨力。大屋子裡睡著三百人，分成三行，行間只剩兩條七八寸寬的小路。地上鋪著麥草，又髒又臭。每人占地八寸半，只能側著身子，插花顛倒著睡，頭朝南朝北各一半。司馬遷在最冷的四更前起來解溲，從糞桶邊回來，地鋪上連針也扎不進去，好不容易拖曳出袍子披在身上，瑟瑟地發抖。

他記起小時候看娘做鞋，用槌把木楦頭往鞋膛裡砸，填得一點縫隙也沒有。地上的人們正在把屋撐炸。他忘了睏倦，為自己尚存想像力，能遊離於現實軌道之外而有一分莫名其妙的喜悅。

譙樓鼓鳴，獄卒兼宮刑閹手牛大眼手提燈籠，準時像幽魂一樣從地下冒出來。他上半截像門板，又闊又厚，兩臂太短，身子骨看上去比事實上的個頭兒要矮半頭。他對犯人牛氣十足，但對長官說話腔調比貓還軟。牛眼大得呆而少活氣，此人小眼睛雪亮，骨碌碌轉個不止，更像黃鼠狼眼。

「站著乘風涼幹麼?」隨著燈籠在犯人頭上一晃一晃地移動，他每夜查點五次人數，腦袋碰著枕頭就扯呼，次日精力充沛。天生是吃這行飯的上等材料，打十九歲掌刀閹人，十六年間從沒有受宮刑者得過破傷風，堪稱國手。

「一擠會弄醒左右好些人……」司馬遷聲細如蚊。

「到這節骨眼兒上還顧別人，他媽的誰顧你？那就扛著凍站到大天明。」說完反帶上門而去。

五更頭，司馬遷還蹲在地上抱膝發抖。

燈籠又在飄動，牛大眼狠狠瞪著子長啐了一口，痰就落在犯人們的被條上：「真是個刺頭，有你的苦頭吃！不把你治得跟所有的人一樣直溜溜服服帖帖的，俺算丫頭養的竹片子刀，太監的兒！」

「小哥哥，低聲些，莫吵人哪！」

「擺譜回家抱倆姨太太去挺屍。到老子這二畝地，怕吵就他媽的死個㞞！誰跟你稱兄道弟？沒給你半兩顏料就開染坊，坐穿牢底的賊坯……」

「誰也沒招他，偌大火氣從哪裡來？」司馬遷在心裡問自己。

天色微明，鐘聲響過，牛大眼打著燈籠在門口大叫：「昨晚有人上告：丟了一只金元寶，誰『借』走的馬上獻出來，一個呵呵倆笑；搜出來要挨三十鞭子；搜不出來是失主謊報，要抽三十五鞭，是這裡的王法。」

費了大約從一數到三百的時間，沒有人交贓。

「除了老大老二老三留這裡搜查，其餘二百九十七號人脫光衣服走到隔壁大號子裡借同犯的被子圍上，不到十步遠，走慢凍死不償命。誰叫一粒老鼠糞壞掉一鍋湯？走！」獄卒從腰上解下長鞭，在空氣裡炸響兩記鞭花，蟹殼臉上堆著凶狠、自大、冰冷，不許商議。

三名獄霸穿好衣服立在牢房外，胸脯發紫，都是捕快，跑慣江湖的，急於立功，靠打人尋找陰森的快樂。

囚徒們急匆匆地擠出大門。

司馬遷是頭一次見到呻吟於皮鞭之下的無遮裸體群，喪盡人的尊嚴。

「你怎麼不脫衣服？站了一夜還嫌過得太安生，等著找由頭捱揍？」

沒有回答，兀立不動。

「啪！」皮鞭打在他的前後左右。

「脫！」牛大眼怒氣上沖。

「自古無脫衣之刑。我司馬遷犯了國法，殺而無怨，豈可對獄卒俯首帖耳？」

「啪！啪！啪！」帶火的鞭梢鑽進皮肉。

子長雙手狼狽地抱著頭。記得絳侯周勃說過：「吾嘗將百萬軍，然安知獄吏之貴乎？」

「今天你不聽話，這三百號人休想吃早粥，看看他們怎麼把你撕成碎布條！」

司馬遷內心在對自己發火：「脫衣服算什麼，何必跟小人僵持？」但腳不聽話，幾根倔強的筋繃得死緊。

「住手！帶我見邴吉、杜周，還有三尺法嗎？」

「太陽打西出，牢頭才不打人，不打茅坑裡又臭又硬的石頭怎麼解氣？你豆腐店關了門還有架子！這是廷尉！這是獄官！記著！」牛大眼仍在光火，鞭子下得輕多了。

站在門外的三名囚犯進來，站成三角圍著太史公。被稱作「老三」的前衙役狐假虎威，舉拳就打司馬遷的背脊。

子長聽到風聲朝後翻了個跟斗，腳尖踢中「老三」雙肩，獄霸咚的一聲倒在牆根下。

「抱歉，踢痛了！」

等司馬遷站穩，扶起「老三」，揉揉他肩胛，「老三」抄過頂門木棍直敲他的天靈蓋。

「啪！啪！」鞭梢點在「老三」握棍的虎口與指頭，頂門槓落到地上。

「你想做大工作，真打個葫蘆大開瓢，皇上要人誰抵命？混蛋，他長一身倒毛也該由老子調理！」

「是，大爺！」老三連連叩頭。

「人家頭朝地還想做好人，再迂再愣他媽的是漢子，就你這賤蟲渾身沒四兩重。狗仗人勢，好歹一鍋燉，心比炭黑，哪容拿雞毛當令箭！」大眼收起鞭子繫在腰上，摸出手銬扔到牆根下，「老三」熟練地面壁跪下，叩頭躬身給自己戴上背銬，獄卒皺眉一笑，欣賞自己的威風，首肯「老三」的知趣。同時又朝司馬遷使個眼色。

老大、老二把司馬遷架到一間二尺見方的小黑屋裡，鎖上門查金元寶去了。

地上是一層冰，伸手不見五指。霉臭味燻得司馬遷大吐不止，只得用手接住嘔吐物放到門後一角，後來舌尖品出極苦的膽汁味，鞭傷如火烙，忍不住背倚著冷牆流淚。等他意識到膝下要成了冰塊，開始跺腳取暖。

小號子裡沒有時間感，不能坐臥，是一支黑站籠。他為憐憫自己而痛哭。十一年前老父去世以來，這回哭得最悲傷。

「清妹！書兒！我想念你們哪！再見天日將回老家種地教書，將來生了兒子也不許入仕途，碰到天大的不平事也做啞巴……」

「如果判了流刑，妻兒生活沒有來源，郭穰楊敞能撐起門樓子嗎？穰兒靠得住，敞兒說不定會另覓高枝。走就走吧，這樣書兒就能嫁穰兒，也算美滿……」

「設若判了死刑，東方樸爺爺他們會來搭救。不跑還有赦免的期望；一逃就埋名隱姓到死，日夜提防皁隸來捉拿，不如死……」

「貪官酷吏都分明無誤地活得挺神氣，我不該死，又沒有罪，為什麼不逃？逃到哪裡？能上白鳳公主那裡去避難嗎？有些對不住妻子。但也沒啥，想必公主早已結婚，能保護我，清妹感恩都來不及，哪有怨恨……」

「我家兩代史官，頗受朝廷器重。仗義執言，未做見不得人的醜事，朋友會保我，皇帝將有所悟而為我復官……」

小牢房開啟，已過十五個時辰。天色昏晦，他的瞳仁不能適應，幾乎盲然。院子裡十人圍著一瓦盆菜湯，等著饅頭來開飯，人和螞蟻一般攢動。他問老大：

「這裡的人都反穿著袍子，是規定如此？」

「不是。大夥都盼著早一天出去有件體面袍子，裡子破了無所謂，才這麼穿。」

司馬遷覺得自己太可笑。

老大把他領到牆根下與新犯人們一起就餐，剛剛離去，分飯人把盆裡菜葉子一片片撈出，放在碗裡，倒上湯各人自取一碗。兩名小偷因為湯裡面差了一片菜葉子打起來，像三代世仇相逢，不死一名就不收攤子。

「別打了，我們都是人，為什麼要為這點小事傷和氣？拿去。」司馬遷獻出自己的湯。

十八隻賭徒的紅眼盯著他手上的饅頭。

「大叔能掰一塊給我嗎？」一名小偷跪下了。

「賞我一半吧，他比我胖。」另一名也跪倒。

「誰比你肥？」

「你又打人？」兩條漢子再次扭成一團。

「拿去。」多半是麥麩秫殼粉的黑饅頭被放在空碗裡。

倆仇敵頓時鬆手。先乞討的拔下一根頭髮，量過饅頭長度，咬斷多餘部分，遞給後乞討者覆核，沒有作弊。頭髮當中折斷，比劃出饅頭的中線，四面畫個印記，又扯下幾根長髮擰成一線，將食物鋸成兩半，做得仔細，差別很少。兩人又劃了三拳，兩勝者先拿，圍觀者比看大秦（羅馬帝國）人變戲法還要出神。飢餓使人變成動物。司馬遷輕輕嘆息！

「我會和爭饅頭的人們一樣嗎？」

「不一樣，淪不到那份上就在石牆上碰死，活著太獻醜。」這是無聲的自問自答。

「為啥給他們兩名毛賊，不給我們？」吃過一份囚糧的幾名潑皮又來找碴子。

「就一個饅頭怎分給大夥吃？」司馬遷面對失掉理性的渣滓。

「下頓給我！」同聲的吼叫，包含著無事生非，尋找刺激、瞎湊熱鬧的不同角色。

牛大眼半抬著上臂，搖搖晃地露出臉孔：「人家兩天沒吃，不要糠裡榨油，你們眼長到腳心裡去了？滾回南牆下坐好，停會老子來收拾你們這幫有頭光棍！」接著笑嘻嘻地對司馬遷說，「跟俺來，大人提審。」

司馬遷跟著獄卒走過黑長狹窄的甬道。

「這是獄神廟，快上香保佑你早出去！」

司馬遷手捻黑長的鬍鬚：「謝謝禁子哥！不用，快去見官。」

「來！」這是個獨立的小院，只有一排單人牢房。大門邊就住著牛大眼。「沒人提審，你挺有小子骨頭，打死不裝熊包，帶兩分三青子的愣相也不討人厭。這幾間屋裡的人前些天都出了大差（執行死刑）。俺瞞上不瞞下讓你在這裡先填飽肚子，別的……再講。」

司馬遷的衣服、被縟已由老三送來，整齊地疊放著。鋪板上有秫箴席。

「多謝禁子哥！」司馬遷見到小几上的青菜豆腐，碗邊飄著幾點油星子，大饅頭雪白，熱氣騰騰。顧不上細問根由，越吃越香，勝過大理國送別的盛宴。

「你來蹲大獄，俺先禮後兵，吃飽了飯得教教你怎麼坐牢？撤掉碗筷器具，鋪上臥單，你是忠良清官，不讓坐地上。挺起胸，直著腰，屁股老老實實坐在腳後跟上，動就挨鞭子，別怨俺交代不清。今天閒著，就當艄公專擺你一人過河！」

久站之後坐一會真舒服。但過半個時辰，腰脊膝蓋裡如同有幾百條蟲在亂拱，他不自覺地動動上身。

「啪！啪！」響了兩鞭，左右手背上全留下紫痕。

「又沒蛆拱你，動什麼？」

「禁子哥……」

「再開腔就打嘴，你嘗嘗味道就不敢再犯律條！」

這樣被「調理」一個半時辰，司馬遷苦不堪言。晚上送來的大灶飯食與囚犯們一樣，味如嚼蠟。

「禁子哥，你我一向無冤仇，何必如此苛待？」

「一個人占三十人地方還苛待？蛇要吞象，有苦水等著你！吃十幾年官俸，該曉得衙門是幹啥的。靠山吃山，靠水吃水。你夫人小姐一天四趟奔詔獄來沒見上面，啞子吃元宵——心中該有數。」

「這……」

「你的被子和洗換衣服抖了三遍，一個大錢也沒有，捨不得花費打點，豎著進，橫著出。坐牢得正兒八經地坐，俺的鞭子不認得人。」

司馬遷默然，送點小錢，家裡有。從監獄看官場和大漢江山，不免憂火中來。

一陣特笨重的腳步聲由遠而近，大眼扔下鞭子到院門口去迎接，來人是黑臉黃鬍子的大漢邴吉，他甕聲說：「牛大眼，你做得對，皇上點的欽犯得吃好點住乾淨，隨時要人有人在，不能跟烏膿紫血的強盜小偷放在一起。折磨死了，要人怎麼辦？從今往後，每年加五石皇糧的薪水。」

「小的謝栽培！大人進來看看？」

「有什麼好看的？照朝廷大法辦事。」跺腳聲去了。

司馬遷聽得清楚，他視邴吉為杜周貼心的爪牙，十年未遷升也無怨言，一副冷冰冰的死臉，彷彿世上人都借了他銅錢不還一般。雖說笑面狼無忌之流更可惡。

大眼回牢房收起鞭子告辭說：「大人虎落平川被犬欺，方便時別忘了賞碗酒喝！」

從此，司馬遷似被監獄忘卻，一日三餐有老三送來。據此人說：「太史公大人，您吃的這份飯食跟燜子裡（監獄代稱，黑話）當差的一樣，連俺也搗巧，能吃上個白饃饃！」

「吃一頓算一頓，不知哪天就上刑場。這屋不好住！」

「您還會當大官。只是得壓壓火性子。」

「謝謝你洗碗又刷便桶！」

「混日子唄，就怕出去挨餓，沒路走！」

「噢……」司馬遷聞所未聞。

立，坐，徘徊，每日長似小年。

如同久久離群獨處的少婦，不知道自己悶悶寡歡的原因是懷春那樣，子長陷入難耐的怫悒、躁動。先是說服自己既來之，則安之，主動適應囚徒生活。到第四天才發覺不全是厭惡牢獄，而是得了「懷書病」，與懷鄉病、憂鬱症近似。他太想讀書！

從八歲初撫書香（且不說此前的耳濡目染），三十年間的日日夜夜，坐車、乘涼、灶下添薪，為父親打酒的路上，飲後，臥前，蹲廁，風雨如一，手不釋卷。日去石室應卯，仍是翻閱國家藏書檔案、民間收集來的手稿，是視野最廣的讀書者。

書，只給予，不索取，不告黑狀，不生是非。可以從中諦聽到理想的獨白，歡愉、哀矜、恐懼、仰慕、怨尤，沒處可吐不得不吐的壓抑，古老荒誕的傳說、寓言，是隆冬爐火，暗夜明燈。秋空皓月，晚夏驚雷。久食不厭，長飲長醒。是思維甘泉，生命輪軸，魂魄的太陽。奪去大量時光，洗去多少塵穢，猶如親朋當中之一員。八音十二律，各臻其妙。告別坐遊萬里俯仰千秋的書城，切斷與賢者對語的享受，非嗜書成癖者不知此苦。

無奈而默誦古籍，有利消閒，但不能替代抱卷的雅趣。

在獨步中悟得，飢餓是看不見的暴君，統治到你的神經器臟，左手障住你的眼，使之無所見；右手掐住喉管，直至臉色灰白，指頭稍輕，等你呼吸剛要舒展，又緊掐如故。兩手交替使用，或同時肆虐，無法逃離。因為普天之下，莫非王土！肉體餓殍，每每遍野橫屍；精神窒息，看不著劣跡。這些火花尚未命筆，已在獄中，後果渺渺。只求平安了卻殘年，他不再為自私忘卻父教愧恨。

※　※　※

早餐畢，司馬遷在院子裡放風。

院門外石板上坐著一個十四五歲的男孩，正在抽個條，營養短欠，有些細弱，面前放著一支竹簍子在發愣。

牛大眼攘臂仰面走來。

「爹爹！」孩子起立問安。

大眼伸頭往簍子裡一看罵道：「小雜種怎麼不扒蛤蟆皮？老子釣牠來就為下酒。」

「爹，兒下不了手，蛤蟆太可憐，活剝皮多痛……」

「放屁！你疼蛤蟆，誰疼你老子？老子怎麼不疼你？」

「爹別生氣，兒寧肯不吃……」

「釣來不吃，有毛病？老子罵你放屁怎麼不回嘴？」他給兒子一掌，再捋起袖口叫道：「不還手打斷你手臂！先罵！」

「爹爹，孩兒怎能打罵您老人家？那是忤逆不孝！」

「老子是出氣教子，窮得請不起先生供你念書，書有屁用？敢打爹罵老子，將來吃香喝辣，三妻四妾，置地幾百頃，坐八人抬大轎，活得人模狗樣，準有出息。老實巴交，雷都轟不出個響屁，走路怕踩傷螞蟻，上哪賺到錢？

打呀！你不打老子替你打！」響鞭連聲，大眼的額頭上打出兩條青印子，血緩緩地滴下來。

兒子跪下抱住父親大哭：「都是兒不該出世，累你受窮，才這樣傷害自己。媽呀，您死得太早，孩兒和爹都傷心呀……」

半啞半帶童聲的哭腔搖撼著司馬遷，從不近人情中看到病態的父愛與孩子的和善早慧。聯想到亡母，忍不住伏在牆上落淚。孤獨使他脆弱！

大眼不再撒潑，對司馬遷抽搐的背影搖頭：「咦？」

司馬遷轉身走近欄柵施禮：「恭喜禁小哥，有個好兒子！犯官想要這樣一個孩兒多年，無奈膝下無子，你要愛惜他，來日自有後福！」

「前一福，後一福，半夜摔斷脊梁骨。要他心狠手毒，就是愛惜。這年月好人不頂擀麵杖派用處。您是響噹噹的好人，多少人豎拇指，能當饃饃吃？俺初下這大染缸，見人受刑不知偷偷流過多少淚。後來變成一條死喝酒的鞭子，三天不打人心裡憋勁，抽過這些當官做老爺的皮肉就鬆快，更煞渴。本來不幹這閹人的鬼差事，這幾年想通了，俺不動刀別人照吃這一碗飯。有的貪官可恨，閹得痛快，俺的心讓狗掏去吃掉，餵老虎老虎都不吃，渾身沒人味……」

「無拘多貧苦，兒子書還得念，不求做官，只為明理。」

「他念兩年，先生說頂人家孩子五年的長進，可先生不能喝西北風。」

「禁子哥，教書非犯官所長，幫孩子識些字還行。不管如何發落，念一天算一天如何？」

「那多不合適……」粗針大麻線的獄卒忽而忸怩起來。

「先生，到處都誇您老人家學問大，學生牛小卿給先生叩頭！」

孩子趴在地上磕了三個響頭。

「不用，不用……」司馬遷鼻頭發酸。

兩名鐵匠提著腳鐐來到門口：「大眼哥開院門，上峰有令：給犯官司馬遷戴上朝廷的王法。」

「是！」獄卒傻眼了。

「嗡……」司馬遷腦後直響。

二

人，也許是為了喝膽汁才到世上走一回。

苦水嚥下，凍在記憶的小角落，相對平靜。從而轉移精力，面對現實，擇路而行。

獨腳將軍把馬拴在柳蔭，走進邊寨小鎮的鐵匠鋪子，拿起為他特製的鐵枴杖一掂，眉毛一挑說：「剛到九十，還差三十斤，怕俺付不起鐵料和工錢？」

「大爺的嘴角長出灰毛毛，再過幾年，掄動一百二十斤就嫌吃力。您瞧瞧傢伙做得多道地，水磨精鋼，賽似烏金。不是小的從門縫裡把大爺的武藝看扁了！」

「師傅會講話，聽了耳朵裡長出半兩蜂蜜，還按原價把錢拿去！」

「一個錢不收。大爺的畫影圖形掛在北城門口，李廣利那王八蛋誣栽大爺是逃將，懸賞五萬錢要捉拿您老，您到哪裡不要花錢？」

「店主認錯人了。」

「誰不認識韓仲子將軍和他的寶馬？寶馬送到我丈母娘那裡交給孩子舅舅去餵一陣，免得招風。後園有個地窖，您老養好傷口，該幹啥就去幹啥。」

「您我素昧平生，怎好打擾？」

「鐵匠是老百姓，尊敬英雄。只要咱家煙囪冒火星子，您餓不著。」

仲子接受了鐵匠美意，傷口癒合，情緒穩定。白日安歇，晚間幫著打鐵，二十四斤大錘在他手上成了玩具。枴杖不是兵器，沒有現成套路。便參考齊眉棍、三截棍、水火棍和刀槍，邊試邊改，編出一套虛實照映戰法，矯捷、扎實。在月光下舞得雪花濺玉，烏龍吐風。

「大爺是使金磚砸個門鼻子，貴料賤用！」聽過主人讚美，將軍教了他一些武術。

朝中不斷傳來訊息，令他不安。對於下獄的李陵家屬，無辜擲入這一漩渦的太史公，還有年過九十的恩師東方樸，都十分惦念。他曾幻想著有機會見到皇帝，為受株連者鳴冤。若非賢主人的反覆勸阻，就要上路。

「小哥對韓某恩德匪淺！無以為報，此馬晝夜可行八百里，帶在身邊，諸多不便，送與小哥，一點心意！」言畢，倒了一杯酒，灌進馬嘴裡，再走到牠臉前，恭恭敬敬地叩了三個頭：「恩公珍重，長此別矣！」

寶馬跺著左前蹄，辣得迎風長嘶一聲。雄烈淒楚，引起將軍很多回憶……

「大爺捨不得牠，小人要牠是烏龜吃大麥——糟蹋糧食。打這裡進京少說也有兩千多里，走起來也夠您老受的。不如允許小人關了鋪子，同騎著寶馬進京，我把寶馬騎回來，養在這裡。您高興幾時來，牠還是您的坐騎。要是別的地方不好待，您來這裡養老，對小人是倆啞巴親嘴——好的沒法說。小子這輩子鐵塊也砸膩了，出門溜溜，不枉為人一世。少賺幾文，只當生一場病唄。」

將軍無法謝絕。

這樣一馬雙馱，白天歇，夜間行，五天後到了長安橫門外，離城河兩箭之遙的太公家落腳，其實這也是仲子的半個家。原房主是丟了紗帽的小官，三進房子蓋得合用。前兩進倒塌，只請鄰近農民修起門樓子兩面的耳房，牲口屋、廚房與吃飯的小廳，中間一進平成菜畦，留下一株亭亭如蓋的老樹，碎石塊砌成的院牆下邊，齊齊整整地堆著石料，太公常在樹蔭下做石頭活，粗過缽口的大枝杈上，用鐵鏈子吊著兩塊石板，可以放置工具和茶壺酒杯。

正房是百年老屋，修得風雨不透，樓上兩間，小巧明亮，原住女眷。樓下二室，各占兩間，東邊住著老石匠，西邊為仲子臥房，後來司馬遷也在此處完成書稿。房主或許招忌怕事，在石板樓梯下修了一條隱蔽的道地，出口是一座假墳，供逃命之需。出了墓道往東南行走百十丈，便是破破爛爛的河伯廟，幾乎沒有香火。

老人沒在家，灶臺馬槽炕蓆上撒滿薄薄的浮塵。

「小哥，俺是死後從陰間請假來探親的孤魂。捨不得你走，又怕你日後受俺拖累，不敢久留。真想讓你見見俺師父！」

「大爺提過的老俠東方太公，久聞其名，怕見不到了。小人若無妻兒老母，情願住在這裡侍奉您和太公，您要照料老人、餵牲口，身子又不便當，小人走掉心也擱不下呀！」鐵匠眼睛紅了，但沒有淚水。將軍喜歡大丈夫氣。

仲子在木板壁上拔下一支長箭給鐵匠瞻仰：「李廣將軍的箭，能射進石頭。他在天之靈怎能料到李少卿的下場……過午陪俺去給老將掃墓。」

「這裡風聲吃緊，求您見過太公，回小人那天高皇帝遠的住處。匈奴賊子真要來犯，您和寶馬還能上陣掃他幾員番將！」

「讓俺想一想。」殺敵是將軍夙願，機會只有天知。

「皇帝那邊別去找苦吃。幾名郎官不在大爺話下，可李廣利的人多，吃了虧不值呀……」

「砰！」箭被擲到木板上，扎進半寸，把窗前的幾隻小鳥嚇飛了。

※　※　※

夕陽斜掛山肩，路兩旁的烏桕樹葉映得火紅，似乎在鼓勵從南海吹來的和風，跟北方來的冷流再做一次頑抗，替小陽春裝點微溫。猶同十幾匹天馬，一隻假鼎，為武帝垂垂迫近的衰齡加點欠響亮的暖色。

衛子夫所生長子劉據，被立為東宮儲君已二十四載，三十一歲。他的個性溫婉謹慎，從不顯才露德，像一輪明月被父親——太陽凌厲紛繁的光照逼住，顯得蒼白、黯淡。他向母后問安時，子夫總是悲觀地說：「從你舅父大將軍去世，衛家日益衰敗，你表弟衛伉只知享樂，胸無小志，不思上進。

後宮前有王夫人得到你父專房之寵，雖命短已死，又有李夫人得幸，後宮美女一萬八千人，沒有能與之抗衡。你我母子很危險……」

「十年前舅舅還健在，父皇當面對他說過：『漢天下草創未久，加上四夷入侵中國，朕不變更制度，後世沒有法則。東徵西戰，勞民傷財，皆不得已而為之。若後世仿效朕的做法，便是重走秦朝滅國的舊路。太子安靜，能坐守太平，想找守成修文的人主，哪有比太子更賢明的呢？』請母后寬懷少憂！」

「此一時，彼一時……」子夫仍是頻頻嘆息。

太子口勸母親，心裡老不踏實。宮廷風雲，無法預料。他出了情望苑，到建章宮朝見父皇，例行問安。但見父親忽坐忽起，要李福拿大臣的奏摺來看，匆匆翻過幾張帛書，便擲到一邊。

「父皇國事太繁，千萬保重。兒臣陪同去甘泉宮圍獵一回如何？」

「據兒孝心可嘉，然騎射非兒所長，可去可不去，莫要拘謹。打獵只帶郎官與精銳武士，車騎衛隊從簡。李福傳諭，由霍光籌辦。」

「是。兒臣願去陪伴父皇。」太子告退而去。

霍光的審慎安詳，初被皇帝發現，知道他與李陵交誼篤厚，未出面求情，也不附和聲討的群臣而風吹兩面倒——其實是倒向皇帝一邊的嚴詞斥責，顯示出公心。此人未滅絕朋友良心，對皇帝歸途的選定，無疑費過周章，只是做得羚羊掛角，無跡可尋而已。

皇帝身邊又冒出赫赫一時的人物——江充，深諳如何利用嚴刑峻法的手腕，迅速獲得僅次於杜周的權力，敢為杜周所不敢為。他本是趙王劉彭祖的門客，騙吃溜喝，投主所好，有些不可告人的勾當被彭祖的嗣位太子劉丹抓住把柄，混不下去，逃到長安便向廷尉告發劉丹與妹妹通姦、違法。杜周表示不畏權勢，命無忌將劉丹速抓入詔獄。皇帝對此案的處置是：一、表彰杜周剛正不阿，敢法辦皇侄。二、赦免丹死罪，奪去太子，不準嗣位。另立幼子劉昌，原因是後者「無咎無譽」，不似其兄淖子「多欲，不宜君國子民」。而「多欲」恰好是昔年汲黯批評武帝極深刻的結論。擇人方面含著皇帝自省的內容，雖然其欲有增無減。三、拜江充為繡衣直指使者，任其舉報國戚大臣。

嘉獎告密者的詔書一下，出賣親友成風，造成三萬多人被殺，其中絕大部分是江充野心膨脹的犧牲品，太子及公主也在劫中。

出獵前夕，太子陪同父皇住在甘泉宮，次日一早，又命家丁到養熊虎的地方檢視一番。「宰相家人七品官」，太子家人的譜還要大。面對卑賤者時是虎，到高貴者臉前又兔氣十足。這回得意過分，忘了江充禁令，讓馬車在大道當中疾馳。恰好碰到江充率領三十六名武士再次到圍場清查閒人，他雖知皇帝與太子正用著早膳，故意要滋事，便令衛士們全部跪在道上迎接。

「臣江充接駕！」

「啊！江大人……」家丁嚇得舌頭僵硬。

江充長方形大臉往下一拉，跳起身來怒喝：「誰敢擅自在道中行車？」

「奴才是太子府管家。」

「人車扣下，恭請聖裁！」

武士們如同背著鑼鼓行頭的草臺戲班，一見有戲好唱，便賣力把戲做過頭等著看笑話。家丁被五花大綁送到宮門外看管，其餘人到指定的路線一帶轉悠幾圈回去，請皇上起駕。

「江大人！」劉據攔門而立，抱拳俯首，把江充的面子給足，再提出區區小事，不要煩勞父皇。

「殿下具孝德，小臣有忠心，縱有包天狗膽，也不敢讓殿下為難！」此人眼角細紋深而擠，交叉得似水鄉的河網，鼻溝紋如方形括號，顯出雙下巴的輪廓，盛怒都是一副微笑的樣子。劉據對其劣跡雖有所聞，並不盡信，自以為儲君的地位，迫使江充不敢拿雞毛當令箭，小題大做，少時會放人還車，便未計較。問了幾句獵場情形，便轉身去請父皇。

皇帝戴束髮紫金冠，赭黃盤龍大斗篷罩著輕便獵裝，足蹬馬靴，一掃慵倦之氣，威風凜凜，步伐穩捷。郎官牽來天馬，除掉臉上一道白條，全身棗紅，巨大蹄子宛若蒲扇一般。

霍光上前將皇帝扶上鞍橋，正要抖動韁繩，江充疾如鷹落地跪在塵埃，奏明家丁一案。

「據兒，江充所言屬實嗎？」

「怨兒臣管束不嚴，不敢辭咎，兒願受罰而無怨。至於家丁乃無知愚夫，雖犯重罪然上有老，下有妻兒，未教而誅，於心不忍。父皇開恩！」劉據撩袍屈膝行大禮。

「據兒，主宰天下，無威不立，過嚴則民怨。兒將來是太平仁厚天子，可守成業。若生亂世，蕩平群雄，混一九州，非兒所能，且婦人之仁，要一敗塗地，兒應三思！朕念家丁首次犯法，重責四十棍，免其一死。江充不為尊者諱，剛直嚴謹，升任水衡都尉。」

各自謝恩之後。江充有些餘悸，打算時機成熟，一朝得罪，得罪到底，死不認錯：「殿下心懷天下，諒解微臣，不敢上負聖恩，他年還請關照！」

「哈哈哈哈！」太子並無芥蒂。

皇帝不失昔年勇，射中一熊，賜予劉據。又射倒一虎，幾隻飛鳥。

郎官們整齊的山呼聲，對武帝有所觸動：人才的鼎盛期已過，霍光，上官桀等皆乏開創力。聽話，少權變，用之不至於翻船，也走不遠。較之前半代人如田仁、任安、蘇建、李敢、韓千秋、路博德、李廣利、楊僕，已遜一籌。比較和汲黯、衛青、李廣、霍去病、張騫、董仲舒那時的人物，尤其相形見絀。他如何量體裁衣，各用其長，留個什麼趨勢的江山給太子，要審慎抉擇。

對往昔武功文治的陶醉，目前西征事的失望，衰倦的無情襲來，武帝想得良多。

「前邊路旁小山下是……」

「是……」上官桀支吾著。

「為什麼不說？」

「怕父皇不快！」太子輕聲解嘲。

「是陛下愛將李廣，大人在天水自刎身亡，就地安葬。只因路途遙遠，祭祀不便，其子李當戶李敢在京郊此地葬下衣冠弓箭墓。飛將軍其才與功在臣兄去病之上。」霍光坦然回答，「愛將」二字恰到好處，後面的話說得謙遜。

「飛將軍功勞輝耀史冊，豈因不孝後人而泯滅？停輦一觀。」皇帝正想表現公正與愛才。

「霍光之論足以服眾。」太子的讚詞甚得郎官們的嘆服。

一堆黃土埋下了未酬的壯志與人主欠缺厚報的功勛。

陶盆裡放著饅頭、豬腳、一隻烤雞，正冒著微微的熱氣。簡陋的青石板拜臺上還有灑酹的酒未乾。

「剛剛有人來祭掃過。」皇帝嗅嗅酒味與樹葉霉爛的酸氣，走到墳前一揖。

隨行者四面羅拜，為將軍業績和皇帝的重禮而動容。

「霍光告知長安右內史派二十戶守墳，重修墓道，春秋祭奠。」

「是。」

「朕讓路博德出兵過早，給老將以玩弄權術的機會。若當作李陵後援出征，戰局或能可觀。」他沒提李廣利。

「陛下聖慮周到！」郎官們齊聲喊話如背書。

「因杅[15]將軍公孫敖！」

「臣在！」

「攜帶詔書，免路博德符離侯與伏波將軍，降為強弩都尉，屯邊立功。爾攜精兵五百人及密詔去接李陵還朝，朕念其部下殺敵甚，降匈奴之事不予追究。李陵當感朝廷恩德，重立勛業。」

「遵旨！」

「陛下明察秋毫，飛將軍在天亡靈也感激不盡！」杜周領頭頌德。

「萬歲！萬歲！萬萬歲！」郎官們強勁的歡呼震動山野，似威烈而空洞。

「哈哈哈！」活力又湧進皇帝的雙臂。

三

方正迂自知對周《易》一竅不通，想不到抖出幾套欠熟練的江湖訣，就讓邵伴仙佩服得頭冒熱氣，背淌冷汗。滑稽場面激發出感慨：越是信口雌黃，不知所云，效驗越靈。如果不是在語言瀑布上看到自己和司馬遷的人頭反覆湧現，很難不笑出聲來。原來不倒翁的術士竟然如此愚鈍！

「表兄也是在宮裡白白走動二十來年，都不能讓小弟找個機會立在遠處為陛下一望氣色？」滑如鯰魚的伴仙未做解辯，扁圓的臉笑得柔媚，彷彿是宣布：要激起他的好勝心是沒門。

「適才不過一句戲語。真是聖旨來請，小弟也逃之名山。往昔大理國王求弟當御醫，逃出昆明，浪跡

[15] 杅（音於），本意是浴盆，也可指盂，飲水用器。

天涯。閒雲野鶴，好生自在。說出去全為表兄著想。時也，命也，運也！人之相知，何其難哉？」

方士憶起正迂父母的恩德，意有鬆動。經過嚴格的商討，正迂用伴仙助手的腰牌，扮作啞巴，在偏殿看到這一場景：

皇帝半跪半躺在虎皮長榻上，接過伴仙呈上的兩棵血靈芝，大紅色正面閃著淡淡金芒，背後紫黑，亮若琉璃。他瞇上眼似不注意，口角掛著放鬆的笑紋，遐想聯翩，求仙的痼疾，長生的老癮被草藥所搖撼，只是在隱忍過程中未表達出來。

伴仙把芝草的作用渲染得神乎其神，差點沒講能起死回生。敢說瑞草呈祥，乃皇帝洪福齊天。介紹到採藥人時能當著正迂之面撒謊，面不改色：

「臣之祖師已一百七十歲，在大理雪山之巔覓得神草，託人帶到長安，賜臣以慶花甲賤誕。臣敬陛下如父，不忍自己享用，千里鵝毛、以表愚誠。」

「你那祖師現在何處？」

「雲山阻隔，渺難追尋。不知老人家身在蓬萊，還是瀛洲。」

「受託帶藥之人何在？」

「靈藥送到臣寓所門口，司閽者送進後院，急忙出迎，已無人在。臣立即派弟子四處打聽，皆無下落，只得責令司閽老僕日後再遇此事，要留住貴客。」

「哎——所慮甚是。李福！」

「奴輩在。」

「賜邵卿黃金十斤。」

「遵旨！」李福一抬拂塵，小謁者已將兩塊金磚交到殿外方正迂手裡。

伴仙辭駕，和表弟回到豪宅。

「表兄太苦，跟皇上打交道，說真話四面碰壁；雲裡霧裡侃上一通，平安進財！」

方士嬉笑一陣，給表弟一塊金磚。

「小弟要黃白之物無用。兄臺居首善之地，四通八達，全靠盛名。打點同朝大吏，非細軟莫屬，留下為佳。」

伴仙來者不拒。正迂又出資讓表兄做東宴請朋友。有了長安名廚佳釀助興，人蔘靈芝開路，二十天後，便將表兄活動的網脈與共事者個性探詢得瞭如指掌。

夜涼如水，天街星斗璀璨，表兄去看望老丞相未歸，方正迂披衣立於花叢樹影之間，四周闃寂，久久的冥思，彷彿有一把無形的慧劍，將他從頭頂到尾椎劈為兩半：審問者是走方郎中，歷盡坎凜，對貧苦病人心如糯米，對富者冷如冰鐵。袖中有金，慨慷大方；斷了盤纏，逃離旅店，偷摘水果，白坐車船之類醜事也沒少做。回答者是義士、智者，用曲折手段達到嚴正目的的真漢子，又是大俗客一個。

問：平生大樂是什麼？

答：自知無能，從無小志。

問：平生遺憾是什麼？

答：未讀懂古書。不曾遇得精通《易》、《老子》、《莊子》的人。退而求其次，亦未逢通變守常、善於從《易》的機率內，找到活的排列程序、捕捉良機、趨吉避凶、清虛寡慾之人。有幸認得人中之鳳——太史公，卻一見即是永訣。坐看璧碎珠裂，空喚奈何！

問：能否化無為有，力助子長一臂？

答：正在擇時擇人。尚未知己知彼，變阻力為助力。

問：能助子長出險者是誰？

答：邵伴仙。

問：如何運用此老？

答：靠有利無風險。

問：他最大之利是什麼？

答：皇帝賞一塊扔掉的骨頭。

問：能幫他得到那塊骨頭？

答：難，但尚未至絕境。

問：你以何物助他獲利而救太史公？

答：七尺之軀！

問：值得捨棄喉嚨管裡一口氣？

答：舍一兔而活麒麟，天地間大美事。一萬個區區方正迂，哪及子長一支筆？

問：不及子長者多矣，為什麼皆不肯出頭，獨你不惜血肉之軀？

答：只為一面而神交十幾年。大漢疆土超邁前朝。春秋列國不過州縣蕞爾之地，殺身成仁者史不絕書。以子長碩才，無一人為之流血，正迂為大漢臣民羞赧！不才雖乏慧眼，為友不死，樂於自擇死期，寧非大福？

問：你死他就能活？能預測未來之事？

答：或許能活，但亦未必。不以身試，何從得知成敗？未來之事，若可以預見，早來長安見他了。

問：你想在《太史公書》中留一列傳？

答：近日方知子長在寫史書，已將祖傳倉公淳于意夫子祕方送去求傳，也曾想過賤名附其後。今已定獻身，浮名反會褻瀆此舉。

問：爾受父母生養，五十餘年未享一日福，死豈不可惜？

答：吾亦戀生，死得心安無愧，乃另一種永生。否則何異於草木？

問：爾本草木之人，名不見經傳，何自視過高？

答：決心敢死，或即高於草木之處。

問：一切想妥了？

答：正在想。絕對成功之策，從不存在，盡心對無常而已……邵伴仙回府，打斷了表弟的思路。老丞相收了遼東大參，十分高興地告知：皇帝在明日夜間要找方士去算卦，為處死某某某一事決疑。方正迂已料想到司馬遷，就不動聲色，和表兄痛飲於密室之中，先把些重要將相的命運細說一番。

「算得嚴絲合縫，佩服！佩服！兄弟會算他人，自己命運如何？」

「三日內必死無疑。表兄可以見到小弟一場血光之災！」

「那就在家躲一躲。」

「躲不了，表兄作法也不能禳。」

「這太怪！」

「不怪，學會這種本領的人太慘，比如此刻表兄沒算出來，弟也知道。什麼事能瞞過心卦《易經》？」

方士搖頭坦率地說：「是不會算，作法也是活見鬼！」

「那怎麼能矇住皇帝？」

「察言觀色，挑選穩當的話說。無事不露面，少些是是非非。朝見之前先看太監，摸過陰晴才進宮。也不易啊，殺了我多少同行！」方士下意識地摸摸自己的頸項。

「表兄已享榮華富貴，唯須多活幾十年。」

「這是平素企盼之事。」

「兄想長壽必須皇上長壽，否則留一道詔書要殉葬就不妙了！」

「皇上太好色，又易怒，想長壽也難。若貴重藥物萬病皆除，秦始皇帝今天還在呢！」

「表兄，皇上，還有一人是連環命。一個死掉，另二位半年之內全得昇天。」

「你說的另一個人是誰？」

「此乃天機！」

「你我兄弟，還有什麼隱祕？」

「好在小弟三日內要走，可以奉告：司馬遷！」

「司馬子長？他與皇帝，還有愚兄何涉？」

「皇上大兄十一歲，兄長大太史公十一歲。十一為五六之和，陰陽兩頭充足，大吉大利。若一人遭斬，三星同命，大數之後，只剩一年，豈不太險惡？只有小弟一死則三人俱生。為他與皇上去死，小弟辦不到。為兄則義不容辭。咱倆共外祖父母，母親又是一胎雙胞，小弟流落市井，一事未就。表兄前景壯闊。弟死兄存，毫不可惜。皇上與司馬遷皆巧逢其會。只能體察天意，照弟計而行，定成大功！」接著陳述了方略，皇上信什麼，不信什麼，怎樣避免觸怒他。天機已洩，不能再露。諸多利害，頭頭是理。

方士對老弟會捨命救人，將信將疑。信的是天命不可違，疑的是言行難一。

「弟死之後，兄不照辦，弟必為厲鬼訴之天帝，兄立即喪命，遭盡災苦。」

「兄弟說得我毛髮悚然，還是乾杯！」

「乾杯！哈哈哈！」方正迂笑得慘厲，伴仙覺得他醉了，要麼是快要發瘋，充滿恐怖，乾急無汗。

後來的酒如何喝完，他幾時上床，都迷迷糊糊。只聽得方正迂摔碎了杯壺，嚎啕大哭。他想勸表弟，心裡有一團火在亂竄，沒找到噴射口。

等到他一覺睡醒，已近正午，地上留有帛，上有血寫的字跡：「違弟所請，必遭厲鬼擊殺，切切！」

方正迂已無蹤影，席上放著一株紫芝，一對墨芝，還有幾塊上等的翡翠。

伴仙一見，咧著嘴哭出聲來：「兄弟，你這麼做，我對不起姨父，姨母對我視同親生。況且表弟治病一生，救活窮人無數，為何反斷了香煙……」

四

過午，無忌巡查詔獄，看到放風的司馬遷腳頸上裹著布條條，鐐鏈子被吊在褲帶上，儼然已是坐牢行家。便打招呼：「太史大人好！」

司馬遷欠身一笑，不想理睬或得罪這類鷹犬。

無忌喚過牛大眼叱道：「誰給司馬大人戴上刑具，連我和廷尉大人都沒聽說過？」

「……」獄卒翻著白眼。

「快喊鐵匠來開鐐。這玩意是對付江洋大盜才用的。抱歉！恕無忌失察。告辭！」無忌一去，大眼叫道：「叫戴叫開全是他。能當面裝蒜，好像忘個精光，總是他的理。這種人成了廷尉肚裡的蛔蟲，什麼世道？」

「兄弟不必抱怨，莫非要開刀？」在司馬遷想像中和夢寐裡上過多少回刑場。臨近大限，仍不由自主地往牆上一靠，心猛地往下墜，鏈子嘩嘩啦啦抖動。

「哪來的話，八成大人要出烱子，萬歲會召見。小的安排人抬大木桶和熱水來給您沐浴。這就去取刀剪給您調理一下鬍鬚，免得上朝上街不成樣。」獄卒咧著簸箕嘴，笑得看不出疑點。

「聽天由命，奈何，奈何？」

鐵匠來卸走了刑具。

若在監外，剪髮修面是一樂。陰光下的大眼絮叨不停：「待這裡一年多，大人還沒生蝨子蝨卵，誰能不餵富貴蟲？」

「多虧兄弟百般照料，才無災病到今日。若非行刑之日已近，白頭難忘大恩！」

「小人不配跟大人稱兄道弟。您才是俺爺兒倆的大恩公，幫俺改了賭錢打罵人的惡習，活得有點奔（音笨）頭。孩子把《四書》倒背如流，昨天大門口的刑房師爺說：孩子寫的字挺有派頭，簡直估不透肚裡揣著多少墨水，比穿新的老繭綢袍子還抬人。俺家老墳幾時冒出熱氣？眼巴巴找差事討兒媳婦抱孫子，都是先生給的造化。讓他剝老鼠蛤蟆皮，早是廢料！」

「教孩子讓我溫故知新。在這樣嘈雜的地方能背書，是好學生！」

天擦黑，上官清與書兒來探監。被挫折催得早熟的大女孩放下酒食，用竹籃提著父親換下的衣服，找大眼借了一隻盆，到院外邊井沿上去洗。

大眼幫她汲上一桶水來，她忍不住捂著鼻子哭了。

「小姐，不能這樣，讓尊大人聽到會心如刀絞，支著罪受！小人昨晚一宿沒闔眼。刑房老師爺算了一卦，說大人是文曲星下凡，命不該絕。可誰能改變皇上的主意……」大眼用袖口揩揩眼角。

「叔叔忙乎去，待會陪爹喝幾杯。侄女就在井圈上坐一會，讓娘跟爹敘敘……」

「酒是喝不下，小人去看看刀斧手『鬼見愁』大哥，求他把工作做好些，斷氣不斷頭，算半拉全屍也好。」

「多謝相助！」

「壽木呢？」

「楊敞兄去定了個十二圓的，約定四更天送到橫門外。」

「我讓兒子三更前去催，他算半個學生，只是上天不讓他再有好先生，哎……」

大眼一去，書兒成串淚水灑進盆裡。

父親入獄，她從雲頭摔落山溝，講不清每個日夜是如何熬過來的。母親為此，病魔纏身，右肋骨背後老是痛，見到油和葷菜就嘔吐，眼角土黃，腹部脹起，食慾銳減。

「媽是咱家主心骨，要為爹爹女兒活著！」

「放心，你不添孫子娘不會死，還要服侍好你爹完成信史，給為善的嘉勉，作惡者稍添顧忌。否則你爹白遭冤屈，何以向後世明心述志？」上官清雙手按著下腹部，聽得見自己喘息。

「女兒怕他再招災……」書兒搓著衣角，猶如揉搓徬徨的思潮。

「莫爭執，候你爹回來，先搬鄉下再講。」

「嗯。」書兒餵完藥，不想給母親添不快，話說得過早也無用。

一月過去，父親沒有結案跡象，幸有郭穰打點奔波，探問訊息，楊敞延醫買藥，出入詔獄，共同承擔苦痛。有時她在午夜自責：「爹爹生死未卜，母親日見瘦弱，為什麼郭穰寂滅已久的簫聲還會在枕邊迴旋著裊裊餘響，這是罪惡！」

某日下午，楊敞瞞著子長到霍光家去託人情，老師不信霍子孟能出力，楊敞也不寄希望，盡人事而已。

郭穰和書兒餵過牲口，坐在草堆上說：「四十天來日夜有奸細埋伏在周圍。出門有人跟隨，無忌之流不是吃白食的。案子來勢洶洶，愚兄要走另外一條路留存世間最珍奇的東西。」接著說出了詳細設想。

「穰兄那樣做，要招天下人痛恨，臭名遠播太苦！」

「生死不足道，侈談什麼榮辱！」

「我怕……萬一爹媽相繼棄養，在世上太孤單……」

「生計和外面的事敞弟會應付，不負二老大德厚望……」

「要是他向二老提親事呢？小妹一世守個庸才步步高陞多無味……」

「本想與師妹終身共硯賡續師業。大難當前，兒女情終歸是鴻毛，不毅然痛割，以成大業，縱然百年廝守，於心何安？師妹是千古奇女子，解我苦心，助我背水一戰，免得小兄白來世上一遭！」

「這麼說你我初表心跡即是永訣，如何捨得……」

「師妹不是滿足空言勸慰的人，敬你柔情似水，烈骨如霜。一日相知，勝過同床異夢千秋。人到此境，古今無幾。你我豈能學痴兒女專畫蛇足？」

「十一年晨昏與共，喜憂同嘗，一日不見，忽忽有所失，小妹乃世俗之女，只覺造化太兒戲了……」

書兒抱著郭穰抽泣。

「太真的事像假的，昔日相處，已感激蒼天……」

※　※　※

司馬遷懂得執法者定的幾條大罪空洞無物，解辯太不明智。刑杖之下，什麼口供都能羅織。

幾日後，楊敞報告司馬遷：「郭穰連日去見杜周，行為鬼鬼祟祟。」

「大概是生計所迫，不得已而為之，不會有太多悖理之行。」司馬遷綽髯低眉而論，「冷眼寬宥待之。」

剛剛得病的司馬夫人探監時對丈夫說：「郭穰搬走另立門戶。他檢舉你幾條大罪，被杜周保薦進宮起草詔書。經反覆請求，陛下允許他留在石室校書，隨時應旨草詔。沒想你教出這個好學生！」

司馬遷用最壞的推測，也沒想到郭穰竟是賣身投靠的毒蛇。一連幾日餐飲乏味，僵臥不起，楊敞、大眼百計寬解，才勉強進餐。

「這世上我還能相信誰？」

「滴水之恩當湧泉相報。弟子不會忘卻古訓！」楊敞說得簡訥。

「敞兒……」司馬遷喉頭如刀刮。

入獄第七十天，郭穰帶著無忌來搜查司馬遷住宅，從去年冬天堆存的馬糞裡，挖走一大捆油布包裹的竹簡。

司馬遷聞訊張嘴結舌，過了一會，反而淡然，絲毫不覺意外：

「這才像他的做法。誰埋的竹簡？」

楊敞回家一問，書兒母女都說不知道。

「那是他自己埋的，為了表白忠心，邀功討賞。天喪司馬子長！收下一名渾身反骨的梟獍[16]之徒，我是睜眼盲人，可殺可殺！」書兒不明事態進展，只做些淺層的辯解，父親不信。這對一位少女來講，擔子重到難以承荷的程度，只能默默地挑著。整整十九個月，好長啊……天未斷黑，無忌帶馬車來接上官清母女去詔獄生祭司馬遷，見最後一面。他頗似悲憫地說：「廷尉大人幾次保本，陛下斥回，一殿為臣，兔死狐悲。他們這對老友都是心直口快，招小人之忌。太史公一去，廷尉大人能一帆風順到告老還鄉嗎？難說啊！真是忠良多磨難，可奸臣酷吏又當不得呀……」其實母女倆只看到他的嘴巴在動，什麼也聽不見。

上官清薄施脂粉來掩飾病容，她跟書兒約定：見面不說悲傷的話。

點上一雙紅燭，牢房裡增添了鬆快的暖光。司馬遷跪坐在燈下，欣欣然讓妻子梳頭。木梳齒刮在頭皮上不輕不重，止癢活血。入獄前每月不是夫人嚷嚷三四回，他很少想起要梳。

「清妹對我真好！此刻才懂何謂清福，就是託上官清夫人的福……」

「貧嘴！我要真好，早該派人去昆明國把白鳳公主給你娶過來，多生幾個大頭兒子，可是……」

「還沒忘記她？」

「我都忘不了，你能忘了？有那份心，沒男人的膽，帶回來多好！」她想讓丈夫快活，心裡明白：自

[16] 古人心目中的惡性禽獸，吞食父母，實無此事。

己是醋缸，哪容得什麼白鳳黑鳳！書兒八歲，任安怕她不再生養，半真半假地要給子長買個侍妾，惹得她哭鬧了幾天。

「我能那樣做？」

「你要什麼都替自己打算，就不會為李陵講公道話！誰說君子易做，小人難為，說反了。」

「今夜有些像新婚，這燭上有個『喜』字就更好！」

「等哥回家再點一回喜燭。都不老，別看書兒跟我一般高！」上官清擺上豬舌牛心，一大罐狗肉湯。

「是不老，病好了水色會更紅亮。」他摸著妻子額上的柔髮，「還沒白掉一根！」

「就哥的鬍子白了幾茬！先喝，孩子馬上來。」她的鼻溝紋很淺，掣動了一下。

「我陪哥喝一盅，飯在家用過了！」

「先敬清妹！」

「先敬子長兄！」

他一口乾掉，嘗嘗佳餚說：「酒好，菜也好！怕陛下也吃不到這樣的燉狗腿。該你來一杯！」

「乾！」她剛抿下半盅，一陣噁心，雙手捂著嘴跑到門外朝著桶裡嘔吐。

「清妹，你病得不輕，要早治除根。萬一我遭不測，書兒尚未成家，後事紛繁，誰來做主？」司馬遷嗅到不正的氣味，出來扶住她。

她笑得極不自然地說：「一嗆，把鼻涕淚水也嗆出來了。真不搪事！等你回家一定要治……」

把這個場面遮蓋過去，回到牢房，司馬遷替妻子擦過臉說：「夫人回去歇息，明天讓敞兒就去請大夫。」

「我想陪你坐一會。」

「過兩天身子骨好些再來。」

「還是不想走，子長，你是個好人！」

「哈哈哈！好人？呸！」他喝了幾杯。

書兒進房坐了一會就到二更天。

楊敞和大眼都趕到，上官清斟酒要他們入席。

「無忌大人的馬車還在門口等著，弟子先送師娘回家，書妹多坐一會，少時再來接她！」楊敞敬過酒說。

「不用，你和師妹稍坐，我一人先回。」

「娘在生病。」

「好了，不要緊。」

「這……」書兒拗不過母親，把她扶上車。「娘！」

「苦命的女兒！」母女緊抱成一體。

「請賢夫人和小姐節哀！鐵石人遇到這種光景也會掉淚，保重！小姐擦乾淚水進去吧。」

書兒為母親包上頭，披好外衣，目送轅馬動身。

馬車摘去了鑾鈴，輪軸吐出哭聲。

女孩走進屋，楊敞像泥人一樣不動，司馬遷的目光正在盯著他。

「大人，乾哪！碰！」大眼叫得很響。

「乾！兄弟，怕要有不測風雲……」司馬遷沒有舉杯。

「爹爹請！」書兒手臂肘一拐楊敞，「牛叔叔多高興！」

「再敬恩師一杯！」

「敞兒，你又不是小孩子，神色不對，吞吞吐吐……」

楊敞的杯子掉到地上，他跪行幾步抱住老師乾號一聲：「恩師受弟子三拜！」

「敞兄，你放明白些！」書兒怒視著楊敞。

「要拜明天也行，後天也成，鬧什麼亂子？喝酒！」大眼提壺再斟酒。

「弟子一時糊塗……」

司馬遷搖頭，為楊敞拭淚。

「爹爹，兒有話要對您老人家說。」

「當叔叔師兄的面，講！」

「不，請他們出去一會就行。」

「好。」大眼拉著楊敞說，「小姐，該說的別瞞著，沒根沒絆的話就免了。楊公子，我們告便。」

「孩子，這樣做傷害你牛叔叔和敞兄。」

「他們不會計較。郭穰不是壞人，爹，他全為了您老人家！」

「胡說！五大罪狀是誰編排的？」

「他說的話，陛下、杜周全講過了，不新鮮！」

「別人能講，他太不該信口雌黃，深更半夜，為這樣一名小人說情，莫非你們有什麼不可告人之處？」

「女兒一清二白，爹爹莫生氣，他有難處……」

「書兒，你嫁給他要把爹娘氣死？」

「女兒是喜歡郭穰兒。但不會嫁給他，誰也不嫁。我一輩子在家侍奉爹娘。適才所說，乃秉之大公。」

「你……」

「他讓無忌刨走的是他抄寫的副本，都為了……」

司馬遷雙手掩耳說：「你要做個逆女？」

「爹爹，聽兒說，兒是胡說八道的孩子嗎？」

「說！」

「阿爹！」書兒對著父親耳朵剛說一句。院子裡火把通明，邴吉衣冠端正，後面跟著武士和刀斧手。

楊敞愕然。

「還能說什麼？」

「小的牛大眼叩見大人！」

「免！今奉聖命，將罪臣司馬遷問斬，下官監斬。念你乃一介書生，免予捆綁，就上法場。」

「臣謝主隆恩！」這句套話此時此刻說出，擲地有金石之聲，多少悲憤酸楚、冤屈無告之苦，都在這質樸的一拜中。沒有反諷之意，只覺霹靂炸頂，四面漆黑……

「爹爹！」書兒聽出了她自己注入的反諷意味。

「恩師！」楊敞隨書兒下拜。

「大人，牛大眼送您歸天！」

邴吉毫無表情，兩眼不轉地注視著星空。

「我兒好好孝順母親……」司馬遷撫摸著女兒的頭頂，沒有淚水。

楊敞扶起獄卒，自己又跪下。

「列祖列宗，父親，娘，不孝子長少時便來請罪！」司馬遷望空四拜。

「敞兒，你和師娘師妹回到高門原種地自食，永莫為官！」

「弟子遵命！」

「喪事從簡，不得修墳立碑。」司馬遷面色如土，口角流涎。

「兒聽爹爹吩咐。」女兒涕泣不能仰面。

「大眼兄弟，做個好人！珍重！」司馬遷深深一揖。

「請大人上路！」刀斧手例行公事地吼叫著。

「天……」司馬遷欲言又止，掃了邴吉一眼，步履拖沓地向門外走去，似乎魂已出竅，僅留下雙腿在機械地動著。沒有豪言與壯觀的場面，陰慘兮兮。他和妻女一樣，盼望天亮遲些，太公會不會來搭救呢？一切和天的高度一樣無稽……

他身後留下一片哀哭聲。

出得橫門半箭之遙，路邊點著白燭一對，地上插著許多香，還有雞酒等祭品。

一位年輕人直挺挺地跪在香後，他全身孝服，頭頂麻冠，雙袖掩著無鬍鬚的白面，滿襟淚痕。一見刑車，野祭者伏地不動，顯然是怕人們的視線。

司馬遷從哭聲聽出是誰，先是驚異，繼而怒不可遏，走到香燭面前，他忽然大叫一聲：

「監斬官大人少待！」

郈吉沒有回答，算是默許。

被刀斧手架著的司馬遷疾步走到青年人面前躬身行禮。

「折煞弟子了！」後生沒有抬頭。

「你本是人的材料，怨我無能，把你教成了狗，對不起你父母與漁父，毀你一世！雖咎由自取，為師者責無旁貸！」這些話說得低而啞，聲外有餘痛。突然，司馬遷挺直身子，一腳把郭穰踢得打了一個滾，「想做人上人，須積德苦學，賣師乞富貴，可恥，呸！」他把祭品踢翻，轉身又上了囚車。

郭穰無言，雙手抱頭，掙扎而起，仍舊跪著。

車塵遠去，悲自心來，郭穰沒有撫摸踢痛的鎖骨，十分克制地皺著眉。

自始至終沒有露出面孔。

四更剛過，刑場上空空的，沒有閒人來看熱鬧。

司馬遷下車抬頭，但見披頭散髮的妻子朝他猛撲過來。

「子長……」

「你怎麼也來了？」

「無忌把我送到門口，等車一去，我沒有進門就慢慢走到這裡，與哥哥永別！你的清妹，快來與你團聚了。」

「莫哭，莫哭，不哭都要倒下！瞧，書兒他們都來了。」

牛大眼找了兩匹馬給書兒，楊敞追到刑場，他和牛大眼的兒子是押著棺材車來的。行刑還有一更天，拉棺材的馬車停在場外柳樹林子裡。

更鼓五響，刀斧手把圍著司馬遷的男女拉開，給他雙手上了背銬，推到了監斬官升座的土臺子下面。

邴吉做了例行的驗明正身手續，把亡命旗上的名字打了兩個紅叉，然後一反常態，緩慢地問了好些話，臉上還是冰涼。

「大人，時辰就要到了！」刀斧手跪下請示，不如說是提示。

「嗯！」邴吉沒有打第三個叉，手仍緊握硃筆，吩咐：「擂鼓。」

一通鼓罷，上官清暈倒了，書兒把她抱在懷中席地而坐。第三個叉也打完。

二通鼓鳴。邴吉將筆舉過頭頂，正要從耳後往前一擲。

忽然，遠遠地有人沉聲大叫：「刀下留人，聖旨下——！」

刀斧手後退幾步，邴吉下位跪倒。

大宛馬背上坐著胖太監李福。

在場的人不約而同地在心裡暗暗發問：「這是怎麼回事？」

五

小瀛洲新開鑿的太液池當中，僅有一條小路和岸上相連。四季八節都有奇花異草呈現在一灣叢碧中。可惜美在徒然地荒廢著，武帝一年來三五趟，無暇細觀。宮女太監們整日忙乎，沒有審美趣味。

杜周小心翼翼，連敗了兩盤棋，使武帝勝得十分艱難，一點覺不著讓子的高明，特別開懷。

為了取得火爆的氛圍，又不吵鬧，李福和邵伴仙商定，特製了一套口面很小的袖珍鑼鼓，得到了皇帝默許，方士們敲得挺起勁。

除了瓠子堵口成功的預言兌現，十一年來邵伴仙沒抓住十拿九穩的機遇來顯示神通，危機感使他的心理傾斜。對李夫人的單戀，仍在增溫，這女人猶如一條嫦娥的飄帶，一直拴著他的魂魄，見一回就折騰幾個月，無論是念咒，午夜在官道上狂奔二十里累得上氣不接下氣，或是接連舞劍一個時辰還多，也休想通宵睡個囫圇覺。睜著眼，屋裡屋外牆上天上都看到夫人在倩笑、在低唱、在曼舞。眼一合上他就返老為白面書生，跟夫人同拜天地，進洞房，喝交杯酒，月圓花好。夢醒後換過被子，意識到健康大非昔比，身為仙人駐凡間使者，竟然想皇帝的小老婆，肯定是二流以下貨色。於是自責一通，還是離不開夢婚的甜頭。

今日，他雙腿似踏著風火輪，在急速的胡旋中咒罵自己借表弟之死來固寵乞賞，對不住長輩，但馬上覓得開脫的理由：表弟之死是按《易經》指的路，義行出於自願，他從未加以威脅。機會僅此一遭，利用與否，表弟都不免一死，不用白不用，反而有負死者的心願。《易經》太玄，箇中微言大義非一介方士可解讀。表弟懂這些就是命定！邵某站穩腳跟，就延續了方氏的香煙。打擊樂聽得心動加速，帶來職業性的病態興奮，末了倒於地上是真暈倒還是豬鼻子插蔥——裝象，確難辨別，不過神志還清楚，忘不了倒下的原因。

李福咳嗽一聲，架子拉得十足地甩動拂子問道：「陛下問你：司馬遷陽壽是否已盡，請大神決疑！」

「小神法力甚微，不敢亂洩天機。其實萬歲天威，龍心甚明，不過借小神之口取象而已。請派人去橫門外河伯廟，推開廟門，當有所見。有人冒死進言，皆因吾主乃堯舜之君，納諫如流，不用小神多口。

方士邵伴仙召請諸神，不能一一前來朝見。三二連環，一人死，兩人不得活過一年。邵伴仙，莫仗小小法力誤了陛下大事！吾神告退，皇上保重！」邵牛仙頗具戲劇才能，一口齊魯方言，改變了平時語音。要領宣告已畢，昏睡如死。太監用腳尖碰碰他的肩頭，他兀然不動。

「杜卿火速派人去河伯廟一觀。」

「遵旨！請小謁者傳命，讓長孺手下無忌率領武士四人快馬來回，如實復旨。」

「李福叫兩名內侍同往。」

「領旨。」

「廷尉，你是讓朕一步吧？怎麼把自家棋的眼堵住？」

「這……」杜周窘得頸紅鼻赤，「臣急於贏棋，未顧全局，捉襟見肘了。」

「可以悔一步，下棋皆有失手之時。」

「臣改下此步。」

「好端端擺成的陣勢，怎甘心又鑽進白子的口袋，卿還要輸！」

「臣偏偏不服，還敢闖！」倔強的表演遮蓋了心機，馬屁拍到要害。

鼓息鑼停，伴仙揉揉雙目，迷迷糊糊地坐起。

「邵公方才說些啥？」李福湊趣地問道。

方士知趣地搖頭，打著呵欠立起身來。

「陛下恕臣不敬，要勝棋了。」

「好哇，光勝不輸，多沒勁！就怕你過早高興，看！」皇帝出奇兵，加上四個子，死處全活，倒是杜周落個功敗垂成的大悶宮。「操之過急，適得其反。」

「不服！再來一盤。」杜周再三請戰。

「穩住陣腳，能勝。」皇帝沒有表現狂喜。杜周想道：皇帝老兒的內心挺樂和。

※　※　※

河伯廟門形同虛設，左邊一扇斷了門檻，裡邊沒有可偷之物。

無忌對神神怪怪的事有幾分畏懼，平時幹些什麼勾當，還沒全忘掉。

他吩咐部下後退一步，親自捶捶門環。

「放了司馬遷！吾皇萬歲，萬萬歲！」接著重重的一聲響，似有人倒下。

無忌心裡更發怵，便一揮手，武士太監們破門衝進去，就見一人儒巾布袍，手持短劍，將自己的胸膛剖開，雙腳亂蹬，眼珠突出，臉上是痙攣的笑，血流遍地……

「看——」一名太監指著香案。

無忌看到了一方帛上用血寫著大字：

直臣誅，言路狹。

聖心慈，慎刑殺。

臣無須具名剖心貢拙

「先生放心，我們一定呈給陛下！」太監嚇得直哆嗦。

無忌伸手一試，剖心人鼻息已停，便留下兩人守著屍體，向死者一拜，持得血書而歸。因有太監同行，無忌便如實復旨。

武帝輸了一局，心氣平和。見到血書，便肅然推開了棋子，立起身來沉思：司馬遷與邵伴仙無交往，就算至親，也找不到甘心效死之士。死者書法勁峭，非等閒之輩，怎會輕易賣命？有此義民，本當給表彰。但此風一揚，上書者雲集，麻煩又多，決計偃旗息鼓不再張揚，免得伴仙等輩太飄飄然……

「杜卿，人皆惜生避死。進言者捨生而棄名，古之壯士，不過如此。然而……」

「愚臣以為從善如流為賢君，不若聖君無可諫，千秋之後永無疵議。陛下仁厚，對剖心者知其忠而從其志，賜以楠木棺，夜間悄悄葬於深山，春秋有村民祭祀便好，不宜聲張，免得橫生是非。」杜周摸透了帝王們諱疾忌醫的頑症。

「所慮甚是，高於卿棋藝多多！」

「臣棋甚高，不過遇到陛下，敗得心悅誠服。其他高手，未敢伏雌！」

「哦！」此刻武帝聽出了馬屁經，但沒有發作。

杜周便對方士太監武士等闡明天機與紀律，妄談此事者斬！接著命無忌等去治喪。

武帝要伴仙解釋神意，別的方士衛士都退到門外。

邵伴仙說：「臣在恍恍惚惚之間進入蓬萊仙島，見一偉丈夫身高十餘丈，指出河伯廟有異氣沖天，必有義士，胸懷卓見不得上達聖主。後來臣便不省人事。」

「卿醒來之前可有所聞？」

「聽到過兩位偉丈夫交談，說十一年乃五六之和，大吉大利，若從中切斷，兩者皆不得十全十美。又講三命連環，一死俱死，三人相去二十二年……」

他把方正迂編造的「天機」說漏了很多，愈不完整便愈耐得歧解。

武帝自命百家皆通，又添幾分穿鑿附會。他命伴仙退下。

想到仙話和司馬遷在安定行宮裡所講故事相隔五年多，卻有某種聯絡，不免惶惑，受到無形的制約……

這時，杜周在他身後跪下奏道：

「陛下，人才難得，臣願以全家性命保司馬遷不死。陛下聖德，定能感化，使之全心修史，亦是盛世所需。」

「要是他還認死理，諷刺大臣呢？」

「生死刑賞操在聖主之手，若此人一味狂悖，臣不再多口。」

「容朕思之。」

傍晚，武帝將太監們留在樓下，緩步登樓上藏書石室。

燭光冷白，郭穰在面壁抄寫老太史公司馬談留下的史料札記。錄到最生動的地方，想到老師，不禁酸鼻。

武帝直接走到郭穰背後，重重吐出一口鼻息，他才起身伏地行禮。

「抄書為什麼這樣傷心？」

「古人大節，小臣自愧不如，今朝又逢臣父忌日，思鄉念舊，感觸很多，陛下恕罪！」

「木偶才無情。好文章都有至情，方能傳誦。諱情未必是真丈夫！」

「多謝陛下教誨！」

「司馬遷對你如何?」

「情如父子。」

「那你為何到廷尉那裡舉發他的罪狀?」

「小臣不敢徇私情而忘國法。」

「哼,說得無懈可擊,你報答過師恩嗎?」

「小臣蒙皇恩浩蕩,加以重用,但在師門之日,無力報恩。」

「如果有機會,你還想報恩嗎?」

「知恩不報非君子,陛下也會嚴加懲罰。」

「說得好!朕最恨忘恩負義之徒!」

「小臣以聖上愛憎為愛憎!」

「嗯。朕若讓你為司馬遷受刑替死,你心甘情願嗎?」

「凡屬聖旨,小臣樂於遵從。且小臣才學膽識不及臣師百分之一,臣死之後,留下大才為陛下所用,求之不得。」

「你是遵君命還是惜才報私恩?」

「小臣兩者俱有。」

「哈哈哈哈!說得委婉,可不含糊,讓朕與司馬遷皆過得去。人遇刑戮,有人甘心以死相救,必有過常人之德與才,以死報恩,饒有春秋戰國年月義士風範,甚為難得!李福。」

「奴輩侍候陛下!」老太監登樓的步伐很輕健。

「如此陛下為蒼生保重，小臣拜辭！」

「你以為朕真要殺你？殺你早交廷尉去辦了。朕嘉獎真話，加俸米五十擔。至若司馬子長與李陵無深交，執言是書生意氣，若加重刑，天下誰敢進諫；若聽之任之，士人皆以直言自居，事無巨細橫加指責，必須使之有所收斂。朕尚在苦思，權衡利弊。」

「小臣努力體會君父苦心。」

「傳聞司馬遷棋藝不凡，郎官中無對手，可曾教你此道？」

「不曾授過棋藝。」

「哦！杜周能攻不能守，每戰必敗，朕今日略略讓他一局，他甚為得意，棋道尚淺。知音對手殊不易得啊！下棋讀書，其理相通。」

「萬歲高見！」

「今晚只卿一人在此宿衛？」

「臣子然一身，無家室為累，每晚在此讀書乃是快事，陛下夜間偶想翻查古籍，內侍隨時可取。」

「勤勉可嘉！爾之資質低於司馬遷多矣，唯有苦學，可少些遺憾！」皇帝想重讀屈原著作，竹簡笨重，郭穰取出自己抄寫的帛書應命。

「爾所寫字跡甚似司馬遷，非深解其中情韻者無法辨別，可以亂真！」這話的潛臺詞是只有他能分正件與贗品，你莫把朕當外行。其實，日理萬機的漢天子在這些末節上僅知大略，大大低於他的棋藝。

皇帝一走，郭穰的心又為老師的存亡懸起來。他有空便去詔獄探聽可有人被處決。不問個明白，宿衛也不安。

六

「陛下召見司馬子長，千萬莫提臣全家保他性命。大臣國事為先，無私人恩怨可言。」

「因恩怨徇私，觸犯律條。古君子以直報恩，以德報怨。股肱重臣之間，肝膽互照，天下必興！」

「恕臣愚魯，還是祈求迴避！」

「杜卿不愧朕之執法良吏。」皇帝一抖袖，杜周謝恩從側門出殿。

李福尖聲高唱：「聖上有旨：宣司馬遷上殿！」

衣衫素淨，眼角帶點夢遊病人般的悵惘，怎想到能從活地獄重踐天庭的白玉金階？當年出入禁城，平淡之至。今天才悔恨入獄前不重視這些。

如何重視？他又不想屈志違心，改掉厚樸個性。

中國知識分子傳統弱點之一是能看透現實，為了填補潛在的空虛，不肯放棄對統治者偶像化、理想化，誇大上層的英明恩澤，以罪人自居，想分得一杯殘粥的同時，繞開皇帝干擾，做點利民的實事，成功率是何等的低！

但都去做許由、接輿、介子推、長苴、桀溺、莊周，杜絕仕途，被亞洲生產方式捆住手腳的中國社會就進步得快些？陶淵明之後，人們頭上層巖如鐵鑄，獨善其身的隱哲，失去存身的縫隙，喘息的孔洞。

昏暗的金殿裡沒有文臣武將來山呼頌德，比早朝時分空蕩得多。皇帝棲身的虎皮竹蓆，四面吐出陰慘的風刀，讓瑟縮於階下的子長覺得陌生和恐怖。他聽到一對粗大蟠龍柱子的對話：

——我是權力，寧要失敗的成功！

——我是才華，寧要成功的失敗！

——我是司馬子長，一切真是如此峻烈，別無選擇！

——我是歷史，肉體活下去之前，思想必須死去。史家不懂這個就是白活一世！

——再博大的奴隸也不能戰勝您強加在我身上的奴性！我是司馬遷，幻想皇帝賞識，受到大用……

——我是歷史，莫辜負世界文明史上蓋世無雙的組合：散文史詩大師——超邁群倫的「奴隸」；氣吞山河，文筆罕與匹敵的「奴隸主」，不會有第二次碰面的！

——我是權力，他能俯首為我們所用？

——我是才華，能逃過刀斧為自己建功？……

司馬遷耳孔裡嗡嗡叫，這些亂糟糟的爭吵幾乎是同步嚷出，每個字都吐得脆響，沒有混淆餘地。

「罪臣司馬遷叩見！」太重怕驚駕，輕了怕責怪為鬼鬼祟祟。他選定了自以為合適的音量與調子告進，平穩、克制、虔誠，把種種幻聽逐出了宮牆。

紫色皇冠上的絲帶顫了一下，別無反應。

隔了五百四十天重見到的史官嗓音乾癟，氣勢皺縮，驗證了天子神威，給他以夏日飲冰般的快樂；而囚徒的羸瘦、疲憊、晦氣，側面映出自身的衰邁，似乎是被司馬遷之類逆臣氣得老了，引發貓要戲耍瀕死老鼠的念頭。他指著視窗輕咳一聲，小謁者們躬身走出陰影挑開帷幔，褐紅的陽光爬上皇帝兩頰，他腰部一挺，身板高出一頭。

「在詔獄裡受了些管束吧？」

「陛下聖明！」史官上了三層玉階，腰部哈著，下巴離地面更近。

「那裡的吏治如何?可有貪贓枉法者?」

「臣被拘於斗室,終朝思過。室外治亂,不得而知,未敢妄議。」他垂首看著大柱子的影,似是大殿的獠牙,正處身虎唇之間,久久凝固成的歸隱觀念,吩咐他慎言以待命。

「受到刑罰,吃了些苦頭,可知朕本意?」

「臣感激國恩!」

「是真話?」

「陛下明如日月,不敢假言欺君。」

「嗯!」皇帝內心自語,「這小子裝老實,要把他心窩子掏出一觀。」

「少說,少說,少說……」子長傾聽深心的呼號。

「四海之內有比卿文筆華贍浩瀚的士人嗎?」

「臣駑鈍無知。僅長安一地,彤筆長才,勝過微臣者,何止百千!」

「不對!」

「……」

「長安沒有人比你會寫文章,過謙近於巧偽,朕所不取!」

「陛下過獎,臣惶恐不自安!」

「但用人不能只看文章,文采差的人一樣能建功業。史館有你舊日所屬四十一人,為什麼至今未曾指派新的太史令?」皇帝站起來,笑得如暮春的落霞,溫和地穿透史官的肌膚。「朕對卿有期待!已近不惑壯年,不當如血氣方剛少年,逞才任性,貽誤大節,多多自省!」

「謝陛下愛臣民如子侄！」

「蒼天施恩，四時萬物欣欣向榮。朕敬之效之，未敢稍有疏忽。兵與刑皆凶物，不得已而用之。如用猛藥毒劑，以療頑疾。在獄中可曾恨過朝廷？」

司馬遷的舌頭頂住上顎，長跪於地。

「汲黯面折朕過失，朕待他如何？」

「恩禮並重，敬為長者。」

「誰喜歡待在沒窗戶的屋裡受折磨？某些人巧舌如簧，出了縲紲[17]之地竟然上奏，每日均在那裡敬祈上天，祝朕萬壽無疆！盡是虛言。堯舜之前傳聞一些國君長命百歲，史冊無憑。自大禹以來，帝王無人活到八十。朕對諂詞一笑置之，從不說穿，為佞臣留著情面。你呢？」

「陛下洞察無隱，直到今日見駕之前，臣曾恨萬歲不能德過伏羲黃帝！倖免一死，終身不議朝政，伏在草木間以盡天年。實乃不忠不直、貪生小人，深負天恩！」

「是真話！」皇帝捋著鬍鬚說，「卿妻久病，女兒年方及笄，日夜盼卿歸家團聚，下殿去吧，歇息幾日，仍居原職，俸祿不減。」

「臣敬謝隆恩！只是待罪之臣，不宜重用，求放歸田裡務農思過。」

「平身！」皇帝親手把史官拉起來，「既往不咎！為君當豁然大度，為臣者言必有據。否則人人賣直邀寵，妄議大政，擾亂視聽，無所適從，天下必亂。故當講必講，不當講者不言。是為臣德！」

「是。」

[17] 監獄。

「修史千秋盛事，不必畏首畏尾。杜周以身家性命保卿，亦符合國家愛才之意，當登門致謝！」

「遵陛下聖諭！」司馬遷拱手辭駕。

「杜周斷獄如何？」

「陛下可問眾位公卿，臣蒙其恩，表其功則有私，述其過則背義。」

「顧忌過多，想學八面玲瓏？」

「這……」

「杜周不是大賢，爾秉公上奏，不涉及恩怨嫌隙。矯枉過正，有違朕勸善規過本意。」

「臣罪孽深重……」

「圓融也能藏奸，不開口就無私心？」

「臣……」

「你……」

「陛下求諫心切，不恥下問。盲聾愚夫，知而不言，使吾主怫然不悅，羞愧無地自容，真乃一大廢物……」此時，自我保護意識導致太史公噤聲，牙齒緊咬住舌頭。

「不怨卿家，骨鯁在喉而噤口，怨朕目力不濟，錯識你了！你又何曾甘當廢物？」接著是連聲長嘆。

司馬遷忽然覺得有背父親以德報怨的慈教，竟然不相信皇帝，一味韜晦，枉食朝廷俸銀。熱血上沸，後背和前額發燙，柱上的龍睜著鼓出的大眼，咧著闊嘴在嘲諷他。

皇帝悻悻然立住，目視遠處的長空，雙手攏在背後掂量對方：「他變得乖覺了……」

「我還能活多久？八十歲也要死，前怕龍後怕虎就能平安過一世？然而……」一個固執的意念抬頭，拋開危險，「除開杜廷尉，臣能暢所欲言嗎？」

「杜周都不敢議，還能言無不盡？」

「臣昨夜到四更未眠，曾草一書敬上陛下，出獄之際怕再次獲罪，付之一炬。」

「寫了些什麼？」

「陛下恕罪！」

「說！」

「李陵喪師辱國，未殺身成仁，上負皇恩祖德，下使萬民切齒。是否認賊作父，陛下觀其後效，臣何敢妄猜？我大行孝文先帝廢除株連及肉刑，五十年來，庶民謳歌不止。飛將軍一代驍將，屢建奇功，李陵老母已過七十，請陛下網開兩面，留下李門一名幼子，傳宗接祧，奉其祖母。陛下盛德與泰岱黃河並存！」

「你還敢為叛臣母子請求免死，咒責朕輕改祖宗成法，對功臣刻薄？反躬自省用去四五千個時辰，工夫全用在朕身上？」

「陛下恕罪臣報國心切，以偏概全，語無倫次……」

「朕一味遷就，養癰成大患。絕不許爾開此先例：借進諫諷刺朝廷祖護貳師將軍，為叛賊開脫，那樣置國法於何地？『天作孽，猶可違；自作孽，不可活。』還記得孟子的訓誡？」皇帝下巴拉長，鬢上短髯張開，袍帶顫抖。

「臣……罪孽深重……」釜底危魚眼巴巴看著廚工們搬乾柴點燃烈火，無計逃脫煎熬。

設若避開業績武力，從採擷智慧承受考驗的內在品格去理會「英雄」、「烈士」等辭藻，就發現走向屈辱和永恆的條件，大多為人主酷吏隨大流者憎厭的原因。

「朕一心讓爾全家團聚，誰料誤施仁厚。朕種瓜得刺，哀痛僅有上蒼知曉！」一臉悲憫神色的皇帝忍不住委屈的淚水，怎知恩賜的善心一納入偏見就要人頭落地。明明固執，自認為果斷不惑，公正納諫，不遷怒，不二過；明明是假聰明，比真愚蠢可怕千倍，自認為洞察秋毫，料事若神；明明是苛酷，自認為仁慈，尤其隱隱的敵意主宰了他，司馬遷開口句句模稜兩可，將被斥為巧媚，他未誘出深心的叛逆觀念而大怒；史官直率進言，皇帝即使慶幸於誘導成功，仍會為司馬遷未能心悅誠服而不快。注定談話結局是不祥的。

司馬遷一串串虛汗滴在階下。

「哎——」皇帝輕嘆一聲。前幾天他身受風寒，女兒陽石公主前來深宮探望，親嘗湯藥，他睡到天欲破曉才出一身大汗醒來，但見公主跪在床前，燭光淚影，頗受感動（這不妨礙十年之後將她賜死！皇家骨肉就那麼回事）。在那一瞬間忽然聯想到：司馬遷也有個女兒，應當讓他一家歡聚。他被自己的仁愛感動，鼻腔發酸，手撫著公主的柔髮，笑得很和藹。

他對司馬遷的惱火略有削弱，階下小謁者高呼：「啟奏陛下，公孫敖將軍信使殿外候旨！」

「宣！」信使不早不晚在此刻來到，其中可有天機示警？不能以婦人之仁寬恕史官，讓讀書人忘了尊卑，搖唇鼓舌。秦始皇帝坑儒不足取，要殺一儆百，朝房雖有熱熱鬧鬧的爭論，僅為頌揚方式不同。

過了俄頃，信使伏地奏道：「公孫敖將軍率領兒郎等出居延百餘里，擒獲匈奴副將一名。將軍命微臣將俘虜押回交與邊吏，羈押獄中。臣再出居延，追趕將軍，行至餘吾，方知我軍遭匈奴賊兵合圍，將士為國捐軀。敵兵怕有埋伏，已撤軍北上。微臣與邊吏招募兵民，安葬陣亡[18]將士遺骸，星夜回京獻俘，陛下聖裁！」言畢遞上敵副將口供。

皇帝一看，臉色鐵青地吩咐：「公孫敖喪師有罪當斬，念其戰死，忠勇可嘉，不予追究。俘虜一名交廷尉斬首號令！」

「遵旨！」信使沒有得到封賞，鬱鬱下殿而去。

「杜周上殿！」

杜周從側門走入，他一直在靜聽。

「李氏一門族誅，保本者同罪，殺毋赦！」

「臣謹遵聖諭！使不忠不義之人有所忌憚而免傚尤和遺患。」

「杜卿所保之大才能痛改前非嗎？」

「忠於聖主即是才。妄自尊大，恃才傲法，其才何用？陛下明斷，臣思慮不足，識人過淺，不敢再進妄言，求陛下恕罪！」

「司馬遷！」

「罪臣在！」

「你看看俘虜口供，李陵在給敵國練兵，還敢為他辯罪嗎？朕本想重用你，你以大度為懦弱，不惜議

[18] 「將軍公孫敖，義渠人。以郎班武帝。武帝立十二歲，為騎將軍出代，亡卒七千人，當斬，贖為庶人。後五歲，以校尉從大將軍有功，封為合騎侯。後一歲，以中將軍從大將軍再出定襄，無功。以將軍出北地，後驃騎至，當斬，贖為庶人。後二歲，以校尉從大將軍，無功。後十四歲，以因杅將軍築受降城。七歲復以因杅將軍出擊匈奴，至餘吾，亡士卒多，下吏，當斬，詐死，亡居民間五六歲。後發覺，復原。坐妻為巫蠱族。凡四為將軍，出擊匈奴，一侯。」《史記·衛將軍驃騎列傳》，本節所寫「戰死」系詐死」，此人不再出場，特抄原著註明。

朕為殘暴，也不能讓江山毀於狂生們之口。杜周，押回聽候詔書！」

「臣啟……」司馬遷要開口，皇帝已拂袖而去。

「子長兄，你這是何苦?長孺愛莫能助，不敢以朋友之私慢國之大法，抱歉之至！」杜周招手，武士們的長矛指著司馬遷。

杜周若有大憾地搖首。

「廷尉大人，子長愚不可及，有違大人雅意，實乃個性使然，也是天命！唉——」司馬遷抬起頭來，四邊一望，說不出是依戀、悔恨，還是撕去命運的面紗之後一種水清見底的輕鬆。這輕鬆的悲哀大於痛哭。

路兩面的嬌花翠草紛紛向他點頭含笑，似乎有些害羞。他無法相信適才的嘆息出自自己之口，只覺得長嘆的是耿耿青天。

告別權力的路，死亡的路，有時分岔，有時疊合。走起來不可能像告別故鄉的路那麼輕，跟情人分手的路那樣一步一回首。人生太短，如果有太監活到三百歲，並且還甩著拂塵混飯吃，方能看到漢武帝的末代孫子在大魏文皇帝曹丕的逼視之下走出受禪臺的陰影，那步伐比司馬遷奔向刑場的步伐要沉重百倍，那才是對懲罰太史公的懲罰，雖然曹姓篡位者一點不代表公平正大。

出得西華門，走上大街，就見上官清領著書兒和楊敞從樹蔭下撲過來。

「子長，你幾時回家呀?」

「不許多口，快走！」武士們咋咋呼呼。

「看來，我的家還在詔獄！」

「爹爹，」書兒飲泣，「不是說……」

「好女兒，侍候好娘，先帶她治好病。爹沒什麼……」

「恩師！」楊敞跪倒在石板上。

「敞兒，照拂好師娘和師妹！」

「弟子竭盡微力。」

「哦，牠也來接我！」闊別的小黃驃到來比和妻兒的重逢還使他激動。

「拴不住牠，亂踢亂叫，非來不可。」書兒說。

司馬遷一伸手，小驃就吐出舌來舔，只是對那冰涼的手銬很陌生，遲疑了瞬間還是那麼依人，如同稚子。

「快走快走，看熱鬧的全圍上來了。」武士在催促。

「回去吧，保重，清妹！」他走了幾步，長高一尺的小黃驃步步跟著他，使他難以邁開步伐，只得狠心拾起一塊石子，重重地砸在牠的後腿上。

「嚁——」牠長嘶一聲，負痛跑了半個圓圈，迅速再次湊過來。

武士麻木的臉上一片烏青，長矛的尖刃冷不防地刺豁了小黃驃的耳尖，頓時血泉噴出。牠連連狂叫，仍不甘心和主人分離，十分頑強地衝過來。

「老師走吧。」楊敞用腰帶套住牠的耳根子，書兒捏住牠的傷口。

「唉，還是牠不勢利！」司馬遷一陣頭暈，用袖口掩著眉眼，踉踉蹌蹌地走去。

「子長，上書向皇上請罪，早回來，我怕等不久了呀……」熱血溢出上官清的口腔，就倒在地上。

「清妹……」

「爹爹！」

「和敞兒帶些酒食一道去女監送李奶奶昇天，說我無能為力……」

七

投入火海燃成灰，短時間內就了結苦難。

放在小火上慢慢地燻烤，暫時不死，絕無免焚的盼頭，是長久的折磨。

火，不唯來自君王的憤怒，掌律者升官的慾望，也來自受難者的思維，裡應外合，憎與愛相反相成。

四十天沒有殺或放的預兆，日子慢得像蚯蚓在灶膛裡爬行。

重返監中，沒有人明確指令要給司馬遷再釘腳鐐。兩排牢房，一排坐南朝北，另一排門朝南開，後牆都不開窗，形成一條五尺來寬的小巷。就這樣利用地皮，長年累月地蓋牢房，也不能緩解超員成災。大眼讓子長在這裡堆劈柴，堆畢蓋上防雨的麥稭，其實是給他機會活動筋骨。起初，堆得很整齊，第二天再來，柴堆倒了。

「大人幹麼死心眼，堆他個屁！只要獄官邴少卿大人來，咱有個說法好搪塞，用不著出真力氣。歇一日算賺兩半天。」

多吸一口戶外的風，再帶汗和糞便血腥臊臭味，也比圈在洞裡強。子長從法場死裡逃生，傷了命門之火。

繃得太緊的弦要一鬆，每塊骨頭都乏，雙手連拿個饅頭也累。天剛入冬，從五臟往外冒陰風。晒著暖融融的太陽，已是天牢裡的超級犯人。對大眼的感德都傾注到他的孩子身上。小卿又富於悟性，特別用功，尊重先生，這個「地下義塾」開得甚見成效。

先生意在讓小卿識字，把《詩經》全文背熟，再按偏旁用樹枝寫在地上，沒有開講。孩子好學好問，由小聰明的閃爍上升到頗愛思索。

溫習《論語》章「布為之，衣前後，左右手，空空如也」。他拍著手說：「這說的是坎肩、背心。」幾遍念下來，他又提出：「『毋友不如己者，過則勿憚改。』有過必改，沒說的。每人交朋友都找比自個強的，比我強的都不理我，我上哪裡去找到一個朋友呢？再說先生寫文章比我爹強上老多，要闡人割蛋，先生就不及他，十個指頭有長短，樣樣都比自己好的人會挺多嗎？」

司馬遷一陣苦笑。孩子的體會有偏，又非全無道理。正在表彰他，牛大眼氣勢洶洶地衝進來叫道：「見鬼，你爹八輩子造了孽才吃了這份皺眉飯。小東西哪壺不開提哪壺，不捶扁你怎知道鍋是鐵鑄的！」

孩子不知觸怒父親的因由，嚇得往司馬遷後面躲。

「兄弟，在哪裡受了委屈莫拿他出氣，好孩子，別怕，我給你講書……」

「先生，這會爹不打，回家還得補一頓。我挨幾下子沒事，把他氣病了怎麼治得起……」孩子脫下褲子往地上一趴，雙手舉著一根劈柴。

「穿上衣服。」先生有觸動。

「打破了沒錢買，又沒娘做……」

「沒娘的孩子打得下手嗎？」司馬遷怫然。

大眼奪過劈柴重重地打在自己左肩：「我不配做人老子，我……」

「兄弟有心事？在忙著蓋屋嗎？」司馬遷奪下木柴扔到堆上，指著他腳面和褲筒上的石灰點子。

「我……去求過邴大人辭工作回家賣青菜，可他撂下話來：換新手做不妥帖就出人命，硬要大眼帶出倆過硬的徒弟才準長假，這……」

「是去粉刷了蠶室，又有人要受宮刑嗎？」

「這……」大眼慌慌張張地支吾。

「兄弟，晚上你我喝幾杯。孩子……」

「小人再打他就算揍我去世的老子！好兒子，出去玩一會。」

「讓他在這裡溫書，大人又沒有要瞞孩子的事。」

「不，到外邊買果子吃，爹喜歡你！」大眼掏出一把銅錢遞給兒子。

「兒長大了，不吃甜食，省給爹爹喝酒。」

「爹有酒錢。」

「那就買鞋，我們家沒人做針線工作。」孩子下唇朝外一撇出了木柵欄。

「太史公大人，惡棍無忌向邴吉大人傳下口詔：如果大人家拿不出五十萬錢贖死，就處以宮刑。廷尉怕大人受不了這種羞辱祖宗的極刑，家裡又沒有資財，會自盡身亡。要再過幾天才告知您的夫人，不打算讓大人知道。邴大人哭了，要小人粉刷蠶室，以為大眼在院外偷聽到訊息，嚴禁走漏風聲，否則要讓小人充軍到交趾去。小人沒聽到什麼，為啥這樣問，想給您遞個信兒，小的前思後慮，充軍不怕，怕夫人借不到錢。想得好不難受，實話相告，也算對大人一點誠心。」

司馬遷太少精神準備，聽到這比死還可怕的訊息，兩眼上翻，雙袖垂直，朝後倒在柴堆上。

「大人，大人快醒醒！您不撐著點，穩住點，真把小人急死！」他端來一碗涼水，蘸潮手拍在子長額頭上，半晌才悠悠復甦，幽幽眼神瞪著獄卒。大眼長年和死亡酷刑照面，也覺得震驚、疑慮，六神無主。

「哈哈哈哈！我死，死好了！不能活得非男非女，失掉人樣！」太史公的臉拉得又長又扁，雙唇翕動，口角扭斜，涎絲纏綿。

「扶您回屋躺會？」

「不！我要太陽，太陽！捨不得太陽啊！」

「成，就在這歇一會。」大眼鋪好麥稭，幫他半坐半倚在乾柴上。

「難怪你不讓孩子說閹人……」司馬遷端起碗要喝。

「我去弄點熱的。」大眼奪過涼水潑在地上，走出了欄柵門。

司馬遷閉上雙眼，陽光刺著眼皮，一片赤霞，他下意識地舉袖蓋上眉稜骨。

這一霎時，久違的童年記憶，歷歷在目：

天色澄綠無邊，像是草原。

芳草漾著微波，頗似牧童們坐在牛背上仰望到的長空。

他還沒有騎牛的勇氣，跟著大孩子們當一名起鬨的龍套。

木樁上拴著一頭發情的母牛，哞哞叫著，不時跺跺後腿，搖動黑得發青的短角，想掙斷粗繩。

一頭大公牛緊夾著尾巴疾行，眼珠充血，下巴翹起，幾名大漢拿著繩索和閹割工具在窮追，牠一見母牛，在三丈外略一停步，便猛撲過去，前蹄騰起，龐大的身軀全賴後腿支撐，伸出粉色尖尖的「牛鞭」正想成其好事，母牛溫馴地伸腰立定，不過三次揮手的工夫，漢子們已經把大公牛的前後蹄都拴上了活套，從母牛背上拖下來，繩子越拉越緊，烏金的小山倒下了，四蹄立刻被捆在一起。

一名大漢將木鍬板墊起牛的後腿襠，另一名助手雙手交替捋著它的陰囊，將睾丸抹到最底下，騸牛師才橫扎一刀，刀背從小小傷口挑出兩根細管子，熟練地切斷，用線紮住，填入陰囊，睾丸被放到板上，騸牛師將刀叼在嘴裡，舉起木槌重重砸在睾丸上，頓時捶成一對肉餅，牛腿襠和地上流滿鮮血……公牛徒然地掙扎著，哀鳴著，一會，陰囊腫成一隻小桶。

漢子們毫無歹意地訕笑著，談論著孩子們聽不懂的髒話，鬆掉麻繩，一道喝酒去了。

孩子們恨大人對牛如此殘忍，簡直大惑不解。真想吹來一陣仙風，讓自己身高丈二，把三名騸牛的莊稼人各揍幾耳光，罰他們跪在大公牛面前賠不是。但幻想只是幻想啊！

在蠻夷之邦，酋長請他吃過牛蛋宴，主人誇獎廚師手段如何了得，這玩意多麼鮮嫩噴香，他也不曾舉筷。只能解釋：當年老母親不許牛肉進門，而今腸胃已難適應。主人雖然掃興，不便勉強。他已不再痛恨為牲口去勢，給公雞剜去睾丸的農夫，對當地閹牛者的手藝很佩服，牛蛋取出後，遭閹割的水牛泡在大塘裡，傷口不充血，很快癒合。

憶往事，來若驚風，去如閃電。

牛大眼端來兌有蜂蜜的熱水供司馬遷暢飲。

死的暗影對他後退了幾步，五十萬錢排成一條看不到盡頭的鏈子從皮肉裡鑽過，胸腔上磨出血槽，就跟麻繩拴在公牛腿上一樣。

牛小卿領著任安到來，老弟兄倆一見，緊緊抱在一起，都努力裝出歡容，又無計抑住熱淚。幾番哽咽，互相拍著肩膀。

「你還活著，這比你當上丞相還讓俺得勁，真想碰它八海碗酒，一字排著乾掉……」

「這是大眼兄弟。老哥任安。」

「見過任大人！」

「別客氣，適才間去賢弟家，書兒說你對俺子長兄弟甚好，當面謝過！」

任安瀟灑地一拜。

「這太不合適，要折陽壽！」獄卒喜滋滋地叩了三個響頭，很是受用。

「小人告退。」牛大眼向孩子招招手。

「俺先去看過邴少卿，入門方便，他知道俺來此處，無人刁難。只請去辦些酒食，少時你我等同飲。有錢在此。」

「錢這裡有。」大眼拍拍腰包，帶著兒子走開。

「兄弟太清瘦，只怕被西風吹倒。」

「益州民風如何？」司馬遷岔開話題，避免談到自己。

「貪官汙吏錯節盤根，狼狽為奸，全無國法，對百姓想殺便殺，要關便關。雖古稱天府之國，民不聊生，愚兄不忘當年推小車為生，懂得父老苦處，日夜查閱文卷，冤案十居八九，一一釋放，百姓歡呼。朝中大員家在益州廣置田地者，與蜀中鄉紳串通一氣，要置俺死地而後快。幸而天子不聽誣告，愚兄首級拴在腰帶上去執法，大不了一死，或者丟了官再去推小車。」

「兄臺來京可有公務？」

「以葬老母為名，告假前來看賢弟，能會一面，多謝上蒼！」

「若見陛下，千萬莫為小弟申辯，否則毀壞你前程，性命難保。」

「愚兄知道自個是牛脾氣，記住忠告，趕回益州。不去上朝，以免節外生枝。」

「兄臺除葬伯母，還有何事？」

「賣掉房子。」

「老屋寬敞，前年修繕一新，賣去它任滿回京，住在何處？」

「這……」

「是為子長贖罪之需吧？」

「你……贖什麼罪？」

「邴吉不會告知大哥，小弟只是猜想當然。」子長把宮刑原委細說一遍，表示寧死志不可奪。

「本想見過一面就走。上午去看弟妹與侄女才稍知內情，她們哪能借到許多錢？房屋之外，俺的俸銀都被送給酒店，只好賤價急賣老住宅。」

「弟媳和書兒從哪裡得來的訊息？」

「你那混蛋學生郭穰一早送去一萬多錢，說是高利借得。據太監告訴他：詔令一個多月前就已下達，杜長孺壓旨不傳，不是怕兄弟尋短見，就是要打個措手不及，心如蛇蠍！弟妹一聽就嚇昏過去，書兒大哭，楊敞攆郭穰走，不收他的臭錢。俺趕到府上，問明來龍去脈，又惱又煩，郭穰吃了十一年飯，恩將仇報，白讓俺騎馬帶他跑了三千多里地，錢再多也還不清這筆良心債，就由俺做主，收下錢，揍了一巴掌，打落兩顆狗牙轟出門去。弟妹醒過來，把臭錢扔到門外，那小混球夾著尾巴溜遠了，俺讓書兒又拾回來。到時候缺幾百文，也有小人出來打壩子，把大事泡了湯多不值？可俺跑了一宿馬沒闔眼，不然要多敲下他幾顆牙齒！兄弟放心，這筆錢總能湊齊，別放在肚裡轉悠。吃飽睡足，養好身板，該幹的工作還多。」

司馬遷臉上現出笑意。

大眼爺兒倆提來菜餚酒罐，還有秫箢編的蓆子。

「二位大人，咱爺兒倆……」

「走是打咱老哥兒倆的臉。」任阿拉住大眼和小卿，強行要他倆各占一方。

盛情不好違拗，只得從命。

「少卿大哥要在長安，小弟原想推薦小卿跟你學武，瞧他寫的字多周正！」

「是好得出奇，有活氣！」任安讀著樹枝劃在地上的字豎起拇指，「多大了？」

「元鼎四年（西元前一一五年）出世，十五歲。大眼不為兒子就辭去這人人咒罵的活計，另做點小買賣餬口。」

「這年歲正該念書，又有子長這麼飽學的先生，他多有福氣！」

「司馬大人不能老待這裡授教小猢猻，皇上還得重用！孩子是讀書的料子，讀不起啊！」

「老哥能替孩子找個飯碗嗎？小弟而今說豆腐是白的也會把人嚇跑。」

「好主意，辦成也算有個善報。田仁兄尚在護邊，明年春天奉詔回京任丞相長史，專治贓官。與賢弟也有兄弟之交，俺留下書信一封，央他給孩子謀一差事，書還接著念下去。」

「兒子快叩謝兩位大人！」

八

瓢潑大雨緊緊抱著長安城，要把它推到海底而後拍手稱快。

在相同的雨水下，人們注視著烏雲怒翻的上空，湧著不同的思潮。

埋頭抄書的郭穰被炸雷驚得擱筆，走到石砌的廊簷下皺眉做出無聲的詛咒：「黑沉沉的彼蒼，您想倒盡天河水來洗淨人世間的罪惡是枉費善心，願恩師能逃脫奇恥大辱，平平安安度過餘年，完成鉅著！天公，您想懲罰這樣一位千秋良史，就把無德少才的郭穰用雷碾成粉末扔進渭水吧……」

多年生的瓦松被連根沖倒地上，屋簷上掛著一排微型瀑布，使人眼花撩亂。

楊敞在華麗傖俗的客廳裡急遽地徘徊，猶如初被關進籠中的小鳥……他奉任安之命，守在富商王百萬家等著取三十萬錢。否則先生寧為玉碎，不為瓦全。多虧伯父講義氣，把住過二十年的大宅半價賤賣。「願神祇保佑二位長者。」他在反覆禱念著。

傾盆水柱往天井裡猛倒，欄杆前點著八支碗口粗的紅燭，大廳裡依然鬼影幢幢，水氣濛濛。無忌兩眼裝作看天，其實牢牢地盯著杜周木然托起鬍鬚的手上在跳的筋脈。

「請吩咐管家備一輛輕便馬車。」

「進宮？」

杜周晃著頭巾。

「去看丞相？」

「他沒剩下幾天的氣候了。來看我我也不見。」

「門下替大人去不成？」

「不行。」

「上哪去？」

「上車便知！」杜周把硬蓬蓬的鬍子一鬆。

新粉刷的蠶室沒有窗戶，滂沱雨點大於酒杯，橫射在房頂上，牛大眼覺得自己已落入井底，水面上有蛟龍追逐大群魚，浪條要把井弄塌，他等著就要遭活埋。

門外走廊二面水簾紛披，他點起劈柴在烤滴水的牆。

「老天爺爺老天奶奶，別這麼淌淚水和口水，水淌光了，二老會變成石頭人乾。讓太陽公公露個笑臉把屋子整乾爽，司馬大人不該用這個活棺材，留給杜周李廣利用更好！可萬一五十萬交不上，這麼黏糊糊地做活，閃腰岔了氣，俺也不活了……」

任安走出雨帳子，像從河裡爬上來，地上水深一尺，嘩嘩流淌。他抹抹眼，捋不盡頭髮和鬍鬚上的水，恨得氣喘如牛，怒視著雨空，他搜尋記憶，想不起來幾時曾碰到過這樣的豪雨。

「俺對蒼天沒法使，要是雨歸人管，他旱天睡大覺，這會天涼又下個沒完，俺把他抓過來抽懶筋！」

任少卿粗壯的手指一接觸到門環，就宛若老太太彈琴那樣輕柔。

書兒開啟門驚詫地將他迎進去。「伯伯的油套靴和傘呢？」

「嫌這些勞什子囉唆又不管用，弄不清在幾時扔到了街心飄到交趾去了。這裡有兩萬錢，先交給你放著，再去想點門路。」

「伯伯甭再去，萬一淋出了大病怎麼辦？」

「楊敞呢？」

「還沒回來。」

「不妨事，王百萬那裡，萬無一失。」

「先到爹爹屋裡去換衣服。」

上官清頭裹綠綃，病懨懨地走出客廳：「她少卿伯伯，真累苦您了，子長出了監獄要對您百拜，到死不忘大恩大德……」

「弟妹說得太見外，自家弟兄，做什麼都該當，要謝啥？錢有多少了？」

「家裡連賣掉這房子十萬，您和學生送來三萬，楊敞回來只差七萬了。」

「田仁夫人送兩萬，不用還。天無絕人之路，弟妹書兒放心！衣服換過還得潮，不如就這麼穿著，淋個痛快！」

任安開門，尚未舉步，杜周的車子涉水轔轔而來，停在門口。

「少卿兄，長孺有禮！」

任安還禮，怕杜周來找碴子，就叫一聲：「弟妹書兒，廷尉大人到！」

「哎，少卿兄太把小弟看外氣了！太史公夫人，長孺問安來遲，特來請罪！」

「折煞村婦了！請！」

「大人請進，雨勢逼人！」

「司馬夫人，少卿兄，子長我朝文豪，和長孺生死之交，長安盡知。何況另有同朝為臣之誼，這回再次讓陛下震怒，長孺多多冒犯，昔日友情，有增無減。雖然貧寒，不能作壁上觀。錢只湊到十萬，借了四家，三戶說盡客套，不肯解囊，人情淡如水，務必收下，區區寸心……」

任安像三伏天見到冰雪一樣：「這……」

上官清猶如半夜見到太陽：「廷尉衣服都溼了！」

無忌滿臉堆笑，拱手立在一旁。

「人世風雲，何日變到長孺身上，很難逆料。禍福是常事，請子長回家之後享幾日清閒，栽花養鳥，吃藥打拳。夫人好生調養，長孺拙見，不必為官，多教些學子，衣食不足，少卿兄與長孺皆會助一臂之力。」杜周不提當史官的事，又含此意，上官清聽了很對口味。

任安知道杜周何止百萬家財，此來不過拿出少量閒錢買名和交情，免得日後被寫入《酷吏列傳》。說真方，賣假藥。驚愕片刻，就恢復了理智。

杜周正要辭歸，楊敞氣急敗壞地破門而入，一見杜周，草草整衣，客客氣氣地行禮。

「敞兄，錢取到了嗎？」

「任伯伯，廷尉大人，師母，大事不好！」

「快說！」任安抓住楊敞的手。

「侄兒空等了一日，剛才王百萬的兒子回到家裡，說他爹在店裡點錢，來了四名公差，皂白不分，也沒講哪個衙門抓的，押上馬車就朝西城而去。

他兒子說房子不要，錢要拿去給他爹買命了……小侄如聞晴天霹靂，看此事如何處置……」

上官清一聽就傻了。

「這樣的案子廷尉總會知道吧？」任安懷疑有人故意做此案，但沒有證據，只好這般探問。

「長孺一無所知。或許是長安中尉在辦此案，請少卿楊公子跟車先到寒舍，再套一輛車，咱四人分兩路，憑長孺薄面，總會查問個水落石出。」

「大人陪楊公子先查案卷，再查各大監獄。先給長安右內史寫張文書，讓右內史看後立即交給中尉，門下陪同任大人再去要人，萬無一失。」無忌一副急於收效的情緒，不像傳聞中的惡狼。

「廷尉大人，俺任少卿說話不繞彎子，萬一王百萬成了斷線風箏，找不到下落，請求對子長的事再寬限三日，好另找人實俺的宅子。若有難處，願以太守官印作押！」

「少卿兄，未免把長孺當皮外肉！子長之事，你我兄弟共同承擔，大不了摔了這頂獬豸[19]冠又算得了什麼？廷尉御史大夫朝朝有，司馬遷只有一位呀，我的少卿兄！萬歲給長孺的許可權就是三天。先找王百萬問明可曾犯法，再講別的。」

「他兒子說：乃父平生守法。」楊敞彷彿抓到一線生機。

「那也沒準，而今一萬多條法，犯了還不知道。你再清白，來個腹誹之罪，砍了頭也無處叫屈。」任安斜瞟著杜周。

「少卿兄所言甚是。朝廷綱紀皆墮毀於貪官酷吏之手，酷吏有貪有不貪，不貪者以多殺人為有功，自認為兩袖清風，誅殺得更猛烈，官也真升得快。少卿兄在蜀中查出冤案四千多宗，萬歲挺賞識，可小人的邪風也吹到了京師，不是陛下英明，少卿兄，您也在劫難逃啊！」

「少卿是快人，廷尉請寬恕！」上官清怕杜周胸存疙瘩。

「一句戲言，弦外無音，都為子長平安，怎會傷了老弟兄們的和氣？走！」

[19] 豸（音志），無足小蟲。獬豸，古代傳說中的異獸，能辨曲直，見人相鬥爭，能以銳利的角去觸碰壞人。故執法的大吏頭戴獬豸冠。

「村婦和子長拜託了！」上官清一屈膝，書兒、楊敞跟著行大禮。
「夫人多禮了！」杜周答拜如儀。
四名男人冒雨而去。
「上次杜周保爹爹，任伯伯說是討好皇上。今天葫蘆裡又賣什麼藥？」
「也許此人心術不是十惡，吃了這碗飯，總招人怨，何況保官升官都得看萬歲臉色！」
「娘，咱漢朝的廷尉有誰心術不邪？王百萬的怪事可會是無忌的手下人所為？」
「孩子不能一味狐疑，為人要淳厚。」
「爹爹不忠厚嗎？」書兒茫然。
「有證據再說不遲。」

※　※　※

三天時光，彈指即逝去。二更剛過，瓦簷口上的雨水還在起勁地流。
不速之客任安淋成了落湯雞，被童兒請進書房，他兩目似炭火，噴出的酒氣頃刻就填滿了空間。
「少卿兄快請更衣，免受風寒！」客人來得使邴吉感到意外。
「死了倒乾淨，還怕什麼病？眼看司馬子長要受宮刑……哦，失言了，告罪！小弟冒雨拜謁，是來討酒喝的。」任安勉強地一笑，決計避開不愉快的話題，想把氣氛緩和下來。
「酒夠少卿兄喝的，請！」邴吉腳步沉重地進入裡屋，一會把一支小罈子提到任安面前，為他倒出一大碗，雙手擎起說：「小弟平素不肯與人來往，但彼此同在一殿為臣十餘載，有話不必礙口。」邴吉眉眼像被看不見的釘釘住。

「不！僅為一醉而來，請主人也斟上一碗。」任安爽快地喝乾了。

「小弟晚間飲過幾杯，五更前後，要去檢視詔獄，不能奉陪，請仁兄自篩自飲。」邴吉一如往常，語氣冷而重。

「好酒！好香！」任安一個勁喝下去。

「少卿兄你有心事？」一隻小螞蚱飛入窗來，撞到牆頭，落到案上，邴吉輕輕拈起，送到窗外，再落下簾幕，似乎說：「我不殺蟲，牠會不會讓雨淋壞和我無關。」

「沒有醉，沒有，好酒……好酒……」任安的舌頭開始轉動不靈，倒酒的時候腕子發顫，差點把酒灑到小几上。

邴吉凝視著窗外，閃電的金焰照著他稀朗烏亮的鬍子，栗殼色長臉上毫無表情。

任安畢竟胸無城府，按捺不住怒火上升：「孔老夫子詛咒頭一個用陶俑陪葬的人要斷絕子孫。誰先想出這比殺人還殘忍的腐刑真該千刀萬剮，成為齏粉也難解俺任安心頭之恨！大丈夫可殺而不可辱，豈能為一條蟻命，貽羞後世！」

邴吉雙臂抱在胸前，進出氣遲緩，白多黑少的瞳仁，緩慢地從雨空移到承塵上，不知在想些什麼。

任安受到這種沉默的鼓勵，從懷中掏出一節細細的竹筒，長約一指，筒口上塞著一團濁黃的亂絲，外塗白蠟，悄悄遞給了主人，哽哽咽咽地說：「小弟冒昧拜訪，一不求捐借金銀為司馬子長贖罪；二不央你做違法犯難之事。請將這份厚禮交到他手中，好保全讀書人名節！小弟解救無門，愧恨交加，蒼天與兄臺同鑑。千言萬語，均在其中，拜託了！」言畢屈膝一跪。

邴吉的下唇一抖，扶起任安，雙手搭在他肩上晃動幾下，將竹筒抓過去放在袖中，用幽暗的嗓音說：「少卿兄，你醉了，醉了！」

「可惜醉不了！我要醉上三年五載，便是天底下一大福星！」又倒上一碗，咕嚕嚕嘸了下去，淚滴從眼角順著鼻溝和酒一同進入口腔。「何況酒醉心不醉！這裡面裝的是……」

「噤聲！不必講！」

「砒霜！真人面前不必說假話。」任安痛苦地捶打自己的胸膛，「此乃下策，不得已而為之。不助人生而幫朋友去死，俺任安該殺毋赦！如果俺死能讓子長活下來，情願喝下這白砒！」

邴吉的眉毛跳動幾下，又恢復常態。

「任某讓欽犯逃刑，算犯了杜周的王法。仁兄去告發吧！俺真樂於追隨子長同赴九泉，何必等到若干年後？」

「砒霜，邴吉從未見過，仁兄你嗎，也不曾見過。至於有誰把藥交給司馬遷，太史公是死或受宮刑而不死，也不要再問，幾日便知分曉。」講起眼前的事像講起廣寒宮裡的事一般平靜遙遠。

任安再倒下一碗酒，開啟窗戶虔敬地說：「子長，愚兄沒臉面見你，誰讓俺不貪贓枉法呢？說也無用。兄弟一場，就此送行！」酒朝雨空中一潑，他跌坐地上。

邴吉閉上了眼。

任安將左腳一彎。吃力地站起，捧起酒罈子對準自己的嘴唇就灌。

「少卿兄，請不要戕害自己！當今之世，你是可以邊塞建功的人傑，要為國珍重！」邴吉奪過小罈子一看，已經空了。

任安雙袖亂抖，一把抱住邴吉說：「俺原先只當知俺者子長兄！想不到你邴少卿也是一個，弟今晚算沒有白來。難得難得，多承謬獎，小弟報國無門，有苦難訴。早知子長兄弟如此結局，倒不如同去塞北，戰死沙場，也不枉七尺之軀……」任安倒在地上乾哭，嗓音全啞。

「少卿兄在何處下榻？」

「在空空的破家。」任安頭朝下一垂就人事不知。

邴吉從容地喚來兩名家丁，將任安換過乾衣服，然後套馬車將他送到家。

「邴少卿，俺任安還沒醉死嗎？」這話問得沒來由。

「不會，酒罈子裡兌了一多半水，沒事！」答得溫和。

九

中秋皓月露面沒多久，早來的寒流突然給溝渠河塘籠罩一層薄冰。白帳子雨一陣密過一陣，挾著帶哨的狂風，如虎添上翅膀。冷氣穿透一尺來厚的麻石條圍牆，鑽過衣鞋被縟，要凍結司馬遷的四體，進食太少，憂火中焚而變得像一尊細長單薄的木乃伊，眼睫不閃，消失了活氣。

約莫烙熟兩張餅的光景之前，牛大眼帶著火石火鐮和布條子來掌燈。

「……待會再說吧。」

「大人給官家省下一缸油也沒誰說半拉『好』字！」

「怕晃眼……」

「聽您的，大人！」牛大眼肉碑似的背影搖動幾下就不見了。

兀坐在暗處，反而更能看清自己的心象。這人世間，燈光照不到的地方太多！

他企盼暗無血色的心跳出口腔，懸浮在頭頂上面，裂開一扇小門，自身縮得小於螞蟻，鑽進其內，立即封閉得天衣無縫。其中再也沒有日月花樹，君臣綱紀，爾虞我詐，朝暮四時，牲畜五穀。永別了，眼前的夢魘，在無限膨脹的空寂裡，不再咀嚼昨日，幻想明朝。

這些似乎很快實現，沒碰上險阻。

一瞬便是一年啊！又對環境不滿足，空間仍太遼闊，讓它縮成豆粒、胡（芝）麻籽、芥菜種，直至肉眼看不清楚的小塵埃……一時還不想讓心飛出天窗，穿過浩然大氣，飛向琉璃世界——掛著億兆小燈的星空，但求高臥在瓦簷角落，欣賞杜周、邴吉（此刻還把他們視為一丘之貉）、李廣利之流，一大堆獄吏皁隸們找不到欽犯司馬遷的窘態，大快天意民心的百醜圖！他還要惡作劇地大叫：「大人先生們，凶鷹惡犬們，鄙人司馬子長在此恭候多時！」

戲弄、報復酷吏贓官們的虛幻「勝利」，比夏天走進冰窖還涼快，幻滅於三呼五吸之間，了無殘痕。空氣還在擠榨他，只希冀天不再明，讓墳地般的無聲、炭一樣的慘黑裹著他，享受無悲無喜的麻木，有脈搏的死亡，歸於地老天荒。

門鎖再響，牢房柵門吐出微明，牛大眼送來一籃菜餚，牆洞裡的瓦燈被點燃。

司馬遷下意識地揉揉眼泡。

「大人中午又沒動筷子，要餓壞了！」

司馬遷攤出右掌做了個「請用」的姿勢，體軀依舊似塊木頭。

午餐被撤到薦子邊上，換了乾淨盤碟，從罐裡倒出熱的狗肉、豬腳湯，四色冷餚，一壺佳釀：「快來請用，別看東西不多，做起來費了周章，沒有重樣的味道！」

太史公搖頭慘笑：「請幫我吃掉。」

「這……」

「請！你吃我用都一樣，不能糟蹋天物。」

「這……不太合適。」

「你是好人，該吃。」

「全虧大人點撥，起根上講牛大眼沒長眼，只長錢眼，白活半輩子，好個屁！」

司馬遷把酒推到大眼手邊：「甭用杯子，嘴對壺喝個痛快！」

「原諒大眼絮叨：老天爺八成是醉後在打盹，讓您大德之人掉進這吃肉不吐骨頭的老虎嘴裡。像大眼少肝沒肺，反而活得順順溜溜。多少挑不上筷子的臭魚爛蝦是活得妻妾成群，還捎上歌童小郎，奴僕丫鬟。誰不服氣去跳渭河，大河可沒蓋蓋子。您還得想開點，吃飽灌足，落個肚裡圓，來一杯酒熱熱骨頭，嘗嘗頭等大黑狗的心，再急太陽還打東邊出，不頂用場啊，大人！」

「謝謝，不餓……」

「人是鐵，飯是鋼，一頓不吃餓得慌。您老這麼虧待肚子，大眼心疼，真想哭，淚水不是假的。告訴大人：這幾個月，我那兒子每晚忙乎到三更後，念書念得嘴冒白沫子。多虧您點鐵成金，有點小氣候。不知道如何答謝大人？憑這也該吃飯！大眼爺兒倆都還要託您的福！」

「子長還會有福？」他的筋骨發酥，頭像戴著鐵斗，又緊又沉。腿部挺直，伸屈不靈。扶著牆走個來回，金星子從眼角撒到地上，定定神，蹲下身，揭開罐子蓋，把熱菜一樣樣倒回去。

「這是廷尉大人關照大眼做的，您總得點個卯，要不說我手藝三腳貓！杜大人一瞪眼，飯碗就裂成八瓣，能管他的只有萬歲爺，誰管大眼喝東南風還是西北風……」

司馬遷胸腔一動，笑得陰沉酸澀。

「多難為情，簡直不像話，謝謝大人……」

「兄弟，兒子讀些書明瞭事理，學個大夫，教幾個家童，寧窮一輩子也別跟貴人衙門打交道。這些人的脾氣跟黃梅天的陰晴一樣難摸透，子長不是一面活鏡子嗎？」他把竹籃挎到獄卒的腕子上。「快送給孩子吃！」

「他餓不著。」大眼放下提籃，似乎想起一件大事，開啟柵門伸出腦袋左右一看，黝黑的甬道上沒有人影，便關死房門，從口袋裡摸出一節小竹筒，悄悄放在油燈旁邊，塞筒口的白絲被燈火照成奶黃色。

「這小玩意從哪邊來，誰帶進來交給大人的，千萬別打聽，免得節外生枝，捅著馬蜂窩。萬歲只想讓大人挨一刀，沒想您送命。您的一位朋友說本想賣了房子給您贖出天牢，誰知買房的被一窩來歷不明的人抓走，連日找到杜大人，也查不到下落，沒臉見大人，送來這……」

「這是……」

「砒霜！喝下去七竅冒血，腸子肚子燒得稀巴爛。您沒缺過德，幹麼要那樣慘死……送藥的是蛇生狼養的猙獰鬼！可得留下青山，總有柴燒。不帶進來對不住上峰，您用了對不住大眼良心。還是讓大眼帶走吧！」

「不！」這是斬釘截鐵的口吻。

「您用它？」

「不！」

「那……」

「放著，毒藥，裡邊藏著友情！做人要從惡抄近路方能走向善，是誰讓這樣顛倒！」

「大人……」大眼手足失措。

「不問你。兄弟，去吧。」他不願獄卒為難，誰能回答？孔夫子都避「怪力亂神」，不言「性命與天道」。

「小的真不該……」

「兄弟沒有錯。」

「不拿走，不放心！」

「就憑這『不放心』三個字，我也不會把你送進死巷……放下它！」

「那……您保重，待會見！」大眼的背影有點蹣跚，手按著鎖猶豫很久，才送來憂慮的跫音……

小竹筒放在小几中間，被太史公凝視著。

燈火搖紫……

小竹筒是一炷香，慎終追遠的情結，每每在生死抉擇之際，繫得更緊。

借香先拜列祖列宗，司馬談之後，天經地義該是自己，然而他兀立著。

它是劍，能割斷宏圖難兌現的煩惱，失敗的痛楚，力不從心的歉疚，帶來解脫。但這些重荷只是從死者肩頭移植到生者心頭，天地間憂患的總和還是那麼多，流光洗不盡，早晚又會洗淨，注入一些變奏的音符，成為新的主調。全部消失，人和宇宙還存在嗎？

揮劍還是擲劍，他猶自兀立著。

是在選擇命運，抑或是命運在促成選擇？

害中取小，利中取大，本極簡單。為什麼許多智者也會選錯？

命運是什麼？是變幻無常的機率，還是不可改易的必然軌道？他和選擇是一人喝酒兩人醉，還是彼此怒目而視，一個必勝而生，另一個必敗而隕滅？

不可改變的時間、空間、人際關係，加上個性即是命運，沒有神去安排。

每次執筆，他享受選擇者的歡悅，也等待著被選擇的不幸。裁判者的偉大，螻蟻的渺小，在歷史面前的無能為力，集於一身。一次次選定是轉機至死亡，一次又一次從網上脫逃，預支過許多難堪的憤懣與哀愁。今天忽然悟得：無路可走的哀憤就是生的形式。一朝死去，連承受艱厄的機會也求之不得。

它是柱子，頂著友誼的高臺，如死一般強烈，鼠兔一樣怯懦，不及一根小草能美化寸土，歷盡寒冬而復甦……

它是大書，讀懂了也好，不懂也罷，沒有人從死的彼岸請假泅渡歸來，說出書的主題，無數插曲的宏麗與陰森……

它是神筆，寫出無人識別的字，在星星間，月亮上，山之腹，海之底，石之魂，形成它獨特的數、律、光，棺材把黑鼈一裹了之。

想到筆，已經久違了！

他愛筆，那是心與手、口與時光的延伸，走向不朽的仙橋！比一個指頭的神經筋脈豐富千倍。筆是史冊上不滅的炬火，賢哲民賊獨夫，一一被還原。短暫的偽裝和粉飾都會剝落塌毀，唯聖哲的筆是子子孫孫的脊梁！

他恨筆，哪個劊子手殺人不用它結案？它寫過多少無恥的頌歌，多少煽動權力狂熱的囈語，多少勾起卑劣情慾的教唆，多少向美德挑戰的獨白，多少黃金長矛製造的腐朽與貪婪！沒有筆他哪有今日，它還要毀蝕多少鋼骨，掃走多少天才，為活地獄的油鍋添薪，給血海淚河的長哭當歌提供能源……

啊，孔子老子墨子的如椽斗筆！司馬談授給子長的彤筆……無形的大江流過闊野，也淌過方不盈丈的囚室。江面的濁浪是時間，沉埋在江底的是思想……

牆洞裡的燈火，竹筒口蠟線的回光，是太陽和月亮。子長作為歷學家也略諳星象，還不知月亮借太陽的光，即朦朧地感覺日大月小，也想像不出體積如此的懸殊。但皆是有知覺的神。

長時間用凝固的視角去看兩點光會產生錯覺，或許是詩人才有的浪漫主義錯覺，為馳騁幻想的急需而拔高了次要的物象，造出現實中所沒有的對等。兩面戰旗，清楚地寫著「生」與「死」。他一手持筆，一手仗劍，走到當中，伴隨著單調的初更一鼓，軀體奇蹟般地裂變為兩人，筆放大了幾百倍，重達百斤，筆尖是好鋼，與武士手上的長矛相近。兩將棋逢對手，兵器碰撞出火花，煙塵滾滾。司馬遷史學良心為他倆擂響一通又一通戰鼓。

「這樣拚命，傷了和氣，還是兄弟相愛，有分歧商量著辦，武力服人一時，德行智慧服人幾代。人生苦短，走極端者總要一敗塗地！海，能容乃大；志士，無私則慈。求求二位，你們身心上相類似的東西何其多也！談不攏請父親仲裁一下，老人家的話總該傾聽。除了他誰寫得出《六家要旨》？」

司馬遷納頭拜倒。

沙原和旗幟被推到遠方，漸漸模糊。牢房內實景突顯出來。一會，執劍者的形體被壓縮到五寸左右，跟牆上石灰剝落成的小人影疊合一體，溢出司馬遷的視野。持筆者摔倒在蒲蓆上，蓋著狗皮褥子和衣而臥。

巨筆還原為毛錐，扔到了暗處。燈光一顫，此人烏黑的鬚眉頭髮，忽然白去大半，微帶褐黃，雙頰下塌，印堂灰暗，額頭油亮，呼吸促迫，口角掛著一絲涎水，正是司馬談。

暖炕邊跪著送終的子長，風塵僕僕，腮部絳色，眉宇流露出俊爽的青春活力，初生的短鬚長不盈寸，圍在下巴和耳根，像三把油光光的小刷子，預示他年鬑鬑有美髯。

「兒子還記得為父的臨終囑咐？」

「每飯不忘，見之夢寐，不下百次。」

「為何修史？」

「呂不韋死而子書絕，近人著述，尚少卓見，不足以稱子。寫《太史公書》即以史為鑑，立一家言的司馬子，包括爹爹對六家的剖析，弘揚大道，又不失人世熱腸，流韻溢採的美文不過是袍服而已。」

「對！史家即在一根竹簡上拿筆的小皇帝。有了《春秋》，孔子實乃建立一個倫理王朝，是非容後人公論，不絕如縷則是事實。皇帝即住宮廷，造出功過是非，關係千萬生靈的大史官，頌揚明主聖德是藉口，旨在忠告君主：民氣為寶。諂詞在明處，陰謀在暗中。主上與賢臣分權而治，政簡刑輕，民富國強。不惜民力，窮兵黷武，信任奸佞，刻薄專斷，塞絕言路，大臣伴食，吏治腐惡，嚴刑峻法，國必危。大臣處常態，據史書知道如何辦事得宜，遇非常之態懂得權變。國亡，蒙首惡之名。孔子以禮防亂於前，重法勸誡於後。士人武夫不佐君主無功，功成不退每每滅族……」

「爹爹，兒對慈父一世心得時刻在懷！無爹爹高識，匯抄史料成書何用？」

「這樣就好！君賢，奸臣變直臣；君昏，不奸者亦說假話，實出於無奈。說真話有時比死難，有人說了真話，為罪惡的高牆所擋，為時光之風吹散，或言之不文，天下後世聽不到。你當以龍門之魚為師，不計成敗毀譽，不怕誤解寂寥挫折，日日跳龍門，至死方休，終當如願！」

「兒要寫出超過左丘明的著述，但人言可畏，怎敢偷生？」

「人早晚會死，死得適時適地，且心無遺憾者，古今寥寥。兒怕面對劍樹刀鋒，想一死逃避責任，就先看看兒死之後的慘相。嘿嘿嘿！」父親的幻象被刺人心脾的冷笑聲炸得四分五裂，這些碎片不甘於淹沒，努力往一塊游泳、拼合、扭結……

少頃，豐姿修偉的司馬遷閉目舉起竹筒仰面乾吞，頓時雙手掏心，在地上亂滾。他一躍而起，抓過水壺牛飲幾口，抱著頭來回猛撞牆，亂髮、血絲、破袖上下翻飛，下巴扭曲，全身痙攣，連連頓足，頹然栽倒，七孔流紅，喘成一團而死。

「子長——」上官清哀號著，抖抖索索，撲向丈夫，一口鮮血湧出口腔，連著膽汁腹水，迅速氣絕。

「爹爹——」書兒衝出鐵的黑暗，跪在地上撫屍慟哭，淒絕人寰。半晌，她拜別父母，解下腰帶搭上梁頭……

「夫人！書兒不可……」旁觀的另一個活司馬遷仍似一段木乃伊僵坐著，嗓子全已失語。

烏黑的梁頭滴下血雨……

地上的血匯成池塘，兩具腐爛不堪的遺體漂出絳色的微瀾……李廣利戎裝揮劍，策馬踏過死者的胸腹，一臉惡笑……杜周坐在斧車上，無忌手舞長鞭，領著執戟的衛隊，軋過血流……李福和邵伴仙走出黑幔，立在白骨上，如履平地，那麼臃腫的身子並不下沉。李福將上官清推到遠處，回過頭來向邵伴仙擠擠眼，再摘下自己的帽子，猶如手託一支金盆。

方士詭祕地一笑，抽劍切開太史公前胸，掏出瑪瑙亮似水晶的丹心，立即刻上一些精細的花紋，放在盤子裡，射出智慧的金芒，伴仙納劍入鞘，隱入黑暗。

李福舉托盤過頭，大叫一聲：「有請萬歲和夫人！」

武帝踱著方步走出玄色深淵，身後跟著容華絕世的李夫人。

李福殷勤獻酒。

武帝端起半心之杯，喝完之後，還吮吸兩下杯口，追尋著餘香。每吸一下，司馬遷感到兩乳周圍一陣炙痛。夫人乜斜著鳳眼，哧哧地浪笑著。

司馬遷大叫：「我不死！不死！無能缺德者居高位，狂吞民膏，我肩負重大使命，為什麼不能活？我要活！要活！」

武帝、李夫人、太監不見了，任安怒不可遏地走出黑色洞府，用手戟指著司馬遷叱道：「人活千年也要死，你不該給後輩留下醜惡的榜樣！你快死！快快去死！一個大節有虧的閹奴寫不好史書，何必掩耳盜鈴，自欺欺人，找藉口貪生？」

司馬遷看到自己的幻象向任安連連長揖，烏亮的三綹長鬚被春風吹動：「我死！死！死！」

「夠朋友！死得有骨板是漢子，好樣的！」任安推倒金山鐵柱之軀再拜。但是他挺直腰桿抬起頭時，又變成了書兒：「爹爹，您怎麼忍心忘了爺爺臨終囑託，撇下媽媽和女兒？她為您久久臥病，瘦骨嶙峋，奄奄一息，你撒手一走，她和女兒怎麼活？總該過上三五年安生日子，哪能苦到死？」

「清妹、書兒，我不死！不死！要寫書！」

「子長，要寫！把你所見所聞的是非，都原原本本地記在書裡。往日我不讓你寫是錯的，要讓壞人有個管束……」上官清如是說。

「爹跟女兒一塊過窮日子比寫什麼書都好！女兒從前要您寫書是錯的，千千萬萬的人沒寫書活得比您好！為母親和書兒活下來吧，謝謝您老人家！」

「夫人小姐再吵吵嚷嚷，大人又不想活了。聽小人一句，讓他靜一靜……」這是牛大眼的聲音。

「先生不能死啊！」郭穰跪在門口。

「滾開，奴才！謬種！」楊敞跪在郭穰膝前痛斥郭穰，「先生為學生活下來吧！」

楊敞禮畢昂頭，已是任安在狂笑：「哈哈！我任少卿有眼無珠，竟把一個苟活偷生的軟骨頭引為平生知己，太可笑可恨！他不男不女半雌半雄跟俺何涉，為何煞費苦心不讓他去受世人唾罵？」

「少卿莫自責！你是直士，我司馬子長去死，死，死，死……」

「死了朕就放心，不再裝作豁然大度，讓你漏了網，筆尖舌下毒汁四濺，蠱惑人心。朕只許留下一片讚頌之聲於後世……」

「死了沒有你那雙眼盯著俺，封侯封王都沒人找碴……」

「自己去死，乾淨俐落，也免得寫什麼《酷吏列傳》來出我杜某的醜……」

「俺任少卿跟你們不一路，他死是你們謀劃的，俺要他死是你們逼的！」

楊敞、武帝、貳師將軍、杜周、邴吉、無忌、牛大眼、郭穰紛紛退去，營壘簡化了。任安要司馬遷死；父親、書兒、上官清要他活。各自站在司馬遷的一邊，喋喋不休地陳述著無從反駁的理由。聲音、頻率在成倍翻番，越響越亂。

呆立牆根的司馬遷本來腦鳴身顫，四肢痛似斧劈，每個關節都被扎入鋼針，就要土崩瓦解。只見那幻我左右拱手，唯唯連聲，對雙方的要求都想照辦，又無所適從。每回躬身施過禮抬起頭來，都添幾根白髮，末了眉毛鬢鬍蒼然，兩腿如木樁，上半身發了岔子，雙頭四手，向兩種真理繼續作揖。

拖在地上的鬚髮愈堆愈厚，罩住了黃河，覆蓋了崑崙，裹住變得淨化的天宇……天地相連，幻象煙消，眼外心內茫茫一片，時光與思維一齊停止，沉入空的空間……

良久，良久……

倦眼重睜，四壁無存，赤地千里，河床斷裂，晒乾了的蘆葦垂下狗尾穗在荒漠的月下哀嘆。他獨行澤畔，皮髮枯槁，瘦臉黧黑，憔悴得幾乎點火就著。一個聲音執拗地問著他：

「這是我司馬子長嗎？怎麼會這種模樣……」

「不是我又是誰呢？」

「我從何而來？」

「我將往哪裡去？」

「為什麼只剩我孑然一身？」

「我的妻子、女兒，家在哪裡？」

「我的書稿在何處？」

紅土高坡底下，有位老漁翁在垂釣，那面貌酷似送郭穰到子長寓所的老爺爺。

「老丈，我司馬子長死了嗎？」

「不知道。」

「人正在走路，會是人死過後變的鬼嗎？」

「不知道。」

「正在走路的人都沒有死？誰也沒有告訴過您我活著？」

「不知道。」

「那您老知道什麼？」

釣者直搖頭。

「老丈為什麼不理小輩？」

釣者閉上了眼睛：「我為什麼要知道那麼多？你知道上下千年，活得勞神焦思，殘生難保，眼看軀體不全，蒙上奇恥，哪還有你走的路？」

「真無路可走嗎？」

「也不一定，要看你的勇氣。」

釣者將釣竿揚起朝水中一指：「明天明天……」

「可我的書！書……」司馬遷惶惶然。

「書有什麼用？讀熟了能讓我多釣一條魚，多喝一壺酒，讓你多條路，多盞燈，多座橋，多一把刀？」

「我非死不可？」』

釣者點頭，又搖頭，搖搖點點，點點搖搖，似無單一化的窮期。後來把頭一歪，乾脆分不清是搖是點，介乎二者之間。

「到底該如何辦才妥當？小輩好不徬徨……」

「不知道。你問問屈大夫吧，他來了。」

一陣清風，釣者不見了。

碧天裂開一條缺口，露出腰纏白雲的瓊樓，金門大開，峨冠博帶，佩著美玉、長劍與花環的屈原腳踏霞光，降落大荒。

「子長，你百讀拙著，淚流不止，至誠格天。你今進退維谷，特來一晤，幸毋拘禮！」

「三閭大夫，高不可攀的師長，飽經憂患，壯志未酬的千古傷心奇士，空前的大手筆！請指教晚生如何擇路，闖出迷津？」

「活都不怕，還怕死嗎？」

「九死是短痛，一了百了。活著萬口交罵，羞火燒骨。無翅逃上天，無縫鑽入地腹。將有目而無所見，有耳無所聞……」

「活都不怕，還怕什麼死？」

「大夫教子長負辱而生，勝過沒世無名抱恨而死。但師長為什麼自沉？」

「放逐野臣，日與村老漁父為伍，不缺魚米。然目睹大廈將傾，漏舟欲破，祖宗社稷漸為狐鼠丘墟。當朝者驕奢淫逸，重用奸臣，百姓喘息於血汙之中，朝不保夕。無力救助，以死加重遺言分量，喚醒醉臥虎口之君臣醒來，拯救危亡於千鈞一髮，心跡幾人知？你今重蹈屈平舊轍，忠而加刑戮。你太多幻想，凡中覓奇，美中見醜。渴待友情，最易被小人所賣，詩人長處即處世短處。大凡盛世，人多議論，最不似盛世，末世人人稱頌天子達官，上下爭利，美德淪喪，文過飾非，最似盛世。古樹心枯，膏肓之疾已深埋其腹。你認清朝野大勢，莫一時衝動，以死逃避重責，博節烈之名，而為萬古罪人！無妨自請腐刑，歷沼澤大谷巨川而登山巔。書傳百代，骨朽何傷，無書而死，何以見令尊於九泉？」

「子長敬受教！當見大忘小，奮發晚程。人固有一死，或重於泰山，或輕於鴻毛。千秋一瞬，寧敢輕率……」

「顛倒本末，以泰山為鴻毛，鴻毛為泰山，慎思明辨，方可減少悔恨。若文王昌囚於羑（音友）裡，得《易》之精髓尚未傳人；孔子刪經書著《春秋》不曾脫稿；左丘明集匯史料猶未給《春秋》作傳；孫臏刑前未演成兵法，老子莊周著述尚系腹稿；皆慘遭大禍，是任人殺身，或者為著書甘領極（腐）刑而無慍色？」

「小輩明白了，前修寫書，呂不韋在咸陽集門客撰《呂氏春秋》，皆企盼國君採取其學說顯才；《詩》三百篇作者及夫子胸有憂鬱，無計上達，又不忍攜入墳墓，付之遺忘，乃有所為而借重文字，覓未來真相知者，至情至性，不是小文人賣弄巧思，無病呻吟。無翅而想高飛是狂妄；有了羽翼略欠豐滿，遭逢風雨，一蹶不振，是無勇無智的匹夫。小輩承先人之教，用皇家藏書，或可超邁左丘明。當仁不讓，毀譽不計！」

「哈哈哈哈！」屈原掀髯揚眉。

「大夫愛人，不以姑息。小輩志不成，死不瞑目。書藏風骨，即報答先人，夫子在其中矣！」子長頻頻頓首。

「子長甚得我心，異代知己。大計已決，莫再猶豫……」

牢門咿呀一聲，大眼提著竹籃進屋，見他倒在牆角，連忙呼喊：「大人，您快醒醒，空著肚子歇息更得蓋被，凍病了是光著膀子鑽刺棵！」

「兄弟又來了！」

「大人再煩小的也得來呀！」

「不煩！不吃哪有好身子骨活下去？來得正好，席地對飲！」

「這還像話，早該如此！」大眼異樣地看著太史公，像是面對一位初晤的陌生人。

附錄

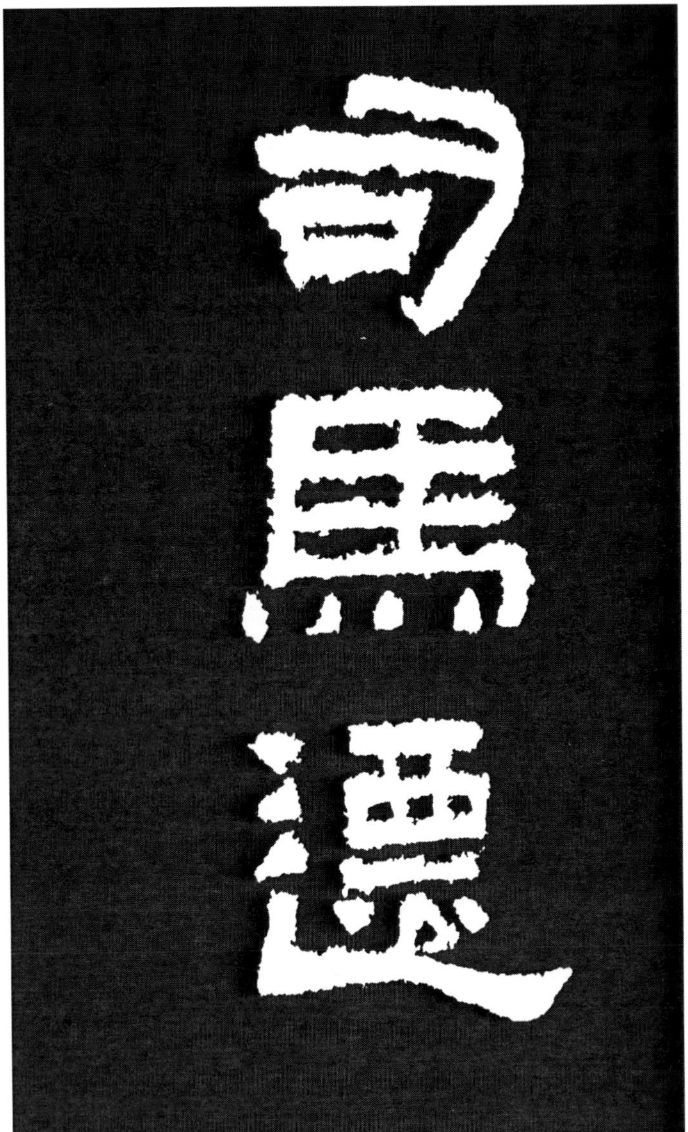

司馬遷像　沈子丞／作

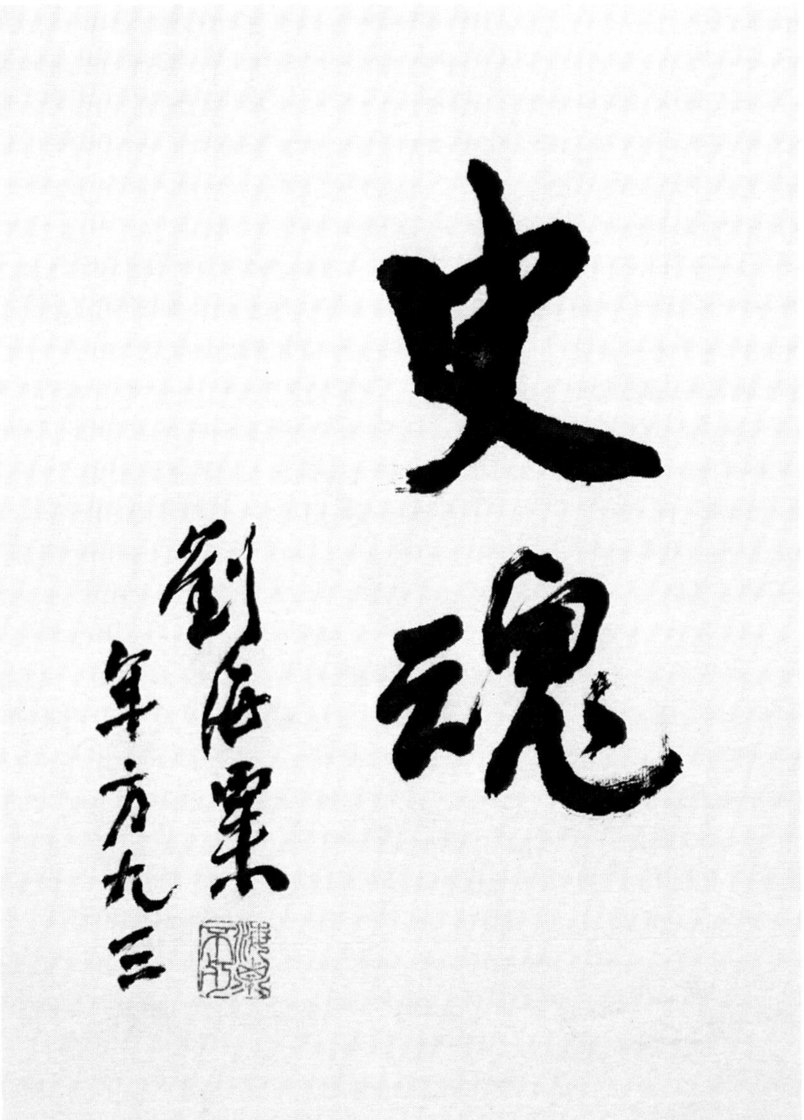

劉海粟／題

司馬遷之父司馬談像　沈子丞／作

漢武帝繡像　李少文／作

司馬遷繡像　李少文／作

東方樸繡像　李少文／作

白鳳繡像　李少文／作

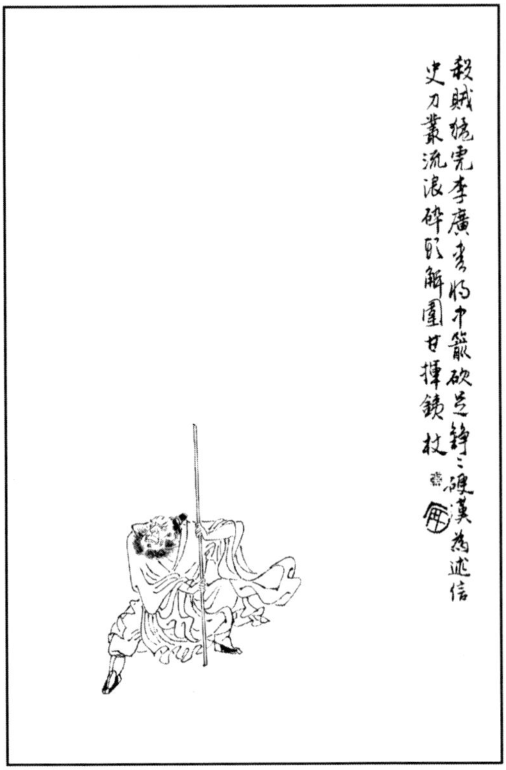

韓仲子繡像　李少文／作

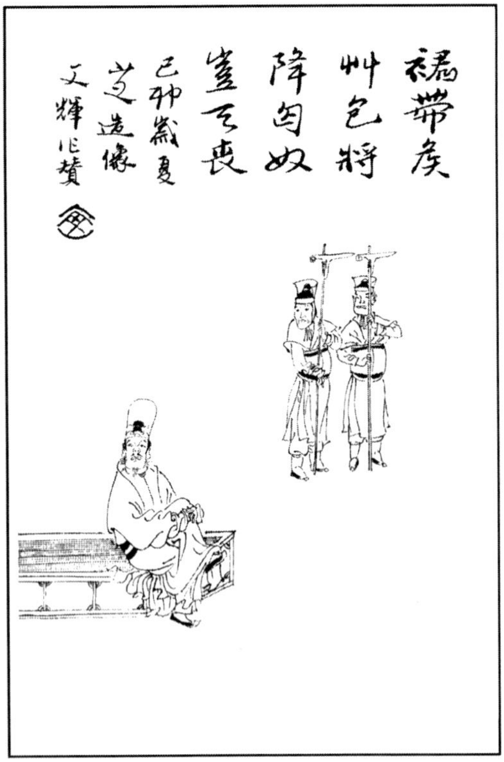

李廣利繡像　李少文／作

郭穰繡像　李少文／作

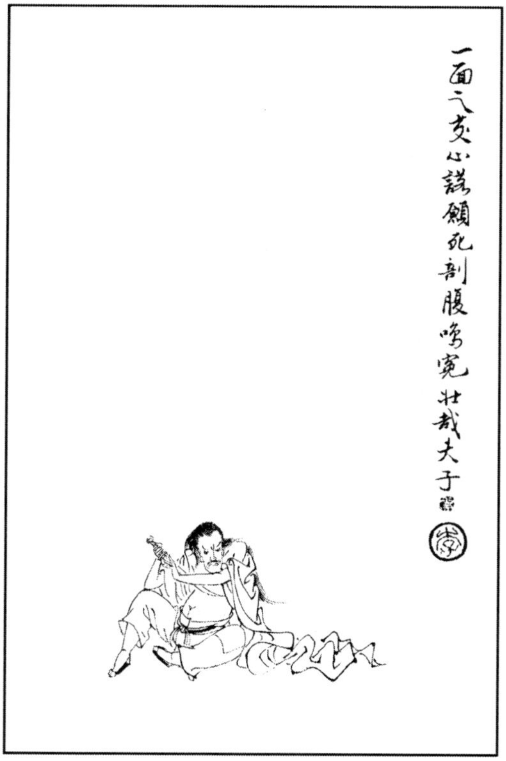

方正迂繡像　李少文／作

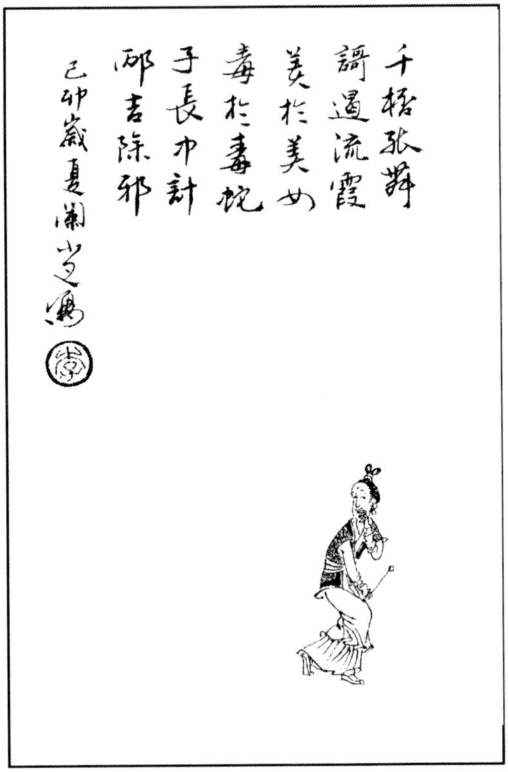

惜玉香繡像　李少文／作

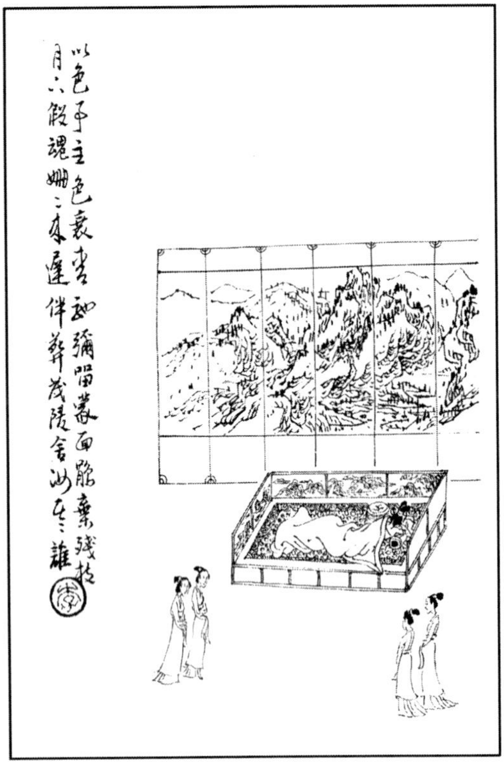

李夫人繡像　李少文／作

李福繡像　李少文／作

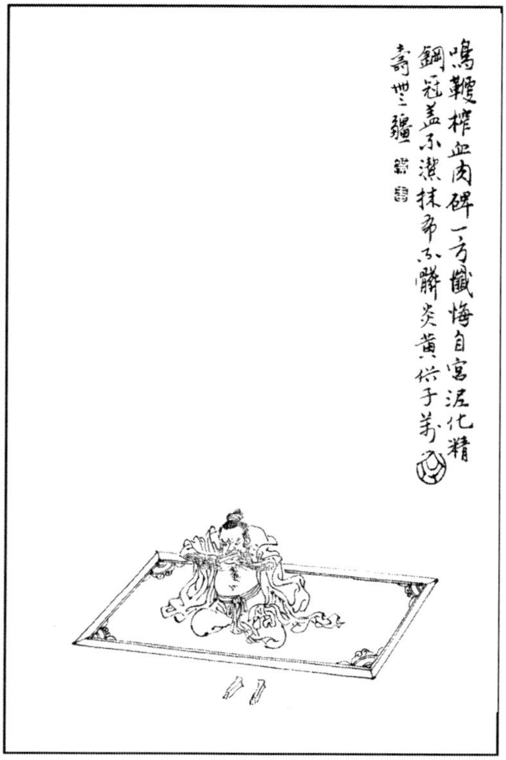

牛大眼繡像　李少文／作

大暴如慈巨奸似忠高貪若廉嗜殺
終子為名巨夫擇清風　　艾輝光廬作

將軍勇謀善戰不敵騰軒共韋山河而泣子長
一書豐碑不五

杜周繡像
　　李少文／作

任安繡像
　　李少文／作

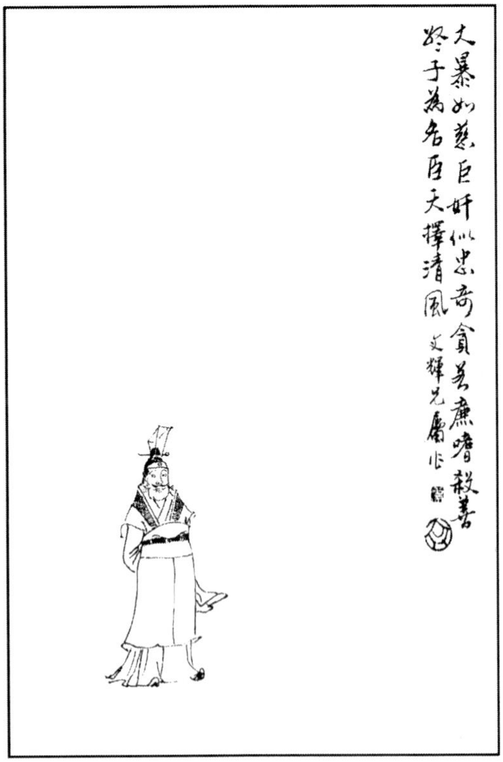

懷冬日豹娘承荆業誠狗流星

邴吉繡像　李少文／作

其父子長麥子楊輝多胆而累助巖昏君
大璞誰識久器免狀洗爪子頤最喜世名

司馬書兒繡像　李少文／作

司馬遷（童年到壯年）：
功高震主，宮刑屈辱，紀傳體撰史之首創的起伏人生！

作　　者：柯文輝
發 行 人：黃振庭
出 版 者：崧燁文化事業有限公司
發 行 者：崧燁文化事業有限公司
E-mail：sonbookservice@gmail.com
粉 絲 頁：https://www.facebook.com/sonbookss/
網　　址：https://sonbook.net/
地　　址：台北市中正區重慶南路一段六十一號八樓 815 室
Rm. 815, 8F., No.61, Sec. 1, Chongqing S. Rd., Zhongzheng Dist., Taipei City 100, Taiwan
電　　話：(02)2370-3310
傳　　真：(02)2388-1990
印　　刷：京峯數位服務有限公司
律師顧問：廣華律師事務所 張珮琦律師

定　　價：520 元
發行日期：2024 年 01 月第一版
◎本書以 POD 印製
Design Assets from Freepik.com

國家圖書館出版品預行編目資料

司馬遷（童年到壯年）：功高震主，宮刑屈辱，紀傳體撰史之首創的起伏人生！/ 柯文輝 著．-- 第一版．-- 臺北市：崧燁文化事業有限公司，2024.01
面；　公分
POD 版
ISBN 978-626-357-878-4(平裝)
857.4521　　　112020735

電子書購買

臉書

爽讀 APP